dtv

Das gesamte County Galway steht unter Schock: In verschiedenen Kirchen der Umgebung werden kurz hintereinander Morde begangen. Die Opfer sind immer die Gemeindehelferinnen, die die Kirche für den Gottesdienst schmücken. Und das ausgerechnet in der Vorweihnachtszeit! Im County geht die Angst vor einem Serienmörder um. – Der vierte Fall für Grace O'Malley von der Mordkommission im westirischen Galway und ihren Kollegen Rory Coyne ist besonders knifflig. Will sich jemand an den Geistlichen rächen? Eine heiße Spur führt nach Nordirland – und mitten hinein in einen nach wie vor schwelenden Glaubenskonflikt.

Hannah O'Brien ist Autorin und Journalistin. Sie lebte lange in ihrer Wahlheimat Connemara und fühlt sich an der irischen Westküste bis heute zu Hause. Neben zahllosen journalistischen Veröffentlichungen über die Grüne Insel und ihre Bewohner hat sie bereits den vierten Band ihrer erfolgreichen irischen Krimireihe um die eigenwillige Ermittlerin Grace O'Malley aus Galway geschrieben. Wenn Hannah O'Brien nicht gerade in Irland weilt, findet man sie meist in Köln und an der Mosel. Mehr über die Autorin unter www.hannah-o-brien.de

4

Hannah O'Brien

Irisches Erbe

Kriminalroman

dtv

Ausführliche Informationen über unsere Autoren und Bücher
www.dtv.de

Von Hannah O'Brien
sind bei dtv außerdem erschienen:
Irisches Verhängnis (21584)
Irisches Roulette (21631)
Irische Nacht (21675)

Auf den Seiten 416 ff. befinden sich ein Glossar, ein Personenverzeichnis und eine Karte.

Originalausgabe 2018

Dieses Werk wurde vermittelt durch die
Literarische Agentur Michael Gaeb
Umschlaggestaltung: Alexandra Bowien/dtv unter Verwendung eines Fotos von Trevillion Images/Evelina Kremsdorf
Satz: Fotosatz Amann, Memmingen
Gesetzt aus der Aldus 10,4/12,8
Druck und Bindung: Druckerei C.H.Beck, Nördlingen
Gedruckt auf säurefreiem, chlorfrei gebleichtem Papier
Printed in Germany · ISBN 978-3-423-21720-0

Für Kitty, Padraic, Aisling und Carol

Der Wind wehte hier oben auch im Sommer heftig. Gerade rissen die Nebelwolken auf und gaben den Blick auf die majestätische Bucht unter ihnen frei. Graugrüne Wellen hatten sich weiße Manschetten aufgesteckt.

»Schau, das Meer!«

Die kleine Grainne klatschte in die Hände und zog ihren Bruder mit sich, näher zum Rand der Klippe hin.

»Seid vorsichtig, der Wind ist stark«, warnte Shaun seine Kinder und packte das Picknick aus: Brote, Äpfel und Tee.

Überall um sie herum kauerten Menschen, es waren Hunderte. Sie strömten aus der weißen Kapelle und hatten sich auf den Steinen niedergelassen. Die Kinder drängten durch die Menge. Aber niemand beschwerte sich.

Dann setzte Regen ein und Shaun rief sie zurück. Er reichte jedem der beiden ein Brot.

»Sie bluten.« Graínne Ni Mháille sah ihrem Vater fest in die Augen. »Ganz viele bluten an den Füßen.«

»Die Steine auf dem Weg sind grob und spitz, das habt ihr selbst gesehen«, antwortete er. »Und wenn man barfuß hochklettert, kann man sich schnell die Füße aufreißen.«

Graínne überlegte. Lachen wehte wie die Regentropfen zu ihnen herüber. Es klang nach Erleichterung und Stolz.

»Sie zeigen sich ihre Füße. Sie zeigen sich gegenseitig das Blut. Warum tun sie das?«

Shaun schaute in den Himmel und Dara folgte seinem Blick. Dann wandte er sich wieder seiner Tochter zu.

»Damit sie später sagen können, sie hätten sich gequält, um hier auf den Heiligen Berg zu steigen.«

»Warum wollen sie sich quälen? Wir sind einfach nur hochgestiegen. Es hat uns Spaß gemacht. Warum wollen sich die Menschen quälen, Schmerzen haben und bluten? Dara, hast du dich gequält?«

Dara schüttelte den Kopf und biss ins Brot.

»Das Blut macht ihnen Freude. Sie wollen es dem heiligen Patrick gleichtun, der vor vielen Jahren hier hochkam, um Gott näher zu sein.«

»Und der freut sich, wenn sie sich quälen und bluten?«

Shaun schwieg sehr lange, bevor er der kleinen Gráinne antwortete.

»Sie glauben es, Gráinne, sie glauben es. Das genügt.«

1

»Marilyn?«

Die Stimme des Priesters hallte nur wenig in der kleinen Kapelle, zu niedrig waren die Deckenwölbung und die gekalkten Wände, die von kühler Feuchtigkeit durchdrungen schienen. Er tastete im Dunkeln zögernd nach dem Lichtschalter, den er rechts von sich in Erinnerung hatte. Doch stattdessen griffen seine Finger nur in das Weihwasserbecken. Erschrocken zog er sie blitzschnell zurück, als hätte er in siedendes Öl gefasst.

Er hielt die Fingerspitzen kurz an seine Lippen, um lindernd auf sie zu pusten, bis er begriff, dass es nur laues Wasser gewesen war. Die Dunkelheit machte ihn nervös und orientierungslos. Sie weckte düstere Erinnerungen an die schlimmste Zeit seines Lebens.

Er war stehen geblieben und schaute sich hilflos um. Der Altar aus hellem Stein mit dem Kreuz musste direkt vor ihm liegen. Zögerlich schlug er diese Richtung ein und machte ein paar Schritte. Dann blieb er wieder stehen. Die Stille des Raumes umfing ihn wie ein dickes Cape, das ihn erdrückte, statt ihn zu schützen. Schließlich räusperte er sich.

»Marilyn? Sind Sie hier?«

Erwartete er wirklich eine Antwort darauf?

Es war stockdunkel um halb fünf Uhr nachmittags. Besonders wenn es wie heute den ganzen Tag trüb und nass gewesen war, als hätte die Sonne schon mittags ihre Sachen zusammengepackt und das Weite gesucht, weil sie sich an diesem Nachmittag an der irischen Westküste keinen vernünftigen Einsatz mehr vorstellen konnte.

Wer würde im Stockdunkeln auf einer der wenigen Bänke sitzen und auf die Ankunft des Priesters warten, der heute Abend hier eine Totenmesse lesen sollte?

Man hatte ihm im Pfarrhaus ausdrücklich versichert, dass Marylin Madden hier sei und alles sorgfältig vorbereiten würde. Mit Sicherheit war sie bereits damit fertig und ohne nochmals Bescheid zu geben nach Hause gegangen. Leere Kirchen, auch wenn sie wie diese recht klein ausfielen, waren nicht unbedingt gemütliche Aufenthaltsorte.

Erst recht nicht im Winter. Leere Kirchen ließen einen frösteln, nicht nur wegen der Temperaturen. Das hatte Father Duffy schon immer so empfunden. Volle Kirchen dagegen waren eine Pracht und schraubten seinen Adrenalinspiegel bisweilen in schwindelnde Höhen.

Warum drehte er nicht einfach um und tastete sich zurück zur Tür? Es wären zehn Schritte, vielleicht fünfzehn.

Der Priester überlegte. Noch war der Eingang leicht und trotz der Schwärze vor seinen Augen schnell zu erreichen. Seine rechte Hand glitt dorthin, wo er die Lehne der Holzbank vermutete, und stieß sofort auf das Gesuchte. Er krallte sich daran fest und zog sich behutsam vorbei, weiter nach vorn, in Richtung Altar. Es schien ihm, als folgte er nicht seinem eigenen Willen, sondern eher einer inneren Stimme, die ihn weiterdrängte. Die glatt polierten gedrechselten Seitenlehnen, die sich schneckengleich wanden, dienten ihm zur Orientierung und als Stütze.

Etwas stimmte hier nicht. Schreckliche Erinnerungen stiegen in ihm hoch. Der schwerverletzte Mann und das ganze Blut, seine Hilflosigkeit, seine Angst. Die Helferin, die er letzte Woche tot in der Kirche in Moycullen vorgefunden hatte. Father Duffy schauderte.

»Marilyn?«

Er musste endlich aufhören, ihren Namen wie ein Gebet

auszustoßen. Es war lächerlich und er wusste es. Sie würde es ja nicht mehr hören.

Plötzlich hielt er in seiner Bewegung inne und drehte den Kopf nach hinten. Was war das für ein Geräusch gewesen? War es das Klacken der Eichentür, wenn sie nach einer winzigen Verzögerung im Sprungscharnier endlich zuschnappte? War es ein Tier gewesen, das in dem geheiligten Raum Zuflucht und Schutz suchte?

Father Duffy kniff eine Sekunde lang die Augen zusammen, vielleicht in der Hoffnung, dadurch mehr erkennen zu können. Zwar hatten sich seine Augen nun allmählich an die Dunkelheit gewöhnt, doch mehr als vage Umrisse vermochte er um sich herum nicht auszumachen.

Er blieb stehen und atmete hörbar aus. Sein Atem kam stockend. Ahnte er, dass er hier in der Kapelle St. Bridget, am westlichen Rand von Galway, nicht allein war? Wusste er es?

Father Duffy schüttelte den Kopf, wie um eine lästige Frage loszuwerden. Warum hatte er den Lichtschalter nicht so lange gesucht, bis er der Dunkelheit ein Ende bereiten konnte? Das war dumm von ihm gewesen.

Seine rechte Hand strich tastend über das glatte Holz der nächsten Bank vor ihm. Und mit einem Mal durchfuhr es ihn wie ein Schlag – er hatte in etwas wie eine Strickjacke gegriffen, in der ein warmer Körper steckte. Er erbebte, als er merkte, dass er einem Menschen die Hand auf die Schulter gelegt hatte.

Er drückte nur leicht. Konnte er eine Reaktion erwarten? Mit zitternder Hand, wie er selbst bemerkte, erkundete er das Haar des Menschen, ein kleines Stück höher. Es fühlte sich feucht und verklebt an.

»Marilyn«, flüsterte er und beugte sich entsetzt hinunter. Keine Antwort. Nun tätschelte er zaghaft den Hinterkopf des Menschen, der stumm auf der Gebetsbank ausharrte. Niemals tätschelte er sonst die Menschen, die zu ihm kamen, wenn sie Zuwendung und Fürsprache brauchten. Selbst die Kinder nicht. Er fand tätschelnde Priester ekelhaft, herablassend und übergriffig. Zuwendung wollte er den Menschen, so gut er es vermochte, geben, aber seine Hände behielt er bei sich, außer wenn er jemandem besänftigend die Hand auf die Schulter oder den Oberarm legte. Das war die große Ausnahme, wenn die Verzweiflung, der er immer wieder begegnete, immens zu sein schien. Und er tat es auch nur ganz leicht, einer Feder ähnlich, die dem Hilfesuchenden auf den Arm geschwebt war.

Doch dies hier war anders, und er wusste es genau. Mit seiner linken Hand griff er mit einem Ruck unter seine schwarze Soutane, um an die Gesäßtasche seiner Jeans zu kommen. Er zog sein Handy hervor, schaltete die Taschenlampenfunktion ein und richtete den hellen Strahl auf den Kopf vor ihm. Warum hatte er nicht schon früher an das Handy gedacht!

Man konnte es nicht sofort sehen. Erst als er den Körper der Frau leicht zur Seite drehte, erkannte er das Blut, das vom Kopf auf ihre Schulter getropft war. Er leuchtete ihr auf die Augen und den Mund. Dann ließ er sie los und trat einen Schritt zurück in den Mittelgang. Kaltes Grauen erfasste ihn.

Sie war tot.

Father Duffy überlegte blitzschnell, ob er draußen Hilfe holen oder gleich von hier aus Garda anrufen sollte. Doch die Entscheidung wurde ihm abgenommen, als die Tür zur Kapelle plötzlich aufgerissen wurde und jemand nach ein paar hastigen Schritten das Licht anschaltete.

Entsetzen spiegelte sich in den Gesichtern der beiden Neuankömmlinge wider.

Der Priester starrte sie geblendet an.

»Es ist Marilyn!«, rief er, und seine Stimme erstarb noch vor der letzten Silbe.

»Marilyn?«, rief einer der beiden ungläubig zurück.

2

Grace O'Malley kniete neben der Gerichtsmedizinerin Aisling O'Grady, die Marilyn Maddens Leiche in der Kapelle untersuchte. O'Grady leuchtete gerade hochkonzentriert auf die Augäpfel der Toten.

»Glaubst du, dass sie hier ermordet wurde?«, stieß die Kommissarin leise hervor. In der winzigen Kirche wimmelte es von Gardai. Kollegen der Spurensicherung rutschten in ihren weißen Overalls auf dem Boden umher und untersuchten jeden Zentimeter. Es herrschte eine geschäftige Stille an diesem geheiligten Ort.

Grace, die das Morddezernat in Galway leitete, hatte sofort nach ihrer Ankunft den Priester und die beiden Helfer in das Pfarrhaus nebenan verbannt, wo sie auf sie warten sollten. Sie hatte ihnen klargemacht, dass die für sieben Uhr anberaumte Totenmesse entweder auf eine andere Kirche verlegt oder komplett verschoben werden müsse.

Father Duffy, der die Messe lesen sollte, hatte verständnisvoll genickt. Die Gemeindesekretärin hatte nur mit den Augen gerollt und einen Flunsch gezogen.

»Ich denke, schon«, antwortete Aisling O'Grady. »Schau mal, Grainne.« Sie deutete auf den Fleck auf der Bank neben der Toten. »Ich vermute, dass man ihr mit einem Gegenstand von hinten den Schädel zertrümmert hat. Und ich denke, sie saß dabei genau hier. Aber …«

»Aber du willst dich vor der Obduktion nicht festlegen, stimmt's?«

Die rothaarige junge Frau mit den Sommersprossen hob den Kopf und blinzelte Grace zustimmend zu.

»Dann wäre nämlich Blut auf die Bank getropft und hätte sich genau an dieser Stelle hier sammeln müssen. – Wann kommt Rory? Habt ihr ihn schon benachrichtigt?«

Die Medizinerin hatte bei der Frage nicht einmal zu ihr aufgeschaut, als wäre es für sie völlig klar, dass Graces geschätzter Kollege Kommissar Rory Coyne jeden Moment hier auftauchen würde.

»Rory kommt heute nicht. Er hat sich bis morgen Urlaub genommen, was jetzt ziemlich blöd ist, aber nicht zu ändern.«

»Im Dezember, nach dem Vorfall letzte Woche und so kurz vor Weihnachten? Wieso das denn?« Aisling hielt in ihrer Untersuchung inne und richtete sich überrascht auf.

Grace schob sich die lockigen Haare aus der Stirn. »Er und Kitty sind in Belfast. Molly, ihre Älteste, studiert dort und hat heute wohl eine wichtige Präsentation. Dafür wollten sie hinfahren. Wer konnte denn ahnen, dass …?«

»Was studiert sie denn? Ich meine, was präsentiert sie?«

Aisling O'Grady hatte in der Kälte der Kapelle, die kaum beheizt schien, ihren giftgrünen gesteppten Anorak an und auch die bunte Bommelmütze aufbehalten. Sie wischte sich mit dem Ärmel über die Nase. Die Hände steckten in weißen Plastikhandschuhen.

Grace zuckte mit den Schultern. Auch sie trug ihren flauschigen roten Wollmantel und schwarze flache Stiefel, über die sie Schutzfolien gezogen hatte.

»Keine Ahnung. Sie studiert Kunst und Design, und Rory erzählte irgendwas von einer Sonderausstellung, bei der sie teilgenommen hat und ausgezeichnet wurde.«

»Und was ist mit Kevin?«

Der Name des ungeliebten Kollegen rief zwar nicht mehr die gleiche Abwehrreaktion bei Grace hervor wie in den ersten Monaten nach ihrem Amtsantritt in Galway, aber er löste auch keine große Begeisterung aus. Sie betrachtete

Kommissar Kevin Day nach wie vor skeptisch, der seine Ablehnung ihr gegenüber noch nicht einmal zu vertuschen versuchte. Er hasste sie dafür, dass sie ihm die Traumstelle weggeschnappt hatte, und hatte ihr das von Anfang an unverblümt gezeigt.

»Der ermittelt in der Geiselnahme bei dem Bankraub in Loughrea. Damit ist er vollauf beschäftigt.«

Aisling schaute sie amüsiert an. »Du hast gegrinst, ich hab's gesehen.«

Grace fühlte sich nicht ertappt. Aber sie war froh, dass die Kollegin, die erst vor wenigen Wochen ihre Mutter verloren hatte, sich offenbar wieder gefangen hatte. Durch den Todesfall hatte Aisling auch eine neue Familie bekommen, die sie nun sehr in Anspruch nahm.

»Wie geht es Tessa?«

Aisling lächelte spitzbübisch. »Danke. Dad, Julian und ich begleiten sie auf ein Konzert am dritten Advent in Westport.«

Sie ging wieder in die Knie und fischte etwas aus ihrem Besteckkasten, den sie neben sich gestellt hatte. Doch plötzlich stockte sie und schaute von unten in Graces Gesicht.

»Das heißt, wenn nicht am Dritten schon wieder ein Mord passiert ...«

»Quatsch!« Grace bereute ihre heftige Reaktion sofort.

Aisling murmelte etwas und Grace entfernte sich. Sie streifte die Handschuhe und den Schuhschutz ab und verließ die Kapelle, um den Priester zu vernehmen, der die Leiche gefunden hatte.

Aisling hatte da etwas ausgesprochen, was auch ihr selbst, seit sie St. Bridget betreten hatte, nicht mehr aus dem Kopf gegangen war: Vor genau einer Woche, am Samstag vor dem ersten Advent, hatte Father Duffy in einer anderen Kirche, in Moycullen, bereits eine Leiche gefunden. Die beiden Fälle ähnelten sich stark.

Die Tür war nicht verschlossen und Grace empfand den warmen Empfangsraum des kleinen Gemeindehauses als angenehm, geradezu heimelig nach der Kälte in der Kapelle. Im Kamin loderte ein großes Holzfeuer. Man hatte ihr zwar gesagt, dass St. Bridget nicht mehr regelmäßig benutzt werde und auch deshalb über keine gute Heizung verfüge, aber die Kälte im Gotteshaus hatte sie trotzdem überrascht.

»Father Duffy erwartet Sie.«

Die Gemeindesekretärin wies mit dem Kopf zur hinteren Tür. Die Spur eines Lächelns lag auf ihrem Gesicht und sie schien nicht mehr so entnervt wie bei der Ankunft von Garda.

»Wir sprechen uns direkt danach, Ms ...?«

»Mary O'Shea. Sehr wohl, Superintendent. Möchten Sie einen Tee?«

Grace nickte dankbar, klopfte und trat kurz darauf in die Dienststube. Der Priester saß in einem Ledersessel vor einem Torffeuer und hatte offenbar auf sie gewartet. Er erhob sich kurz, gab ihr die Hand und wies auf den Sessel gegenüber.

Father Duffy mochte um die fünfzig sein, er hatte scharf geschnittene Züge in seinem langen, schmalen Gesicht, kurzes, grau meliertes Haar und eine randlose Brille. Der Geistliche wirkte wie ein Intellektueller, der im Priesterseminar Irlands, in Maynooth, glatt als Experte für mittelalterliche Folianten durchgegangen wäre.

Grace begrüßte ihn. Er hatte die Finger beider Hände so zusammengelegt, dass sie ein spitzes Dreieck bildeten, und starrte trübselig ins Feuer.

»Tja.« Mehr äußerte er nicht.

Grace schwieg und wartete. Der Torf knisterte und feine Funken sprühten auf das Aschegitter.

»Ich bin entsetzt, Superintendent. Ich kann es nicht fassen«, murmelte er schließlich.

Grace musterte den Geistlichen. »Vielleicht sagen Sie mir einfach, was im Einzelnen geschehen ist. Sie betreuen auch St. Bridget, Father? Warum haben Sie uns das letzte Woche nicht erzählt?«

Erstaunt schaute er auf. »Nein, ich bin hier nur zu Gast. Eigentlich ist Moycullen meine Gemeinde, hier komme ich nur selten her.«

Grace beugte sich zu ihm hin. »Wie soll ich das verstehen? Erklären Sie es mir bitte.«

In dem Moment flog die schwere Tür auf und Mary O'Shea bahnte sich mit einem riesigen Tablett den Weg ins Zimmer. Der Priester stand auf, nahm es ihr ab und stellte es auf das Tischchen, das er zwischen sich und Grace geschoben hatte.

»Danke, Mary.«

Sie verließ den Raum und Grace fuhr durch den Kopf, dass ihr genussfreudiger Kollege Rory dieses Verhör sicher gern geführt hätte. Die Keksauswahl war beeindruckend.

»Bitte.« Duffy schenkte ihnen beiden Tee ein und machte eine einladende Handbewegung zum Keksteller hin. »Ich betreue die Gemeinde in Moycullen nur vorübergehend, aber dieses Provisorium dauert nun schon eineinhalb Jahre«, fuhr er dann fort. »Ich bin zurzeit der zuständige Priester dort. Hier in St. Bridget bin ich nur für die Messe heute Abend kurzfristig eingesprungen. Mein Kollege, Father Griffin, hat sich den Fuß gebrochen und liegt im Krankenhaus. Das hier fällt normalerweise nicht in die Zuständigkeit meiner Gemeinde.« Er betonte es, als sei es definitiv nicht seine Baustelle.

»Hmm.«

Grace schien in Gedanken versunken. »Und wie erklären Sie sich diesen Fall?«

Sie beobachtete den Priester genau. Er fuhr sich durch die

kurzen Haare, die, wie sie fand, einer Bürste aus grauweißen Dachshaaren glichen.

Er seufzte und antwortete: »Ich kann es mir überhaupt nicht erklären. Ich bin geschockt. Vor allem, weil …« Er brach abrupt ab und warf ihr einen hilflosen Blick zu.

Grace lächelte ihn aufmunternd an. »Weil?«

Er wich ihrem Blick aus und richtete seine Augen wieder auf das Feuer im Kamin. »Weil es so scheint, als wären beide Morde haargenau gleich abgelaufen.«

Grace nickte langsam. Sie nahm einen Schluck Tee und beugte sich näher zu ihm. Er wirkte wie ein verstörtes Tier, das man in einer engen Falle gefangen hatte.

»Vor genau einer Woche sind Sie in der von Ihnen betreuten Gemeinde Sacred Heart in Moycullen auf die Leiche von Beth Kerrigan gestoßen.«

Grace machte eine Pause. Father Duffy nickte und Schweißperlen bildeten sich auf seiner Stirn.

»Beth hat an jenem Nachmittag die Kirche geschmückt und wurde laut Obduktion mit einem stumpfen Gegenstand erschlagen. Es gibt weder eine Spur vom Täter noch ein Motiv. Leider sind wir mit unseren Ermittlungen in der vergangenen Woche noch nicht viel weiter gekommen. Im Augenblick verfolgen wir ein paar Spuren im unmittelbaren Umfeld des Opfers.«

Sie behielt für sich, dass es bisher so gut wie keine Spuren gab und dass ihre Ermittlungen derart stagnierten, dass sie sich nicht einmal dazu veranlasst gesehen hatte, Rorys bereits vor Wochen genehmigten Urlaub zurückzunehmen.

Father Duffy war in sich zusammengesunken und hatte die Arme auf seinen Oberschenkeln verschränkt.

»Der erste Mord ist am ersten Adventswochenende geschehen.« Seine Stimme klang dumpf. »Und der zweite heute, am zweiten Advent.«

Grace entgegnete nichts darauf. Father Duffy war ein

Verdächtiger. Spätestens seit heute war er für sie zum Verdächtigen geworden. Und Verdächtige ließ sie gern reden und ihre Gedanken entwickeln, ihnen gegenüber gab man nichts preis.

»Es ist derselbe Täter, nicht wahr?«

Grace hustete kurz. »Das wissen wir nicht. Die Umstände, die zu den beiden Morden führten, erscheinen vergleichbar. Aber wir müssen abwarten, was unsere Untersuchungen ergeben.«

Der Priester hob langsam den Kopf und drehte sein Gesicht zu ihr. Es war gerötet. Er wirkte wie ein kleiner Junge, den im Sitzen der Schlaf übermannt hatte und der nach dem Erwachen versuchte, wieder im Hier und Jetzt anzukommen.

»Das muss ein Serienmörder sein. Beth und Marilyn sind von einem Serienmörder umgebracht worden.«

Der Priester hatte es ausgesprochen. Das war, was die Rechtsmedizinerin vorhin angedeutet hatte und was auch Grace, als sie die Leiche vor einer Stunde sah, sofort dachte, aber nicht wahrhaben wollte.

Grace hasste Serienmörder. Andere Mörder boten Knotenpunkte, psychologische Wegmarkierungen oder ökonomische Fußabdrücke, denen man folgen konnte. Sie bargen Dreh- und Angelpunkte, die meist vernünftig, schlüssig und sogar nachvollziehbar erschienen, auch wenn man sie vom moralischen Standpunkt her verwerfen musste.

Serienmörder dagegen waren glatt wie nasse Seife, fand Grace. Ihre Opfer waren für sie unpersönlich, sie wählten sie völlig willkürlich, und in dieser Zufälligkeit waren sie noch mehr Opfer als andere Opfer.

Serienmörder trieben ein unaufgeregtes, gefährliches Lotteriespiel. Ihre Morde wollten als Statements und nicht als Rätsel begriffen werden. Grace verabscheute solche gnadenlosen Wichtigtuer.

Father Duffy rieb sich mit dem Mittelfinger die Stirn. »Was genau möchten Sie wissen, Superintendent?«

Er versuchte entspannt auszusehen, was ihm nicht gelang.

Grace holte ihr Aufnahmegerät heraus und warf ihm einen prüfenden Blick zu. »Genau das Gleiche wie vor einer Woche, Father.«

3

Mary O'Sheas Alter war schwer zu schätzen, fand Grace. Ihr Gesicht wirkte noch frisch wie mit Anfang, Mitte vierzig, ihre Augen dagegen kamen ihr mindestens zehn Jahre älter vor. Sie waren ruhig, fast statisch, und schienen nur zu registrieren. Die Sekretärin räumte gerade ihren Schreibtisch auf, als Grace das Gemeindebüro betrat.

»Mrs O'Shea, hätten Sie jetzt Zeit, mir ein paar Fragen zu beantworten?«

Die Frau schaute auf und lächelte. »Sicher, Guard. Ich bin sofort bei Ihnen.«

Sie fuhr den Computer herunter und stülpte ihm dann ein hellblaues Flanellsäckchen mit rosa Elefantenmuster über, das sie wie bei einem Säugling, den man für die Nacht in einen Pyjama steckte, liebevoll herunterrollte.

Grace starrte den PC-Pyjama entgeistert an. Mary O'Shea bemerkte ihre Verblüffung und zupfte noch ein wenig an der gestrickten Hülle herum.

»So was haben Sie noch nie gesehen, nicht wahr?«

Grace schüttelte den Kopf, während sie sich auf die Lippen biss. »In der Tat. Noch nie. Setzen wir uns.«

Sie behielt ihr Aufnahmegerät in der Hand und ließ sich auf einem der drei Sessel am Kamin nieder. Mary wählte den Sessel neben ihr, nicht den, der ihrem genau gegenüberstand.

»Man kann sie nirgends kaufen. Ich stricke sie selbst, andere nähe ich. Für meine eigenen Computer, und ich verschenke sie auch. Sie werden sehr gern genommen, Guard. Sehr gern.«

Grace versicherte ihr, dass sie das sofort glaube.

»Mrs O'Shea …«

»Ms O'Shea«, korrigierte sie leise.

»Bitte schildern Sie mir die Ereignisse des heutigen Nachmittags. Vom Eintreffen von Marilyn Madden bis der Organist und Sie Father Duffy und Marilyns Leiche in der Kapelle fanden. Ich bin sicher, dass Sie sich noch gut erinnern können.« Davon war sie tatsächlich überzeugt. Dieser Frau entging sicher nur wenig.

Mary O'Shea lächelte selbstsicher und rückte ihre Brille mit dem schwarzen Rahmen zurecht. Gleichzeitig kreuzte sie ihre Füße, die in fellgefütterten modischen Stiefeletten steckten.

»Also, Marilyn tauchte wie abgesprochen ziemlich genau um halb vier hier auf. Sie nahm noch eine Tasse Tee, den ich kurz zuvor für uns aufgebrüht hatte, und verschwand dann in der Kapelle. Die Blumen für die Dekoration waren schon vorher geliefert worden, und zwar direkt in die Kirche.«

Grace hatte das Aufnahmegerät wieder eingeschaltet. Sie schaute die Gemeindesekretärin auffordernd an.

»Was genau war Marilyns Aufgabe?«

Mary O'Shea runzelte die Stirn. »Na, sie sollte das Gotteshaus für die Totenmesse heute Abend herrichten. Was alles so anfällt: Blumenschmuck, Gebetsbücher, Weihwasser nachfüllen, Kerzen überprüfen. Mit dem Sarg und dem dazugehörenden Schmuck hatte sie nichts zu tun, dafür ist das Bestattungsunternehmen zuständig, wenn es Sie interessiert.«

»Wie lange braucht man normalerweise für das Herrichten dieser kleinen Kirche?«

»Höchstens eine Stunde, ja, das kommt hin, wenn man nicht abgelenkt wird.«

»Was meinen Sie damit?«

Mary blickte sie verständnislos an. »Na ja, es kommen

schon mal Nachbarn auf ein Schwätzchen vorbei, wenn sie sehen, dass jemand in der Kirche ist. Oder es gibt ein Tier, um das man sich kümmern muss. Das nimmt natürlich Zeit in Anspruch.«

»Ein Tier?« Grace schaute skeptisch.

Die Gemeindesekretärin lächelte. »Nichts Ekliges, Superintendent. Aber wir sind ja fast auf dem Land hier und St. Bridget wird nicht mehr regelmäßig benutzt. Da verirrt sich in der kalten Jahreszeit schon mal ein Igelchen oder ein Waschbär in den heiligen Raum. Vor Kurzem hatten wir einen Dachs hier und letztes Jahr sogar einen Moorhasen. Das sind die mit den langen Löffeln.«

Sie strich sich den Tweedrock glatt.

»Haben Sie Mrs Madden danach noch einmal gesehen?« Die Kommissarin versuchte den Blick der anderen aufzufangen, doch deren Augen blieben eigentümlich starr.

Mary O'Shea führte ihre zur Faust geballte Hand zum Mund und runzelte die Stirn, als müsste sie vor ihrer Antwort etwas abwägen. »Ich bin mal kurz rübergesprungen, als sie jemand am Telefon verlangt hat, aber ich hab sie nicht gesehen und dachte, dass sie wohl im Schuppen hinter der Kapelle zu tun hat. Da bewahren wir spezielle Dinge auf, die für bestimmte Messen verwendet werden und von denen sie das ein oder andere vermutlich holen musste. Als ich sie nicht finden konnte, bin ich wieder zurückgegangen.«

»Wann war das?«

Die Frau zuckte vage mit den Schultern. »Gegen vier vielleicht?«

»Haben Sie sie gerufen?«

O'Shea starrte sie an. »Nein.«

»Warum nicht?« Grace fand das Desinteresse der Zeugin und ihre fehlende Beteiligung am Geschehen bemerkenswert.

»Sie war nicht in der Kapelle, also ging ich wieder. Ich dachte, sie würde schon noch auftauchen.«

»Es beunruhigte Sie offenbar in keiner Weise, dass vor genau einer Woche unweit von hier, in Moycullen, eine Frau unter bisher ungeklärten Umständen ermordet wurde, die ebenfalls allein eine Kirche geschmückt hatte, und dass wir den Täter bisher noch nicht fassen konnten. Das kam Ihnen nicht in den Sinn?«

In diesem Moment schlug Mary O'Shea beide Hände vors Gesicht. »Jesus, Maria und Joseph«, presste sie hervor.

Es erschien einstudiert und ziemlich emotionslos.

»Wer hat da angerufen und nach Marilyn gefragt?«, fuhr die Kommissarin ungerührt fort.

»Habe ich das nicht erwähnt? Es war Anne. Anne Madden, Marilyns Tochter. Sie ließ ausrichten, dass sie ihre Mutter in der nächsten halben Stunde mit dem Wagen abholen würde. Deshalb habe ich mich auch nicht gewundert, dass Marilyn später nicht noch mal zu mir hereinkam. Ich ging davon aus, dass sie sofort in den Wagen gestiegen und nach Hause gefahren ist.«

Grace schlug die Beine übereinander. Warum misstraute sie dieser Zeugin? Was genau missfiel ihr an der Gemeindesekretärin?

Sie fragte nach der Telefonnummer der Tochter, um Kontakt mit ihr aufzunehmen.

»Gibt es auch einen Mr Madden?«

Mary nickte. »Ja, er ist Farmer. Ein netter Mann. Oh Gott, das wird ja furchtbar für die Familie, so kurz vor Weihnachten.«

»Waren Sie die ganze Zeit hier im Büro, während Mrs Madden die Kapelle schmückte?«

Die Frau schaute Grace unsicher an. »Natürlich. Außer als ich, wie ich eben schon sagte, mal kurz rübergesprungen bin, um Marilyn ans Telefon zu holen.«

»Gibt es dafür Zeugen, Ms O'Shea?«

»Zeugen? Warum?«

Grace betrachtete sie einen Augenblick lang schweigend. Diese Frau war intelligent und durchaus in der Lage, zwei und zwei zusammenzuzählen. Sie lächelte die Sekretärin an, was die andere leicht zu irritieren schien.

»Es gibt dafür keine Zeugen. Aber ich habe am Computer gearbeitet und war auch online. Das kann man sicher nachprüfen. Kurz vor halb fünf erschien dann Father Duffy.«

»Father Duffy sagte aus, dass in der Kirche kein Licht brannte, als er sie betrat. Es wurde heute schon kurz nach vier Uhr so dämmrig, dass man in der Kapelle eigentlich eine Beleuchtung gebraucht hätte. Haben Sie von hier aus sehen können, wann das Licht ausgeschaltet wurde?«

»Nein.«

Diese Antwort kam wie aus der Pistole geschossen. Grace stand auf, durchquerte mit schnellem Schritt den Raum und setzte sich auf Marys Arbeitsstuhl vor dem Computer im Pyjama. Die Sekretärin verfolgte ihre Bewegungen misstrauisch.

»Sitzen Sie hier genau so wie ich jetzt, wenn Sie am PC arbeiten?«

Die Frau bestätigte das. Draußen war es dunkel, aber da die Spurensicherung immer noch in der Kapelle zu tun hatte, war sie hell erleuchtet. Das konnte man von hier aus sehr gut erkennen. Grace wies Mary O'Shea darauf hin, die nur unbeteiligt mit den Schultern zuckte.

»Ich habe wirklich nicht darauf geachtet, Guard. Ich war beschäftigt.«

Grace trat ans Fenster und schaute wieder nach drüben zur Kapelle.

»Wann genau kam der Organist für die Totenmesse? Ich hörte, dass er schon relativ früh hier war. Die Messe war erst für gut zwei Stunden später angekündigt, oder?«

»Das stimmt. Liam kam auch um halb fünf, kurz nach Father Duffy. Er kommt gern etwas früher, um sich vorzubereiten. Aber er wollte vor der Messe noch schnell nach Galway rein, zum Zahnarzt, sagte er. Es war ein Notfall und der Arzt hatte ihm ausnahmsweise einen Samstagstermin gegeben. Liam wohnt in Roundstone, und wenn er hier spielt, nimmt er gern die Gelegenheit wahr, ein paar Dinge in der Stadt zu erledigen. Er wird sicher gleich wieder zurück sein.«

Grace runzelte die Stirn. »Er ist nicht hiergeblieben?«

»Sollte er das? Er musste ja zum Zahnarzt und sagte, er käme danach sofort wieder zurück.«

»Gut.« Sie war etwas verärgert über die eigenmächtige Entscheidung des Zeugen, ihre Anweisung zu missachten, ließ es sich aber nicht anmerken. Die Kommissarin begann, im Zimmer auf und ab zu gehen.

»Was wollten Sie beide drüben bei Father Duffy?«

Mary biss sich auf die Lippen, als suchte sie schnell nach einer passenden Antwort, die sich aber nicht einstellen wollte.

»Es war Liams Vorschlag, rüberzugehen«, erinnerte sie sich. »Ich glaube, er wollte ihn etwas wegen der Musik fragen.« Sie hörte sich vage an und blickte auf ihre Stiefeletten.

»Und da sind Sie vorsichtshalber mitgegangen, damit ihm die Frage nicht abhandenkäme?«

Mary O'Shea sah sie perplex an. Nach zwei, drei Sekunden sagte sie leise: »Ich wollte nur schauen, wie weit Marilyn war.«

Grace kniff die Augen zusammen. »Ach, eben sagten Sie noch, Sie wären davon ausgegangen, dass ihre Tochter sie abgeholt hätte, oder? Sie widersprechen sich.«

Ihre Stimme klang jetzt durchaus scharf. Mary schaute sie zum ersten Mal nicht mehr unbeteiligt, sondern eher betroffen an. Sie schien auf ihrem Sessel um einiges geschrumpft zu sein. Grace beugte sich leicht zu Mary hinunter.

»Father Duffy ist hier offenbar kurzfristig für einen Kollegen eingesprungen, der einen Unfall hatte. Wann ist das entschieden worden und von wem?«

Die Gemeindesekretärin blieb stumm. Grace trat noch einen Schritt näher.

»Das wird in der Diözese entschieden. Direkt in Galway. Von wem, weiß ich nicht. Es gibt einen Notplan für solche Fälle.«

Grace richtete sich wieder auf, schaltete das Aufnahmegerät ab und packte ihre Tasche.

»Ich muss gehen. Bitte richten Sie Ihrem Organisten aus, er soll sich umgehend mit mir in Verbindung setzen. Hier ist meine Karte.« Sie reichte sie ihr. »Wie heißt er noch mal?«

»Liam. Liam O'Flaherty. Er ist eigentlich Buchhändler in Roundstone. Ich war froh, dass wir ihn für die Orgel bekommen haben. Liam spielt sehr gut. Da gibt es ganz andere.«

Sie verzog ihr Gesicht ein wenig. Dann stand sie ebenfalls auf und versuchte ein Lächeln. »Wenn ich Ihnen sonst irgendwie behilflich sein kann, geben Sie Bescheid, Superintendent.«

Grace zögerte einen Moment. »Sie sprachen vorhin von Ihren Computern, denen sie so ein nützliches kleines Hemdchen als Schutz vor den Unbilden der Nacht verpassen …«

Mary nickte bestätigend und schien die Ironie nicht zu bemerken.

»Darf ich fragen, wie viele Computer das sind?«

Mary schien zu überlegen und sie im Geiste zu zählen. Schließlich strahlte sie Grace an. »Genau fünf.«

»Fünf? Das ist eine ganze Menge.«

»Ja, es sind natürlich alles Dienstcomputer, Superintendent. Einer im Gemeindehaus von Moycullen, einer hier, einer in Salthill, einer in der Claddagh und einer in St. Joseph's im Zentrum. Macht insgesamt fünf.«

Als Grace ihr einen überraschten Blick zuwarf, begann sie zu erklären. »Diese Gemeinden, die ja alle im Westen von Galway liegen, können sich keine Vollzeitkraft für die anfallende Arbeit leisten. Deshalb teilen meine Kollegin Christine und ich uns als festangestellte Sekretärinnen die Arbeit in diesen fünf Gemeinden. St. Bridget hier zählt eigentlich nicht, weil es so klein ist. Im Grunde handelt es sich also nur um vier Gemeinden. Anfangs dachten wir, das würde nicht funktionieren, aber das hat sich als Irrtum herausgestellt. Es funktioniert sogar fabelhaft. Es ist eben alles eine Frage der Organisation.«

Sie machte sich nun am Kamin zu schaffen, stocherte darin herum und stellte schließlich das Schutzgitter davor. Dann knipste sie die große Stehlampe aus.

Grace war mitten im Zimmer stehen geblieben und dachte nach.

»Verstehe. Und für wie viele dieser vier Gemeinden ist Father Duffy zuständig – dauerhaft zuständig, meine ich?«

»Father Duffy?« Sie hatte sich umgedreht und sah Grace erstaunt an. »Für drei.«

»Moycullen eingeschlossen?«

»Nein, Sie betonten ja dauerhaft. Moycullen ist nach wie vor ein Provisorium.«

Sie ging zur Tür und legte ihre Hand auf den Lichtschalter. Es schien in ihr zu arbeiten. Plötzlich entfuhr ihr ein unkontrolliertes »Oh!«.

Grace musterte sie. »Was haben Sie, Mary? Ist Ihnen noch etwas eingefallen?«

Aber sie war sich sicher, die Antwort bereits zu kennen. Auch sie hatte nachgerechnet.

»Jetzt haben wir das Wochenende des zweiten Advents. Dann gibt es noch den dritten und den vierten Advent«, sagte O'Shea stockend.

Grace nickte. »So war es bisher immer.«

»Und am Ende kommt Weihnachten …«

»Stimmt«, erwiderte Grace düster. »Noch genau drei Festtage.«

4

»Das ist ein wunderbarer Rinderbraten, der zergeht auf der Zunge. Ein Gedicht!«

Elizabeth Wilson lächelte verschämt, errötete leicht und schien sich über das Lob zu freuen.

»Mum ist schließlich Profiköchin in der Victoria-Gesamtschule in Westbelfast«, erklärte ihr Sohn George stolz und schob ein Stück Kruste des Yorkshire Puddings auf seinen Gabelrücken, von wo er es gekonnt in den Mund balancierte.

»Mürbe und zart, obwohl er das Gegenteil von englisch ist!« Rory säbelte mit einem scharfen Messer ein appetitliches Stück ab und tunkte es genüsslich in die dunkle Soße.

George lachte und hob sein Glas. »Das Wortspiel verstehe ich nicht, Rory.«

Molly neben ihm legte ihre Hand kurz auf seinen Arm. »Im Deutschunterricht habe ich gelernt, dass man ein gebratenes Fleischstück, wenn es innen noch blutig ist, dort als ›englisch‹ bezeichnet. Das fand Dad unglaublich komisch.«

George schaute sie überrascht an und lachte dann wieder.

»Kein Brite isst sein Fleisch halbroh oder gar blutig, sondern grundsätzlich komplett durchgegart.«

»Sag ich doch.« Rory beeilte sich, ihm mit leerem Mund zuzustimmen.

»Da sieht man wieder einmal, wie viel Unsinn verzapft wird und welche Dinge man sich über andere Nationen erzählt, die gar nicht stimmen, aber felsenfest geglaubt werden. Umso besser, dass wir uns endlich alle persönlich kennenlernen.«

George wurde einen Moment ernst und Rory hob sein Rotweinglas. »Herzlichen Dank, liebe Elizabeth, lieber Bill, für eure Einladung, die von Herzen kommt und uns im Herzen berührt! *Sláinte!*«

Alle stießen miteinander an: Rory, seine Frau Kitty, ihre älteste Tochter Molly, die neben ihrer großen Liebe George saß, und Elizabeth und Bill, die Eltern von George.

»Auf Irland! Nord und Süd! Auf unsere ganze schöne Insel!«

Georges Vater hatte schon ein paar Gläser intus und strahlte mit gerötetem Gesicht seine irischen Gäste aus der Republik an, während er ihnen zuprostete.

»Hast du nicht noch einen jüngeren Bruder, George?«, erkundigte sich Kitty und legte ihr Besteck zusammen.

Schlagartig war das Lachen auf den Gesichtern aller drei Wilsons verschwunden. Molly schaute George immer noch liebevoll an. Doch der drehte sich weg.

Nun ergriff seine Mutter das Wort. »Billy junior ist leider verhindert. Er ist im Schullandheim oben bei Londonderry.«

»In Derry, im Dezember? So kurz vor Weihnachten?«, fragte Rory verwundert.

Die Stimmung hatte plötzlich einen Stich ins Unangenehme genommen und Rory fragte sich, was genau das ausgelöst hatte.

Es war nicht ihr erster Besuch in Belfast bei ihrer Tochter Molly, die hier im zweiten Jahr studierte, aber sie waren tatsächlich noch nie bei einer nordirischen Familie eingeladen gewesen. Die ernsthafte Verbindung ihrer Ältesten mit George Wilson hatte zu diesem Abend geführt. George war angehender Polizist im gehobenen Dienst und studierte an der hiesigen Polizeihochschule. Rory und er hatten sofort einen Draht zueinander gehabt, als Molly ihn ihren Eltern vor ein paar Monaten im Crown Pub vorgestellt hatte. Dass die Wilsons in der Nähe der Shankill Road wohnten, mitten in der Hochburg des militanten protestantischen Lagers der irischen Unionisten, hatte Rory nicht geahnt. Seine Tochter hatte die Eltern mit keinem Deut vorgewarnt.

Als er mit Kitty und Molly vor zwei Stunden mit dem Taxi und einer Flasche exzellenten Rotweins, geschmückt mit einer republikgrünen Schleife und dem irischen Kleeblatt, vorgefahren war, konnte er sein Erstaunen darüber kaum verbergen.

An der nächsten Ecke prangte eines der berühmten Shankill-Graffiti an der Hauswand. Grelle, krude Heldenverehrung des späten zwanzigsten Jahrhunderts in Neonfarben. Im Gegensatz dazu waren Kitty die scheinbar individuellen Wohnzimmerfenster-Dekorationen in den schmucken Reihenhäusern aufgefallen. Fast alles war in Schwarz und Silber gehalten, egal ob es sich um künstliche Blumen oder Vogelskulpturen handelte.

Sie wunderten sich. Und gleichzeitig wussten sie, dass in den achtziger und neunziger Jahren ein solcher Besuch nicht nur unmöglich, sondern potenziell auch gefährlich gewesen wäre, und zwar für alle Beteiligten. Aber heute, zwanzig Jahre nach dem Karfreitagsabkommen, das den Friedensprozess einläutete, war es zu einer Annäherung der einst verfeindeten Bevölkerungsgruppen gekommen oder zumindest zu größerer Toleranz. Es war eine, wie Rory sich wünschte, unumkehrbare Normalität eingetreten, die der Provinz Ulster, wie man Nordirland in der Republik meist nannte, Stabilität und auch neue Möglichkeiten beschert hatte.

Rory warf seiner Tochter einen Blick zu. Molly hatte die Augen gesenkt, doch es war nicht zu übersehen, dass sich über ihr ebenmäßiges, ovales Gesicht, das von einer dichten roten Haarmähne eingerahmt war, eine zarte Röte ausgebreitet hatte. Molly Coyne wusste etwas, was hier am Tisch offenbar nicht erörtert werden sollte.

Elizabeth Wilson war aufgestanden und begann nun hektisch das Geschirr abzuräumen. Sofort sprang Rory ebenfalls auf, um ihr zu helfen.

Sie lächelte. »Bitte, Rory, ihr seid unsere Gäste.«

Der Kommissar setzte sich brav wieder hin, als sich plötzlich sein Handy meldete. Er hatte eine SMS erhalten und überprüfte sie diskret.

»Auch das noch!«, entfuhr es ihm.

Kitty drehte sich zu ihm. »Etwas Unangenehmes?«

Rory starrte immer noch auf das Display. Er nickte.

»Kann man wohl sagen. Ich glaube, ich muss sofort zurück.« Auf seinem Gesicht bildeten sich rote Flecken.

»Ihr fahrt doch sowieso morgen früh, Dad«, rief Molly ungläubig und schaute hilflos zu ihrer Mutter hinüber.

Kitty reagierte sofort. »Molly hat recht. Morgen früh war der Plan. Es bringt überhaupt nichts, wenn wir diesen schönen Abend hier bei den Wilsons abbrechen und uns mitten in der Nacht ins Auto setzen, um vier, fünf Stunden runter nach Galway zu hetzen. Hat Grace dich zurückbeordert?«

Rory wand sich. »Nein, hat sie nicht. Aber wir haben wieder eine Leiche in einer Kirche und alles ist wie letzte Woche, sag ich doch. Sie braucht mich.«

»Wie letzte Woche?«

Molly starrte ihren Vater an, doch ihr Freund kam Rory zuvor.

»Es gab wohl einen Mord an einer ehrenamtlichen Kirchenhelferin in der Nähe von Galway. Ein Priester hat sie gefunden, die BBC hat's auch gebracht.«

Molly seufzte. »Stimmt, Father Duffy hat sie gefunden, ich erinnere mich. Der hat mich firmiert.«

In dem Moment krachte das Tablett mit den Tellern und dem Besteck auf den geblümten Teppichboden. Elizabeth hatte es fallen gelassen. Auf ihrem Gesicht spiegelte sich Entsetzen.

»Lizzy, oh Gott, was ist denn los?« Bill fasste sie kurz an den Schultern und kniete sich hin, um vorsichtig die Scherben aufzusammeln.

George rutschte auf allen vieren herum und half ihm. Rory blickte sich verwundert um und kratzte sich an der lichten Stelle an seinem Hinterkopf. Was war das gerade gewesen? Die Wilsons wussten doch, dass die Coynes katholisch waren.

Kitty nutzte die momentane Verwirrung. Sie war neben ihn getreten und flüsterte ihm ins Ohr.

»Schlag dir das mit der Abreise aus dem Kopf, Rory Coyne. Wir fahren wie geplant morgen nach dem Frühstück.«

Rory setzte zu einem Protest an, doch Kitty blitzte ihn aus ihren grünen Augen an.

»Du hast getrunken und ich auch. Oder wolltest du einen Chauffeur für uns engagieren? Vielleicht Georges Vater Bill? Der ist zwar Taxifahrer, aber er hat auch getrunken.«

Betrübt schüttelte Rory den Kopf und setzte sich wieder. Seine Tochter schenkte ihrer Mutter ein erleichtertes Lächeln und kraulte den Vater wie einen liebgewonnenen Hund im Nacken.

»Sei nicht traurig, Dad. Ab morgen Mittag kannst du wieder mit Grace Verbrecher fangen. Und hier gibt's jetzt einen Grund zu großer Freude: Lizzys Trifle ist legendär! Zumindest in der protestantischen Community von Belfast.«

Rory schmunzelte versöhnt und schaute Molly schief an. Er liebte Trifle, diesen traditionell britischen Nachtisch, der aus zahlreichen bunten süßen Schichten bestand. Aber fast noch mehr gefiel ihm, dass seine Älteste nicht nur seinen Hang zum Genuss, sondern auch seinen Humor geerbt hatte.

5

»Ich will sie sehen!« Die Lippen der jungen Frau bebten, während sie Grace O'Malley an diesem frühen Sonntagmorgen gegenüberstand.

»Selbstverständlich, Ms Madden. Wir gehen zusammen in die Forensik. Meine Kollegin wartet dort schon auf uns. Ihr Vater hat Ihre Mutter gestern Abend noch identifiziert. Wir konnten Sie ja leider nicht erreichen. Kommen Sie!«

Anne Madden war schätzungsweise Mitte zwanzig. Grace ging mit ihr durch den heute menschenleeren Korridor der Garda-Zentrale mitten in Galway. Als sie den Parkplatz davor erreicht hatten, blieben die beiden Frauen stehen und Grace ergriff wieder das Wort.

»Es tut mir sehr leid für Sie und Ihre Familie, dass Ihre Mutter unter solch brutalen Umständen ihr Leben verlieren musste. Ich versichere Ihnen, wir von Gardai tun alles, was in unserer Macht steht, um den Täter schnell zu fassen.«

Anne Madden blickte sie zornig an. »Mit dem Mord im Sacred Heart in Moycullen vor einer Woche sind Sie ja wohl noch keinen Schritt weitergekommen, oder?«

Graces Augen wurden schmal und das mitfühlende Lächeln verschwand von ihrem Gesicht.

»Wir stecken mitten in den Ermittlungen. Ich bitte bei allem Verständnis für Ihre Gefühlslage um etwas Geduld.«

»Hören Sie, Superintendent, ich bin Journalistin hier in Galway bei RTÉ, und wenn Gardai an irgendetwas Konkretem dran wäre, dann wüsste ich das.«

»Tatsächlich?«

Grace verzog ihren Mund zu dem schiefen, leicht ironischen Lächeln, das Peter Burke, ihren alter Freund aus Kinderzeiten und seit Kurzem ihr neuer Geliebter, immens irritierte.

»Darf ich Sie etwas fragen?«

Grace setzte sich wieder in Bewegung und die junge Frau in dem beigen Trenchcoat und mit dem dicken karierten Schal, den sie um ihren Kopf geschlungen hatte, versuchte mit der Kommissarin Schritt zu halten.

»Stimmt es, dass Sie Ihre Mutter gestern Nachmittag mit dem Wagen abholen wollten?«

»Ja, ich rief so gegen vier im Pfarrbüro an und bat Mary, meiner Mutter Bescheid zu sagen, dass ich in der nächsten halben Stunde vorbeikommen würde.«

Grace blieb stehen. »Hatte Ihre Mutter kein Handy?«

Anne runzelte die Stirn. »Doch, aber sie hatte es fast nie dabei. Man konnte sie eigentlich nur über andere erwischen.«

Grace kannte dieses Phänomen bei älteren Menschen.

»Und Sie sind sicher, dass Sie Ms O'Shea nicht baten, Ihre Mutter ans Telefon zu holen?«

Anne schaute sie perplex an. »Todsicher. Warum hätte ich das tun sollen? Ich wollte ja nichts von meiner Mutter wissen. Ich wollte ihr nur durchgeben, dass ich bald kommen würde. Warum hätte ich sie dann hin und her kommandieren sollen? Das macht doch keinen Sinn.«

Annes Gesichtsausdruck zeigte deutlich, dass sie Graces Frage merkwürdig fand.

»War Ihre Mutter nicht beunruhigt oder äußerte sie Bedenken, dass sie die Kapelle ganz allein schmücken sollte? Oder waren Sie vielleicht deshalb alarmiert?«

Grace strich ihre langen dunklen Haare zurück und beobachtete die junge Frau genau. Die Journalistin überlegte einen Moment, bevor sie antwortete.

»Nein, ich glaube nicht, dass Mommy Angst hatte, dass

man sie wie Beth Kerrigan ermorden würde. Darauf spielen Sie doch an, oder?«

»Genau. Schließlich haben wir, wie Sie selbst ja eben schon sagten, den Täter bisher nicht gefasst.«

Anne Madden schaute nun in den grauen Himmel, der sich, seit es heute hell geworden war, von seiner harmlosen trübtrockenen Seite zeigte.

»Ich hatte auch keine Angst um sie, wenn ich ehrlich bin. Wir haben sogar noch darüber gesprochen, nachdem sie den Anruf erhielt, ob sie St. Bridget kurzfristig für die Messe schmücken könne.«

»Von wem kam diese Anfrage? Und wann?«

»Von wem? Von der Diözese, vermute ich. Mein Vater hat den Anruf entgegengenommen. Die Anfrage kam erst am Freitagnachmittag, also einen Tag vorher. Da war wohl was schiefgelaufen. Father Griffin, der zuständige Priester, hatte einen Unfall und musste ins Krankenhaus. Und wer die Kapelle ursprünglich schmücken sollte, das weiß ich gar nicht. Mommy ist jedenfalls eingesprungen.«

Das war neu für Grace. Hätte es sonst etwa einen anderen getroffen? Sie musste unbedingt jemanden in der Diözese kontaktieren, um sich darüber Klarheit zu verschaffen. Aber an einem Sonntag war dort sicher niemand in der Verwaltung zu erreichen.

Sie waren weitergelaufen und hatten die Straße vor dem Gardai-Parkplatz überquert. Kein Auto war heute Morgen zu sehen. Grace hielt der jungen Frau die Tür zu dem Gebäude auf, in dem sich die Räumlichkeiten der Gerichtsmedizin befanden.

Anne Madden schlüpfte hinter ihr herein und blieb dann wie angewurzelt stehen.

»Superintendent?«

Grace drehte sich erstaunt zu ihr um.

»Warum fragen Sie das eigentlich? Ich meine, ob meine

Mutter oder ich uns Sogen gemacht hätten, was ihre Sicherheit betraf? Glauben Sie etwa, dass diese beiden Fälle zusammenhängen? Glauben Sie, dass akute Gefahr besteht, weil irgendjemand …?« Sie stockte.

Grace wusste im selben Moment, dass sie einen Fehler begangen hatte. Ausgerechnet einer Journalistin diese Frage zu stellen! Das war dumm von ihr gewesen. Sie versuchte abzuwiegeln.

»Das war nur eine Routinefrage. Nein, warum sollten Sie sich ängstigen? – Hier entlang, bitte.«

Noch ein paar Schritte und sie hatte die Gerichtsmedizin erreicht. Sie musste schnell auf ein anderes Terrain ausweichen.

»Wenn Sie Ihre Mutter gestern gegen halb fünf abholen wollten – warum sind Sie dann eigentlich dort nicht erschienen?« Grace atmete tief durch.

»Es kam etwas dazwischen«, sagte Anne. »Ich bin zu einem Zwischenfall im Eyre Square Shopping Centre gerufen worden. Dort hatte jemand sämtliche Einnahmen der Weihnachtstombola gestohlen und eine Massenschlägerei war ausgebrochen. Ich hatte Bereitschaftsdienst und musste drehen. Da war ich erst mal ein paar Stunden beschäftigt. Deshalb haben Sie mich auch später nicht erreichen können.«

Anne versuchte ein versöhnliches Lächeln.

Bereitschaftsdienst gab es also nicht nur bei Polizisten und Ärzten, sondern auch bei Reportern, dachte Grace. Das würde sich leicht überprüfen lassen, obwohl sie die Tochter nicht verdächtigte, etwas mit dem Tod ihrer Mutter zu tun zu haben. Trotzdem waren die Umstände nicht ganz schlüssig und teilweise widersprüchlich zu dem, was O'Shea ausgesagt hatte.

Die Kommissarin klopfte laut an die Metalltür der Gerichtsmedizin und betrat den kühlen Raum.

Da zupfte sie die junge Frau am Jackenärmel.

»Man kann doch davon ausgehen, dass es irgendeine Verbindung zwischen dem Täter und dem Opfer gab. Habe ich recht?«

Grace schaute sie abwartend an, verschränkte die Arme und nickte dann kaum merklich.

»So muss es auch bei der armen Beth Kerrigan gewesen sein, dachte sich meine Mutter. Wir konnten uns zwar nicht vorstellen, warum sie umgebracht worden war, aber es muss doch einen, für uns Außenstehende vielleicht nicht nachvollziehbaren Grund gegeben haben.«

»Aisling! Wir sind da. Können wir reinkommen?«

Grace bat Anne Madden hinter sich herein. Erleichtert stellte sie fest, dass die rothaarige Medizinerin tatsächlich im Nebenraum am Computer saß und ihnen sofort winkte, näher zu kommen.

»Warten Sie, bitte. Ich bin noch nicht fertig.« Anne Madden blieb hartnäckig. Das hatte man ihnen wahrscheinlich auf der Journalistenschule beigebracht. »Wenn Sie mich fragen, ob meine Mutter und ich besorgt waren, weil sie dort allein in der Kapelle war, kann das doch nur bedeuten, dass Garda die Opfer für Zufallsopfer hält und dass der Mörder nach einem genauen Muster vorgeht. Und das gibt es nur bei einer Art von Mördern: Es geht hier offenbar um einen Serienkiller.«

Graces Augen verengten sich zu Schlitzen. Sie ärgerte sich über ihre eigene Unvorsichtigkeit und gleichzeitig beeindruckte sie die glasklare Wachsamkeit der jungen Frau, die trotz allem nicht in ihrer Trauer versank.

6

»Der Täter muss von hinten gekommen sein, als Marilyn sich kurz hingesetzt hatte. Vielleicht weil sie von dort aus ihre Arbeit, die offenbar abgeschlossen war, überprüfen wollte. Ob alles komplett war, am rechten Ort stand, so etwas.«

Grace reichte Rory einen Packen Fotos, die sie aufgenommen hatte und die bereits vergrößert worden waren.

»Alles so ähnlich wie im Fall Beth Kerrigan. Auch die Tatwaffe könnte identisch sein, meint Aisling.«

Rory Coyne war vor einer halben Stunde nach Galway zurückgekehrt und, nachdem er seine Frau Kitty zu Hause abgesetzt hatte, sofort zur Garda-Zentrale in der Altstadt gefahren.

»Ich wollte schon gestern Abend aufbrechen, als ich deine Nachricht erhielt, aber Mrs Coyne meinte, das sei blanker Aktionismus und daher unsinnig.«

Er ging die Fotos durch und schaute nicht auf, als sie ihm antwortete.

»Ich schließe mich Mrs Coyne in dieser Einschätzung vollkommen an. Du wärst sicher nicht vor Mitternacht hier eingetroffen, und da lagen wir alle schon in den Betten.«

Rory nickte. »Hätte es auch eine Frau sein können, oder ist das auszuschließen?«

»Du meinst, was den Kraftaufwand betrifft?«

Wieder nickte Rory.

»Ja, ohne Weiteres.« Sie zeigte auf die Wunde am Hinterkopf des Opfers.

»Aisling ist noch nicht fertig, aber sie ist überzeugt davon, dass der Schlag mit einem stumpfen Gegenstand auf den Schädel des Opfers tödlich war – wie bei Beth Kerrigan letzte Woche. Der Hinterkopf wurde komplett zertrümmert. Das kann man auf dem nächsten Bild noch besser erkennen.«

Die klaffende Wunde war auf der Vergrößerung deutlich zu sehen, ein Brei aus Blut, Haaren und Gehirnmasse.

Rory schaute seine Chefin an. »Das Opfer saß auf der Kirchenbank. Ist es nicht umgekippt?«

Grace schüttelte den Kopf. Da meldete sich ihr Handy mit einer Jig. Rory hob überrascht die Augenbrauen und lächelte. Sie hatte den Trommelwirbel einer irischen Bodhran vor Kurzem gegen diese eingängige Melodie ausgewechselt, da sie den Eindruck gewonnen hatte, dass es Menschen erschreckte, wenn auf einmal aus dem Nichts getrommelt wurde. Grace sah auf dem Display, dass es ihr Chef Robin Byrne war, und beschloss, den Anruf nicht anzunehmen. Sie würde ihn später zurückrufen.

»Hätte der Mörder auch von vorn kommen können?«

Grace überlegte. »Sicher, dann aber ohne direkte Mordabsicht. Vielleicht hatte er den Gegenstand schon in der Hand. Aisling könnte sich einen Hammer oder einen Stein vorstellen. Es kann auch ein ganz normaler Gegenstand gewesen sein, der in einer Kirche nicht fehl am Platz war.«

»Wie was zum Beispiel?«

Grace dachte scharf nach. Ihr wollte nichts einfallen. Vielleicht weil sie schon lange nicht mehr in einer Kirche gewesen war.

»Ein Kreuz vielleicht?« Sie klang unsicher.

Rory verzog entsetzt das Gesicht. »Das wäre schon sehr zynisch, finde ich.«

»Ist Mord nicht, neben allem anderen, immer zynisch? Und Serienmord noch einmal mehr? Falls es sich überhaupt um einen Serienmörder handelt.«

Sie ließ sich in ihren Sessel fallen. Rory legte die Fotos auf den Tisch zurück und setzte sich auf den Stuhl auf der anderen Seite des Schreibtischs.

»Ich denke, beide Opfer könnten ihren Mörder oder ihre Mörderin gekannt haben. Er macht sich genau wie unsere Helferin in der Kirche zu schaffen, niemand denkt sich etwas dabei und irgendwann geht er dann nach hinten, und als er hinter ihr steht, ist der Moment gekommen. Das Opfer ist bis zum Schluss ahnungslos. Der Mörder oder die Mörderin könnte sich sogar noch freundlich plaudernd hinter sie gesetzt haben, oder? Father Duffy, zum Beispiel.« Rory sah seine Chefin fragend an.

»Du hast recht. Ich glaube auch nicht an den großen Unbekannten, der sich in die Sakristei schleicht und bös herummordet. Aber ausschließen können wir es trotzdem nicht.«

»Sag ich doch. Was haben wir bis jetzt an Gemeinsamkeiten bei beiden Fällen?«

Grace reichte ihm ihr Pad. »Ich habe mal eine Aufstellung gemacht und kann sie dir mailen. Es ist nicht sehr viel. Da ist zum einen der Schauplatz, eine Kirche. Sacred Heart in Moycullen und jetzt St. Bridget. Diese kleine Kapelle wird nur noch selten benutzt. Dann, dass beide Opfer ehrenamtliche Helferinnen waren. Beth Kerrigan war eine von zwei Frauen, die diese Kirche regelmäßig betreuen, Marilyn Madden dagegen ist offenbar kurzfristig eingesprungen. Wir müssen morgen mal im Büro der Diözese nachfragen, wer dort die Einteilung für die Messen vornimmt und alles koordiniert. Das würde ich übernehmen.«

Rory nickte zustimmend.

»Apropos katholische Kirche – wie war denn Belfast?«

Er zuckte kaum merklich zusammen. »Schön! Eine wirklich schöne Stadt, wenn du mich fragst. Hat Flair und die Menschen sind auch in Ordnung. Und wenn du es genauer wissen willst und auch nicht weitererzählst, verrate ich dir sogar, dass ich Belfast fast angenehmer als Dublin finde. Es ist kompakter und das gefällt mir.«

»Ach was?« Grace verschränkte ihre Arme. »Zu meiner Zeit fuhr man noch nicht nach Belfast. Ich kenne es leider gar nicht. Muss ich unbedingt ändern.«

»Zu deiner Zeit? Granny Grace …« Rory schmunzelte. »Ich weiß, was du meinst. Dabei bist du gerade mal Mitte dreißig. Aber du und Belfast, ihr könntet glatt noch ein Paar werden.«

»Willst du mich loswerden?« Grace lächelte ihn an.

Rory warf theatralisch beide Arme in die Luft. »Gott bewahre! Ein Glück, dass du hier in der allerschönsten irischen Stadt gelandet bist. Ich glaube, das Risiko ist gering, dass du uns abhandenkommst. Aber lass uns weiter überlegen. Was haben wir noch an Schnittmengen?«

Grace runzelte die Stirn. »Father Duffy natürlich.«

»Father Duffy? Der ist doch für Sacred Heart zuständig, oder?«

»Stimmt. In St. Bridget sollte eigentlich ein anderer Priester die Totenmesse halten.« Sie warf einen Blick auf ihr Pad und scrollte kurz nach unten. »Father Griffin. Aber der hat sich den Arm oder das Bein gebrochen und liegt jetzt im Krankenhaus. Father Duffy ist kurzfristig für ihn eingesprungen.«

»Genau wie Marilyn Madden. War sonst noch jemand dort?«

Grace konsultierte wieder ihr Pad. »Ja, da gibt es noch einen Kantor, oder wie nennt man den, der die Orgel spielt? Also, einen Organisten namens Liam O'Flaherty. Den muss ich noch verhören. Ich wollte nachher zu ihm rausfahren.«

»Liam aus Roundstone? Der mit den Büchern?«

Grace nickte. Sie hatte ihr Pad in die Hülle gesteckt und war aufgestanden.

Rory erhob sich ebenfalls. »Ich war mit seinem jüngeren Bruder Fintan in derselben Schule. Gehst du zu Liam in den Laden?«

Die Kommissarin nickte und zog sich ihren roten flauschigen Mantel an.

»Toller Laden, der ist wie Kennys hier in Galway früher. Kleiner, klar, aber das gleiche Tohuwabohu. Tausende von Büchern, und keiner wusste, was wo zu finden ist, außer Kenny und seine Frau.«

Rory versank einen Augenblick verzückt in Erinnerungen an einen der originellsten Buchläden, der weit über Irland hinaus bekannt war. Er gehörte wie so vieles der Vergangenheit an.

Dann hielt Rory seiner Chefin die Tür auf. »Und was ist mit Father Duffy? Ist der interessant für uns?«

Grace klang unsicher. »Keine Ahnung, Rory. Ich möchte, dass du ihn noch mal verhörst, am besten bei ihm zu Hause.«

»Gut, dann kann ich ihn gleich mal fragen, wer unter seinem Namen in Belfast sein Unwesen treibt. Und zwar so heftig, dass er Mollys protestantische Schwiegereltern in spe in Angst und Schrecken versetzt ...« Rory gluckste.

Grace starrte ihn ungläubig an. Dann erzählte er ihr schmunzelnd, wie Georges Mutter das Tablett mit dem Sonntagsporzellan beim Namen »Father Duffy« auf den Teppich gekippt war. Reiner Zufall natürlich, aber lustig – bis auf den bedauerlichen Verlust des Geschirrs.

»Molly ist mit einem militanten Protestanten zusammen?«

Rory schüttelte vehement den Kopf. »Nein, George stammt zwar aus einer pro-britischen Familie, aber wer ist das nicht in der Shankill?«

»In der Shankill?«

Ihre dunkle Stimme klang unnatürlich hoch. Grace hielt

Rory zwar für einen liberalen Menschen, der sich nicht viel um Politik scherte, aber so viel Toleranz hätte sie dennoch nicht erwartet.

»Keine Sorge, George und seine Eltern haben ganz vernünftige Ansichten, die auf der Höhe unserer Zeit sind, und eine Diskussion über die spätmittelalterlichen Glaubenskriege ist nicht ihr Ding. Das mit dem kleinen Bruder war ihnen richtig unangenehm. Wirklich nette Leute waren das und sehr vernünftiges Essen für Briten.«

Inzwischen waren sie auf dem Parkplatz angelangt. Ein Bindfadenregen hatte eingesetzt. Rory hielt seine Hand zum Gruß an die Stirn und Grace wollte schon zu ihrem Wagen rennen, um sich auf den Weg nach Roundstone zu machen, als sie noch einmal kurz innehielt.

»Was war denn mit dem kleinen Bruder?«

Rory verdrehte die Augen. »Ach, nichts Besonderes, es ist immer der kleine Bruder, nicht wahr? Eigentlich nichts Ungewöhnliches, wenn man weiß, wo es herkommt. Molly hat es uns später gebeichtet, als Kitty sie in die Mangel nahm. Billy junior, er muss um die siebzehn sein, schwieriges Alter, wie man weiß … Er wollte einfach nicht mit uns am Tisch sitzen, weil wir katholische Iren aus der Republik sind.«

»Und das hat euch nicht verletzt?«

Rory schaute überrascht. »Och nein, Grace. So was schnappen die Jugendlichen eben manchmal noch auf und machen ein großes Ding draus. Immer weniger, Gott sei Dank. Seine Eltern und vor allem der große Bruder leben ihm was anderes vor und irgendwann wird Billy schon merken, wie viel Lebensfreude man auch ohne den Glauben der Vorväter haben kann.«

Grace schaute ihn nachdenklich an. »Von welchem Glauben sprichst du?«

Rory zögerte einen Moment und wurde dann ernst.

»Dass das, was uns trennt, stärker und wichtiger ist als das, was uns eint, zum Beispiel. Und dass man dafür töten muss. Von diesem Glauben oder besser Irrglauben rede ich. Aber wenn man schon etwas glauben will, dann doch besser, dass das nicht Gottes Wille sein kann, egal ob man nun katholisch oder protestantisch ist. Gott riecht nur nach sich selbst, sag ich doch. – Ich fahre jetzt zur Kirche und schau mir den Tatort an.«

7

Liam O'Flahertys winzige Buchhandlung lag neben einem altmodischen Friseur ganz oben in der einzigen Straße von Roundstone, die vom Hafen hoch auf die Klippen führte. Grace rannte im strömenden Regen zum Laden und riss die Tür auf.

Der Buchhändler schaute nur kurz von seinem kleinen Schreibtisch in der hintersten Ecke des vollgepackten Ladens auf, als Grace die Tür hinter sich schloss und damit eine winzige silberne Glocke zum Läuten brachte. Das kleine Ding war mit einer interessanten Konstruktion aus verschiedenen Fäden, die an der Decke verliefen, über der Tür angebracht.

Grace lächelte über den hellen Klang und ließ ihren Blick über die Regale aus warmem Nussbaumholz gleiten, die bis zur Decke reichten und unzählige Bücher enthielten. Auf dem Boden lagen alte, an manchen Stellen abgewetzte Teppiche, die einmal von guter Qualität gewesen sein mussten, da sie immer noch trotz der Fadenscheinigkeit zu leuchten vermochten. Der Raum wurde durch einzelne Pfeiler unterteilt, an denen Stiche und gemalte Bilder hingen. Hinter dem Schreibtisch war eine schwarz gelackte Tür mit einem silbernen Knauf. Der Buchladen wirkte wie ein Bazar aus Tausendundeiner Nacht, nur nicht mit kostbaren Stoffen und Materialien, sondern wie eine Schatzkiste für Büchersammler und Kunstfreunde. Grace musste sofort an ihren Bruder Dara denken, dem es hier sicher gefallen hätte.

»Mr O'Flaherty?«

Der Raum hatte einen ganz besonderen Geruch, stellte

sie fest, und sie reckte die Nase, um zu schnuppern. Leder, Staub und noch etwas anderes.

Grace merkte, dass sie beobachtet wurde, und ging langsam in den hinteren Teil des Ladens, der nur von einer altmodischen Tischlampe mit farbigen Metallschirmen in Form von Tüten aus den fünfziger Jahren erhellt wurde. Hier saß der Buchhändler an seinem Schreibtisch.

Das Gesicht des Mannes war ihr von ihrer ersten flüchtigen Begegnung am Abend zuvor nur in vager Erinnerung geblieben. Es war rund wie der Buchhändler selbst und von einem Kranz dunkelgrauer Locken um eine hohe Stirn gekrönt. In der Mitte ragte eine gewölbte rosa Kuppel aus dem Haarkranz hervor, der sie, je länger sie daraufstarrte, an einen Lorbeerkranz für einen antiken Helden erinnerte. Seine Augen waren freundlich, die Nase etwas knollig, aber nicht gerötet. Als sie vor seinen Tisch trat, erhob er sich mit ausgestreckter Hand.

»Das ist Kardamom, Superintendent O'Malley. Und Sandelholz. Bitte, nehmen Sie Platz.« Er drückte ihre Hand kurz und fest. »Wir hatten ja gestern schon das Vergnügen.«

Grace zog einen Hocker, der ganz in der Nähe stand, zu sich heran und setzte sich. »Kardamom?«

O'Flaherty nickte und deutete auf ein paar bronzene Schälchen, die auf einigen Regalen standen, wie sie jetzt bemerkte.

»Ich arbeite mit Kardamom und Sandelholz gegen Holzwurm und anderes Getier, das sich manchmal zu uns Bücherwürmern gesellt. Nachhaltig, ohne Chemie und es riecht auch noch angenehm. Wie ein altmodisches Parfüm. Notfalls kann man es sogar essen.« Er lächelte verschmitzt und faltete abwartend die Hände über seinem kleinen Bauch.

Grace warf einen Blick auf die Schälchen. »Interessant,

ich dachte immer, Kardamom hilft nur gegen Blähungen. Man lernt nie aus.«

Die Kommissarin kramte in ihrer großen Schultertasche und zog schließlich ihr Pad hervor. »Sie hätten das Vergnügen gestern problemlos ausdehnen können, Mr O'Flaherty. Mich zu sehen, meine ich. Ich war überrascht, um nicht zu sagen, verärgert, dass ich Sie nicht vernehmen konnte. Sie waren gebeten worden, auf mich zu warten. Warum haben Sie das nicht getan?«

Seine braunen Augen, die er freundlich auf sie richtete, verrieten kein schlechtes Gewissen.

»Das tut mir aufrichtig leid.« Jetzt tippte er sich flüchtig an die linke Wange. »Aber dieser entzündete Backenzahn konnte leider nicht warten. Ich hatte eigens meinen Zahnarzt in Galway mittags angerufen und ihn überredet, mich außer der Reihe dranzunehmen. Ich dachte, dass es schnell gehen würde und dass ich zurück bin, wenn Sie mit den anderen fertig sind. Aber dann musste er ihn ziehen.« Wieder berührte er sein Gesicht, diesmal in der Nähe des Unterkiefers. »Deshalb hat alles viel länger gedauert, und als ich dann, noch etwas betäubt, wieder in St. Bridget war, waren Sie nicht mehr vor Ort. Es tut mir, wie gesagt, leid. Wie kann ich Ihnen helfen?«

Grace musterte ihn. Er war schätzungsweise Ende vierzig, ein wenig älter als Rory und von ähnlich gedrungener Statur.

»Erzählen Sie mir, was Sie gestern Nachmittag getan haben, was in Zusammenhang mit den Ereignissen in St. Bridget steht.«

Sie zog den Hocker näher heran.

Liam O'Flaherty räusperte sich und legte vorsichtig die Fingerspitzen zusammen.

»Nun, ich hatte die Totenmesse als Organist übernommen und …«

»War das schon länger geplant gewesen? Oder wie läuft das genau ab?«

Auf seinem Gesicht zeigte sich Unverständnis. »Wie kann eine Totenmesse denn länger geplant sein, Superintendent? Der Tod passiert, wie ich vermute und Sie sicher besser wissen, fast immer ungeplant.« Er klang nicht vorwurfsvoll, eher verwundert.

Grace musste ihm recht geben. »Nein, ich meinte natürlich, ob Sie generell für diese Woche als Organist vorgesehen waren. Father Duffy zum Beispiel war kurzfristig für einen Kollegen eingesprungen, der einen Unfall hatte.«

»Ach, tatsächlich?«

Der Buchhändler fuhr sich mit der Hand durch den hinteren Teil des Lockenkranzes und schien, so meinte Grace, ihn ein wenig lockern zu wollen. »Ja, Sie sagen es. Man hatte mich für diese Dezemberwoche als Organist eingeteilt. Dafür komme ich jetzt bis Weihnachten in den kleinen Gemeinden nicht mehr zum Einsatz. Ich hatte darum gebeten, weil das Weihnachtsgeschäft hier im Laden jetzt anziehen wird – deshalb habe ich ja sogar heute, an einem Sonntag, auf. Ich erfuhr am Donnerstag von der Totenmesse in St. Bridget.«

»Kannten Sie den Verstorbenen?«

Der Buchhändler überlegte nur kurz und nickte. »Flüchtig.«

Grace schlug die Beine übereinander, merkte aber, dass sie dadurch fast die Balance verlor. Der Schemel war eindeutig unbequem.

»Wer hatte Sie gebeten, in St. Bridget zu spielen?«

»Wer?«

Nun wirkte er einen Moment lang leicht verärgert und schluckte.

»Das war natürlich Mary O'Shea. Sie rief mich an, als feststand, dass Padraic in St. Bridget beerdigt werden würde. Und dann hat sie bei der Diözese Bescheid gegeben, damit sich die nicht zu kümmern brauchen.«

Er warf ihr einen selbstgefälligen Blick zu und Grace fragte sich, ob seine Eitelkeit sich wohl nur darauf beschränkte, dass er sich als begehrter Organist einen guten Ruf erworben hatte.

»Bitte berichten Sie nun, was genau passierte, als Sie gestern in der Kapelle ankamen.«

Sie hielt mit dem Tippen auf ihrem Pad inne und schaute ihn aufmerksam an.

Er benetzte mit seiner Zungenspitze die Lippen. »Also, ich kam ungefähr um halb fünf dort an. Vorher hielt ich noch kurz in einem Laden in Spiddal und kaufte mir eine Samstagszeitung. Das muss gegen vier gewesen sein, ich traf den ein oder anderen Bekannten dort. Dann fuhr ich nach St. Bridget weiter. Ich wollte nur mal kurz vorbeischauen, bevor ich zum Zahnarzt fuhr.«

Grace ließ sich die Nummer des Dental Centre Galway von ihm geben.

»Und warum wollten Sie vorher noch in der Kirche vorbeischauen, gab es einen bestimmten Grund dafür?«

O'Flaherty schüttelte den Kopf. »Eigentlich nicht, wenn Sie mich so direkt fragen.« Er versuchte ein Lächeln. »Ich dachte, es könnte vielleicht nicht schaden, Father Duffy zu fragen, ob er sich für die Messe eine bestimmte Musik vorgestellt hat oder das Übliche haben will.«

»Dafür hätten Sie ihn doch nur anrufen müssen, oder?«

Schweißperlen standen plötzlich auf seiner Stirn. »Das ist richtig, aber leider besitze ich Father Duffys Handynummer nicht. Ich hatte es ja bei Father Griffin versucht, aber der ging nicht ran, und dann habe ich Mary angerufen. Die erzählte mir von Griffins Unfall und dass Father Duffy nun die Messe liest.«

Er atmete hörbar aus und blickte sie leicht spöttisch an.

Grace stand auf und schritt langsam durch den vollgestellten Laden. Vor einem Regal mit alten, in Leder gebundenen Büchern blieb sie stehen und strich vorsichtig über einige Buchrücken. Dann drehte sie sich wieder zu dem Organisten um. »Und weiter?«

»Ich sah, dass kein Licht in der Kapelle brannte, deshalb nahm ich an, dass niemand drin sei. Also bin ich ins Haus und traf dort Mary, von der ich eigentlich dachte …« Er brach ab und setzte dann neu an. »Wir sind zusammen in die Kapelle gegangen, weil sie sagte, Father Duffy wäre kurz davor rübergelaufen. Den Rest wissen Sie.«

»Und Marilyn Madden?«

»Marilyn Madden?«

Grace war wieder an seinen Schreibtisch getreten und stützte sich mit beiden Händen darauf, während sie O'Flaherty genau beobachtete.

»Ja, das Mordopfer. Sie war für die Vorbereitungen in der Kirche zuständig. Hat Ms O'Shea sie nicht erwähnt?«

Er wich ihrem Blick aus, als er den Kopf schüttelte. »Nicht, dass ich mich entsinne. Wir waren auf der Suche nach Father Duffy. Und als wir die Kapelle betraten, stand er über die Frau gebeugt vorn in der zweiten Reihe im Dunkeln, was doch komisch war, oder? Als wollte er sie ganz genau betrachten. Im Dunkeln. Da kann man doch nichts sehen!«

»Es gab keinerlei Beleuchtung in der Kirche, als Sie sie betraten?«

»Nein, Mary hat das Licht dann angeknipst.«

»Hm, interessant«, murmelte Grace. »Ich dachte, er hätte seine Taschenlampe am Handy aktiviert?«

In dem Moment ertönte von vorn wieder das silberne Glöckchen.

»Liam, altes Haus, bei dir ist es ja völlig trocken im Laden!«

O'Flaherty drehte schmunzelnd den Kopf in die Richtung, aus der die Stimme gekommen war. Ein älterer Mann im nassen Wollmantel und mit der typischen Tweedkappe irischer Männer an der Westküste, die die sechzig überschritten hatten, erschien triefend in ihrem Blickfeld.

»Oh, du hast Besuch!«

Liam ging um den Tisch herum und stellte Grace den Neuankömmling vor. »Das ist Paul. Ein guter alter Kumpel von mir aus Cashel. Und das ist Superintendent O'Malley aus Galway.«

»Oh!« Paul schüttelte sich wie ein nasser Hund, sodass die Tropfen flogen. »Sind Sie wegen dem Mord an Marilyn hier oder wegen dem an Beth Kerrigan?«

Paul vergeudete keine Zeit mit Andeutungen. Grace fand solche Menschen angenehmer als die, die aus welchen Gründen auch immer nie zum Punkt kamen oder sich auf dem Weg dorthin heillos verirrten. Grace überlegte kurz, was sie antworten sollte, ohne die Aufmerksamkeit auf die Ähnlichkeit der beiden Fälle zu lenken. Doch Paul war schneller.

»Klar doch, wie blöd von mir. Ist ja wahrscheinlich ein und derselbe Mörder, oder?« Er lachte laut und schaute zu seinem Freund hinüber, als erwartete er dessen Zustimmung.

Liam blickte betreten zu Boden. Grace runzelte die Stirn und schob sich die Haare hinter die Ohren.

»Woher wissen Sie von Marilyn? Gardai hat diesbezüglich noch nichts zur Veröffentlichung freigegeben.«

Paul spitzte die Lippen, zeigte jedoch keine Spur von Verlegenheit. »Von wem sollte ich es wohl haben? Von ihm!«

Er stieß Liam seinen Ellbogen freundschaftlich in die Seite. Dem Organisten, das wurde Grace schnell klar, war der Auftritt seines Freundes mehr als peinlich.

»Er hat mich gleich gestern Abend angerufen, die alte Tratschtante.«

»Paul, das interessiert die Kommissarin doch überhaupt nicht«, versuchte der Buchhändler seine eigene Geschwätzigkeit herunterzuspielen.

Grace hatte die Augen zusammengekniffen. »Doch, das interessiert mich schon.«

Sie wandte sich ab und ihr Blick fiel auf die hintere Tür, auf der »Privat« stand und die ihr anfangs schon aufgefallen war.

»Geht es dort zu den Waschmöglichkeiten? Ich müsste kurz mal verschwinden.«

Liam schüttelte vehement den Kopf. »Nein, ich zeige es Ihnen, hier entlang.«

Paul begann zu kichern. »Wissen Sie, was er dort drinnen hütet, Guard?«

Diesmal war O'Flaherty schneller. »Er meint nur mein kleines Archiv, das ich ohne den Anspruch auf Vollständigkeit seit Jahren als Steckenpferd betreibe.«

Grace hob die Augenbrauen. »Um welche Art von Archiv handelt es sich denn?«

»Liam sammelt alles, was in Connemara, in unserer Gegend hier so passiert. Seit Jahrzehnten schon.« Paul hörte sich an, als wäre er sehr stolz auf seinen Kumpel und dessen Sammlertätigkeit.

»Ein Zeitungsarchiv, Mr O'Flaherty?«

Liam nickte. »Auch. Aber wie Paul schon sagte – ich sammle alles, was mit dieser Region zu tun hat. Nicht nur, was in den Zeitungen steht, auch öffentliche Bekanntmachungen, Flugblätter und Programmzettel von Rinderzuchtshows oder vom Jahrmarkt. Und auch Flyer für Kirchenbazare oder Krippenspiele. So etwas.«

»Kann man das mal sehen?«, fragte Grace interessiert.

»Es ist noch nicht alles katalogisiert und zugeordnet. Aber ich plane, es der Öffentlichkeit zugänglich zu machen, wenn ich erst mal so weit bin. Ich brauche noch ein bisschen Zeit.«

Paul scharrte mit dem linken Fuß auf dem Teppich. »Liam ist sehr bescheiden. Es ist einfach toll, sage ich Ihnen, Guard. Wenn Sie mal eine Auskunft brauchen, Liam kann sie Ihnen geben, garantiert.«

Grace lächelte und reichte den Männern die Hand. »Gut zu wissen, Mr O'Flaherty. Ich melde mich bei Ihnen wegen der Aussage, die Sie unterschreiben müssen. Morgen, spätestens übermorgen.«

Liam nickte. Er war leicht errötet. Grace reichte Paul ihre Karte.

»Und Sie kontaktieren mich bitte morgen früh. Wie war Ihr Nachname, Paul?«

»Higgins. Ich bin aus Cashel, nicht weit von hier. Aber warum wollen Sie mich sprechen?«

Paul stand etwas ratlos mit der Karte in der Hand da, als Grace ohne eine Antwort durch die Tür verschwand. Das Letzte, was sie hörte, war ein Deutliches: »Wollte sie nicht noch aufs Klo?«

8

Rory war nicht überrascht, als Father Duffy ihm selbst die Tür öffnete und ihn in ein gemütliches Wohnzimmer führte, das ihm offensichtlich auch als Arbeitszimmer diente. Dunkelgrüne, altmodische Polstermöbel umrahmten einen viktorianischen Mahagonitisch, auf dem eine bauchige Teekanne aus tannenfarbigem Steingut stand. Zwei Kerzen brannten.

»Die Zeiten, in denen jeder Pastor noch eine Haushälterin hatte, sind offenbar vorbei«, begann Rory das Gespräch, während er registrierte, dass zwar Zuckerdose und Milchkännchen ordentlich auf dem Tisch standen, die obligatorischen Kekse jedoch fehlten. Er ließ sich seine Enttäuschung nicht anmerken.

Der Priester bat ihn mit einer Handbewegung, Platz zu nehmen, während er selbst stehen blieb.

»Es war meine Entscheidung, darauf zu verzichten, Inspector. Zweimal die Woche kommt eine nette Frau, die hier ein wenig saubermacht. Ansonsten sorge ich lieber für mich selbst. Das klappt wunderbar. Sie entschuldigen mich einen Moment.« Damit verließ er das Zimmer.

Rory sprang sofort auf und trat an das Bücherregal. Er legte den Kopf schief, um die Titel besser lesen zu können. Neben theologischen Werken, die er erwartet hatte, entdeckte er Bücher des österreichischen Philosophen Ludwig Wittgenstein und seine Biografie, die Königsdramen Shakespeares, Liebesromane von der Tochter eines ehemaligen irischen Premierministers und eine erstaunliche Anzahl von Kochbüchern, die sich ausschließlich um die französische Küche drehten, von deftigen Bauerngerichten aus dem Périgord bis zur Hofküche Ludwigs des XIV.

Rory fand diese Mischung interessant und machte sich eine gedankliche Notiz, später noch einmal genauer darüber nachzudenken.

Hinter dem ausladenden Schreibtisch hing der gerahmte Stich einer Stadt an der Wand, die er aus der Entfernung jedoch nicht erkannte. Dublin konnte er jedoch eindeutig ausschließen.

Da kehrte Duffy mit einem Tablett in der Hand zurück. Rory merkte, wie es ihm vor Freude ganz warm wurde, als ihm der Duft einer köstlichen Tarte Tatin in die Nase stieg.

Der Priester balancierte elegant einen Teller mit der Hand, den er vor den Kommissar stellte.

»Selbst gebacken?«

Duffy nickte vergnügt. »Ich weiß, Guard, Ihr Besuch hat einen ernsten Grund, aber es ist Sonntag, und am Tag des Herrn sollte es nicht alltäglich zugehen.«

Rory nickte zustimmend. Diese Begründung musste er sich merken.

»Sie lesen Wittgenstein? Ich dachte immer, das sei eher etwas für Freunde der Mathematik. Haben Sie einen Hang dazu?«

Father Duffy stellte den Kuchenteller hin und schob sich die Brille ein Stück höher. »Wenn ich ehrlich bin, wurde ich neugierig auf ihn, als ich draußen in Connemara gewandert bin. Er hat dort ein paar Monate gelebt, wie Sie vielleicht wissen, Ende der vierziger Jahre, in der alten Jugendherberge in Salruck am Killary. Mich interessiert sein ungewöhnliches Leben.«

Rory wunderte sich mit vollem Mund. Wittgenstein in Connemara? Das war ihm neu. Dann schluckte er. »Sie sind nicht aus Galway, Father, oder?«

»Nein, wir sind aus Wicklow. Aber es gibt tatsächlich einige Duffys, die aus Connacht stammen.«

»Haben Sie Feinde, Father?«

Der Priester schaute überrascht auf und fuhr sich kurz mit einer Hand in den Nacken, als wollte er den Sitz seiner Halswirbelsäule überprüfen.

»Ein Priester hat immer Feinde, Menschen, die ihn ablehnen. Die die Kirche oder die Religion verachten und das auf den Priester übertragen.«

»Die katholische Kirche hat in unserem Land durch das Fehlverhalten Einzelner stark an Glaubwürdigkeit eingebüßt. Könnte das nicht jemanden auch gegen Sie aufbringen, Father?«

»Den würde ich nicht als echten Feind bezeichnen, Kommissar. Ich wäre nur ein Stellvertreter für ihn.« Er blinzelte leicht.

Rory lehnte sich zurück und beobachtete die Reaktionen des Priesters, während er nun weitersprach. »Sie finden am ersten Adventswochenende die ermordete Beth Kerrigan in Ihrer Kirche. Und kurz vor dem zweiten Advent finden Sie in einer anderen Kirche, wo Sie kurzfristig eine Messe übernehmen müssen, die ermordete Marilyn Madden. Laut Ihrer Aussage haben Sie mit den beiden Verbrechen nichts zu tun. Wenn das wirklich stimmt, müssen wir ein Motiv finden, das die beiden Morde miteinander verbindet – und dieses Motiv könnten tatsächlich Sie selbst sein, auch wenn Sie nicht der Täter sind.«

Der Pfarrer fuhr sich nun mit dem Zeigefinger vorn in den Kragen. »Das kann ich mir nicht vorstellen. Meinen Sie aus Rache?«

Rorys Augen weiteten sich. »Wie kommen Sie darauf? Aber Rache wäre wohl eine Möglichkeit. Oder jemand will Sie bestrafen.«

Der Priester wirkte ratlos und schüttelte ungläubig den

Kopf. »Auch das scheint mir sehr weit hergeholt. Vielleicht geht es ja gar nicht um mich und es war reiner Zufall, dass ich beide Opfer gefunden habe.«

Er nippte kurz an seinem Tee. Dann stellte er die Tasse etwas unschlüssig zurück.

Der Kommissar lehnte sich in das Kissen, das er sich in den Rücken geschoben hatte.

»Kannten Sie die beiden Opfer?«

»Nicht sehr gut. Beth Kerrigan half häufig in der Kirche in Moycullen, aber Marilyn bin ich sicher nicht mehr als dreimal begegnet.«

Rory betrachtete ihn aufmerksam, als plötzlich das Telefon auf dem Schreibtisch laut klingelte. Father Duffy stand umgehend auf und griff nach dem Hörer.

In der Zwischenzeit trennte Rory vorsichtig ein Stückchen Apfelkuchen mit dem Löffel ab und schob es sich in den Mund. Er musste von seinem Zeugen unbedingt das Rezept für Mrs Coyne bekommen. Dieser Kuchen war ein Gedicht. Der Teig hatte einen feinen Hauch von etwas Ungewöhnlichem, doch was war es? Dennoch drängte sich der Gedanke an den Wiener Philosophen Wittgenstein merkwürdigerweise in den Genuss hinein. Wieso interessierte sich der Pastor für Wittgensteins Leben?

»Da kann ich Ihnen leider nicht weiterhelfen«, hörte er Father Duffy beinahe aufgebracht sagen. Der Seelsorger hatte, so schien es Rory, im Halbdunkel dieses trüben Dezembernachmittags auf einmal Farbe bekommen. Seine Blässe, die ihm etwas Vornehmes, Unnahbares verlieh, war einer saftigen Röte gewichen.

»Ich kann Ihnen versichern, dass ich keinerlei Absicht hege, das Arbeitsverhältnis zu erneuern. Für mich hat sich das erledigt, und zwar ein für alle Mal. Außerdem habe ich gerade Besuch und muss das Gespräch jetzt beenden.« Wütend legte der Priester auf.

»Unangenehmes am Tag des Herrn?«, fragte Rory neugierig.

Father Duffy machte eine wegwerfende Handbewegung und kehrte zu seinem Sessel zurück, wo er seinem Gast und sich selbst umgehend frischen Tee einschenkte.

»Nichts Besonderes, Inspector. Manche Menschen nehmen sich einfach zu wichtig oder sie überschätzen ihre Macht. Wo waren wir stehen geblieben?«

Rory ärgerte sich. Er hätte zu gern gewusst, worum es in diesem Telefongespräch gegangen war.

»Ich wollte Sie fragen, ob Sie mir freundlicherweise das Rezept für diese wunderbare Tarte zukommen lassen könnten? Sie hat etwas Ungewöhnliches.«

Father Duffy richtete sich auf, denn er war seit dem Telefonat etwas in sich zusammengesunken.

»Salzkaramell, Inspector. Ich bin kein Geheimniskrämer. Ich benutze Salzbutter, um das Karamell herzustellen, das ist alles. Das machen nicht viele.«

Rory strahlte über das ganze Gesicht.

»Seit wann sind Sie schon hier in Galway, Father?« Er suchte aufgeregt in seinen Taschen nach einem seiner klitzekleinen Zettelchen, um sich diese kulinarische Feinheit zu notieren.

Duffy schien zu überlegen. »Seit über acht Jahren bin ich hier. Davor hatte ich eine Pfarrei in Donegal. Bei Glencolumbkille. Bildschöner Flecken, der Connemara in nichts nachsteht, wenn Sie mich fragen.«

Um seinen Mund spielte ein Lächeln, während er in guten Erinnerungen schwelgte.

Rory blickte beim Schreiben kurz auf und blinzelte. »Das glaub ich Ihnen sofort, Father. Sie haben offenbar ein seelsorgerisches Abonnement auf Irlands schönste Gegenden. Sie müssen einen guten Draht nach oben haben.« Rory hob seinen Stift in Richtung Deckenbeleuchtung.

Der Priester schüttelte amüsiert den Kopf.

»Ich glaube, man hatte eher ein schlechtes Gewissen, als man mich mit Donegal belohnte.«

Rory zog die Augenbrauen hoch. »Wie meinen Sie das?«

Duffy strich sich die Soutane glatt und entfernte ein paar Krümel. »Weil ich direkt nach meiner Priesterweihe als Erstes nach Belfast geschickt wurde. Dorthin wollte damals keiner.« Er zeigte auf den Stich an der Wand, auf dem Rory jetzt die City Hall von Belfast erkannte.

»Dieser schöne Druck war mein Abschiedsgeschenk. Es war die schlimmste Zeit während der fürchterlichen Unruhen. Und mich hat man mittenhinein gesteckt. Ich war der Priester an der Falls Road, dem militanten Zentrum der IRA. Im Nachhinein bin ich froh, dass ich das überhaupt überlebt habe.«

Father Duffy klang ganz ruhig und völlig gelassen. Rory schaute verblüfft erst auf den Priester und dann auf den Teppich, wo sein Stift gelandet war. Er war ihm vor Schreck heruntergefallen.

9

»Das kann doch kein Zufall sein!«

Grace blinzelte ihren Kollegen an. Es war Montagmorgen und die Strahlen der tief stehenden Sonne fielen in Rorys kleines Büro. Der Himmel war strahlend blau, und es gab keine einzige Wolke, so weit man blicken konnte.

Grace hatte sich gerade auf den Weg in die Diözese von Galway machen wollen, als Rory sie noch rasch zu sich bat.

Sie sah nachdenklich aus. »Was genau meinst du damit, dass das kein Zufall ist? Das musst du mir genauer erklären.«

Rory rieb sich aufgeregt die Nase und überlegte angestrengt.

»Na, ich meine Father Duffys Vergangenheit. Die beiden Morde haben sicher etwas damit zu tun.« Rory klang nicht sehr überzeugend.

»Du sprichst in Rätseln. Willst du damit sagen, dass es kein Zufall ist, dass ausgerechnet Father Duffy die beiden Mordopfer gefunden hat und bei beiden Gewalttaten in unmittelbarer Nähe war? Dass jemand beabsichtigt hat, dass er die Leichen findet?«

Rory nickte. »Sag ich doch, aber ich meine noch mehr. Ich halte ihn für eine Art Symbol!«

»Symbol?« Grace klang skeptisch.

»Und ich glaube, dass der Schlüssel für diesen Fall unter Umständen in seiner Vergangenheit liegt.«

Grace runzelte die Stirn. »Hast du da etwas Bestimmtes im Kopf? Viele Verbrechen haben ihre Wurzeln in der Vergangenheit, wie wir wissen. Erst unser letzter großer Fall an Samhain war ein Lehrstück dafür.«

Grace wirkte etwas ungeduldig, sie wollte noch vor neun in Richtung Kathedrale aufbrechen, die nicht weit entfernt von der Gardai-Zentrale lag.

Rory suchte nach einem Taschentuch in seiner Uniformjacke, um sich zu schnäuzen.

»Ich habe da tatsächlich etwas im Kopf, aber das muss ich noch genauer recherchieren. Jetzt kann ich dir erst mal nur eins verraten: Es geht um Belfast und um Wittgenstein«, raunte der Kollege ihr bedeutungsvoll zu.

»Wittgenstein? Der Professor aus Cambridge?«, flüsterte Grace verblüfft.

Rory nickte verhalten.

Wenn Grace nicht schon seit einem Dreivierteljahr, solange sie das Morddezernat von Garda in Galway leitete, so erfolgreich mit ihrem Kollegen Rory Coyne zusammengearbeitet und seine unorthodoxen Ermittlungsstrategien nicht immens zu schätzen gelernt hätte, dann hätte sie ihn jetzt für völlig verrückt erklärt.

In dem Moment flog die Tür auf und der unbeliebte Kollege Kevin Day marschierte grußlos ins Büro, er hielt die aufgeschlagene Zeitung breit vor sich.

»Guten Morgen, Kevin. Schön, dass es dir bei mir so gut gefällt, dass du immer wieder hereinschneist. Willst du nicht Platz nehmen?«

Rory war zornrot angelaufen und Grace musste ein Grinsen unterdrücken. Der Inspector wurde selten wütend, eigentlich brachte ihn nur Kevin Day dazu.

Day faltete ungerührt die Zeitung zusammen und hielt seiner Chefin und dem zornigen Kollegen die Titelseite hin.

»Was für ein toller Start in die Woche, herzlichen Glückwunsch und viel Spaß bei euren Ermittlungen!«

Er warf die Zeitung triumphierend auf den Tisch und wollte den Rückzug antreten.

Die beiden Ermittler konnten die fetten schwarzen Buchstaben sofort entziffern: »*Serienmörder schlägt wieder in einer Kirche zu!*«

Rory stürzte sich auf die Zeitung. »*Galway unter Schock!*«, las er laut den Untertitel vor. »Woher zum Teufel haben die …?«

Grace ahnte, woher. Anne Madden, die Journalistin und Tochter des zweiten Opfers, musste dahinterstecken. Sie hatte zwei und zwei zusammengezählt und ihre Schlüsse an die Kollegen von den Printmedien weitergegeben. Vorher hatte sie wohl auch dem eigenen Sender noch Informationen zugespielt.

»Habt ihr heute schon die Nachrichten gehört?«, fragte Grace. Ihr Blick fiel auf Rorys uralten Computer. »Läuft der?«

Rory schüttelte bedauernd den Kopf.

»Dann fahr ihn bitte hoch und schau mal, was heute rausgegangen ist. Uns interessiert besonders der Onlinedienst von RTÉ. Ich lauf inzwischen zur Verwaltung der Diözese und bin in einer halben Stunde zurück. Dann treffen wir uns alle in …« Hier zögerte sie kurz, denn sie hatte keine Lust, sich mit den anderen zur üblichen Morgenbesprechung in Robin Byrnes Müllhalde zu verabreden. »… in meinem Büro. Bitte informiert auch den Chef.«

Grace schluckte. Das war das erste Mal, dass sie sich die Freiheit nahm, alle, auch ihren Vorgesetzten, zu sich zu bestellen.

Fünf Minuten später stand Grace im Büro der Diözese. Das Erste, was ihr ins Auge fiel, war das rosafarbene Strampelhöschen des Computers, das eindeutig mithilfe der Stricknadeln von Mary O'Shea entstanden sein musste. Es lag, offenbar nach der Ruhepause des Wochenendes abgestreift, schlaff neben dem Bildschirm. Davor saß ein extrem gut aussehender junger Mann in Soutane. Er trug sein dunkles

Haar lässig halblang und Grace bemerkte seine funkelnden schwarzen Augen, als er den Blick zu ihr hob.

»Ich hatte vorhin angerufen und mein Kommen angekündigt«, sagte sie.

Der junge Priester lächelte wie einstudiert und bot ihr höflich einen Stuhl an.

»Superintendent O'Malley. Was können wir für Gardai tun?«

»Ich möchte ein paar Informationen darüber haben, wie Sie Ihre Gemeinden organisieren.«

Der Mann sah sie unschlüssig an. Grace nahm Platz und schlug die Beine übereinander. Sie hatte bereits ihr Pad herausgeholt, um sich alles zu notieren.

»Ich würde gern wissen, wer die Einteilung übernimmt, zu welcher Messe welcher Priester, welcher Organist und welche ehrenamtlichen Helfer eingesetzt werden, wenn es sich nicht um ein festes Team handelt.«

Der junge Mann hob die Augenbrauen in die Höhe, was ihn nicht weniger attraktiv machte. Sein Lächeln war jedoch mit einem Mal verschwunden.

»Festes Team?«

Grace fand sich etwas peinlich. Sie kannte einfach nicht die sprachlichen Gepflogenheiten innerhalb der katholischen Kirche. Ihr entfuhr ein schwacher Seufzer.

»Father …?«

»Father McLeish.« Nun lächelte er wieder.

»McLeish?«

Sein Lächeln wurde breiter. »Ich weiß, das hört sich durch und durch schottisch an, was es auch ist. Ich bin Konvertit.«

Das Letzte klang ziemlich selbstbewusst, fand Grace. Jetzt, wo er es sagte, fiel es ihr auch auf. Er klang, als stammte er von den Hebriden.

»Konvertit?«

Mit diesem Fragen und Nachfragen würde sie wesentlich länger als geplant hier verbringen, was sie nicht vorhatte.

»Ich bin von der Church of Scotland zur wahren Kirche zurückgekehrt.«

Diesmal fiel ihr Seufzer lauter aus.

»Machen wir es kurz, Father. Wie Sie sicher wissen, ist am Samstagabend in der kleinen Kapelle St. Bridget eine Ihrer Helferinnen ermordet worden, Marilyn Madden. Father Griffin hätte dort eine Totenmesse lesen sollen, ist jedoch kurz davor verunglückt, sodass Father Duffy für ihn eingesprungen ist. Wer hat das veranlasst?«

Wieder war ihm sein auswendig gelerntes Lächeln abhandengekommen.

»Das war sicher reiner Zufall«, antwortete er knapp.

»Das ist nicht die Antwort auf meine Frage, sondern Ihre persönliche Einschätzung. Jemand muss es veranlasst haben.«

Der junge Priester warf ihr einen misstrauischen Blick zu. »Soweit ich weiß, existiert eine Liste für solche Fälle.«

»Meinen Sie eine Liste, die zum Einsatz kommt, wenn ein Unfall oder eine Krankheit es dem vorgesehenen Priester unmöglich macht, die Messe zu lesen?«

Er nickte verhalten.

»Kann ich die bitte sehen?«

»Nein.« Seine Antwort war kurz und unmissverständlich.

»Ich kann dafür sorgen, dass mir diese Liste in spätestens einer Stunde in der Garda-Zentrale vorliegt, allerdings müsste ich dann Ihre Vorgesetzten darüber in Kenntnis setzen. Die Presse belagert uns bereits. Wenn Ihnen das lieber ist …?«

Er errötete leicht und begann dann auf dem Laptop zu tippen.

»Ich suche sie für Sie heraus«, lenkte er ein. Jetzt nuschelte er und Grace hatte Schwierigkeiten, ihn zu verstehen.

»Bitte, nehmen Sie es nicht persönlich, aber wir haben strikte Anweisungen, Interna nicht außer Haus zu geben.«

Das Nuscheln war so plötzlich verschwunden, wie es aufgetaucht war. Seine fein modulierte Stimme klang von einer Kanzel herab sicher ansprechend.

Nun lächelte Grace ihrerseits wie einstudiert. »Ich nehme nichts persönlich. Es ist nur inkorrekt, Gardai im Zusammenhang mit einer Mordermittlung als außenstehend zu bezeichnen.«

»Da haben wir sie!« Father McLeish ignorierte ihre letzte Bemerkung und drehte den Laptop zu ihr hin.

Grace beugte sich zu dem Gerät hinüber.

»Notfallliste«, stand da als Überschrift. In der linken Spalte waren alle Kirchen der Region Galway in alphabetischer Reihenfolge aufgeführt. Oben waren die Wochentage mit Datum vermerkt und darunter konnte sie die Namen der jeweils eingesetzten Priester lesen. Sie überflog diese Liste und kam auf acht Namen. In jeder Zeile standen immer zwei Namen, einer fett gedruckt und einer in Klammern dahinter.

»Die in Klammern sind wohl die Ersatzspieler?«

McLeish nickte. Er schien in Gedanken versunken. Grace fuhr mit dem Finger die Liste mit den Kirchen herunter. Bei St. Bridget blieb sie hängen.

»Aber da steht ja ein ganz anderer!«, rief sie überrascht.

Da klopfte es plötzlich kurz und hart und jemand riss die Tür auf.

»Oh!«

Mary O'Shea schien nicht mit der Kommissarin gerechnet zu haben. Sie war in einen hellblauen, überknielangen Wollmantel mit einer überdimensionalen Kapuze gehüllt, der sie wie eine Gestalt aus Star Wars aussehen ließ, und kämpfte mit dem Beschlag ihrer großen Brille. Sie hatte sie abgenommen und rieb sie an einem ihrer Trompetenärmel trocken.

»Gut, dass ich Sie sehe, Superintendent!«

»Bitte, drucken Sie mir das aus«, wandte sich Grace an den jungen Priester. McLeish nickte wieder. Er ignorierte Marys Ankunft vollkommen.

»Mir ist zu Ihren Ermittlungen noch etwas eingefallen«, sagte die Sekretärin hastig.

»Tatsächlich?« Grace sah argwöhnisch zu ihr hinüber. »Dann kommen Sie doch bitte in einer Stunde in die Garda-Zentrale, damit wir alles ganz offiziell aufnehmen können. Einverstanden?«

Father McLeish reichte Grace die zwei Seiten Ausdruck, was die Gemeindesekretärin misstrauisch verfolgte. Grace hatte das eindeutige Gefühl, dass sich die beiden nicht mochten.

»Das kann ich gern machen.«

Grace stand auf, um sich zu verabschieden. »Gut, dann sehen wir uns dort. Um zehn Uhr in Zimmer 33, erster Stock. Bis später.«

Die Kommissarin drehte sich um und ging zur Tür.

Mary O'Shea hatte sich die nun wieder klarsichtige Brille aufgesetzt und schien sich sofort sicherer zu fühlen.

»Ist das Ihr Büro, Guard? Zimmer 33?«

Grace nickte dem Priester dankend zu und wandte sich dann wieder an die Gemeindesekretärin. »Nein, Ms O'Shea. Das ist unser Verhörzimmer für problematische Fälle.«

Sie konnte sich diese bissige Bemerkung nicht verkneifen.

»Oh!«, hauchte Mary O'Shea.

10

»Was ist Ihnen noch eingefallen?«

Grace hatte sich und Mary O'Shea einen Tee mit ins Verhörzimmer gebracht, den die Frau dankbar angenommen hatte. Sie nahm gerade einen Schluck aus dem Becher, der mit unzähligen dreiblättrigen Kleeblättern übersät war, und warf einen unschuldigen Blick auf die Kommissarin, die ihr gegenüber Platz genommen hatte.

»Es war mir total entfallen, aber Father Duffy war ursprünglich gar nicht als Ersatz für Father Griffin vorgesehen.«

Genau darüber war Grace vor einer Stunde gestolpert, als sie zum ersten Mal einen Blick auf die Notfallliste geworfen hatte. Und Mary O'Shea hatte gemerkt, dass es ihr aufgefallen war. Da war Grace sich ganz sicher. Sie hatte die Situation sofort erfasst. Sie registrierte tatsächlich alles, selbst Nuancen.

»Und wer war dafür vorgesehen?«

»Father Malone. Er stand als Ersatz für Father Griffin auf der Liste.«

Grace schaute sie abwartend an. Aber Mary O'Shea nahm nur einen weiteren Schluck heißen Tee und hüllte sich in Schweigen.

»Und warum wollte Father Duffy dann die Totenmesse lesen und nicht der dafür eingeteilte Ersatzpriester?«, brach Grace nach einer Weile die Stille.

Mary O'Shea hatte ihre Augen auf ihren Schoß geheftet.

»Ich habe es ihm vorgeschlagen, weil er Padraic ja gekannt hat. Da lag es nahe, fand ich. Und Father Duffy und

Father Malone waren der gleichen Meinung. Beide waren mit dieser Lösung zufrieden.«

»Das heißt, wenn Sie nicht eingegriffen hätten, wäre Father Duffy nicht am Ort des Verbrechens gewesen, sehe ich das richtig?«

Mary O'Shea drehte den Becher in ihren Händen. »Das hört sich ja an, als wäre es meine Schuld, dass er dort war.«

»Ich würde hier nicht von Schuld im herkömmlichen Sinne sprechen. Jedenfalls war es Father Duffy und nicht Father Malone, der die Ermordete fand. Oder finden sollte.«

Die Gemeindesekretärin warf Grace einen zornigen Blick zu. »Was macht es schon für einen Unterschied, welcher Priester die arme Marilyn gefunden hat? Das Schlimme ist doch, dass sie tot ist.«

Grace nahm interessiert wahr, dass Mary sich tatsächlich eine Träne ins linke Auge drückte. Die Kommissarin hatte schon weniger glaubhafte Auftritte von Zeugen erlebt.

»Anne Madden sagte aus, dass sie Ihnen keineswegs aufgetragen hat, ihre Mutter ans Telefon zu holen. Sie haben mich angelogen.« Grace hatte beschlossen, mit diesem Themenwechsel den anderen fragwürdigen Punkt der Aussage der Gemeindesekretärin abzuklopfen.

Sofort wechselte auch der Gesichtsausdruck von Mary O'Shea von scheinbarer Trauer ins Höhnische.

»So? Das mag schon sein, so genau kann ich mich nicht mehr erinnern. Auf jeden Fall sollte ich Marilyn ausrichten, dass ihre Tochter sie abholen würde.«

»Was Sie angeblich auch vorhatten, als Sie hinüber in die Kapelle huschten.«

»Bedauerlicherweise traf ich Marilyn jedoch nicht an.«

Grace beugte sich zu ihr. »Das behaupten Sie. Aber es muss noch lange nicht wahr sein. Sie könnten sie genauso gut nicht nur gesehen und gesprochen, sondern vielleicht sogar ermordet haben, Ms O'Shea.«

Graces Ton blieb durchaus liebenswürdig.

Blitzschnell richtete sich Mary O'Shea auf ihrem Stuhl auf.

»Das stimmt nicht! Warum sollte ich die arme Frau hinterrücks ermorden? Sie hat mir nichts getan.«

Das genau war der Punkt. Und Grace wusste es auch: Ein Motiv war bisher noch nicht aufgetaucht und Mary O'Shea mit ihrer PC-Pyjama-Macke sah ihr auch nicht nach einer psychopathischen Serienkillerin aus. Selbst wenn ihre hellblaue Kutte in Graces Augen durchaus sinistere Züge besaß.

Grace lächelte die Sekretärin aufmunternd an. »Wir dürfen in unseren Ermittlungen nichts, aber auch gar nichts ausschließen. Sie haben sicher Verständnis dafür.«

Mary nickte zerstreut.

»Deshalb haben Sie auch sicher nichts dagegen, wenn wir Ihre DNA überprüfen und mit den Spuren abgleichen, die wir am Tatort gefunden haben.«

Die Frau wurde blass, nickte aber zustimmend. Nun heulte sie wirklich und schnäuzte sich in ein Papiertaschentuch.

»Gut«, sagte Grace energisch, »meine Kollegin, Sergeant Sheridan, wird das übernehmen. Sie halten sich bitte weiterhin zu unserer Verfügung – und noch etwas ...«

Grace war aufgestanden und hielt die Türklinke schon in der Hand, ehe sie sich noch einmal zu ihrer Zeugin umdrehte.

»Wir haben erfahren, dass Sie den Organisten Liam O'Flaherty angerufen haben, um ihn zu bitten, bei der Totenmesse zu spielen. Stimmt das?«

Mary O'Sheas Kopf nickte ruckartig.

»Das heißt, Sie haben nicht nur Father Duffy, sondern auch Liam O'Flaherty statt der dafür eingeteilten Leute eingesetzt und der Diözese damit vorgegriffen. Ist das korrekt?«

Diesmal sah Mary stumm zu Boden.

»War es etwa auch Ihre Idee, dass Marilyn Madden erst am Tag zuvor eingesprungen ist, um St. Bridget zu schmücken?«

Mary O'Shea war weiß im Gesicht geworden.

»Kommen Sie, Ms O'Shea, wir werden es sowieso herausfinden. Haben Sie Marilyn Madden gebeten, am Samstagnachmittag in St. Bridget auszuhelfen?«

Die Gemeindesekretärin hatte sich wie ein trotziges Kind erhoben und stand nun mitten im Verhörraum. Einen Moment lang kam es Grace sogar so vor, als hätte die Frau mit einem Fuß auf dem Boden aufgestampft. Aber da hatte sie sich sicher getäuscht. Dann senkte Mary kurz den Kopf auf die Brust und hob ihn wieder. Das war es also, dachte Grace: Mary O'Shea hatte eigenmächtig, wie eine Puppenspielerin, dafür gesorgt, dass die Akteure am Schauplatz des Mordes versammelt waren: als Opfer, als Zeuge und als Täter.

11

Im Spaniard's Head sah es nicht übertrieben, aber eindeutig vorweihnachtlich aus. Fitz, der Wirt, der in einem vorigen Leben der Gerichtsmediziner von Garda Limerick gewesen war, hatte Mistel- und Stechpalmenzweige in allen Ecken und Nischen befestigt. Auf den bunten Glitter und Flitter, dem die Iren zur Weihnachtszeit verfielen, hatte er jedoch gänzlich verzichtet.

Grace ging die ganze Vorweihnachtsnummer auf die Nerven, und wenn sie an die Feiertage in diesem Jahr dachte, empfand sie gemischte Gefühle. Ihre Tochter Roisin würde mit ihrer, Grace', Mutter aus Dänemark kommen, und sie würden die Weihnachtstage gemeinsam bei ihrem Bruder Dara und seiner Familie auf Achill Island verbringen. Darauf freute sie sich, doch gleichzeitig wurde ihr bei dem Gedanken auch mulmig. Würden alte Streitigkeiten wieder aufflammen?

»Wie schön, dich zu sehen, Grace.«

Es war gegen zwölf und noch ziemlich leer in Graces und Rorys Stammkneipe, als Fitz, ohne dass sie es gemerkt hatte, von hinten an ihren Tisch getreten war. Seine Augen strahlten sie durch seine Brille an.

Grace zuckte kurz zusammen, so sehr war sie in ihren Gedanken versunken gewesen. Sie freute sich, ihn zu sehen.

»Ich bin mit Rory hier verabredet. Du hast es sicher schon gehört.«

Er nickte. »Eine zweite Leiche in einer Kirche, und das zur Adventszeit. Alle sprechen darüber. Was kann ich dir bringen?«

Sie bestellte ein Wasser und sein *Sandwich of the Day*, ein Sonnenblumenkernbrot mit geräucherter Forellencreme und Gurkenscheiben. Fitz' belegte Brote waren legendär.

»Wie geht es Peter?«, fragte der Wirt und grinste.

Bildete sie sich das ein oder war die Frage nach dem Privatdetektiv von einem leicht sarkastischen Unterton begleitet?

Peter Burke und sie kannten sich seit ihrer Kindheit auf Achill Island und waren sich im Mai dieses Jahres, als sie die Stelle bei Garda in Galway übernahm, wieder begegnet. Nach Monaten der vorsichtigen Annäherung und einigen Missverständnissen hatten sie vor einigen Wochen endlich als Paar zueinandergefunden.

Grace war nicht klar gewesen, ob Fitz das überhaupt mitbekommen hatte. Doch der irische Drahtlosfunk funktionierte offenbar geschmeidig und ohne Probleme in Stadt und Land.

»Ich glaube, es geht ihm ganz gut«, erwiderte sie mit einem Lächeln. Sie strich sich die Haare aus der Stirn. Es war kaum vier Stunden her, dass sie sich von Peter verabschiedet hatte, doch das brauchte sie Fitz nicht auf die Nase zu binden.

»Grüß ihn, wenn du ihn siehst. Er soll sich mal wieder blicken lassen.«

Fitz verschwand in Richtung Bar. Der alte Hilary winkte ihr von der Theke aus zu, wo er jeden Tag um diese Zeit an seinem Stammplatz festzukleben schien.

Da kam Grace eine Idee. War Hilary nicht ein ehemaliger Benediktinermönch? Zumindest hielt sich dieses Gerücht hartnäckig. Solange Rory noch nicht da war, konnte sie ja vielleicht sein Wissen anzapfen.

Fiona brachte ihr Wasser und stellte es vor sie auf den Tisch.

»Na, Grace, hast du schon alle Weihnachtsgeschenke beisammen?«

Grace lachte laut. »Sehe ich etwa so aus? Ich habe zwei Leichen als Vorweihnachtsüberraschung und stecke mitten in den Ermittlungen. Weihnachtsgeschenke sind das Letzte, woran ich gerade denke.«

Fiona zwinkerte ihr zu. »War nicht ganz ernst gemeint.« Die hünenhafte Bedienung senkte ihre Stimme und beugte sich zur Kommissarin herunter. »Stimmt es, dass man schon wieder eine Frau in einer Kirche …?«

Grace nickte. Sie hatte keine Lust, ihren Fall hier im Pub zu diskutieren. Doch Fiona, die eine Schwäche für auffälligen Ohrschmuck hegte und heute tatsächlich zwei glitzernde Tannenbäumchen an den Ohren trug, ließ nicht locker.

»Diese Ehrenamtlichen, die diese Kirchen hüten und putzen, tun immer fromm und scheinen ganz verhuschte Häschen zu sein, aber in Wirklichkeit haben sie es faustdick hinter den Ohren. Faustdick! So!«

Sie hob kurz ihren Arm und spannte ihren sehenswerten Bizeps an.

»Denk an meine Worte! Sandwich ist auf dem Weg.«

Damit verschwand sie in der Küche. Fitz schaute kurz auf, als seine Bedienung an ihm vorbeisegelte.

Grace war einen Moment lang verblüfft. Was war das denn gewesen?

Doch Fiona hatte nicht unrecht. Sie musste unbedingt noch einmal zu den Kerrigans und die Familie Madden ausführlich befragen.

Sie schaute auf die Uhr. Wo Rory bloß blieb? So lange konnte das Gespräch mit dem verunglückten Priester doch nicht gedauert haben.

Hilary hockte auf seinem Barhocker und nippte an einem Guinness, als Grace neben ihn trat.

»Hallo, Hilary, wie geht's denn so?«

Der Alte mit den gelben Zahnstümpfen drehte sich langsam zu ihr um.

»Ah, der attraktive jüngste Spross des verdammten O'Malley-Clans!«

Diese Bezeichnung hatte sie anfangs als unverschämt empfunden, doch mittlerweile kannte sie Hilarys Art, Komplimente zu machen, und sie hatte seit ihrem letzten Fall im Sommer sogar begonnen, den alten Mann zu schätzen und ihm zu vertrauen.

Ob er tatsächlich der Vater von Fitz war, wie er einmal behauptet hatte, blieb ungewiss und sie hatte Fitz nie dazu befragt.

»Hilary, die erprobte westirische Gerüchteküche erzählt mir seit Monaten, dass Sie sich mit kirchlichen Angelegenheiten auskennen. Ist da was dran?«

Der Alte verzog das zerknitterte Gesicht zu einem breiten Grinsen. Über ihm konnte man auf dem stumm gestellten Fernseher ein Ratespiel verfolgen.

»So? Sagt man das? Die irische Gerüchteküche ist wie ein hauchfeines Gewebe, einem Spinnennetz nicht unähnlich. Nach allen Seiten flexibel, aber man muss höllisch aufpassen, dass es nicht reißt. Also Vorsicht, wenn man es belastet. Was willst du denn wissen?«

Tja, nichts Konkretes. Grace runzelte die Stirn. Mit irgendetwas musste sie anfangen.

»Gab es in der Vergangenheit innerhalb der Diözese hier vielleicht mal einen Skandal oder ein Verbrechen?«

Hilarys schwarze Äuglein wurden noch kleiner, als er sie jetzt zusammenkniff. »Welche Art von Skandal meinst du? Sex vielleicht? Das interessiert die Leute doch immer am meisten.«

»Ja, aber auch alles andere – Erpressung zum Beispiel, üble Nachrede, Betrug, Veruntreuung von Kircheneigentum, Diebstahl, Mord oder so was.«

Hilary dachte nach. In dem Moment erschien Rory im Schankraum des Spaniard's Head und schaute sich suchend um. Grace winkte ihm und deutete auf ihren Tisch in der Ecke, den der Kollege sofort ansteuerte. Er zog sich im Gehen seinen wattierten kobaltblauen Anorak aus, der sie immer an Superman erinnerte.

»Also? Fällt Ihnen etwas dazu ein?« Grace merkte, wie sie ungeduldig wurde.

Hilary tippte sich mit seinem schmutzigen Zeigefingernagel an die Stirn.

»Ich werde darüber nachdenken, Gnädigste. Und ich verspreche, ich melde mich.«

Damit drehte er seinen Kopf hoch zum Fernsehbildschirm und schenkte dem stummen Quiz seine ungeteilte Aufmerksamkeit.

Grace schlenderte zu ihrem Tisch hinüber, wo Rory gerade bei Fiona seine Bestellung aufgab.

»Lass mich raten, Rory. Du gönnst dir heute die eingemachten Krabben.«

Die Kommissarin setzte sich und nahm einen großen Schluck Wasser. Ihr Tagessandwich war auch schon eingetroffen.

»Nein, ich hab auch ein Brot bestellt«, sagte Rory. »Das war übrigens ein überaus ergiebiger Besuch im Galway Hospital. Father Griffin ist ein sympathischer junger Mann. Dabei war ich immer der Meinung, die hätten massive Nachwuchsprobleme.«

Grace erzählte ihm daraufhin von Father McLeish und seiner Modelerscheinung, die auch von Werbeplakaten hätte herunterlächeln können.

»McLeish? Haben die den importiert?«

Grace musste lachen. »Das mussten sie nicht. Der ist ihnen freiwillig zugelaufen. Er ist von der Church of Scotland zum wahren Glauben konvertiert – Zitat er selbst.«

Rory gluckste. Dann wurde er wieder ernst. »Also, Father Griffin ist bekennender Fahrradfahrer. Er behauptet, die

Soutane sei dabei gar kein Problem. Er habe sein Rennrad entsprechend präpariert. Deshalb kennt es auch jeder, weil er eine bunte Schutzscheibe an seinem Hinterrad hat anbringen lassen. Er ist sich sicher, dass an seinen Bremsen manipuliert wurde. Beide Handbremsen hätten nicht reagiert und er sei auf der abschüssigen Straße gestürzt. Er hat das Fahrrad von den Sanitätern in den Ambulanzwagen verfrachten lassen, weil er der Versicherung nachweisen wollte, dass er am Unfall unschuldig war. Wir können es uns jederzeit ansehen.«

Grace nickte zufrieden. »Wenn ich ganz ehrlich bin, Rory, hatte ich etwas in der Richtung erwartet.«

Rorys Kaffee wurde serviert und er nickte Fiona dankbar zu. »Dabei hatte er noch Glück im Unglück, Grace. Erstens trug er einen Helm und zweitens passierte es nicht auf einer der großen Kreuzungen, wo er mitten in den Verkehr gerast wäre. So hat er sich nur den Fuß gebrochen, was ihn allerdings bis in den Januar begleiten wird. Und was gab es Neues bei der Sekretärin?«

Rory verrenkte sich den Hals, vielleicht um so die Ankunft seines *Sandwich of the Day* zu beschleunigen.

Grace berichtete ihm, was sie bei Mary O'Shea herausbekommen hatte.

Rory starrte sie fassungslos an. »Sie hat alle drei am Samstag zu St. Bridget bestellt? Das macht sie zu unserer Hauptverdächtigen, oder?«

Grace stimmte ihm zu. »War Griffin eigentlich überrascht, dass Duffy die Messe lesen sollte? Auf der Notfallliste stand nämlich ein Father Malone. Mary hat ihn gegen Duffy ausgetauscht, angeblich weil er den Toten gekannt hat und Malone einverstanden war.«

Rory zuckte die Schultern. Sein Brot wurde serviert, doch bevor er hineinbiss, schnupperte er noch am Belag.

»Sehr fein, sag ich doch. Das war die richtige Wahl. Ehrlich gesagt kam das nicht zur Sprache. Aber ich werde ihn noch danach fragen.«

Grace hatte sich zurückgelehnt und dachte nach.

»Wir haben heute noch eine Menge vor, Rory. Ich möchte, dass du noch einmal Beth Kerrigans Familie verhörst, da gibt es ja nur die Schwester und den Bruder. Vor einer Woche wussten sie nichts zu sagen. Aber jetzt, nach dem zweiten Mord, stehen die Dinge vielleicht anders. Ich übernehme inzwischen die Maddens. Dann müssen wir noch überprüfen, wo sich Mary O'Shea in der vergangenen Woche aufgehalten hat, als Beth Kerrigan ermordet wurde. In unseren ersten Ermittlungen ist sie doch nirgends aufgetaucht, oder?«

Rory bestätigte das mit vollem Mund. Er nahm die Serviette und tupfte sich den Mund ab. Dann spülte er mit Kaffee hinterher.

»Der Organist übrigens auch nicht«, stellte er fest. »O'Flaherty war zwar für den Gottesdienst in Moycullen vorgesehen, aber zum Zeitpunkt des Mordes war er noch zu Hause. Von den dreien war nur Duffy am Tatort. Byrne hat für fünf eine Pressekonferenz einberufen, vergiss das nicht. Du leitest sie, weil er nach Dublin musste. Fand ich übrigens fabelhaft, wie er heute Morgen brav zu dir ins Büro gekommen ist. Das müssen wir unbedingt wiederholen. Von mir aus kann's jetzt losgehen, Grace.«

Die Kommissarin packte ihre Tasche zusammen und stand auf.

Rory legte ihr kurz den Arm auf die Schulter. »Wir sollten auch Belfast nicht vergessen, Grace.«

»Was war noch mit Belfast, Rory? Das hast du nicht ernst gemeint, oder?«

Der Kommissar wich ihrem forschenden Blick aus und setzte ein harmloses Gesicht auf.

»Na ja, ich würde gern mal ein wenig dort rumschnüffeln.«

»Untersteh dich!«

An der Bar drehten sich ein paar Gäste um, da Grace etwas laut geworden war.

Sie verließen den Pub und blieben auf der Shop Street in der Fußgängerzone stehen. Es wehte ein scharfer Wind und Grace zog ihren Schal enger um den Hals.

»Rory, ich brauche wohl nicht extra darauf hinzuweisen, dass Nordirland ein anderes Land mit eigener Polizeihoheit ist und dass wir dort nichts, aber auch gar nichts zu suchen haben. Du bringst uns in Teufels Küche!«

Rory zog den Reißverschluss seines Anoraks bis unters Kinn. »Weiß ich doch, Grace. Ich würde ja auch nicht als Kommissar Coyne von Gardai Éirann dort auftreten.«

Grace fixierte ihn und er wich ihrem Blick aus. »Sondern?«

Sie sah auf seinen blau schimmernden Regenschutz. »Etwa als Superman? Rächer der Geächteten der Grünen Insel?«

»Nein. Aber das ist gar keine schlechte Idee.«

Sie mussten beide lachen.

»Molly Coyne könnte erst mal ganz unverbindlich vorsondieren. Vielleicht ist alles ja nur Zufall und hat für uns nichts zu bedeuten.«

»Ich glaube nicht, dass deine Älteste irgendwas auf eigene Faust sondieren sollte. Aber was genau meinst du?«

Rory seufzte und erinnerte sie an das Geschirrdesaster im Haus von Mollys Freund in der protestantischen Community von Belfast. Er hatte es bei seiner Rückkehr eher als komische Anekdote erwähnt.

Grace schwieg. In ihrem Kopf arbeitete es.

»Dann erfahre ich von Father Duffy, dass er gleich zu Beginn seiner Laufbahn als katholischer Priester in die militante Hochburg um die Falls Road in Belfast geschickt wurde und dass er froh ist, diese Zeit überlebt zu haben.

Und knapp zwanzig Jahre später ist er indirekt in zwei Morde verwickelt. Meinst du nicht, dass es sich lohnen würde, dort noch mal nachzuhaken, Grace? Nicht mehr und nicht weniger. Aber bitte, das entscheidest du allein.«

12

Beth Kerrigan hatte als unverheiratete Frau Mitte fünfzig mit Bruder und Schwester auf der Farm der Familie zwischen Moycullen und Spiddal gelebt. Es gab an der irischen Westküste, ja im ganzen ländlichen Irland wesentlich mehr unverheiratet gebliebene Männer als Frauen.

An Frauen herrschte von jeher Mangel. Eine *spinster* zu bleiben, wie man eine solche unverheiratete Frau gern etwas abfällig nannte, war fast immer eine bewusste Entscheidung der Frau gewesen. Doch auch die Verkettung anderer Umstände konnte dazu führen, dass sie keine eigene Familie gründete, zum Beispiel die Pflege eines Elternteils oder eine missglückte Auswanderung.

Bei Beth hatte es sich ganz ähnlich verhalten, wie Grace schon bei der ersten Ermittlung herausgefunden hatte. Nicht verheiratet zu sein war in Irland zwar kein gesellschaftliches Stigma mehr wie noch vor zwei oder drei Jahrzehnten, doch es roch bei den Frauen immer noch nach Weltfremdheit und Frömmelei und bei den Männern nach Verschrobenheit, Schweigsamkeit und fehlender Körperpflege.

Rory bog in Moycullen kurz vor dem kleinen Cottage mit dem gemütlichen Restaurant von der A59 links in die Mountain Road ab. Sie führte als gewundene Landstraße an die Galway Bay nach Spiddal. Der Kommissar bemühte sich, auf diesen unübersichtlichen Straßen nicht zu schnell zu fahren, und tatsächlich, er war noch keine zwei Kilometer außerhalb des Ortes, als er hart auf die Bremse treten musste, um einer größeren Herde kleiner dunkelroter Rinder nicht zwischen die Hufe zu geraten.

Rory hielt an und seufzte. Galway war nur knapp zehn Kilometer entfernt, doch man hätte meinen können, sich bereits im tiefsten ländlichen Connemara zu befinden. Der Kommissar reckte den Kopf und sah sich nach einer Begleitperson um. Kompakte Viehherden, seien es Schafe oder Rinder, promenierten nie ohne Aufpasser über irische Landstraßen.

Da trat plötzlich ein älterer Mann mit Kappe und Stock nicht weit von ihm entfernt aus einem Gatter, durch das er offenbar die Herde getrieben hatte. Rory ließ das Fenster herunter und winkte ihn heran.

»Schöner Tag, heute!«, rief der Kommissar.

Der Mann tippte sich als Antwort an die Kappe und nickte stumm.

»Sie haben ja eine prächtige Herde von Dexters!«

Rory hatte die kleinste Rinderrasse Europas sofort an den schwarzen Spitzen der Hörner und an ihrem kleinen Wuchs erkannt. Eine, wie Rory wusste, sehr robuste Rasse, die sich für den steinigen Boden hier in Connemara bestens eignete.

Wieder nickte der Mann, aber er sagte nichts.

»Ich suche die Farm der Kerrigans. Muss hier ganz in der Nähe sein.«

Der Mann warf Rory einen misstrauischen Blick zu, hob dann jedoch den rechten Arm und zeigte auf ein Haus, das auf der linken Seite ungefähr dreihundert Meter weiter an der Straße lag.

Rory kratzte sich am Kopf und verabschiedete sich. »Danke, dann noch einen munteren Tag!«

Der Mann streckte den linken Zeigefinger als Abschiedsgruß in Rorys Richtung und wandte sich wieder seinen Tieren zu, die er umsichtig von hinten antrieb.

Kurz darauf bog Rory auf den Hof der Farm ein.

Eine Frau mittleren Alters stand in der Eingangstür und

wischte sich die Hände an einem karierten Küchenhandtuch ab. Sie war schmal und trug ihr graues Haar hinten in einem Knoten zusammengebunden. Als Rory aus dem Wagen stieg und näher kam, biss sie sich auf die Lippen.

Der Kommissar schenkte ihr sein charmantestes Lächeln.

»Einen wunderschönen Tag! Mein Name ist Inspector Coyne von Garda Galway. Sie müssen Beths Schwester sein.«

Die Frau nickte abwartend, sagte aber immer noch nichts. Den Menschen an dieser Straße, ging es Rory durch den Kopf, hatte es offensichtlich die Sprache verschlagen.

»Kommen Sie rein, Guard«, ertönte es schließlich aus dem Mund der Frau, und Rory atmete erleichtert auf. Er folgte ihr in die gute Stube.

»Sie sind Kiera Kerrigan?«

Sie nickte wieder. »Das wissen Sie doch schon, Guard. Bitte, nehmen Sie Platz. Ich habe leider nicht geheizt, aber wir wussten ja nicht, dass Sie kommen würden.«

Kiera Kerrigan stand unschlüssig an der Tür und schien mit sich zu kämpfen. »Wir könnten auch in die Küche gehen, da ist es warm – aber es ist eben die Küche.«

Manche Iren auf dem Land, das wusste Rory, hatten Hemmungen, Fremde in die Küche einzuladen. Sie zogen es vor, ihr bestes Zimmer zu präsentieren, auch wenn es eiskalt war. Er war erleichtert.

»Sehr gern. Gehen wir lieber in die warme Küche.«

Rory folgte ihr in den hinteren Teil des Hauses. Auf dem Herd stand ein Kessel, aus dem es dampfte.

»Ich mache uns gleich einen Tee.« Sie schob Rory einen Schemel an den Ofen.

Bevor er sich setzte, zog er den dicken Anorak aus und legte ihn neben sich auf den Boden.

»Ich bin noch einmal wegen Ihrer verstorbenen Schwester hier. Es haben sich durch den schrecklichen Mord in

St. Bridget, von dem Sie sicher gehört haben, ein paar neue Fragen für uns ergeben.«

Kiera setzte sich auf den Küchenstuhl und drehte das trockene Geschirrtuch, das sie immer noch in den Händen hielt, so stark, als wollte sie es auswringen – oder umbringen. Rory hatte den Eindruck, als kämpfte sie innerlich mit etwas.

»Wie lange war Beth schon ehrenamtlich für die Kirche tätig?«

»Wie lange? Da fragen Sie mich etwas, Guard. Schon sehr lange, sicher über zwanzig Jahre. Unsere Mutter lebte noch und Father Dunne war damals in Würden, das ist sicher. Und dann kam Father O'Toole und nach dem …«

Rory unterbrach sie. »Gut, vielen Dank. Die Reihenfolge der Priester kann ich ja nachschlagen. Und Father Duffy ist im Moment für Moycullen zuständig?«

»Nun, nicht wirklich. Er ist nur provisorisch unser Priester. Die Pfarrei ist genau wie der Bischofssitz von Galway im Augenblick nicht besetzt.«

Dass es zurzeit keinen Bischof von Galway und Klimacduagh gab, wie der offizielle Name des Bistums lautete, war Rory bekannt, auch wenn es ihn nicht sonderlich interessierte.

»Aber Ihre Schwester Beth war regelmäßig dort und für die Ausstattung der Kirche zuständig? Auch am letzten Samstag?«

Kiera nickte.

»Oder ist sie für irgendjemanden eingesprungen?«

Kiera schaute den Inspector mit großen Augen an.

»Für wen denn?«, fragte sie ungläubig.

»Hat sie irgendwas gesagt, bevor sie an dem Tag zur Kirche ging?«

Kiera wrang das trockene Tuch weiter aus. »Nein. Aber ich war auch gar nicht da. Ich war zum Einkaufen in Galway. Derek, unser Bruder, war zu Hause. Aber er hat nichts gesagt. Also wird Beth auch nichts gesagt haben.«

Rory schloss für zwei Sekunden die Augen und atmete tief durch.

»Hatte Beth Feinde?«

Kieras Augen weiteten sich wieder. »Beth?«

»Antworten Sie einfach, Kiera, bitte.« Rorys Stimme klang matt.

Kiera Kerrigan schwieg und kämpfte weiter mit dem karierten Tuch in ihren Händen. Schließlich stieß sie ein »Ja!« hervor.

Rory fiel fast vom Schemel.

»Beth hatte einen Feind. Michael Kelly.«

Wieder musste Rory tief durchatmen. »Und wo finden wir diesen Michael Kelly?«

Kiera runzelte die Stirn. »In New York, vermute ich. Dahin ist er vor über zwanzig Jahren ausgewandert. Beth und er waren verlobt. Er wollte drüben alles klarmachen und sie dann holen. Das haben ja viele damals so gemacht. Aber er hat sie verraten. Hat sie sitzen lassen und eine andere geheiratet. Jedenfalls hat er sie nie geholt. Michael Kelly war der Feind, der Beths Leben zerstört hat.«

Rory machte sich Notizen. Bei ihrem letzten Satz schaute er auf und legte die Stirn in Falten.

Da flog plötzlich die Küchentür auf und ein Mann trat ein.

»Das ist Derek, Guard«, sagte Kiera, die rasch zu ihrem Bruder hinüberschaute. »Jetzt können Sie ihn fragen, ob Beth vorige Woche noch etwas gesagt hat, bevor sie zur Kirche ging.«

Rorys Blick fiel auf den älteren Mann mit der Kappe, der ihn neugierig musterte. Der würde nichts sagen, da war Rory sich ziemlich sicher. Er hatte schon im Beisein seiner Dexter-Rinder kein überflüssiges Wort an Garda verschwendet.

13

Anne Madden und ihr Vater Bob wollten nicht bei sich zu Hause vernommen werden, sondern zogen es vor, in die Garda-Zentrale zu kommen. Grace war das sehr recht, denn dadurch würde sie Zeit sparen. Es war Rory, der immer gern bei den Zeugen persönlich vorbeischaute, um, wie er betonte, auf diese Weise an unerwähnte Informationen zu gelangen.

Bob Madden hatte sich, wie Grace vermutete, für diese Gelegenheit extra in Schale geworfen. Als der gut aussehende ältere Mann im Verhörzimmer seinen Mantel ablegte, sah die Kommissarin, dass er einen dunkelgrauen Anzug trug, zu dem seine Tochter wohl eine dezente, grafitgraue Krawatte ausgewählt hatte. Der Farmer nestelte unsicher am Knoten herum, während die junge Journalistin aufrecht und mit übereinandergeschlagenen Beinen vor ihr saß. Sie trug ebenfalls gedeckte, dunkle Farben.

»Mr Madden«, begann Grace das Gespräch, »wann genau erhielt Ihre Frau den Anruf, ob sie am Samstag die Kirche St. Bridget für eine Beerdigung vorbereiten könne?«

»Am Freitagmittag«, kam es wie aus der Pistole geschossen aus Anne Maddens Mund.

»Haben Sie den Anruf entgegengenommen, Ms Madden?«, fragte Grace.

Die Frau schüttelte energisch den Kopf.

»Nein, ich war das«, mischte sich endlich Marilyns Mann ein. Seine Stimme klang etwas schleppend, aber nicht unangenehm. »Das war in meiner Mittagspause. Ich unterbreche die Arbeit im Stall oder auf dem Feld meist zwischen eins und zwei. Jetzt im Winter vielleicht etwas früher, weil es ja gegen halb fünf schon dunkel wird. Meine Frau war in der Küche und ich saß im Büro, um die Abrechnungen für das Jahresende fertig zu machen, als der Anruf kam.«

»Bitte, erzählen Sie«, forderte Grace ihn auf.

»Es war Mary O'Shea. Sie wollte Mommy dringend sprechen«, warf die Tochter blitzschnell ein.

»Ich habe Ihren Vater gefragt, Ms Madden.«

Allmählich wurde Grace ungehalten. Anne Madden ging ihr mit ihrer forschen Art auf die Nerven.

»Ja, Mary O'Shea erkundigte sich, ob meine Frau da sei. Ich fragte sie, worum es gehe, da Marilyn in der Küche beschäftigt sei, und sie antwortete, dass es sich um Kirchenangelegenheiten handele und ob Marilyn sie später zurückrufen könne.«

»Später?«

Madden nickte.

»Nein, Dad, sie sagte ›schnell‹.«

Bob Madden sah seine Tochter zweifelnd an.

Grace musste ein Seufzen unterdrücken.

Madden nestelte wieder an seinem Krawattenknoten. »Ich bin mir nicht ganz sicher, Anne, aber ich glaube, sie hat ›später‹ gesagt. Jedenfalls habe ich das meiner Frau dann so ausgerichtet. Und nach dem Lunch hat sie Mary wohl auch zurückgerufen. Am Abend erzählte sie mir, dass sie am Tag darauf St. Bridget für eine Beerdigung vorbereiten werde.«

»Wissen Sie, ob sie für jemand anders eingesprungen ist?«

Der Farmer schüttelte etwas zögerlich den Kopf.

»Doch, Dad! Das hat sie mir erzählt!«

Grace wandte ihre Aufmerksamkeit der Journalistin zu, die schon die ganze Zeit unruhig auf ihrem Stuhl herumrutschte.

»Was genau hat Ihre Mutter Ihnen erzählt?«

»Sie sagte, dass Mary sie so kurzfristig angerufen hat, weil jemand ausgefallen ist. Wer das war, erwähnte sie nicht, und ich glaube, dass sie das auch gar nicht wusste. Das müssten Sie Mary fragen.«

»Wie wichtig ist Mary O'Shea?«

Bob Madden hatte den Kopf gehoben und sah die Kommissarin aufmerksam an.

Plötzlich breitete sich Stille im Verhörraum aus. Wo eben noch die Tochter dem Vater ständig ins Wort gefallen war und die Aufmerksamkeit der Kommissarin auf sich ziehen wollte, herrschte nun Schweigen.

»Wie wichtig ist sie? Ich meine, im gesamten Gefüge der verschiedenen Gemeinden. Sie betreut mehrere Gemeinden im Westen Galways als Sekretärin und teilt sich diese Aufgabe mit einer Kollegin. Mich interessiert, wie viel Einfluss so eine Gemeindesekretärin tatsächlich besitzt.«

Anne Maddens Zungenspitze erschien kurz zwischen ihren Lippen. Sie hatte sich ein wenig nach vorn gebeugt und fixierte Grace mit einem rätselhaften Lächeln.

»Sprechen Sie von einer Gemeindesekretärin im Allgemeinen oder von Mary im Speziellen?«

Jetzt lächelte Grace sibyllinisch. »Interessant, dass Sie da einen Unterschied machen. Wieso?«

»Nun, Gemeindesekretärinnen sitzen an entscheidenden Stellen der kirchlichen Macht. Ohne sie läuft meistens nichts. Das wissen auch die Priester. Sie können sich hundertprozentig auf ihre Sekretärin verlassen, die ihnen den Rücken freihält.«

Anne lehnte sich zurück.

»Für was?«

»Für Freizeit zum Beispiel. Mit einer guten Sekretärin kann man sich leichter Freizeit und damit auch Freiheit verschaffen, die sonst meistens knapp bemessen ist. Besonders weil es nicht mehr viele Priester gibt. Die goldenen Zeiten der Kirche, selbst in Irland, sind wohl endgültig vorbei.«

Anne Madden grinste nun eindeutig schadenfroh, empfand Grace.

»Sie reden im Moment von Gemeindesekretärinnen im Allgemeinen?«

Anne nickte.

»Sie sorgen, wenn ich Sie richtig verstanden habe, für einen reibungslosen Ablauf. Aber haben sie auch Macht? Das war meine ursprüngliche Frage.«

»Und ob sie die haben!« Anne Madden schien auf einmal sehr aufgeregt.

Ihr Vater wurde unruhig. »Woher willst du das wissen, Anne? Du gehst doch nie in die Kirche.«

»Das weiß ich von Mommy, Dad! Sie hat sich oft bei mir ausgeheult. Sie hatte manchmal eine richtige Wut im Bauch, glaub es mir.«

Dann wandte sie sich wieder an Grace. Ihr blasses Gesicht war nun eindeutig gerötet.

»Nicht jede Sekretärin besitzt so viel Macht.« Sie warf einen Seitenblick auf ihren Vater. »Aber es gibt immer wieder welche, die sich sorgfältig darum kümmern. Die sich für den Priester scheinbar unersetzbar machen und ihn dadurch in der Hand haben.«

Grace warf ihr einen forschenden Blick zu. »Könnte das den Priester sogar erpressbar machen?«

Die junge Frau fuhr sich flüchtig durch das kurzgeschnittene Haar.

»Auch das.« Sie kniff ihre Lippen zusammen.

»Kommen wir zurück zu Mary O'Shea«, sagte Grace, während sie sich weiter Notizen machte. »In welche Kategorie gehört sie Ihrer Meinung nach?«

Bob Madden hatte sich nun zu seiner Tochter gedreht und starrte sie entgeistert an. Anne ignorierte den Blick ihres Vaters und suchte stattdessen die Augen der Kommissarin.

»Mary O'Shea ist ein machtbesessener Kontrollfreak, Superintendent. Genau so hat es meine Mutter kurz vor ihrem Tod formuliert. Und es ist mir ein absolutes Rätsel, warum sie vergangenen Samstag eingesprungen ist und Mary aus der Patsche geholfen hat. Das hat letzten Endes ihren Tod besiegelt.«

14

»Dad, du hast sie nicht mehr alle! Warum sollte ich das tun? Ich bin doch kein Garda-Spitzel!« Molly Coynes angenehme Stimme überschlug sich fast vor Empörung.

Rory versuchte seine Älteste zu besänftigen. »Das würde auch niemand von dir wollen, Molly. Dein Vater schon gar nicht. Nein, du sollst dich nur mal unauffällig nach Father Duffy erkundigen, das ist alles.«

»Nach Father Duffy? Was hat er mit der ganzen Sache zu tun? Wir sind hier in Nordirland.«

Rory überlegte, wie viel er von den Gedanken, die ihm seit seinem Verhör mit dem Priester durch den Kopf gingen, seiner Tochter mitteilen sollte.

»Klar, Nordirland ist immer noch größtenteils protestantisch, obwohl die Katholiken zahlenmäßig stark aufgeholt haben. Aber Father Duffy wurde direkt nach seiner Priesterweihe nach Belfast in die Gegend um die Falls Road geschickt.«

Einen Moment herrschte Stille an ihren beiden Handys.

»Das ist nicht dein Ernst«, kam es schließlich leise von Mollys Seite. »Wann war das?«

Rory warf einen kurzen Blick auf sein Zettelchen, das er geschickt mit einer Hand vor sich auf dem Schreibtisch auseinandergerollt hatte.

»Das muss zwischen 1992 und 1995 gewesen sein. Er sagte mir gegenüber, dass er froh sei, diese Zeit überhaupt überlebt zu haben. Du weißt, dass ich als irischer Guard da nicht mal nachfragen darf, aber wenn du … bist du noch da, Molly?«

Rory hörte nur ein schwaches Rauschen in der Leitung.

»Molly?«

»Wie stellst du dir das vor, Dad? Wie soll ich als Studentin denn an die entsprechenden Leute herankommen? Außerdem will ich auch niemanden aushorchen.«

Rory musste zugeben, dass er ein richtig schlechtes Gefühl dabei hatte, seine Tochter zum Spionieren anzustiften.

»Ich will auf keinen Fall, dass du irgendetwas machst, was unangenehm oder gefährlich für dich werden könnte. Aber vielleicht könntest du mal bei unseren katholischen Brüdern und Schwestern in der Gemeinde dort vorbeischlendern, in eins der Cafés oder in einen Pub gehen und mit ihnen ins Gespräch kommen? Erzähl einfach von Father Duffy, der dich hier im guten alten Galway gefirmt hat, und warte ab, ob man dir etwas von seiner Zeit dort erzählt. Mehr will ich ja gar nicht.«

»Und warum machst du das nicht selbst? Von Galway aus?«

Rory seufzte laut und vernehmlich. »Weil das nicht geht. Wenn ich eine offizielle Anfrage von Gardai stelle, wirbelt es unnötig Staub auf und wir kommen mit Sicherheit nicht an das heran, was uns interessiert.«

»Und du denkst, ich komme da heran, an was auch immer?«

Rory überlegte eine Sekunde lang.

»Möglicherweise. Weil man einer netten jungen Studentin weniger misstrauisch gegenüber ist als deinem alten Polizisten-Dad. Und außerdem ...« Hier brach er abrupt ab.

»Außerdem was?« Molly hörte sich nun fast amüsiert an.

»Ich würde zu gern wissen, warum Georges Mutter bei unserem Essen das ganze Geschirr heruntergefallen ist, als Father Duffys Name fiel.«

Nun war auch das heraus.

»Das könnte bloß eine winzige Unaufmerksamkeit gewesen sein und gar nichts mit Duffy zu tun haben, Dad.«

Rory schnalzte mit der Zunge. »Durchaus, liebste Molly. Aber es wäre beruhigend, das genau zu wissen.«

»Also, ich gehe vielleicht mal ganz unverbindlich an der Falls Road vorbei. Da gibt es ein nettes Kulturzentrum mit einem Café, wo ich ein paar Leute kenne. Mehr kann ich dir nicht versprechen. Aber das mit den Wilsons kannst du dir abschminken. Die vertrauen mir und das will ich nicht aufs Spiel setzen.«

»Verstehe ich voll und ganz. Du bist mein Mädel, Molly. Ich danke dir.« Rory war tatsächlich vom Entgegenkommen seiner Ältesten gerührt.

»Weiß Grace davon?«

»Wovon?«

»Wozu du mich anstiftest?«

»Nö. Sie würde das unter keinen Umständen tolerieren.«

Jetzt musste Molly kichern. »Grüß mir Mommy, und Küsse für die bösen Schwestern.«

»Pass auf dich auf, mein Schatz.«

Er hörte, wie Molly nun laut ins Handy lachte.

»Soll dieser fromme Wunsch etwa ein Witz sein? Bis dann.«

Sie legte auf.

Rory kratzte sich am Kopf. Vielleicht war es doch ein Fehler gewesen, seine Molly einzuspannen.

15

Die Untersuchung des Rennrads von Father Griffin bestätigte seine Vermutung, dass daran manipuliert worden war. Beide Bremsleitungen waren fein säuberlich durchtrennt worden, jemand hatte es offenbar darauf abgesehen, den jungen Priester vor der Messe am Samstag auszuschalten.

Das Rad war im Fahrradschuppen auf dem Parkplatz der Diözese fest abgeschlossen gewesen, wo Griffin es immer abstellte, wenn er dort zu tun hatte. Jeder hätte sich unbeobachtet in den drei bis vier Stunden daran zu schaffen machen können, denn niemand sonst benutzte in der Winterzeit den unverschlossenen Fahrradschuppen.

Außerdem hatte Graces Anruf bei O'Flahertys Zahnarzt seinen Termin dort am späten Samstagnachmittag bestätigt.

»Wann hat Mr O'Flaherty diesen Termin vereinbart?«, fragte sie die Zahnarzthelferin.

»Oh, da muss ich nachschauen. Es war ja, wie ich mich erinnere, ein Notfall gewesen. Freitag, es war am Freitagnachmittag, sehe ich jetzt.«

»Wenn es ein Notfall war, wollte er dann nicht gleich am Freitag kommen?« Grace nagte an ihrer Unterlippe, irgendetwas an dieser Auskunft gefiel ihr nicht. Hatte Liam nicht von Samstagmittag gesprochen?

»Nein, das wollte er nicht, das weiß ich noch genau. Er sagte, er würde es bis Samstag mit starken Schmerzmitteln überbrücken, da er am Freitag nicht mehr nach Galway reinkommen könne.«

»Und um welche Art von Notfall handelte es sich?«

Einen Moment lang herrschte Stille.

»Sind Sie noch da?«

»Ja, Guard. Erstens war ich nicht bei der Behandlung am Samstag dabei. Das macht der Arzt normalerweise allein, wenn es ein irregulärer Termin ist. Und zweitens fällt das unter die ärztliche Schweigepflicht und ich dürfte Ihnen da gar keine Auskunft geben, selbst wenn ich wüsste, was Mr O'Flaherty hierhergetrieben hat. Da müssen Sie Dr. Siversen schon selbst fragen. «

»Siversen? Das hört sich skandinavisch an.«

Sie konnte das breite Lächeln am anderen Ende förmlich vor sich sehen.

»Ist es auch. Unser Arzt ist Däne. Er lebt aber seit dreißig Jahren in Galway. Er ist schon sehr …« Hier zögerte sie einen Augenblick, wie um das richtige Wort zu wählen. »… sehr gälisiert.«

»Gut, dann verbinden Sie mich bitte mit ihm.«

»Tut mir leid, aber er ist jetzt leider in der Sprechstunde. Soll er Sie danach zurückrufen?«

»Das wäre sehr hilfreich, danke.«

Grace gab ihr ihre Handynummer und wollte das Gespräch gerade beenden, als der Dame noch etwas einfiel.

»Ach, wo ich schon mit Garda telefoniere«, ertönte es am anderen Ende. »Bei uns ist etwas geklaut worden – Chloroform.«

Grace musste nun selbst lachen. »Dafür bin ich leider nicht zuständig. Bitte wenden Sie sich an die Kollegen von Diebstahl und Einbruch.«

Sie gab ihr die Durchwahl und beendete nun tatsächlich das Gespräch. Es war halb drei und in zweieinhalb Stunden musste sie vor die Journalisten der Pressekonferenz treten. Sie versuchte sich zu konzentrieren und merkte, dass sie dringend Hilfe brauchen konnte. Neue Denkanstöße in eine andere Richtung, das war, was ihr fehlte.

Da Rory irgendwo mit Ermittlungen beschäftigt war und sie ihn nicht dabei stören wollte, wählte sie kurzentschlossen eine andere Nummer.

»Kann ich vorbeikommen, Peter?«

Er hatte in Clifden zu tun und befand sich gerade auf dem Weg nach Galway. Sie verabredeten sich in einer halben Stunde am Corrib in der Nähe von Oughterard. Grace schaltete zufrieden ihr Handy aus. Etwas frische Luft würde ihr sicher das Hirn freiblasen. Und seine Hilfe war nicht verkehrt.

Als sie kurz nach drei auf den kleinen Parkplatz am Schilfufer des großen Lake Corrib einbog, wartete er schon in seinem Wagen. Er stieg aus und umarmte und küsste sie zärtlich. Grace erwiderte den Kuss nur flüchtig, zog die Kapuze über den Kopf und rannte los. Einen Moment lang schaute er verwirrt, dann folgte er ihr. Sie hatte den schmalen Uferweg gewählt, der auch im Winter von hohem Schilf abgeschirmt war. Nach einer halben Minute hatte er sie eingeholt.

»Erst verabredest du dich mit mir und klingst ganz verzweifelt und dann rennst du davon? Das verstehe ich nicht.«

Peters dichte, mittellange schwarze Haare verstärkten die jungenhafte Ausstrahlung des Mittdreißigers. Er hatte sich in den letzten Wochen einen Bart wachsen lassen, von dem Grace nicht wusste, ob sie ihn mochte oder nicht. Er sah gut aus, aber sie hatte sich noch nicht daran gewöhnt.

Peter Burke klang eindeutig schlecht gelaunt und ihr tat ihr ungestümes Verhalten sofort leid.

Grace blieb stehen und schaute ihn an. »Verzeih mir.«

Sie hob eine Hand, die in einem roten Lederhandschuh steckte, und führte sie an seine Wange.

»Peter, wir haben zwei Leichen und keinen Schimmer.« Sie klang eindringlich.

»Und die Öffentlichkeit scheint das zu ahnen. Angst macht sich überall breit«, erwiderte Peter.

Grace nickte und sie setzten ihren Weg auf dem schmalen, matschigen Pfad Seite an Seite fort. Eine schwache Brise kräuselte die Oberfläche des riesigen Sees. Der Himmel war bedeckt. Die Wolken ruhten tief gebückt darunter und schienen von einer Konsistenz, die an gräulichen Klebstoff erinnerte. Das Moor am anderen Ufer war voller Feuchtigkeit und leuchtete dagegen wie heller Zimt.

»Glaubst du wirklich an einen Serienmörder?« Peter sagte das Wort so, als hätte er es gerade in einem Lexikon nachgeschlagen. Er betonte jede Silbe, als wäre sie ihm fremd.

Statt ihm direkt zu antworten, begann Grace mit einer Aufzählung: »Zwei Adventswochenenden, zwei ähnliche Tatorte, zwei weibliche Leichen. Beide waren ehrenamtliche Helferinnen, die schon seit Jahren Kirchen herrichten. In beiden Fällen findet derselbe Priester die Leichen. Im zweiten Fall war er kurzfristig eingesprungen, um die Messe zu lesen. Der Pastor, der das eigentlich machen sollte, wurde durch gezielte Sabotage an seinem Fahrrad verletzt und liegt jetzt im Krankenhaus. Der Dritte im Bunde ist der Organist. Beim ersten Fall kam er nicht zum Einsatz, beim zweiten tauchte er früher auf als notwendig.« Grace musterte Peter und holte kurz Luft. »Die Morde geschehen fast auf die gleiche Art und Weise und mit einer ähnlichen Tatwaffe, die wir allerdings noch nicht gefunden haben. Die Opfer kannten sich nur flüchtig. Es gibt keine Verbindung zwischen ihnen, zumindest keine, die wir feststellen konnten. So, jetzt sag mir, ob es sich um eine Serie handelt oder nicht.«

Peter dachte nach. »Was du schilderst, könnte sehr wohl auf einen Serienmörder hindeuten, aber es gibt normalerweise einen Anlass, der eine solche Serie auslöst. Habt ihr den schon gefunden?«

Grace schüttelte deprimiert den Kopf. Der Rand ihrer Kapuze war ihr fast über die Augen gerutscht. Man konnte die Atemwölkchen erkennen, die stoßweise ihrem Mund entwichen. Die Temperatur musste seit dem Morgen erheblich gesunken sein.

»Alles, was wir bisher wissen, ist, dass eine der hauptamtlichen Gemeindesekretärinnen im zweiten Fall alle drei Zeugen und Opfer eigenverantwortlich zur Messe am Samstag bestellt hat. Nur können wir ihr bisher nichts nachweisen, was auf eine gezielte Mordabsicht hinweist. Eine DNA-Analyse steht noch aus. Und wir haben auch kein Motiv bei ihr gefunden.«

Grace schloss den obersten Knopf ihres schwarzen Wollmantels über dem bunten Paisley-Schal. Sie fröstelte.

Auch Peter war stehen geblieben und ließ seinen Blick an ihr vorbei über den See schweifen.

»Wir sprechen also im Moment von drei Verdächtigen, habe ich das richtig verstanden?«

Grace sah ihn abwartend von der Seite an. Plötzlich bewegte sich etwas ruckartig im Schilf und es raschelte. Instinktiv traten Grace und Peter ein paar Schritte zurück. Ein großer Vogel stieg direkt vor ihnen auf und schlug heftig mit seinen breiten Flügeln, um schnell an Höhe zu gewinnen. Er flog auf den See hinaus.

»Was war das denn? Ich dachte, die Seevögel befinden sich jetzt in wärmeren Gefilden?«

Grace lachte überrascht. »Keine Ahnung, aber ich werde mal meinen Bruder Dara fragen, der kennt sich mit irischen Wasservögeln aus.« Dann kam sie schnell auf ihr Thema zurück. »Ja, es gibt drei Verdächtige. Obwohl ich bei dem Orgelspieler nicht sicher bin, was er mit der Sache zu tun haben könnte. Außer Zahnschmerzen hat er bisher nicht viel aufzuweisen. Er hat für die Tatzeit ein Alibi und kam erst etwas später dazu. Dabei hatte er eigentlich keinen

Grund, am Tatort zu sein. Da stimmt etwas nicht, glaube ich.«

Peter hatte sich Gummistiefel für den feuchten Uferspaziergang übergezogen, wie Grace erst jetzt mit einem Blick auf seine Füße feststellte. Er zeichnete mit der Fußspitze einen Kreis in den Matsch vor ihnen. »Das ist Father … wie heißt er noch?«

»Duffy.«

»Gut, dieser Kreis steht nun also für Father Duffy. Dann ist das hier …« Er setzte einen zweiten Kreis daneben, der Father Duffys Kreis an der linken Seite überschnitt. »… euer Organist.«

Grace nickte. »Liam O'Flaherty.«

»Der Buchhändler aus Roundstone?«

»Du kennst ihn?«, fragte sie überrascht.

Peter lächelte sie an. »Hier kennt jeder jeden, vergiss das nicht. Meine Mutter geht lieber zu ihm als in die großen Buchkaufhäuser in Galway. Ich hab sie ein paarmal dorthin begleitet. Ein toller Laden und ein belesener Mann.« Dann zeichnete er einen weiteren Kreis in den Matsch. »So, und hier drunter setzen wir die Gemeindesekretärin.«

»Mary O'Shea.«

Ihr Kreis hatte Schnittpunkte sowohl mit dem von Father Duffy als auch mit Liam O'Flahertys Kreis.

Grace hatte ihre gute Laune wiedergefunden, genau wie Peter, dem das Zeichnen im Matsch offenbar Freude bereitete.

»Und nun, Archimedes Burke? Wie geht es weiter?«

Peter lachte und zog sie an sich. Sie ließ es geschehen und schmiegte sich an ihn. Sie küssten sich lang. Schließlich lösten sie sich voneinander und starrten wieder auf die Matschkreise.

Peter zeigte mit dem Finger darauf. »Konzentriert euch genau auf diese Schnittpunkte, die gemeinsame Schnittmenge der drei Kreise. Wo überschneiden sich ihre Lebensinhalte?«

Nachdenklich nickte Grace. »Und wenn uns noch ein wichtiger, vielleicht sogar entscheidender Kreis fehlt?«

Sie saugte wieder unsicher an ihrer Unterlippe und sah ihn zögernd von der Seite an.

Peter dagegen hörte sich sicher an. »Dann wirst du ihn finden.«

16

Zur Pressekonferenz um fünf Uhr nachmittags war Grace rechtzeitig wieder zurück in der Garda-Zentrale und es blieb ihr sogar noch Zeit, um sich vorher mit Rory abzustimmen.

»Wir haben ein volles Haus.« Sergeant Sheridan hatte kurz ihren Kopf in Graces Büro gesteckt, um ihre Vorgesetzte zu informieren. Die junge Kollegin wirkte aufgeregt.

»Das hört sich eher nach einem Konzert in dieser großen Halle in Dublin an, von der meine Mädchen immer reden«, stellte Rory fest. »Irgendwas Neues, Grace? Bevor wir reingehen?«

»Nicht wirklich. Hab nur ein paar Worte mit Marilyn Maddens cleverer Journalistentochter wechseln können. Und bei dir?«

Rory versuchte einen Fleck vom Revers seiner Uniform abzuwischen, was ihm nicht ganz gelang. »Beth Kerrigans Bruder schweigt, wie ich vermute, zu allem auf dieser Welt und ihre Schwester Kiera ist der Meinung, dass Beth einen persönlichen Feind namens Michael Kelly besaß. Der hat Beth sitzen lassen und ist vor gut zwanzig Jahren ausgewandert.«

Graces Gesicht drückte Verwunderung aus. »Und den hält sie für verdächtig?«

Rory schüttelte den Kopf und nahm seine Unterlagen vom Tisch. »Ich hab's ihr ein wenig in den Mund gelegt. Aber es ist schon merkwürdig, wie sich manche Menschen verhalten.«

»Was meinst du damit?«

Sie gingen nebeneinander den engen Korridor entlang und steuerten auf den großen Raum am Ende des Flurs zu, wo seit Neuestem alle Pressekonferenzen stattfanden. Der frühere Raum hatte sich als zu klein für den Andrang der Presse erwiesen.

»Nun, die meisten Zeugen behaupten doch steif und fest, dass die Opfer absolut keine Feinde hatten, oder?«

Grace nickte zustimmend.

»Aber einen ehemaligen Verlobten, der nie mehr hier aufgetaucht ist, als Feind zu bezeichnen ist schon etwas merkwürdig. Ab wann wird jemand tatsächlich zum Feind? Und was spielt sich nur in der Fantasie ab?«, überlegte Rory.

Sie hatten den Presseraum fast erreicht. Vor der Eingangstür standen ein paar Menschen, die heftig diskutierten. Als sie die beiden Kommissare erkannten, verstummten sie.

Grace und Rory betraten den Raum und bahnten sich einen Weg durch die Menge. Es war ungewöhnlich still, obwohl alle Stühle besetzt waren. Kollege Kevin Day hatte sich an die Wand gelehnt und schien eine amüsante Vorstellung zu erwarten. Sergeant Sheridan stand neben der Gerichtsmedizinerin und bot ihr gerade ein Stück Schokolade an. Gut, dass sie kein Popcorn mitgebracht hatte, ging es Grace durch den Kopf.

Die beiden Kommissare rückten die zwei Stühle an der langen Seite des Tisches zurecht und setzten sich. Grace entschuldigte die Abwesenheit des Chefs Byrne und fasste die Vorfälle vom Samstag in der Kapelle St. Bridget zusammen.

Dann hielt sie einen Moment inne und ließ ihren Blick über die etwa dreißig Journalisten schweifen. In der letzten Reihe entdeckte sie Anne Madden, die mit ihrem Nachbarn tuschelte. Sie schluckte.

»Viele von Ihnen fragen sich vielleicht, ob es einen Zusammenhang zwischen dem Mord an Marilyn Madden und dem an Beth Kerrigan vor acht Tagen gibt.«

Nun hingen alle an ihren Lippen. Auch die letzten Unaufmerksamen in den hinteren Reihen und die an den Wänden Stehenden, die keinen Sitzplatz mehr ergattert hatten.

»Gardai betrachtet beide Gewalttaten sowohl einzeln als auch in Verbindung miteinander.«

Ein Raunen ging durch den Raum.

»Wir gehen zurzeit aufgrund unserer bisherigen Ermittlungsergebnisse nicht zwangsläufig von einer Verbindung aus, möchten sie aber auch nicht ausschließen.«

Sie hatte den Satz noch nicht beendet, als schon mehrere Wortmeldungen kamen. Ein Mann mittleren Alters in einem bunten Islandpulli, der in der ersten Reihe saß, hatte sich als Erster gemeldet.

»Mayo News, Jimmy Keegan. Glaubt Garda, dass es sich um einen Serienmord handelt?«

Grace erteilte Rory Coyne das Wort. Der Kommissar lächelte sein einnehmendes Lächeln und ergriff dann mit seiner melodischen, weichen Stimme das Wort.

»Wir schließen keine Verbindungen aus. Was nicht unbedingt bedeutet, dass wir es für einen Serienmord halten. Diesen Begriff sollte man äußerst vorsichtig und wirklich nur dann benutzen, wenn verschiedene Morde unübersehbare Ähnlichkeiten und Zusammenhänge aufweisen, die wir bisher jedoch nicht entdecken konnten.«

Grace registrierte verärgert, dass ihr Kollege Kevin Day an dieser Stelle abfällig seinen Mund verzog. Da sich die meisten Teilnehmer der Pressekonferenz jedoch auf Rory konzentrierten, war sie fast sicher, dass dieser hämische, stumme Kommentar niemanden im Raum erreicht hatte. Rory fuhr fort: »Ich gehe davon aus, dass Sie alle sich als Vertreter der Medien der Verantwortung bewusst sind, die diese Kategorisierung in Ihrer Berichterstattung mit sich bringen würde. Die Öffentlichkeit würde beunruhigt werden und Dinge und Personen aus einer vagen Angst heraus falsch einschätzen. Daraus könnten gefährliche Situationen entstehen.«

»Welche zum Beispiel?«, fragte eine elegante Journalistin, die ihren breitkrempigen Hut aufbehalten hatte.

»Harmlose Kirchenbesuche außerhalb von regulären Messen, zum Beispiel«, schaltete Grace sich wieder ein.

»Jemand könnte es gänzlich falsch verstehen, wenn sich eine unbekannte Person, die sich ebenfalls in dieser Kirche aufhält, dann nähert oder Kontakt aufnimmt, und er könnte möglicherweise überreagieren.«

»Ach so.« Die Frau schien zufrieden mit der Antwort.

»Trotzdem ist Gardai nicht einen Schritt weiter als nach dem ersten Mord.«

Es war Anne Maddens klare Stimme, die durch den Raum schallte. Einige Köpfe drehten sich neugierig zu ihr um.

»Das ist nicht korrekt, Ms Madden. Unsere Ermittlungen sind nach diesem Wochenende einen guten Schritt vorangekommen. Dass wir Sie hier nicht einweihen können, versteht sich von selbst. Man wird die Presse umgehend und ausführlich informieren, wenn es echte Neuigkeiten gibt, die Sie veröffentlichen können, ohne die laufenden Ermittlungen zu gefährden.«

Grace klang sehr kompetent.

Kevin zeigte mit ausgestrecktem Zeigefinger auf jemanden, den Grace von ihrem Platz aus nicht sehen konnte. Ein blonder junger Mann in Lederjacke, der auf dem Schoß einen Motorradhelm hielt, stand auf.

»Rupert Devlin von der Belfast News.«

Alle im Raum starrten ihn neugierig an, als leuchtete er. Grace bemerkte, dass sich ihr Kollege Rory neben ihr abrupt aufrichtete. Es entstand eine Unruhe, die kaum greifbar war.

Ein Vertreter der nordirischen Presse war hier an der Westküste ein seltener Gast. In der Hauptstadt Dublin war das anders, aber es mussten schon direkte Bezüge zu nordirischen Themen bestehen, wenn man jemanden aus dem Norden hierher entsandte. Das war allen Anwesenden klar. Dementsprechend wurde dem jungen Mann die absolute Aufmerksamkeit aller zuteil.

»Und wie lautet Ihre Frage, Mr Devlin?«, sagte Grace.

Es war so still, dass man eine Stecknadel hätte fallen hören können.

»Man fragt sich, ob Garda bei den bisherigen Ermittlungen auf mögliche Verbindungen nach Nordirland gestoßen ist.«

Grace merkte, wie sie innerlich zu frösteln begann. Nordirland und zwei unaufgeklärte Morde in katholischen Kirchen in der Republik. Diese hochbrisante Kombination hatte ihr noch gefehlt.

»Die ehrliche Antwort darauf lautet: nein. Bisher gibt es keine Hinweise auf eine solche Verbindung.«

Graces Stimme klang fest.

Im Raum begann aufgeregtes Gemurmel unter den Medienleuten.

»Meine Damen und Herren, bitte beruhigen Sie sich. Es gibt keinerlei Grundlage für solche Spekulationen.«

Doch es war bereits zu spät.

»Wie kommen Sie überhaupt darauf, Mr Devlin?« Diese Frage kam von einem älteren Journalisten in einer karierten Tweedjacke, kurzatmig über den allgemeinen Tumult gebrüllt, der nun in kürzester Zeit entstanden war. »Welche Anhaltspunkte haben Sie dafür?«

Rory hatte sich zu Grace umgedreht. Sie tauschten ratlose Blicke.

»Nun, ich habe ein wenig recherchiert und …«, fuhr der Journalist aus Belfast fort.

Grace schwirrte der Kopf. Sie wollte auf keinen Fall, dass Father Duffys Name in diesem Zusammenhang fiel. Das würde weitere Ermittlungen erschweren. Sie stand auf und klopfte mehrmals hart auf die Tischplatte. Alle verstummten.

Grace funkelte den blonden Mann an. Doch er fuhr einfach fort, als hätte Superintendent O'Malley ihm durch ihren rigorosen Auftritt erst recht zum Wort verholfen.

»Und diese Recherche hat ergeben, dass es in Belfast vor vielen Jahren eine vergleichbare Serie von Morden gab. Da fragt man sich natürlich ...«

»Wann genau war das?« Der Karierte lief zur Hochform auf. Er schrie so laut, dass seine Stimme fast kippte.

»Mitte der Achtziger«, entgegnete der junge Nordire ganz ruhig.

Grace hörte Rory neben sich laut ausatmen. Zu diesem Zeitpunkt war Duffy längst noch kein Priester gewesen.

»Ich danke Ihnen, Mr Devlin«, sagte Grace wieder souverän. »Ich möchte Sie bitten, nach der Pressekonferenz hier zu warten. Mein Kollege und ich würden gern noch ein paar Details aus Ihrer Recherche erfahren, die wir sehr interessant finden.«

Der Mann nickte, setzte sich und hob den Helm, den er auf den Stuhl gelegt hatte, wieder hoch.

Wenig später beendete Grace die Konferenz. Sie fühlte sich erschöpft.

Devlin stand mit seinem Helm unter dem Arm an der Tür. Rory winkte ihm, ihnen zu folgen.

Beim Hinausgehen sah Grace von Weitem Peter Burke, der neben der Eingangstür stand. Er winkte ihr diskret zu und sie lächelte.

Dann unterhielten sie sich in Rorys Büro mit Rupert Devlin.

Es sei seine Mutter gewesen, die ihn auf die Parallelen

aufmerksam gemacht habe, als die BBC gestern über den Mord in Galway berichtet hatte. Er habe daraufhin das digitale Archiv seiner Zeitung durchforstet und sei auf diese nie aufgeklärte Serie von vier Morden in Belfast gestoßen. Das war im Jahr 1985 gewesen.

»Wo genau?«

Er lächelte. »Jedenfalls nicht in Westbelfast. Offenbar war keine der militanten Parteien darin verwickelt. Die meisten Gewalttaten waren damals sektiererischen Ursprungs. Es war wohl die schlimmste Zeit während der Unruhen.«

»Aber diese Morde hatten nichts damit zu tun, wenn ich Sie recht verstanden habe«, fragte Rory.

Devlin nickte. »Richtig. Es gab tatsächlich Gewalt, die nicht durch die Unruhen entstand. Das wird oft vergessen.«

»Obwohl es sich um vier Morde handelte, die in katholischen Kirchen begangen wurden? Das halte ich für ziemlich unwahrscheinlich.«

Rory kratzte sich am Kopf, Grace sagte nichts.

Nun zog Devlin die Stirn in Falten. »Pardon, Herr Kommissar, aber das habe ich nicht gesagt.«

»Was?«

»Dass diese Morde in katholischen Kirchen begangen wurden.«

Rory schaute verdutzt. »Sondern?«

»Es waren protestantische Kirchen! Davon haben wir in Belfast mehr als genug.«

17

Mary O'Shea lebte in Galway, wie Grace herausgefunden hatte, nicht sehr weit von ihrem Apartment entfernt. Die Palmyra Avenue lag ein Stück weiter in Richtung des Universitätsgeländes. Grace war schon auf dem Weg nach Hause, als sie spontan entschied, ohne Ankündigung bei Mary zu klingeln, um ihr noch ein paar weitere Fragen zu stellen. So hätte es auch Rory getan.

Die Kommissarin drückte auf den einzigen Knopf an der Tür.

Es war ein Reihenendhaus aus viktorianischer Zeit mit Erker und dunkelbraunem Putz, was sicher nicht die Originalfarbe war. Jahrzehnte unbeständigen irischen Wetters hatten die Farbe verwittern und nachdunkeln lassen.

Im Eingangsbereich standen zwei große Kübelpflanzen, über die ein grüner Sack gestülpt worden war, und Grace musste sofort an die Laptop-Pyjamas von Mary O'Shea denken.

Hier wurde anscheinend so manches eingeweckt, einbalsamiert oder eingewickelt. Vielleicht verbarg man es nur, damit man es leichter verschweigen oder übergehen konnte?

Tat Mary das auch mit Menschen? Pflegte sie ein Bild von ihnen, das perfekt, ohne Kratzer und Makel bleiben sollte, auch wenn es der Realität überhaupt nicht entsprach? Oder, das ging Grace auf einmal durch den Kopf, genoss es Mary vielmehr, diese Risse zu entdecken, sie freizulegen, um sie letztendlich als Pfand auszuspielen?

Nichts rührte sich im Haus und Grace konnte auch kein

Licht in einem der vorderen Räume ausmachen. Sie zögerte. Sollte sie es vielleicht hinten versuchen? Oft saßen die Menschen dort in ihrer Küche, hörten Radio oder sahen fern und nahmen die Klingel gar nicht wahr. Oder sie wollten sie nicht wahrnehmen.

Es war kurz vor halb sieben am Abend, und während Grace noch unschlüssig im überdachten Eingangsbereich verharrte, näherte sich von der Straße her eine alte Dame mit einem hohen Dutt, die einen Rollator nicht als Stütze, sondern eher wie einen Kinderwagen vor sich herschob. Sie pfiff *When the saints go marchin' in* und strahlte gute Laune aus. Als sie Grace fast erreicht hatte, hörte sie auf zu pfeifen und zog einen Schlüsselbund aus ihrem braunen Kunststoffmantel, an dessen Revers ein kleiner Anstecker mit einer Flamme prangte.

»Sie wollen sicher zu meiner Nichte. Kommen Sie mit rein, Liebes!« Sie winkte Grace zu sich.

Die Kommissarin unterdrückte ein Schmunzeln. »Ich glaube, sie ist nicht da. Ich habe mehrmals geklingelt.«

Die Frau hielt in ihrer Bewegung inne und schaute sie prüfend über den Rand ihrer Brille an.

»So? Na, dann wollen wir doch mal sehen, wo sie sich versteckt hat.«

Sie öffnete die Tür und schob den Rollator in den dunklen Flur, wo sie ihn direkt unter der Treppe parkte.

»Mary!« Ihre Stimme war laut und kräftig, obwohl sie schon um die achtzig sein musste.

Sie drehte sich um und bedeutete Grace, ihr zu folgen.

»Mary! Ich bin's, Auntie Frida!« Sie betätigte einen schwarzen Bakelitschalter. »Mary, wo bist du denn?«

Graces Augen blieben an einer Reihe abstrakter Schwarzweißgemälde hängen, die hinter rahmenlosem Glas neben der Garderobe hingen. Sie standen im kompletten Gegensatz zu dem muffigen Einrichtungsstil des Flurs.

»Merkwürdig«, murmelte die alte Dame. »Sie weiß doch, dass ich heute komme. Ich komme montags immer um diese Zeit und sie hat dann ein kleines Abendbrot für uns vorbereitet. Sie kocht wundervolle Suppen, so wie man sie früher zubereitet hat.«

Resolut stapfte sie den langen Korridor entlang, wie Grace überrascht registrierte, ohne die Hilfe ihres Rollators, der hinter einem Vorhang verschwunden war. Auntie Frida bemerkte ihren Blick und grinste breit.

»Das Ding nehme ich nur für die Straße. Man bekommt einfach mehr Platz. Die Leute drängeln heutzutage ja so, und dieses Teil wirkt wahre Wunder.«

Sie ging nach hinten in Richtung Küche. Grace merkte, wie sie immer unruhiger wurde. Mary O'Shea war um diese Zeit fest mit ihrer Tante verabredet gewesen. Aber wo war sie jetzt?

»Komisch«, ertönte Fridas Stimme aus der Küche, die sie nun auch erleuchtet hatte.

Grace war hinter sie getreten und sah der kleinen Frau über die Schulter. Sie erfasste sofort, was hier komisch war: Mary O'Shea hatte offenbar begonnen, für das gemeinsame Abendessen etwas vorzubereiten. Auf dem Holzküchentisch lag bereits geputztes Gemüse, Möhren, Lauch, eine Selleriestange und Zwiebeln. Irgendetwas fehlte, durchzuckte es Grace, aber was mochte das sein? Auf dem Gasherd stand ein Suppentopf mit Wasser, allerdings gab es keine Flamme. Daneben lag auf einem Brett eine saftige Beinscheibe. Es war, als hätte die Köchin mitten in der Vorbereitung für eine herzhafte Gemüsesuppe die Lust verloren und das Weite gesucht. Oder war sie etwa entführt worden?

»Das sieht aus, als wäre ihr etwas dazwischengekommen«, stellte Grace fest. »Hat Mary Sie nicht telefonisch benachrichtigt?«

Nachdenklich schüttelte Frida den Kopf. »Aber ich habe auch kein Handy. Schnickschnack, sag ich immer. Weiß auch gar nicht, wie man die bedient. Und ich bin auch schon um vier aus dem Haus gegangen. Hab noch eine Freundin auf dem Weg besucht, die im Rollstuhl sitzt und nicht mehr so viel Abwechslung hat.«

»Soll ich mal oben nachschauen?«

Grace war schon fast auf dem Sprung. Sie wollte die alte Dame nicht beunruhigen, aber sie hatte ein ungutes Gefühl.

Frida schien ratlos. Sie schüttelte vehement den Kopf und rief sie zurück. »Nein, was sollte sie denn da oben? Bleiben Sie hier.«

Irgendetwas in Fridas Stimme machte die Kommissarin misstrauisch.

Grace ignorierte die alte Dame und stürmte hinauf. Im ersten Stock gab es vier Zimmer, zwei davon waren offenbar Schlafzimmer. Eins gehörte Mary, denn Grace erkannte den Rock, den die Gemeindesekretärin beim Verhör heute Morgen getragen hatte und der nun sorgfältig an einem Kleiderbügel am Schrank hing. Das Zimmer war picobello aufgeräumt, doch das mulmige Gefühl blieb. Das Einzelbett sah unberührt aus, als wäre es ein Ausstellungsstück.

Grace ging weiter zum nächsten Zimmer und betätigte den Lichtschalter. Sie zuckte kurz zusammen, als sie ein undefinierbares Bündel auf dem Boden neben dem Bett liegen sah. Sie trat darauf zu und untersuchte es vorsichtig mit dem Fuß. Das Bündel stellte sich als ein Haufen aussortierter Wäscheteile heraus. Möglicherweise hatte Mary sie für den Hilfsfond der Kirche vorgesehen. Dieses zweite Zimmer war vermutlich das Gästezimmer. Auch hier stand ein Einzelbett.

»Haben Sie sie gefunden?«, ertönte es von unten.

Grace fand die Frage merkwürdig und sie entgegnete nichts.

Das Zimmer gegenüber war abgeschlossen, und als Grace im letzten Zimmer das Licht anknipste, wich sie vor Schreck einen Schritt zurück – mitten im Raum standen eine nackte Schaufensterpuppe, daneben ein Bügelbrett und eine moderne Nähmaschine. Ein paar Wandregale waren mit Stoffballen und zahllosen bunten Wollknäueln gefüllt. Das war eindeutig Marys Handarbeitszimmer, in dem wohl auch die unverwechselbaren Laptop-Pyjamas entstanden.

Von der Bewohnerin gab es jedoch keine Spur.

Grace lehnte sich über das Treppengeländer und spähte nach unten.

»Was ist in dem Zimmer, das abgeschlossen ist?«

»Ach, das …« Frida hatte nur geflüstert, aber Grace hatte sie deutlich verstanden.

Laut rief die alte Dame hoch: »Ich weiß nicht, was für ein Zimmer das ist. So gut kenne ich mich hier nicht aus.«

Sie klang sehr bestimmt, aber Grace glaubte ihr nicht.

»Wissen Sie, wo der Schlüssel für das Zimmer sein könnte?«

»Nein!«, erklang es von unten wieder sehr deutlich.

Grace warf einen letzten skeptischen Blick auf die verschlossene Tür und stieg dann langsam die Treppe hinunter.

Auntie Frida hatte sich auf die vorletzte Stufe gesetzt und ihr Gesicht in den Händen vergraben. Ihre bis eben noch so fröhliche Stimmung schien verschwunden zu sein.

Grace ging neben ihr in die Hocke.

»Ich mache mir ehrlich gesagt nun doch etwas Sorgen über den Verbleib Ihrer Nichte. Darf ich mich vorstellen? Ich bin Grace O'Malley, Leiterin des Morddezernats in Galway. Ihre Nichte ist eine meiner Zeugen im Mordfall Madden vom vergangenen Samstag. Sie haben sicher davon gehört.«

Einen Augenblick lang schien die ältere Frau wie erstarrt.

Sie hatte die Augen aufgerissen und stierte die Kommissarin ungläubig an.

Dann fand sie wie auf Knopfdruck zu ihrer fröhlichen Lebendigkeit zurück.

»Ich kann mir Marys Abwesenheit auch nicht erklären, Superintendent. Selbstverständlich habe ich von diesem Mord gehört. Mary und ich haben über nichts anderes mehr geredet. Ich darf gar nicht daran denken, wenn ihr nun doch noch etwas zugestoßen ist.«

Grace wurde hellhörig. »Was meinen Sie mit ›doch noch‹, Mrs …?«

»Pearse. Frida Pearse.«

Die alte Frau stand auf und streckte einen Moment lang den Rücken durch.

»Sie hat Ihnen doch sicher erzählt, dass eigentlich sie St. Bridget für die Totenmesse vorbereiten sollte? Erst einen Tag davor hat irgendein Priester sie gebeten, dringend etwas fertig zu machen, was angeblich keinen Aufschub duldete. Irgendein Schriftstück. Deshalb hat sie händeringend eine Vertretung gesucht und die arme Marilyn Madden ist für sie eingesprungen. Ist das nicht furchtbar?«

Das hatte Mary O'Shea bisher für sich behalten, dachte Grace, während sie ebenfalls aufstand und die letzten zwei Stufen nach unten trat. Auf der Notfallliste hatte nur ein N. N. gestanden, also unbestimmt.

Eigentlich hatte sie Mary heute fragen wollen, wer den Job ursprünglich hätte machen sollen.

Aber jetzt war genau diese Person verschwunden.

18

Doch Grace hatte sich zu früh Sorgen gemacht. Mary tauchte nur wenig später wieder auf. Grace hatte gerade ihr Handy hervorgeholt, um Rory über Marys Verschwinden zu informieren, als diese atemlos und völlig aufgelöst in ihrer Küche erschien. Sie wirkte überrascht, jemanden hier anzutreffen, und warf ihrer Tante einen hasserfüllten Blick zu, den Frida jedoch nicht zu bemerken schien. Sie habe noch schnell im Eckladen Kartoffeln besorgt, erklärte sie der Kommissarin gegenüber, die waren ihr ausgegangen. Und wie zum Beweis hielt sie eine Tüte hoch. Eine irische Gemüsesuppe ohne Kartoffeln war wie Weihnachten mit Schnee. Undenkbar.

Grace wusste nun, was sie unwillkürlich auf dem Tisch mit den vorbereiteten Zutaten vermisst hatte: die irischste aller Gemüsesorten – die Kartoffel.

Grace sprach die Gemeindesekretärin nicht auf das an, was sie eben von deren Tante erfahren hatte, sondern bestellte sie zu einem weiteren Verhör am Dienstagmorgen in die Zentrale.

Nachdem sie gegangen war und das Treffen mit Mary und Tante Frida noch einmal rekapitulierte, fiel ihr auf, dass die beiden Frauen in ihrer Anwesenheit kein Wort miteinander geredet hatten. Es war eine unangenehme Atmosphäre gewesen, die in der Luft gehangen hatte.

In Grace verfestigte sich der Eindruck, dass es zuvor zu einem Streit zwischen den Frauen gekommen sein könnte. Dafür sprach auch, dass Mary nicht zu Hause gewesen war, um die Tante zu empfangen. Möglicherweise wollte sie ihr aus dem Weg gehen. Die Sache mit den Kartoffeln kam ihr irgendwie vorgeschoben vor. Aber worüber hätten sich die beiden streiten sollen?

Am Dienstagmorgen wartete Grace schon ungeduldig auf die Gemeindesekretärin. Das Verhör sollte in einer halben Stunde stattfinden und sie hatte gleichzeitig Father Duffy und Liam O'Flaherty, den Laienorganisten und Buchhändler aus Roundstone, in die Garda-Zentrale bestellt, um durch die Konfrontation der drei Zeugen möglicherweise an mehr Informationen zu gelangen.

»Interessantes Experiment«, kommentierte Rory Graces Strategie. »Leider kann ich nicht dabei sein. Ich bin mit Bertie vom Zeitungsarchiv verabredet. Er hat mir schon einen Stapel von Ausschnitten zu den Morden in Belfast herausgesucht. Aber ich werde mich beeilen. Vielleicht klappt's ja noch.«

Grace hatte Rory zuvor berichtet, was sie von Auntie Frida erfahren hatte, und Rory hatte überrascht durch die Zähne gepfiffen.

»Das katapultiert die Lady nun wirklich an die erste Stelle unserer Verdächtigen, würde ich sagen.«

Grace runzelte die Stirn. »Meinst du wirklich? Aber die DNA-Analyse von heute Morgen besagt eindeutig, dass am Opfer Madden keine Spuren von ihr vorhanden sind. Auch nicht in der unmittelbaren Umgebung.«

Rory war schon an der Tür und drehte sich zu seiner Chefin um.

»Glaubst du, dass sie ein weiteres Opfer werden könnte?«

Grace nickte zögerlich.

Da klopfte es und Rory öffnete die Tür.

Sergeant Sheridan stand davor und strahlte über das ganze Gesicht.

»Sergeant, treten Sie ein und tragen Sie Sonne in die Düsternis!« Rory verbeugte sich und verschwand im Flur.

Sheridan schaute ihm etwas verwirrt hinterher.

»Ich wollte nur sagen, dass ich Father Duffy schon ins Verhörzimmer geführt habe. Soll ich die anderen beiden dann auch dort hinbringen?« Sie klang unsicher.

Grace nahm ihre Tasche. »Nein, danke, Shioban, das erledige ich selbst«, erwiderte sie. »Es wäre sehr nett, wenn Sie Tee vorbereiten könnten.«

Zehn Minuten später saßen alle vier am Tisch und Father Duffy hatte es übernommen, Tee einzuschenken. Er ist es gewohnt, Oblaten zu verteilen, dachte Grace, so etwas prägt.

»Bitte, bedienen Sie sich. Meine Kollegin wird gleich noch ein paar Kekse bringen.« Sie hatte Siobhan extra zu McOxford's geschickt, wo es besonders leckere Ingwerplätzchen gab.

Liam O'Flaherty nahm zunächst einen Schluck, bevor er etwas sagte. »Gibt es einen besonderen Grund, warum Sie uns hier alle herbestellt haben?«

Grace bemerkte, dass er es vermied, die beiden anderen anzusehen. Er schien angespannt und schlechter Laune zu sein.

»Nun, das liegt doch auf der Hand, denke ich«, erwiderte sie und nahm nun ihrerseits einen Schluck Tee.

»Sie haben Marilyn Madden fast gleichzeitig gefunden, und da Ihre Aussagen nicht hundertprozentig deckungsgleich sind, wollte ich das mit Ihnen zusammen noch einmal genau durchgehen. Beginnen wir also. Father Duffy, wann genau kamen Sie in St. Bridget an?«

Sie schaltete ihr Aufnahmegerät an. Vorher hatte sie alle darauf hingewiesen, dass auch die Kamera das Verhör aufzeichnen würde.

Der Priester räusperte sich. »Das muss gegen halb fünf gewesen sein.«

»Genauer geht es nicht?«

Er seufzte und schüttelte den Kopf.

»Und Sie?« Grace wandte sich an den Buchhändler.

»Das war genau um halb fünf. Der Wagen des Pfarrers stand schon auf dem Parkplatz. Ich kam aus Spiddal. Die Fahrt dauert ungefähr zwanzig Minuten.«

»Und wann kam Father Duffy zu Ihnen ins Büro, Ms O'Shea?«

Mary zuckte die Schultern. »Keine Ahnung. Kurz bevor Liam eintraf. Vielleicht zehn vor halb fünf?«

»Was haben Sie da gerade gemacht, Ms O'Shea? An jenem Samstagnachmittag.«

»Keine Ahnung. Verwaltungskram, das Übliche.« Sie klang unsicher.

»Ich hätte es gern genauer.«

Grace beobachtete die Gemeindesekretärin. Mary O'Shea hatte die Arme vor der Brust verschränkt, als wollte sie sich schützen.

»Ich weiß nicht, warum das für Gardai interessant sein soll, was ich …«

»Was uns interessiert, entscheiden wir, und das diskutieren wir nicht mit Zeugen«, unterbrach die Kommissarin sie scharf. Dann wandte sich Grace wieder an den Organisten. »Sie hatten einen Zahnarzttermin um fünf Uhr, mitten in Galway. An einem Samstagnachmittag vor Weihnachten ist der Verkehr auch in der Gegend um das Dental Centre besonders dicht. Da staut sich alles bis nach Salthill. Warum fuhren Sie trotzdem zuerst nach St. Bridget und riskierten es, zu spät zu Ihrem dringenden Termin zu kommen?«

O'Flaherty begann zu schwitzen, das konnte Grace sehen. Er strich eine imaginäre Falte an seinem Jackett glatt.

»Nun, ich wollte Father Duffy nach der Musik fragen, die er für die Messe vorgesehen hat.«

»Was hätte Ihnen das gebracht? Hätte es etwas an Ihrer Vorbereitung geändert?«

Father Duffy starrte den Organisten an, als wäre ihm in diesem Augenblick etwas eingefallen. Er schüttelte ohne ersichtlichen Grund den Kopf.

Liam haute mit der flachen Hand auf den Tisch. »Meine Güte, ich wollte es einfach wissen! Das kann ein Außenstehender, pardon, Superintendent, wirklich nicht beurteilen, aber als Musiker will man so was gerne vorher wissen.«

Grace blieb ungerührt. »Und wann haben Sie den Zahnarzttermin vereinbart?«

»Als die Schmerzen begannen. Am Samstagmittag, soweit ich mich erinnere.«

Mary, die sich vorher beleidigt abgewandt hatte, drehte sich in diesem Moment wieder zu Liam um und grinste hämisch.

»Am Samstagmittag ist in einer Praxis nur der Anrufbeantworter in Betrieb«, sagte Grace ungeduldig. »Man bekommt eine Notfallnummer und kann keine Termine vereinbaren.«

Die Schweißperlen auf der hohen Stirn des Buchhändlers liefen ihm über die Schläfen. Er bemühte sich, gefasst zu bleiben.

»Die Sprechstundenhilfe war tatsächlich nicht da. Aber der Arzt nahm zufällig ab und ich konnte ihn überreden, mich außer der Reihe dranzunehmen.« O'Flahertys Stimme klang nun wieder ruhig und normal.

»Ach, Ib Siversen war selbst am Apparat?«

Grace sprach den Namen des Zahnarztes so dänisch aus, wie sie es konnte. O'Flaherty wurde bleich.

»Father Duffy, kennen Sie das Fahrrad Ihres Kollegen Father Griffin?«, fuhr sie fort.

Der Priester zog die Augenbrauen zusammen. »Ich glaube, nicht.«

»Sie sind noch nie damit gefahren?«

Der Mann mit dem grauen Bürstenschnitt strich sich über

die Haare. »Nein. Aber mit meiner Soutane ginge das auch schlecht, würde ich mal meinen. Ich weiß nicht, wie er es macht, ohne einen Unfall zu riskieren.«

»Er hat eine Spezialvorrichtung am Hinterrad. Und das weiß, wie wir uns erkundigt haben, hier jeder.«

Duffy reagierte nicht darauf. Etwas anderes schien ihn zu beschäftigen.

Aber Grace führte das Verhör unbeirrt fort. »Wieso dachten Sie eigentlich, dass sich Marilyn Madden in der dunklen Kapelle aufhält?«

»Ich dachte überhaupt nicht, dass sie sich dort aufhält.«

»Warum sind Sie trotzdem nach vorn in Richtung Altar gegangen, ohne das Licht anzuschalten?«

Der Priester rutschte unruhig auf dem Stuhl herum. »Ich habe den Lichtschalter nicht gefunden.«

Mary O'Shea hob empört den Kopf. »Father, das kann nicht sein! Sie waren doch öfters in St. Bridget und müssen wissen, wo der Schalter ist!«

Der Priester klang verzweifelt. »Aber ich schwöre, ich wusste es nicht!«

Grace spürte, dass sie die drei gleich genau an dem Punkt haben würde, wo sie sie haben wollte.

»Mr O'Flaherty«, fuhr sie fort, »warum haben Sie darauf bestanden, die Orgel für die Totenmesse an diesem Samstag zu spielen?«

Der Buchhändler war rot angelaufen. »Ich habe absolut nicht darauf bestanden, dort zu spielen!«

»Das stimmt nicht, Liam!« Mary O'Shea streckte ihren rechten Zeigefinger in die Luft und hielt ihn wie eine Pistole auf ihn gerichtet. »Du hast sofort nach Paddys Tod bei mir angerufen und wolltest auf jeden Fall spielen.«

Liam nahm hastig einen Schluck Tee, wie um Zeit zu gewinnen. Dann hüstelte er.

»Ja, ich habe, gleich nachdem ich von Paddys Tod erfuhr,

bei dir angerufen, um mich zur Verfügung zu stellen. Ich kannte Paddy. Da lag es nahe. Nicht mehr und nicht weniger. Aber ich habe mich keinesfalls aufgedrängt.«

Grace schlug die Beine übereinander. Sie war mit der Entwicklung des Verhörs sehr zufrieden. »Sie schienen sehr erleichtert zu sein, dass Mr O'Flaherty die Orgel spielen würde und niemand anders.«

Mary schwieg trotzig. Da wandte sich Father Duffy mit ruhiger Stimme an Grace.

»Er ist der Beste unter den Ehrenamtlichen. Ich weiß nicht, was das hier soll, Superintendent?«

Grace stand auf und begann, im Verhörzimmer auf und ab zu laufen. »Da kann ich Ihnen gern weiterhelfen, Father. Sie alle haben Angaben gemacht, die nicht der Wahrheit entsprechen ...«

»Ich nicht!« Es war Mary O'Shea, die Grace empört ins Wort fiel.

Die Kommissarin blieb stehen. »Ach, wirklich? Anne Madden hat nie von Ihnen verlangt, dass Sie ihre Mutter ans Telefon holen sollten. Und außerdem hätte Marilyn Madden am Samstag gar nicht St. Bridget schmücken sollen, sondern vielmehr Sie selbst. Das haben Sie uns verschwiegen.«

O'Flaherty begann unkontrolliert zu lachen.

Grace runzelte irritiert die Stirn. »Was ist so witzig daran, Mr O'Flaherty?«

Er winkte ab und zog ein Taschentuch aus der Jacke, mit dem er sich erst die Stirn und dann den Mund abwischte. »Entschuldigen Sie, aber da hat Mary es ja wirklich lange ausgehalten.«

Die Gemeindesekretärin funkelte ihn zornig an. »Du mieser kleiner Teufel, was bildest du dir eigentlich ein!«

Grace blieb ganz ruhig und trat auf den Buchhändler zu. »Was, bitte, meinen Sie damit?«

Er kicherte. »Mary war mal rasend verliebt. Lang ist es her. In den schönen Bobby.«

O'Flaherty wieherte nun fast, während Mary O'Shea sich die Hände über den Mund gelegt hatte, als ob sie sich so davon abhalten könnte, laut loszuschreien.

»Bobby?«

»Robert Madden. Wie ein verlorenes Hündchen lief sie ihm hinterher. Aber er wählte sich Marilyn. Mary war ohne Chance. Das hat sie ihr nie verziehen, wenn Sie mich fragen.«

Mary sah ihn entgeistert und voll ohnmächtiger Wut an.

In dem Moment ertönte ein kurzes hartes Klopfen und die Tür zum Verhörraum wurde geöffnet. Rory Coyne stand im Türrahmen und warf einen erstaunten Blick in die Runde. Grace stand mit verschränkten Armen hinter dem Organisten. Sie wirkte, als hätte sie das Klopfen aus dem Konzept gebracht. Die Sekretärin Mary O'Shea saß wie ein Häufchen Elend auf ihrem Stuhl und schaute mit Tränen in den Augen zum Kommissar auf.

Doch am verblüffendsten war das Bild, das der Buchhändler aus Roundstone abgab, der vor wenigen Sekunden noch haltlos vor sich hin gekichert hatte. Er war bei Rorys Anblick tiefrot angelaufen und starrte ihn nun aus hasserfüllten Augen an. Liam O'Flaherty schien außer sich vor Wut zu sein.

19

»Spreche ich mit dem Kommissar, der gestern bei uns war?«

Rory hatte seiner Vorgesetzten sofort nach dem Verhör die Artikel über die Belfast-Morde vorlegen wollen, als sein Handy klingelte. Die Stimme des Mannes, der ihn fragte, vermochte er nicht einzuordnen.

»Mit wem spreche ich denn, bitte?«, fragte Rory zurück.

Es entstand eine Pause. Schließlich räusperte sich der Mann.

»Ich bin es. Wir haben uns über meine Rinder unterhalten.«

Er klang ein Hauch vorwurfsvoll.

»Tatsächlich?«

»Die Dexters.«

Da endlich fiel bei Rory der Groschen. Für Derek Kerrigan waren seine stummen Gesten auf der Landstraße wohl eine angeregte Unterhaltung über seine Rinder gewesen. Letztendlich war alles eine Frage der eigenen Maßstäbe, fand Rory.

»Wie kann ich Ihnen helfen, Derek?«, setzte Rory das unerwartete Gespräch fort. »Wahrscheinlich ist Ihnen noch etwas Wichtiges eingefallen, hab ich recht?«

Der Mann hustete. »Ich wollte es vor meiner Schwester nicht ansprechen, sonst zieht sie wieder die falschen Schlüsse. Es geht um Michael Kelly.«

In Rorys Gehirn ratterte es, aber er sagte nichts.

»Er ist wieder zurück.«

»Ach? Das ist ja ein Ding.«

Wer zum Teufel war noch einmal Michael Kelly und wo war er abgeblieben? Plötzlich dämmerte es Rory wieder.

»Sagen Sie bloß, er lebt nicht mehr in den Staaten?«, schob der Kommissar umgehend hinterher.

»Sie treffen den Nagel auf den Kopf, Guard. Er ist hier in Galway, seit ein oder zwei Monaten. Und soweit ich weiß, hatte er sich auch wieder mit Beth getroffen, bevor man sie … Sie wissen schon.«

Bevor sie vor neun Tagen ermordet wurde. Selbstverständlich wusste es Rory. »Woher wissen Sie das?«

»Weil Beth es mir brühwarm erzählt hat. Nur ihrer Schwester hat sie kein Sterbenswort verraten. Die beiden konnten nicht miteinander. Und wegen Michael hing schon vor zwanzig Jahren der Haussegen schief. So sagt man doch, oder?«

Rory nickte, ohne dass der andere ihn sehen konnte. »Als Kelly die Verlobung gebrochen hatte, meinen Sie?«

Einen Moment lang hörte Rory nichts mehr. »Sind Sie noch dran, Mr Kerrigan?«

»Ja, das auch, aber davor auch schon mal. Da gab's wohl eine blöde Geschichte, als Michael noch hier in Galway war. Keine Ahnung, was das war, mir sagt man ja nichts, nur Beth wusste darüber Bescheid.«

Bei Rory klingelten an dieser Stelle mehrere Glöckchen gleichzeitig im Kopf. »Und vielleicht Kiera?«

Auf der anderen Seite ertönte ein raues Gelächter.

»Vergessen Sie es, Herr Kommissar. Ich habe Ihnen doch gerade erklärt, dass die beiden nicht gut miteinander auskamen. Beth hätte Kiera nie etwas anvertraut. Nicht über ihre Leiche.«

Rory registrierte, dass Derek Kerrigan diesen Ausdruck völlig arglos benutzte, was ihn in Anbetracht der Tatsache, dass dessen Schwester nun tatsächlich eine Leiche war, wirklich verwunderte.

»Ich habe es mir notiert, Mr Kerrigan. Das könnte sehr wichtig für uns sein. Haben Sie vielleicht irgendeine Idee, wo man Kelly finden könnte? Was er macht oder wo seine Familie lebt? Kelly ist ja kein seltener irischer Name und ohne Meldepflicht tun wir uns da schwer.«

»Nee, tut mir leid, Guard. Aber warten Sie mal, Higgins könnte sich vielleicht erinnern.«

»Higgins? Auch kein seltener irischer Nachname.«

Wieder gab es einen Moment der Stille zwischen ihnen.

»Paul Higgins von P & P Motors aus Cashel. Der müsste eigentlich wissen, wo Kelly zu Hause war. Kelly hat als junger Bursche mal eine Zeitlang für Higgins gearbeitet. Da haben sie sich auch kennengelernt.«

»Wer?«

Derek Kerrigan erlaubte sich einen Seufzer über so viel behördliche Begriffsstutzigkeit.

»Na, Kelly und Beth, Guard.«

»Gut, dann danke ich Ihnen sehr, dass Sie mich angerufen und mir das mitgeteilt haben, Mr Kerrigan.«

Derek brummelte etwas ins Handy.

»Was sagten Sie?«

»Nur, dass Sie das bitte für sich behalten sollen.«

Rory verzog den Mund zu einem Grinsen. »Das wird schwierig sein. Zumindest meiner Chefin Grace O'Malley werde ich es umgehend mitteilen müssen.«

»Das ist schon in Ordnung, Herr Kommissar. Das begrüße ich sogar. Erzählen Sie es nur nicht meiner Schwester Kiera. Sonst hängt der Haussegen schon wieder schief, das ist alles.«

Dann war das Gespräch beendet.

Rory kratzte sich am Hinterkopf, als er kurz darauf Graces Büro betrat. Er behielt die Artikel über Belfast zunächst noch in der Hand und sprudelte stattdessen den Inhalt des Telefongesprächs mit Beth Kerrigans Bruder hervor. Dann setzte er sich etwas erschöpft auf Graces Besucherstuhl und schaute sie erwartungsvoll an.

Statt einer Antwort spielte sie ihm die Aufnahme des Verhörs vor. Danach ergriff Rory das Wort.

»Die Sache ist kompliziert, Grace. Suchen wir jetzt nach einem Serienmörder, der Zufallsopfer als Statements für sein Anliegen wählt, wenn wir es mal so nennen wollen, oder hatten Beth Kerrigan und Marilyn Madden ganz konkrete Feinde, die sie gezielt aus dem Weg räumen wollten?«

Graces metallgraue Augen flackerten. Sie beugte sich in ihrem Sessel leicht vor und schaute ihn prüfend an. »Was wäre dir denn lieber?«

Rory überlegte. »Rein rechnerisch betrachtet, würde ich den Serienmörder vorziehen. Denn das wäre nur einer.«

»Okay, aber bei zwei Tätern ließe sich wahrscheinlich ein handfestes Motiv finden. Wir müssten dann zwar mehr als einen Mörder suchen, aber wir hätten bessere Chancen.«

Rory nickte zustimmend. »Bei deinem Verhör ging es ja ganz schön hoch her. Da wollte jeder jeden in die Pfanne hauen, oder?«

Grace zuckte die Schultern. »Duffy hat sich weitgehend rausgehalten. Der schien mir gedanklich irgendwo anders zu sein. Aber gelogen haben sie alle drei, ohne mit der Wimper zu zucken. Magst du einen Tee, Rory?«

Er nickte.

Grace stand auf, um im Regal hinter ihr nach der Thermoskanne zu greifen. »Ich habe auch noch ein paar Ingwerkekse von Oxford's.«

Rorys Miene hellte sich auf. »Ich mache mir ein paar Notizen.«

Rasch hatte er einen Zettel aus seiner Uniformjacke gezogen und strich ihn sorgfältig glatt.

»Hast du das Pad schon aufgegeben?«

Rory spitzte die Lippen. »Wenn du mich so fragst …«

»Ja, tu ich.«

Er hob den Blick. »Ich weiß nicht, wie ich es ausdrücken soll, Grace, aber irgendwie sind meine Notizen auf Papier dichter.«

Nach ein paar Sekunden setzte er hinzu: »Verstehst du das?«

»Nein.«

Rory seufzte leise.

»Ich höre. Fangen wir mit Duffys Lüge an.«

Grace führte die Tasse zum Mund und nahm einen Schluck. »Duffy kannte Father Griffins Rad, er ist sogar schon damit gefahren. Ich habe Griffin angerufen und ihn danach gefragt. Duffys Zeitangaben, was sein Eintreffen in St. Bridget betrifft, sind äußerst vage und nicht belegbar. Dann tappt er im Dunkeln in der Kapelle herum, weiß aber anscheinend, wo sich der Lichtschalter befindet.«

»Hmm. Und was sind O'Sheas Lügen?«

»Sie behauptet, dass Anne Madden sie gebeten hätte, ihre Mutter ans Telefon zu holen, wofür es keinerlei Veranlassung gab. Sie sollte die Kapelle eigentlich selbst für die Messe herrichten, hat Marilyn Madden aber am Tag zuvor zu diesem Dienst überredet, weil sie angeblich von einem der Priester gedrängt wurde, dringend was fertig zu machen. Den müssen wir aber noch finden. O'Shea streitet ab, irgendetwas oder jemanden in der Kapelle gesehen zu haben. Außerdem soll sie mal hinter Marilyns Ehemann Robert her gewesen sein.«

Robert hob eine Augenbraue. »Und O'Flaherty?«

Jetzt streifte ihn Graces skeptischer Blick. »Was hast du dem eigentlich getan? Der sah ja aus, als wollte er sich gleich auf dich stürzen.«

Rory zuckte verlegen die Schultern. »Keine Ahnung. Habe ich gar nicht mitgekriegt.« Er biss sich auf die Lippen und hielt den gespitzten Bleistift einsatzbereit über dem Papier.

Grace sagte ein paar Sekunden lang nichts und beobachtete Rory aufmerksam. Dann fuhr sie fort.

»O'Flaherty behauptet, sein Zahnschmerz hätte am Samstag begonnen und er hätte erst dann den Sondertermin gemacht. Die Arzthelferin dagegen sagt aus, dass er schon am Freitag angerufen habe, um den Termin zu vereinbaren. Leider habe ich den Zahnarzt bisher noch nicht erreichen können. Da stimmt auch irgendwas nicht, wie bei den beiden anderen Zeugen. Außerdem hält er uns dauernd sein Alibi im Zeitungsladen in Spiddal vor die Nase, ohne dass wir ihn danach gefragt haben. Das war es im Moment. Und was ist nun mit Belfast?«

Rory legte seinen Stift hin und öffnete eine kleine grüne Mappe mit Kopien von Zeitungsausschnitten, die er ihr hinschob. Sie beugte sich über die Artikel. Er ging um den Schreibtisch herum und schaute Grace über die Schulter.

»Insgesamt gab es dort zwischen März und November 1985 vier Morde in protestantischen Kirchen über die ganze Stadt verteilt. Dann hörte die Serie mit einem Schlag auf. Zuerst nahm man an, dass es Zusammenhänge zu den politischen Unruhen gäbe. Genauere Untersuchungen ergaben jedoch keine Spur in diese Richtung.«

»Und wer waren die Opfer?«

Rory griff in den Stapel und legte ihr vier Seiten mit unscharfen grauen Fotos vor. Mit dem Zeigefinger tippte er darauf.

»Ganz unterschiedliche Leute: einer der dortigen Glockenspieler, der das typische Wechselläuten übte. Ein Kantor und eine Ehrenamtliche und schließlich ein Pfarrer. Er war das letzte Opfer, soweit ich weiß. Alle vier wurden erschlagen, und zwar auf eine ähnliche Art wie unsere Opfer.«

Rory räusperte sich, doch seine Stimme blieb heiser. »Aber der Täter wurde nie gefasst. Diese ganze Mordserie ist bis heute ein ungelöstes Rätsel.«

Ihre Blicke trafen sich und keiner von beiden sagte ein Wort. Schließlich klappte Grace die Mappe zu und verstaute sie in ihrer Tasche. Dann stand sie auf, ging langsam um den Tisch herum und blieb vor Rory stehen. Behutsam legte sie ihm beide Hände auf die Schultern und schaute ihn durchdringend an.

»Was meinst du, Rory? Was sagt dein Gefühl? Haben wir es mit einer Kopie der Belfast-Morde zu tun?«

Rory atmete einmal tief durch, bevor er ihr antwortete. »Das könnte sein, Grace. Aber da gibt es noch eine andere Variante.«

»Und die wäre?« Sie hielt den Atem einen Moment lang an.

Es dauerte eine Weile, bis er antwortete.

»Die Zeiten waren andere. Damals, vor über dreißig Jahren, wäre jemand von hier, der nach Belfast ging, aufgefallen wie ein bunter Hund. Und umgekehrt wahrscheinlich noch viel mehr. Jemanden aus Nordirland hätte man hier im Westen der Republik sicher zehn Meilen gegen den Wind gewittert, sag ich doch. Und heute? Man bewegt sich frei und ungehindert zwischen beiden Staaten, und niemandem fällt mehr auf, wenn einer umzieht. In der grenznahen Region pendeln sie sogar wie die Wühlmäuse zwischen beiden Ländern, zwischen Wohnsitz und Arbeitsplatz.«

Grace hatte verstanden, was er damit sagen wollte. »Du würdest es also nicht ausschließen, dass wir es nicht mit einer Kopie, sondern mit dem Original zu tun haben könnten? Mit einer Fortsetzung nach über dreißig Jahren?«

Rory Coyne nickte deprimiert.

20

Niemals hätte Grace sich träumen lassen, dass sie den alten Hilary einmal zu einem Guinness einladen würde. Als sie im Mai nach Galway gezogen war, um die Leitung des Morddezernats von Garda in Irlands viertgrößter Stadt zu übernehmen, war sie sehr schnell über den ungepflegten Dauergast im Spaniard's Head gestolpert. Hilary war in ihren Augen unverschämt, unhöflich und wichtigtuerisch und es war ihr lange Zeit ein Rätsel gewesen, warum der sympathische Fitz ihn nicht nur an seiner Theke als Stammgast duldete, sondern ihn auch noch aushielt.

Hilary sei früher ein Benediktinermönch gewesen, hieß es, doch das war nur eins von zahlreichen Gerüchten, die sich um den geheimnisvollen Alten mit den gelblichen Zähnen rankten.

Als Grace im Sommer im Zusammenhang mit einem Mordfall ermittelte, war es Hilary gewesen, der Garda half. Seitdem hatte sich Graces Einstellung zu ihm verändert, und auch wenn sie ihn nicht zu ihren Lieblingsbekannten zählen würde, hatte sie begonnen, ihn und seine exzellente Beobachtungsgabe zu schätzen und zu nutzen.

Gleich als sie den Pub an diesem Nachmittag betrat, winkte Hilary ihr fröhlich zu und glitt geschmeidig von seinem Barhocker, um zu ihr hinzuschlurfen.

»Gut, Sie zu sehen, Gnädigste! Ich habe tatsächlich gründlich nachgedacht.«

»Das freut mich«, entgegnete Grace. »Kann ich Sie zu einem Getränk einladen? Dann gehen wir am besten in einen der kleineren Räume, da ist es ruhiger.«

Grace bestellte bei Fiona ein Pint und ein Wasser. Von Fitz war keine Spur zu sehen.

Da betrat ein kräftiger Mann in feinem Tuchmantel den Hauptschankraum, schaute sich kurz um und stürzte auf sie zu. Um seinen Hals hatte er einen langen, irisch grünen Schal gewickelt und offenbar versucht, ihn wie ein Maler aus dem Paris des Fin de Siècle nonchalant auf den Rücken zu werfen. Das war ihm allerdings nicht gelungen und so klebte der Zipfel etwas lächerlich an seiner Schulter. Grace konnte gerade noch einen Schritt zurückweichen.

»Graínne! Was für ein Zufall! Endlich treffe ich dich mal!«

»Guten Tag, Onkel Jim. Schön, dich zu sehen«, sagte sie zähneknirschend. Ihren Onkel hatte sie noch nie gemocht, und normalerweise war er der Letzte, mit dem sie plaudern wollte. »Leider bin ich verabredet«, sagte sie schnell. »Wir müssen uns auf ein andermal vertagen.«

Der bekannte Politiker und jüngste Bruder von Graces verstorbenem Vater stellte sich auf die Zehenspitzen, um einen Blick auf den Menschen zu erhaschen, mit dem Grace offenbar gerade beschäftigt war. Er konnte aber niemanden entdecken, der seine Aufmerksamkeit auf sich zu ziehen vermochte. Hilary, der sich schlurfend und weithin sichtbar in dem Raum bewegte, nahm er gar nicht wahr.

Grace wollte ihm gerade folgen, doch Jim hielt sie fest. Wütend schaute sie auf seine Hände.

»Was soll das, Onkel?«

Er beugte sich zu ihr. Seine Alkoholfahne schlug ihr entgegen, sodass ihr fast übel wurde.

»Ihr habt zwei Leichen in verschiedenen Kirchen – und warum informiert man mich nicht?«, zischte er.

Grace wand sich aus seinem Griff und schenkte ihm einen kalten Blick.

»Gardai hat die Öffentlichkeit informiert und du bekommst, wie du mittlerweile sicher gemerkt hast, keine Sonderbehandlung. Und jetzt entschuldige mich, bitte.«

Aber Jim O'Malley ließ nicht locker. »Weihnachten, Grace. Du weißt, dass Mary und ich glücklich darüber sind, dass dein Bruder Dara und seine Familie wieder auf Achill leben, dem alten Stammsitz unserer Familie. Mary hat sich deshalb überlegt und es auch schon mit deinem Bruder besprochen, dass wir …«

Jetzt wurde Grace ungeduldig und unterbrach ihn barsch. »Bitte lass uns später darüber reden. Es sind ja noch ein paar Tage bis dahin.«

In diesem Moment drängte sich Fiona mit einem beladenen Tablett an Jim vorbei und schnitt ihm so den Weg zu seiner Nichte ab. Beide Frauen verschwanden mit schnellen Schritten im Nebenraum und Fiona schloss rasch die Tür hinter ihnen.

Hilary hatte sich schon in einer der Sitznischen niedergelassen und nahm strahlend sein Bier von der hochgewachsenen Bedienung entgegen. Fiona nickte knapp und verließ den ansonsten leeren Raum.

»Sie haben nachgedacht, Hilary? Ich hatte Sie gefragt, ob es in den letzten Jahren in der Diözese Galway irgendwelche Skandale gegeben hat, an die Sie sich erinnern.«

»Ja, genau. Und da gab es eine ganze Menge. Wo soll ich beginnen?«

Hilary trank sich durch den cremigen Schaum seines Guinness und blickte wieder auf. Unter seiner Nase hatte sich nun ein eierschalenfarbiges Chaplinbärtchen gebildet. Er wischte sich mit dem Handrücken den Schaum von der Oberlippe.

»Der Fall Casey sagt Ihnen was, oder?«

Grace dachte einen Moment nach und nickte schließlich. »Sicher, das war 1992. Der Fall hat die irische Presse monatelang in Atem gehalten.«

Das Verhalten des sittenstrengen Bischofs von Galway, der seinen unehelichen Sohn und dessen Mutter zwar versteckt und verleugnet hatte, die moralischen Fehltritte anderer aber gnadenlos verfolgte und anprangerte, hatte zum ersten Mal in der Geschichte der katholischen Kirche Irlands Zweifel an der Glaubwürdigkeit ihrer Priester aufkommen lassen und ihre moralische Autorität nachhaltig erschüttert.

»Gut, dann brauchen wir darüber ja nicht zu sprechen. Nehmen wir lieber den Fall Mallory, der sich vor gut zehn Jahren hier abgespielt hat. Einverstanden?«

Hilary warf Grace einen prüfenden Blick zu, die gespannt zu ihm aufschaute.

»Father Mallory, ein etwas älterer Priester, der in seiner Gemeinde oben bei Ballinasloe äußerst beliebt war, wurde bei einer Razzia in einem Bordell in einer Sado-Maso-Kammer gefesselt aufgefunden. Deshalb konnte er sich auch nicht, wie viele andere Freier, die Wind von der Razzia bekamen, rechtzeitig aus dem Staub machen.«

Grace musste ein Grinsen unterdrücken bei der Vorstellung, wie der gefesselte Priester hilflos auf das Eintreffen der Kollegen von Garda warten musste. Prostitution und Bordelle waren in Irland nach wie vor verboten.

»Wo genau war das?«

»In Limerick. Ich lebte damals noch dort. Die ganze Stadt, ja das ganze Land war schockiert.« Er nahm wieder einen Schluck Bier. »Das heißt, das stimmt nicht ganz. Nur das halbe Land. Die andere Hälfte hat schallend gelacht.«

Grace nickte langsam. »Was wurde aus Father Mallory?«

»Man schickte ihn außer Landes, in irgendeine Missionsstation in Afrika. So etwas macht sich immer gut. Später kehrte er zurück und ging in ein Kloster. Ob er heute noch lebt, weiß ich nicht.«

»Was ist Ihnen sonst noch eingefallen?« Grace nahm

einen Schluck Wasser. »Gab es vielleicht einen richtig dicken Skandal ohne Sex?«

Hilarys Gesicht drückte Verwunderung aus. »Ohne Sex? Eigentlich nicht. Was anderes schafft es nicht so leicht bis zum Skandal. Sex dagegen immer.«

»Illegaler Handel mit Drogen oder verbotenes Glücksspiel, bei dem irgendein Priester eine wichtige Funktion übernahm? Oder Erpressung?«

»Hmm. Nein, nicht, dass ich wüsste.«

Hilary überlegte. Schließlich leuchtete sein Gesicht auf.

»Es gab mal einen kleineren Skandal, bei dem man nie sicher war, was genau dahintersteckte. Hat aber auch Sex drin.«

Grace lehnte sich zurück und forderte ihn mit einer matten Geste auf, zu erzählen.

»Father Dunne … Das ist sicher fünfzehn, nein, was sag ich, mehr als zwanzig Jahre her. Man sagte ihm eine gewisse homosexuelle Neigung nach. Es gab das Gerücht, dass Father Dunne verschiedene männliche Günstlinge um sich scharte, um das mal so auszudrücken. Und er ging nicht sehr nett mit ihnen um, wenn er genug von ihnen hatte. Das flüsterte man ebenfalls hinter vorgehaltener Hand.«

»Was heißt das?« Grace hatte eine Sekunde gezögert.

»Wenn er einen leid wurde, ließ er ihn fallen. Manchmal ließ er sie auch gnadenlos entsorgen.«

»Entsorgen? Meinen Sie umbringen?« Grace schaute alarmiert.

Hilary wirkte ebenfalls entsetzt. »Aber nein! Er sorgte nur dafür, dass sie aus Irland verschwanden, zum Beispiel. Oder dass sie heirateten. Oder beides. Das war am allerbesten. So konnten sie ihm nicht gefährlich werden. Ansprüche stellen, ihn erpressen, was weiß ich.«

»Und worin bestand der Skandal? Kam die Sache etwa an die Öffentlichkeit?«, fragte Grace.

»Nein, letzten Endes hat niemand etwas Konkretes darüber erfahren, es blieb alles im Dunkeln. Nicht zuletzt weil Father Dunne immer ein gutes Händchen mit seinen Hausangestellten hatte. Die hielten dicht, komme, was wolle.«

»Aber was ist passiert?«

»Es wäre fast für ihn schiefgelaufen. Er hatte angeblich eine stürmische Beziehung zu einem jungen Kerl, Anfang zwanzig, vom Land. Es war alles hoch geheim, wie immer. Doch der Junge schmiss alles wegen seiner Liebe zu dem Priester hin. Die Familie konnte es nicht fassen und stellte den Priester zur Rede. Der hat alles geleugnet, wurde richtig böse und behauptete, dass die Geschichte erstunken und erlogen sei.«

Hilary nahm wieder einen Schluck Guinness.

»Und was passierte dann?«, fragte Grace. Was der Alte ihr da gerade erzählte, war höchst interessant.

Hilary genoss ihre Aufmerksamkeit.

»Er hat den Jungen öffentlich durch den Dreck gezogen, unterstützt von seiner Haushälterin oder Sekretärin. Natürlich haben alle Father Dunne geglaubt.«

»Und das war das Ende der Geschichte?«

Hilary leerte sein Glas in einem Zug und stellte es auf den abgeschabten Holztisch. »Nicht ganz. Der Junge brachte sich um. *Das* war das Ende der Geschichte.«

21

Der Genuss der wunderbaren Ingwerkekse von McOxford's hatte Rory zu einem spontanen feierabendlichen Besuch in dem Traditionshaus für Delikatessen in der Shop Street inspiriert. Das hatte er seiner Meinung nach auch verdient, denn ihr Fall, oder besser gesagt, beide Fälle wurden immer undurchsichtiger.

Rory bog von der Upper Abbeygate Street rechts in die Shop Street ein. Es war schon dunkel und er hatte den Kopf so weit es ging nach unten gebeugt, um nicht so viel von dem scharfen Wind abzubekommen, der heute durch die Straßen pfiff.

Sein Kinn ruhte auf dem glänzenden kobaltblauen Anorak. Trotz des ungemütlichen Wetters waren viele Menschen in der Fußgängerzone unterwegs und vor dem kleinen Nobelkaufhaus an der Ecke drängten sie sich an den Drehtüren, weil es sich drinnen staute. Die Panik, noch rechtzeitig alle Weihnachtsgeschenke zu besorgen, hatte die Einwohner von Galway fest im Griff.

Rory blieb jedoch gelassen. Er hatte schon bei seinem Besuch in Belfast einiges für die Töchter gekauft und für seine Frau Kitty hatte er bei einem Bekannten etwas ganz Besonderes bestellt, das er in der kommenden Woche abholen würde. Bei dem Gedanken musste er lächeln.

»Entschuldigung!«, stieß der Kommissar zwischen den Zähnen hervor. Er war in dem Gedränge auf der engen Straße in eine Gruppe schwatzender junger Mütter mit ihren Kinderwagen geraten. Sie lachten ihm freundlich zu und wichen keinen Zentimeter zur Seite.

Das kuriose Telefongespräch mit Derek Kerrigan fiel ihm plötzlich wieder ein.

Er musste dringend Michael Kelly ausfindig machen, falls der tatsächlich wieder in Galway war. Paul Higgins …, dachte Rory, während er auf das hell erleuchtete Geschäft neben dem Buchladen zusteuerte. Er könnte Paul Higgins in Cashel kontaktieren und nach ihm fragen.

Das Schaufenster des ältesten Delikatessenladens von Galway war vollgepackt und, wie Rory fand, sehr einladend dekoriert. Da gab es ganz links eine Pralinenauswahl, die nicht uninteressant war. Er kratzte sich am Kinn.

Welche Rolle spielte Michael Kelly, wenn er überhaupt eine Rolle spielte? Er musste ihn unbedingt finden.

Rory drehte sich leicht nach rechts und inspizierte die Auswahl an Pasteten, die dort in hübschen Gläsern präsentiert wurden. »Connemara Minz und Lammterrine«, las er. Das hörte sich vielversprechend an. Vielleicht könnte er es noch auf seine Wunschliste zu Weihnachten setzen?

Rorys Handy klingelte und er fischte es umständlich aus seiner Tasche. In dem Moment begann ein Straßenmusikant unweit von ihm zu fiedeln. Rory hielt sich das Ohr zu, das dem Musiker am nächsten war.

»Molly, das ist ja eine Überraschung! Ja, ich habe schon Feierabend.«

Er versuchte sich auf das, was sie sagte, zu konzentrieren, konnte sie aber kaum verstehen.

»Dad, hast du gehört?«

»Moment!«

Er öffnete die Tür zu Mc Oxford's und trat in die Wärme. Auch im Laden war es voll und Rory flüchtete zur Theke mit den Milchprodukten in der Ecke.

»So, hier geht es besser. Was hast du gesagt?«

»Ich bin inzwischen ein Stück weitergekommen. Bei der Sache mit Father Duffy.«

Rory drehte sich mit dem Handy zur Wand, um die zahlreichen Käufer, die sich um die Theke drängten, auszublenden.

»George hatte wohl einen Onkel«, fuhr Molly fort. »Micky Wilson hieß der. Er war bei der UDA damals, du weißt schon, bei den paramilitärischen Englandtreuen.«

»Entschuldigen Sie, Sir, aber wissen Sie, wo der reife Cashel Blue steht, der sechs Monate gelagert wird?«

Eine junge Frau mit grün gesträhnten Haaren hatte sich an Rory vorbeigeschoben und reckte ihren Hals, um die Theke genauer betrachten zu können. Rory schüttelte den Kopf und trat einen Schritt zur Seite.

»Und?«

»Dieser Micky hat sich wohl auf der Flucht vor der IRA in seiner Not in einer Kirche versteckt. Ausgerechnet in einer katholischen Kirche an der Falls Road.«

»Und dort stieß er auf Father Duffy …«

Einen Moment lang herrschte Stille in der Leitung.

»Woher weißt du das, Dad?« Molly hörte sich ungläubig an.

»Er hat mir erzählt, dass er damals genau dort eine Kirche betreut hat, und da habe ich einfach zwei und zwei zusammengezählt, so wie man es uns auf der Garda-Schule beibringt.«

Die grün gesträhnte Frau schob sich fröhlich an ihm vorbei und hielt den gesuchten Käse in der Hand.

»Ist das alles, Molly?«

»Mehr weiß ich leider auch nicht. In Georges Familie wird nie über Micky gesprochen.«

»Kennst du diesen Onkel?«

»Nein, Dad. Er ist tot.«

Rory schwieg einen Moment. Um ihn herum brummte das Weihnachtsgeschäft.

»Das hast du wunderbar gemacht. Vielleicht kannst du

dich ja noch ein bisschen weiter umhören. Du hast doch die Kontakte zum Kulturzentrum.«

»Dad!«

»Entschuldigen Sie, aber darf ich mal an die Butter, bitte? Und könnten Sie mir freundlicherweise das Stück Ziegenkäse mit der Pfefferkruste reichen?«

»Das da?« Rory griff neben sich ins Kühlregal und hielt eine Ziegenrolle mit einer dunklen Kruste hoch.

»Nein, das ist die mit Senfkörnern in Honig, die rechts davon, bitte.«

Rory nahm den entsprechenden Käse und reichte ihn weiter.

»Ich danke Ihnen sehr, Sir.«

Seufzend suchte sich Rory einen anderen Platz zum Telefonieren.

»Bist du noch dran, Molly?«

»Dad. Jetzt hör mir bitte mal zu. Ich werde mich ganz bestimmt nicht mehr weiter für dich umhören. Was denkst du eigentlich? Soll ich etwa hier den Garda-Spitzel spielen?«

Rory merkte, wie ihm flau wurde. Was hatte ihn da bloß geritten?

»Es tut mir leid, Kleines. Du hast vollkommen recht. Vergiss es einfach. Ich bin nur verzweifelt, weil wir irgendwie nicht weiterkommen.«

Er war in seinem dick gefütterten Anorak ins Schwitzen geraten und zog den Reißverschluss herunter.

»Aber wir schaffen das schon, Molly. Mach dir keine Sorgen.«

»Und du bist mir nicht böse, Dad?«

Rory war sich sicher, dass er nun krebsrot sein musste.

»Ich dir böse? Nein! Ich müsste dich fragen, ob *du* mir böse bist. So herum stimmt es eher.«

Eine Verkäuferin des Delikatessenladens hatte ihn erspäht und schob sich mit einem Teller in der Hand durch die Menge auf ihn zu.

»Natürlich nicht. Gib Mommy einen dicken Kuss von mir.«

Er drückte den Knopf und ließ sein Handy in die Tasche gleiten.

22

Wenig später läutete bei Grace das Telefon. Es war Rory, und er berichtete ihr, was seine Älteste in Belfast über Father Duffy herausbekommen hatte.

»Er hat sich in eine katholische Kirche geflüchtet? Als militanter Protestant? Das ist mehr als nur kurios. Eher äußerst gefährlich. Und wie kam es dazu?«, sagte Grace.

»Keine Ahnung. Da will niemand mehr drüber reden und Onkel Mick lebt nicht mehr.«

»Das ist ebenfalls interessant.«

»Wir könnten um Amtshilfe bitten und Einblick in seine Akte nehmen. Da gab es bestimmt eine«, sagte Rory eifrig.

Grace erwiderte ein paar Sekunden lang nichts. Dann sagte sie: »Ich werde das mit dem Chef besprechen. Mal sehen, was der sagt. Er hat bestimmt Erfahrung mit den Kollegen in Nordirland und kann besser einschätzen, ob das was bringt.«

Jetzt wollte sich Grace verabschieden. Sie war an diesem Abend mit Peter verabredet und musste sich beeilen.

»Lass uns morgen früh alle Optionen für das kommende Wochenende durchgehen. Neun Uhr in meinem Büro. Oder hast du schon andere Termine gemacht?«

Rory erklärte ihr, dass er früh am Morgen mit Paul Higgins in Cashel verabredet sei. »Was hast du vor, Grace?«

»Nun, es ist bald der dritte Advent und wir sollten vorbereitet sein. Wer weiß, was am Wochenende passieren wird.«

Sie beendete rasch das Gespräch, auch wenn Rory enttäuscht schien und sicher gern mehr über ihre Pläne erfahren hätte.

Als Grace kurz darauf nach draußen trat, wich sie erschrocken zurück – es schneite! Schnee an der irischen Westküste, wie ungewöhnlich!

In Wicklow, dem County mit den sanft gewellten Bergen südlich von Dublin, hatte es, als sie dort noch mit den Eltern lebte, öfters geschneit. Aber hier? Hier ermöglichte das Klima, das vom Golfstrom beeinflusst wurde, keinen Schneemann und die großen Seen froren auch nicht zu. Bestenfalls wurden in einigen Winternächten die Gipfel der Bergketten der Devil's Mother oder der Maam Turk Mountains leicht mit Puderzucker bestäubt. Zu mild war die Luft, auch wenn der Wind heftig blies, und die Erde zu warm.

Grace zog den Reißverschluss ihrer dicken Jacke bis unters Kinn und holte eine Wollmütze aus der Tasche, die sie sich bis über die Augenbrauen zog. Mit der Fußspitze probierte sie, ob der Boden glatt war, ehe sie losstapfte.

Grace mochte Schneefall. Während ihrer Zeit in Dänemark war sie dann oft dick vermummt durch die bleiche Landschaft gestreift und hatte den Anblick der Häuser genossen, die unter der Schneedecke fast verschwunden waren.

Die Geräusche waren gedämpft, die Luft schien zu kitzeln und zu perlen. Das Grauweiß des Himmels, der so nah wie nie schien, verschmolz mit dem Grau des Bodens und des Wassers, das in Dänemark nie fern war.

Einmal war sie in einen richtigen Schneesturm geraten, mitten auf den Feldern, ohne die Chance eines Unterschlupfs. Nur ganz in der Ferne konnte sie ein paar Bäume ausmachen, die einsam dort auszuharren schienen. Darauf hatte sie zugehalten.

Im Nachhinein, als sie die kleine Schonung erreicht hatte, war sie zutiefst verunsichert gewesen. Wie lange hatte sie gebraucht, um hierherzukommen? Sie hätte es nicht zu sagen vermocht. Die Zeit war einfach weggerutscht, als sei sie unter der Schneedecke versteckt.

Jetzt hatte sie die Docks fast erreicht, wo Peter sein Büro und seine Wohnung hatte, und es hatte schon wieder aufgehört zu schneien.

Peter begrüßte sie lachend und nahm ihr die nasse Jacke ab. Kurz darauf saß sie in seinem Wohnzimmer vor dem offenen Kamin und hielt ein Glas Rotwein in der Hand. Sie hatte gleich angefangen, ihm von Belfast zu erzählen.

»Wahrscheinlich hat es nichts mit unserem Fall hier zu tun, aber wir müssen wirklich alles in Betracht ziehen. Im Augenblick ist Father Duffy der Einzige, der unsere beiden Mordfälle wirklich verbindet.«

»Die Schnittmenge der Kreise«, bemerkte Peter nachdenklich und sie nickte.

»Ja, und dann gibt es da noch diese merkwürdige Mordserie, die 1985 in Belfast passierte und nie aufgeklärt wurde.«

Peter zog seine Augenbrauen fragend hoch.

»Das waren vier Morde, ähnlich wie unsere, nur dass sie in protestantischen Kirchen begangen wurden und nicht in katholischen wie bei uns.«

»Ausgleichende Gerechtigkeit.« Er hatte diese Bemerkung nur so hingeworfen.

Grace setzte ihr Glas ab und zog die Stirn in Falten.

»Da könnte was dran sein.« Die Kommissarin klang nachdenklich.

»Wie bitte?«

Sie beugte sich zum Tisch, wo sie ihr Weinglas abgestellt hatte. »Man müsste sich mal in Belfast umhören.«

Es dauerte fast eine halbe Minute, bis der Privatdetektiv darauf reagierte. »Verstehe. Du oder Rory, ihr wollt ganz offiziell mal bei der königlichen Konstablerei von Ulster vorbeischauen?«

Sie warf ihm einen spöttischen Blick zu. »Ich glaube nicht, dass das viel bringt. Wir wissen ja gar nicht, wonach wir die fragen sollten. Sie heißt übrigens seit 2001 Northern Ireland Police Service. Nur zu deiner Information.«

Sie merkte, dass sie jetzt Katz und Maus spielten, aber eigentlich war sie dafür zu müde und auch nicht entsprechend aufgelegt.

Peter musterte sie und grinste. »Du könntest dir aber vorstellen, dass ein Privatmensch, sagen wir, aus deinem näheren Umfeld, mal ganz unverbindlich dort hinfährt und sich noch viel unverbindlicher, aber durchaus zielgerichtet umschaut?«

Grace trank einen Schluck Wein und blinzelte über den Rand ihres Glases. Ihre Augen blitzten.

»Ja, das könnte ich durchaus.« Sie schaute ihn erwartungsvoll an. »Exzellente Idee, Mr Burke.«

Peter schwieg, doch auch er wirkte belustigt. »Soll ich gleich morgen hochfahren?«

Grace strahlte. »Das wäre fantastisch. Bist du denn so schnell abkömmlich?«

»Das ist eine Frage der Prioritäten. Gott, ich war schon eine Ewigkeit nicht mehr bei der alten Dame.« Peter seufzte gespielt.

Grace lächelte. »Wen meinst du damit?«

»Belfast. Irgendwie wirkt die Stadt durch die Docks wie eine abgetakelte, aber noch sehr rüstige und sehr lustige alte Dame auf mich, die gerade mit frischem Wind segelt. Und ich gönne es ihr von Herzen.«

»Da wäre ich nie draufgekommen.« Grace grinste und strich sich die Haare aus dem Gesicht.

Peter schaute kurz auf die Uhr. »Am besten, ich verabrede mich mit Phil. Phil kennt sich dort aus.«

Grace hatte sich wieder dem exzellenten Burgunder zugewandt und halb die Augen geschlossen. Der Wein, der anstrengende Tag und die wohlige Wärme des Torffeuers ließen sie schläfrig werden.

»Wer ist Phil? Ein guter Freund? Du hast ihn nie erwähnt.«

Er ließ sich neben ihr auf dem blauen Sofa nieder und strich ihr sanft durch das Haar. Dabei spielte ein verschmitztes Lächeln um seinen Mund, was man bei seinem neuen Vollbart allerdings nur erahnen konnte.

»Doch, das habe ich, Graínne. Vollständig hieß Phil früher Philomena Burke, sie war mit mir verheiratet. Nach unserer Scheidung ging sie zurück nach Nordirland und stieg in die Geschäftsführung eines großen gälischen Kulturzentrums an der Falls Road ein. Da wir uns trotz der Scheidung immer gut vertragen haben, wird sie sich sicher darauf freuen, mich nach Jahren mal wiederzusehen.«

Peter Burke grinste breit.

23

Grace passte es ganz und gar nicht, dass sich neben Robin Byrne und Sergeant Sheridan auch Kevin Day am nächsten Morgen in ihrem Büro eingefunden hatte. Sie versuchte jedoch, es sich nicht anmerken zu lassen. Er gehörte zu ihrer Abteilung, und daran war nichts zu ändern.

Rory war nach Cashel gefahren und würde erst später dazustoßen. Draußen dämmerte es noch, um kurz nach neun. Ein weiterer trüber Wintertag war angebrochen.

»Wie sieht es aus, Grace?«

Robin Byrne, der Chef der Garda-Zentrale, war an der Tür stehen geblieben und lehnte seinen langen Körper an den Türrahmen. Er hustete und fischte eine Pastillendose aus seiner Jeanstasche, um sich ein dunkelgrünes Bonbon in den Mund zu schieben.

Die junge Siobhan Sheridan rutschte unsicher auf der Sitzfläche ihres Stuhles herum.

»Gibt es etwas Neues?«

Man konnte Byrne mit dem Hustenbonbon im Mund schlecht verstehen. Grace musste an den dänischen Zahnarzt denken, der immer noch nicht zurückgerufen hatte.

»Wir verfolgen einige wichtige Spuren und verhören immer noch verschiedene Zeugen. Besonders im Visier haben wir drei Leute, die zur entsprechenden Zeit am Tatort waren.« Grace fasste die vorläufigen Ergebnisse des Verhörs von Father Duffy, Mary O'Shea und Liam O'Flaherty zusammen, ohne zu sehr ins Detail zu gehen.

Sie hob den Kopf und schaute ihre Zuhörer nacheinander an. »Hat jemand Fragen dazu, bevor ich weitermache?«

»Was ist mit Belfast?«, sagte Kevin.

Grace hatte schon früher mit dieser Frage gerechnet.

»Belfast? Um Gottes willen.« Robin Byrnes Stimme drückte weniger Ablehnung als Besorgnis aus, dass sich hinter dem Namen der nordirischen Hauptstadt zusätzliche Arbeit und bürokratische Verwicklungen auftürmen könnten. Beides vertrug er gar nicht.

»Was soll mit Belfast sein, Kevin?« Grace spielte auf Zeit. Sie hatte Father Duffys Vergangenheit als junger Priester in Belfast bewusst nicht erwähnt. Und solange sie nicht wusste, was damals vorgefallen war, sah sie auch keine Veranlassung, das zu tun.

»Meinst du den Zeitungsmenschen auf der Pressekonferenz?«

Kevin nickte und berichtete ihrem Chef von dem Auftritt des jungen Journalisten mit dem Motorradhelm.

Robin Byrne hörte gelangweilt zu. »Aber das sind doch alte Geschichten. 1985 ist ja nun lange her. Ich halte einen Nachahmungstäter für höchst unwahrscheinlich.«

Kevin Day warf ihm einen strengen Seitenblick zu. »Alles schon da gewesen, Rob. Und wenn es sich um denselben Täter handelt? Auch schon da gewesen.«

Genau das hatte auch Rory überlegt, dachte Grace. Interessant.

»Wenn es hier einen ähnlichen Auslöser gäbe, könnte alles wieder von vorne losgehen.«

Erstaunlicherweise war das eine Äußerung des Nachwuchssergeanten aus Roscommon gewesen. Grace lächelte Shioban Sheridan aufmunternd zu. Dass sie sich traute, zwischen den alten und außerdem männlichen Platzhirschen ihre Meinung kundzutun, imponierte ihr.

»Nur wäre der Täter dann dreißig Jahre älter und hätte sich jetzt auf katholische Kirchen statt auf protestantische spezialisiert.«

Byrne hörte sich nicht herablassend, sondern eher spöttisch an.

»Könnte doch ein Konvertit sein, oder?« Kevin klang eindeutig herablassend.

»Rory hat sich alles, was es zu dieser Belfast-Serie vor dreißig Jahren in den Medien gab, kopieren lassen. Wir gehen das Material gerade durch.«

Grace zog den grünen Hefter hervor und machte eine einladende Handbewegung.

Doch Kevin Day rührte sich nicht. Stattdessen beschäftigte ihn etwas anderes. »Wo ist Rory eigentlich? Kommt er noch?«

Er spielte mit seiner Lesebrille, die er rasch zwischen Daumen und Zeigefinger hin und her drehte. Seine Stimme klang plötzlich streng, als fände er die Abwesenheit des Kollegen unentschuldbar.

Grace blieb gelassen. »Er verhört heute Morgen einen wichtigen Zeugen in Cashel. Ich erwarte ihn jeden Moment zurück. Ich wollte mit euch allen über das dritte Adventswochenende sprechen.«

Die drei sahen sie sofort erwartungsvoll an.

»Wenn man die beiden Mordfälle vom ersten und vom zweiten Advent vergleicht, kann man ähnliche Strukturen und Muster erkennen.«

»Ach? Bei der Pressekonferenz habt ihr das weit von euch gewiesen.« Kevin klang beleidigt.

Grace seufzte und schaute ihn herausfordernd an.

»Willst du, dass alle Medien sich darauf stürzen? Psychopathischer Serienmörder schlägt in Galways Kirchen zu? Genau das wollten wir verhindern, Kevin.«

Robin Byrne trat einen Schritt vor und wedelte mit der Hand in der Luft herum, als wollte er eine lästige Fliege verscheuchen.

»Hör auf, Kevin. Grace hat recht. Sprich weiter, Grace.«

»Deshalb sollten wir dem Täter am dritten Adventswochenende eine Falle stellen, um keine weitere Helferin in Gefahr zu bringen.«

Einen Moment lang herrschte Schweigen. Dann streckte Sergeant Sheridan die Hand hoch, wie eine Schülerin, die mit einer richtigen Antwort in der Schule punkten will.

»Siobhan?«

»Ich mache das.« Ihre helle Stimme klang fest.

Grace runzelte die Stirn. »Sie machen was?«

Siobhan Sheridan rutschte auf ihrem Stuhl nach hinten und richtete sich auf. »Ich mache die Falle.«

Alle im Raum starrten sie an.

»Sie sagten doch gerade, Sie wollten keine Helferin mehr in Gefahr bringen und dem Mörder eine Falle stellen. Ich spiele einfach die Helferin, und wenn er kommt, schnapp ich ihn mir.«

Kevin lachte auf und schüttelte den Kopf. Robin Byrne schaute ihn verächtlich an.

»Ich finde das gar nicht so schlecht, was Grace und der Sergeant da vorhaben«, sagte er. »Selbstverständlich wären Sie nicht allein in der Kirche, Sheridan. Sie hätten Schutz von Kollegen, die alles unter Kontrolle haben. Das einzige Problem wäre, dass Sie …«

»Dass wir Sie nur ein Mal haben, Sheridan. Er könnte aber in allen Kirchen Galways und der ganzen Umgebung zuschlagen.«

Kevin Day hörte sich selbstgefällig an, doch Grace gab ihm recht.

»Im Prinzip stimmt, was Kevin sagt. Da aber bei beiden Fällen Father Duffy die Leiche fand und das offenbar auch geplant war, weil man den diensthabenden Priester gezielt ausgeschaltet hat, könnten wir uns am dritten Advent auf genau die Kirche konzentrieren, in der Duffy die Messe liest.«

Kevin war näher an Graces Schreibtisch getreten. Auf einmal schien auch er motiviert zu sein. Seine eben noch abfällige Haltung hatte er abgestreift.

»Für wie viele Gemeinden ist er denn zuständig?«

»Er betreut hauptamtlich zwei Kirchen. Und die haben Priorität vor allen anderen. Wenn unsere Vorbereitungen unter absoluter Geheimhaltung laufen, sehe ich durchaus eine Chance, den Täter auf frischer Tat zu stellen – falls er tatsächlich wieder zuschlagen sollte. Einverstanden, Rob?«

Grace warf ihrem Chef einen freundlichen Blick zu und er nickte und wischte sich mit seiner großen Hand über das Gesicht.

»Wo hält Duffy am Samstagabend die Messe?«

»In der Claddagh«, antwortete Siobhan Sheridan wie aus der Pistole geschossen.

»Und am Sonntag?«

»In St. Joseph's am Eyre Square.«

Sie hatte sich offenbar gründlich vorbereitet.

Grace nickte zustimmend.

»Gut. Dann werden Sie am Samstag in St. Joseph's sein und, falls sich noch nichts getan hat, am Sonntag in der Claddagh.«

Shioban nickte, wirkte jedoch enttäuscht.

Schließlich wagte sie eine Frage. »Und wer verkleidet sich dort als Helferin, wo Duffy die Messe liest?«

Grace hatte sich schon ihrem Pad zugewandt. Sie hob kurz den Kopf und blickte überrascht in die Runde, als wäre die Antwort klar.

»Selbstverständlich ich.«

24

Es war kurz nach neun und Rory war auf der Küstenstraße unterwegs, schon weit hinter Spiddal auf dem Weg nach Cashel zu Paul Higgins. Cashel wies keinen eindeutigen Ortskern auf und manche Höfe hier hatten nicht mal eine richtige Adresse. Aber Rory traute Navis sowieso nicht und würde hier sicherlich nicht im virtuellen Nebel stochern müssen.

Es war ein besonders attraktiver Küstenstreifen mit Blick auf die Aran-Inseln und an klaren Tagen konnte man von hier aus sogar die Klippen von Moher weit drüben im County Clare ausmachen.

Drehte man den Kopf auf die andere Seite landeinwärts, sah man die imposante Bergkette der Twelve Bens, die über siebenhundert Meter emporragten, wobei jeder Ben seinen eigenen Namen trug. Berge und Meer, hier wurden sie eins.

Alles ist eben in Bewegung, miteinander verbunden und fließt, dachte Rory, während er in der grauen Morgendämmerung die kurvenreiche Küstenstraße entlangfuhr. Hier, in unmittelbarer Nähe seines Geburtsorts, fühlte er sich immer sehr bodenständig und keltisch.

Kelten haben als Symbol den Kreis, der keinen Anfang und kein Ende besitzt, wogegen das allgemeingültige Weltbild der Linie folgt. Dort sind Anfang und Ende ganz klar erkennbar. Vielleicht war das der Grund, warum sich viele Iren so schwer damit taten, Entfernungen richtig einzuschätzen? Dieser Gedanke war dem Inspector noch nie zuvor gekommen. Aber so könnte es sein. Iren waren nicht unzuverlässig oder verträumt, sie waren nur von der keltischen Kreismentalität geprägt.

Rory liebte den Kreis. Meistens jedenfalls.

Ihm fiel seine Internetrecherche wieder ein, die er gestern am späten Abend noch vorgenommen hatte. Sie war hochgradig mehrdeutig gewesen. Er musste schmunzeln. Alle in der Familie waren schon zu Bett gegangen und Rory hatte sich gerade im Bad die Zähne geputzt, als ihm ganz plötzlich eine Idee gekommen war.

In seinem gestreiften Schlafanzug schlurfte er mit den tannengrünen Filzpuschen noch mal an seinen Schreibtisch, knipste die Tischlampe an und fuhr den Familienlaptop hoch.

Dann gab er sein Passwort ein und wartete.

Er klickte zuerst Schwarz-Weiß-Fotografien des Philosophen aus Österreich an. Wittgenstein hatte nett ausgesehen, fand Rory. Sympathisch. Gar nicht intellektuell. Er hatte ein langes, hageres Gesicht, gewellte Haare, aber sanfte Augen und eine lustige Nase. Er war ein Logiker, notierte Rory sich. Und dann stieß er auf die Sache mit dem Fliegenglas: »Das Ziel der Philosophie ist, der Fliege den Ausweg aus dem Fliegenglas zu zeigen.«

Rory kratzte sich am Hinterkopf. Er fühlte sich nicht wie in einem Fliegenglas. Und schon gar nicht als Fliege. Worauf Philosophen so alles kamen …

Dann las er etwas über Wittgensteins Leben. Er war nicht sehr alt geworden, der arme Wittgenstein, früh an Krebs gestorben. Und Rory notierte sich Dinge, die Father Duffy interessiert haben könnten. Die Liste wurde ziemlich lang, zehn Stichworte standen zum Schluss darauf. Wittgenstein hatte es faustdick hinter den Gelehrtenohren gehabt, fand Rory.

Bevor er das Licht ausknipste, um den Weg zu Kitty ins Schlafzimmer anzutreten, druckte er die Liste aus und machte rote Häkchen an den Stellen, auf die er Grace aufmerksam machen wollte:

Erstens, Wittgensteins zahlreiche Geschwister hatten fast alle Selbstmord begangen. Das fand Rory ziemlich gruselig.

Zweitens hatte der Philosoph einem Geheimbund in Cambridge angehört. Welchem, war streng geheim geblieben.

Außerdem war Professor Wittgenstein höchstwahrscheinlich homosexuell gewesen, was er jedoch nur seinen ebenfalls geheimen Tagebüchern anvertraut hatte. Erst zwanzig Jahre nach seinem Tod war ein Biograf darauf gestoßen.

Der ganze Wittgenstein war ziemlich geheim gewesen, befand Rory abschließend. Manchmal war nicht einmal klar gewesen, wo er sich gerade aufhielt: Er war mehrfach gesucht worden und sein Versteck in Irland spielte dabei eine nicht unbedeutende Rolle. Ob es das war, was Father Duffy so fasziniert hatte? Wittgensteins Versteck in Connemara?

Rory pfiff am Steuer vor sich hin. Links sah er in der Ferne die Fähren zu den Aran-Inseln in Rossaveel bereitliegen. Es wurde langsam heller, obwohl der Tag trüb bleiben würde.

Als er eine Viertelstunde später am Eingang eines beliebten Country-Hotels in Cashel vorbeifuhr, hielt er die Augen offen. Higgins hatte ihm am Telefon erklärt, dass sein Haus ungefähr dreihundert Meter hinter der Hoteleinfahrt liege und leicht zu übersehen sei.

Rory fuhr ganz langsam, als er eine unscheinbare Lücke in der Rhododendronhecke erspähte. Er setzte den Blinker und tauchte in die Wildnis ein, die einen schmalen Pfad, der steil nach oben führte, umrankte. Wenig später war er am Haus angelangt. Er stieg aus und in der Eingangstür erschien ein älterer Mann mit Glatze, der ihn zu sich hereinwinkte.

»Kennen wir uns, Guard?« Er streckte Rory seine Hand entgegen.

Der Kommissar überlegte und kratzte sich am Hinterkopf. »Ich stamme aus Roundstone. Vielleicht sind wir uns dort irgendwann mal über den Weg gelaufen.«

Higgins nahm ihm den Anorak ab und bat ihn ins warme Wohnzimmer.

»Sie kannten Fintan O'Flaherty, hab ich recht?« Seine Stimme klang unverfänglich.

Rory schaute auf und war einen kurzen Moment lang unsicher.

»Wir waren für kurze Zeit an derselben Schule, allerdings in unterschiedlichen Klassen. Dann ging er zu den Christian Brothers, wo auch sein älterer Bruder war, glaube ich. Die O'Flahertys wohnten nicht in Roundstone, sondern irgendwo in der Nähe von Ballyconeely. Kannten Sie die Familie früher? Sie sind ja eng mit Liam befreundet, habe ich gehört.«

Rory nahm in einem bequemen Sessel Platz, in dem er fast verschwand.

»Der Tee ist gleich fertig, Inspector«, sagte Higgins. »Mein jüngerer Bruder war mit Fintan befreundet. Ich habe Liam erst später kennengelernt, als er den Buchladen eröffnete.«

Sie tauschten ein freundliches Lächeln aus.

»Nun verraten Sie mir bitte, weshalb Sie mich sprechen wollten.«

Rory schaute sich um. Das Wohnzimmer war klein und niedrig, aber sehr gemütlich. Hinter dem Sessel lag auf dem Tisch ein fast fertiges Puzzle. Es zeigte Croagh Patrick, den heiligen Berg Irlands, der nicht weit von hier an der Clew Bay lag. Der Himmel über der weißen Kapelle auf dem Gipfel wies noch ein kleines Loch auf.

»Sie legen gerne Puzzles?« Rory schmunzelte.

Higgins wischte diese Frage mit einer knappen Handbewegung beiseite.

»Im Winter, Guard, nur im Winter, und bei diesem hier musste ich am Schluss feststellen, dass mir wohl ein oder zwei Teile fehlen. Das ist so ärgerlich, dass ich sicher für einige Zeit kein Puzzle mehr anrühren werde.«

Die gegenüberliegende Wand war komplett mit Büchern bedeckt, und wenn man durch das halbrunde Erkerfenster in den düsteren Morgen schaute, konnte man einen sichelförmigen weißen Sandstrand erahnen.

»Ihnen gehört eine kleine Autowerkstatt zwischen hier und Carna?«

Paul Higgins lächelte breit. »*Gehörte,* Inspector, gehörte. Seh ich aus, als würde ich noch unter Automobile krabbeln? Ich lese lieber, wie Sie unschwer erkennen können. Das ist besser für den Rücken und für den Kopf. Oder ich mühe mich mit diesen verdammten Puzzles ab. Aber Sie haben recht. Diese Werkstatt gehörte mir noch bis vor fünf Jahren, als ich sie meinem Neffen zu einem guten Preis verkauft habe.«

Higgins wirkte gut gelaunt.

»Hat einmal ein Michael Kelly für Sie gearbeitet? Das müsste über zwanzig Jahre her sein.«

Rory beobachtete ihn genau. Higgins hatte die Augen zugekniffen, als müsste er sich sehr konzentrieren. Seine rechte Hand hatte leicht zu zittern begonnen. Schließlich öffnete er seine wasserblauen Augen und richtete sie auf Rory. Er musste schlucken.

»Ja. Ein geschickter Bursche. Ich habe ihn immer angerufen, wenn's eng wurde. Michael wollte keine Festanstellung. Die hätte ich ihm sonst sofort angeboten. Was ist mit ihm?«

Rory hätte seine trockene Kehle nun wirklich gern mit einem starken Tee angefeuchtet, aber er konnte schlecht darauf aufmerksam machen. Stattdessen räusperte er sich leicht.

»Nun, was ist mit Michael passiert?«

Paul Higgins hatte die Augenbrauen zusammengezogen. Schließlich stand er auf.

»Michael ist vor über zwanzig Jahren in die Staaten ausgewandert. Ich hab ihn nie mehr wiedergesehen. Ich gehe jetzt mal den Tee holen, Inspector.«

Damit verschwand Higgins durch die Tür.

Rory beschlich ein merkwürdiges Gefühl. Als wäre er gerade dabei, etwas auszugraben, was sich als hässlich oder gefährlich herausstellen könnte.

Aber deshalb war er schließlich hier. Das war sein Job.

Nun schlug Regen ans Fenster. Der düstere Morgen hatte nach einer Lösung gesucht und sie gefunden. Nach wenigen Minuten kehrte Higgins mit einem Tablett zurück, das er auf den kleinen Tisch zwischen ihnen stellte.

»Bitte, bedienen Sie sich, Inspector Coyne.«

Er hatte den Tee bereits eingeschenkt und eine kleine Auswahl an Keksen dazugelegt. Rory ignorierte sie.

»Wie geht es eigentlich Ihrem Bruder?«

Der Kommissar starrte Higgins an und verschluckte sich fast am Tee, der heiß und stark war.

»Sie kennen ihn?«

Paul Higgins lächelte wieder. »Das wäre zu viel gesagt. Ronan heißt er, nicht wahr?«

Rory nickte. Ihm gefiel nicht, dass er Ronan kannte. Warum, hätte er nicht sagen können. Aber alle kannten seinen Zwillingsbruder Ronan, der in Galway sein Geld mit einem Wettbüro verdiente.

»Nun, ich setze ab und zu eine bescheidene Summe auf ein Pferdchen, wenn es sich ergibt, und habe ihn daher vor einiger Zeit kennengelernt. Sympathischer Mann – wie sein Bruder«, setzte er noch hinzu.

Der Kommissar führte die Tasse zum Mund und beobachtete ihn. Higgins wirkte nun sehr entspannt. Rory fuhr fort.

»Und Beth Kerrigan. Kannten Sie die auch?«

Wieder das breite Lächeln. Es verlieh dem kahlen Mann den Anschein eines harmlosen Familienclowns, der nur seine Späße machte und niemandem schaden wollte.

»Beth, sicher. Ganz furchtbar, was da passiert ist. Sie hatte neben ihrer Arbeit immer noch ein paar Stündchen übrig für mich und hat zwei Mal die Woche bei mir geputzt, das Büro und das Haus hier. Die Werkstatt übernahmen die Jungs selbst.«

»Beth und Kelly waren verlobt.«

»Ach, das …« Higgins seufzte. »Stimmt, das war wohl so. Offiziell.«

»Was meinen Sie mit ›offiziell‹?«

Higgins verscheuchte mit der Hand eine imaginäre Fliege im Dezember.

»Nun, eigentlich meine ich nichts damit. Sie lernten sich hier bei mir kennen und taten sehr verliebt. Dann ist er ausgewandert und sie sollte bald darauf nachkommen, um ihn zu heiraten.«

»Dazu kam es aber nie.«

Rory nahm nun doch den Keksteller in Augenschein. Es gab Spritzgebäck mit einem Klacks Orangenmarmelade.

Higgins runzelte die Stirn.

»Das ist richtig. Es tat mir sehr leid für das arme Mädchen. So etwas passiert wohl gar nicht so selten.«

Er angelte sich ein zuckerbestreutes Hörnchen und steckte es sich in den Mund. »Bitte, Inspector.«

Er hielt Rory den Teller mit den Plätzchen hin.

Der Kommissar warf noch einmal einen kurzen Blick darauf und griff schließlich nach einem simplen Digestive. Er kaute nachdenklich und schwieg ein paar Sekunden.

»Es heißt, Kelly ist seit ein paar Wochen wieder zurück. Hat er sich mit Ihnen in Verbindung gesetzt?«, sagte er dann.

Paul Higgins wirkte überrascht. Er saß plötzlich ganz aufrecht im Sessel und war blass geworden.

»Michael Kelly ist wieder da? Sind Sie sicher? Das ist ja …« Er verstummte.

»Und Beth Kerrigan wusste das wohl. Wissen Sie etwas über Kellys Familie in Galway? Wir möchten gern mit ihm sprechen.«

Higgins schien immer noch völlig überrascht.

»Ich glaube, seine Familie lebte im Osten Galways. In Ballybaan, meine ich. Aber wo genau, weiß ich nicht.«

Rory schüttelte beschwichtigend den Kopf. »Sie sagten eben, Sie hätten ihn, wenn Not am Mann war, immer angerufen. Handys gab es damals ja noch nicht. Es muss also eine Festnetznummer gewesen sein. Könnten Sie mir seine Telefonnummer bitte heraussuchen?«

Higgins nickte und trat an einen kleinen Schreibtisch in der Ecke. Er blätterte in einem zerfledderten Adressbuch und notierte schließlich etwas. Dann reichte er Rory den Zettel mit der gewünschten Nummer.

»Ich habe nur noch eine kurze Frage.« Rory warf einen Blick nach draußen, wo es immer noch heftig regnete.

»Bitte, gern. Obwohl … draußen sieht es scheußlich aus. Sie sollten noch etwas hier im Warmen bleiben und warten, bis der Niederschlag etwas nachlässt.«

Rory musste ihm recht geben. Der Wind peitschte den Regen hart gegen das Fenster und es hörte sich höchst ungemütlich an.

»Sie sprachen doch am letzten Samstagabend mit Liam O'Flaherty, nachdem man die Leiche von Marilyn Madden gefunden hatte?«

Higgins nickte.

»Was genau hat er Ihnen erzählt?«

Higgins überlegte kurz.

»Nun, dass man ihre Leiche in St. Bridget gefunden habe und wie scheußlich das alles gewesen sei. Und dass man ihn und die anderen verhört habe.«

»Hat er Sie auf dem Handy angerufen?«

Higgins nickte wieder.

»Und war er gut zu verstehen?«

»Ja, wieso? Er hatte nichts getrunken, wenn Sie das meinen. Obwohl ich das nachvollziehen könnte, nach so einem grauenhaften Fund.«

Rory hatte vor einem Jahr eine schwere Backenzahnbehandlung hinter sich gebracht und konnte sich gut daran erinnern, dass die Betäubung noch lange nachgewirkt hatte. Es hatte Stunden gedauert, bis Kitty und die Mädchen ihn wieder gut verstehen konnten. Aber jede Behandlung war anders und bei diesem Organisten war die Betäubung offenbar schneller abgeklungen.

Rory trank den letzten Schluck Tee und folgte Higgins in den Hausflur, wo der ihm seinen Steppanorak reichte. Dann gab er Higgins die Hand.

»Falls Ihnen noch etwas einfallen sollte, bitte rufen Sie mich oder meine Chefin an.«

Er reichte ihm seine Karte, die der andere lächelnd entgegennahm. Higgins öffnete die Haustür und augenblicklich wehte unangenehm feuchte Luft ins Haus.

»Ach, und noch etwas …« Rory schubste die Tür wieder zu und drehte sich zu dem Hausherrn um, der einen halben Kopf kleiner war als er. »Sie sagten vorhin, dass Beth Kerrigan noch etwas Zeit übrig hatte, um für Sie zu putzen. Wo hat sie denn sonst gearbeitet?«

Der liebenswürdige Zug um Higgins' Augen und Mund verschwand mit einem Schlag. Er presste nervös die Lippen zusammen und kniff die Augen zu.

»Sie war als Haushälterin tätig.«

»Und bei wem?«

Higgins zögerte einen Moment.

»Im Pfarrhaus in Moycullen. Mehr weiß ich nicht.«

Rory zog blitzschnell eines seiner Zettelchen aus der Anoraktasche und notierte sich diese Information.

»Aber Sie wissen sicher noch, für welchen Priester sie damals gearbeitet hat?« Rory erinnerte sich an Kiera Kerrigan, die bei seinem Besuch alle Namen der Priester wie einen Rosenkranz heruntergebetet hatte.

Higgins hatte sich abgewandt.

»Mr Higgins?«

Er sprach seine Antwort in den hinteren Teil des Hausflurs, statt sie an den zu richten, der die Frage gestellt hatte.

»Es war Father Dunne.« Seine Stimme klang tonlos.

25

Belfast lag wie Dublin an der Irischen See und auch hier war landeinwärts eine Hügelkette zu erkennen. Peter hatte die M1 genommen und konnte, von der Südseite kommend, fast die ganze Stadt überblicken. Er war lange nicht mehr hier gewesen. Wie lange, vermochte er nicht zu sagen.

Im Westen der Stadt, rund um die Falls und die Shankill Road, hatte jahrzehntelang ein grausamer Krieg geherrscht, der Menschenleben und Familien, Häuser und ganze Straßenzüge zerstört hatte.

Mit der Teilung Irlands im Jahr 1922 hatte der Süden der Insel Unabhängigkeit von der britischen Krone erlangt, während der Norden ein Teil Großbritanniens blieb. In den darauffolgenden Jahrzehnten gab es in Nordirland kaum offene Konflikte, doch zwischen den verfeindeten Bevölkerungsteilen schwelten Hass und Misstrauen. Am Bloody Sunday im Jahr 1972 kam es in Derry zu blutiger Gewalt gegenüber friedlichen pro-irischen Demonstranten durch die Polizei. Es folgte ein langer bewaffneter Konflikt zwischen pro-britischen Unionisten unter der Führung der militanten UDA und den pro-irischen Nationalisten, die unter der IRA kämpften. Bei diesen Auseinandersetzungen, die in Nordirland »die Unruhen« genannt wurden, verloren über 3500 Menschen ihr Leben.

Dabei ging es in diesem Konflikt nur vordergründig um Protestanten oder Katholiken, um britische oder irische Loyalitäten – tatsächlich ging es um Benachteiligung, Ausgrenzung, Misstrauen, Diskriminierung, behördliche Willkür und Hexenjagden.

Selbst in der Zeit der härtesten Kämpfe in Belfast hatte es immer Stadtteile gegeben, wo nie ein Schuss gefallen war oder ein Kind wegen seiner Religionszugehörigkeit nicht mit einem anderen spielen durfte. Wo der Kampf ums Überleben nicht existierte und die Startlöcher ins Leben gerechter verteilt waren. Südbelfast mit seinem Universitätscampus und dem studentischen Flair war ein solcher Bezirk.

Seit dem Beginn des Friedensprozesses und dem Karfreitagsabkommen von 1998 hatte sich die geschundene Stadt langsam, aber stetig wieder zu ungeahnter Blüte entwickelt und zu ihrem unverwechselbaren Stil zurückgefunden.

Belfast war, so schien es Peter Burke, wieder eine Stadt von charmanten Lebens- und Überlebenskünstlern geworden, eine Stadt, in der Regen und Wind regierten, aber auch die Klimaanlage und der Kühlschrank erfunden worden waren und in der ein ehrwürdiges Bankgebäude mitten in der Altstadt zur populären Bar werden konnte und eine Kirche zum hippen Einkaufszentrum. Hier war einst die stolze *Titanic* gebaut und getauft worden, und von hier war die Unsinkbare ihrem Untergang entgegengefahren.

Peter Burke musste schmunzeln, während er von der Queen Street in die Waring Street einbog und nach einem Parkplatz Ausschau hielt.

Seine geschiedene Frau Philomena McLaughlin hatte vorgeschlagen, dass sie sich mitten in der Stadt in ihrem Stammbistro, der Donard Seafood Bar, trafen. Es war ein kleines Restaurant im angesagten Bankenviertel, das mit frischem Fisch und einem imposanten Weinregal über die ganze Wand des Lokals aufwartete.

Phil saß bereits an einem der hinteren Tische und winkte ihm zu, als er eintrat.

»Gut siehst du aus!« Peter hatte seinen Mantel schon an die Garderobe gehängt und berührte zur Begrüßung kurz ihre Schulter, bevor er ihr gegenüber Platz nahm.

Lächelnd gab sie ihm das Kompliment zurück. Sie hatten sich seit der Scheidung knapp drei Jahre lang nicht mehr gesehen.

Philomena war auf den ersten Blick das genaue Gegenteil von Grace. Sie war klein, hatte zahllose winzige Sommersprossen und eine blonde Kurzhaarfrisur und trug eine modische, grün gerahmte Brille.

Die Kellnerin schob sofort die große Stelltafel mit den Tagesangeboten zu ihnen hin.

»Scholle und Petersfisch sind schon aus«, verkündete sie gut gelaunt.

Phil goss ihnen Wasser aus der Karaffe ein, und sie entschieden sich für die Fischsuppe nach Art des Hauses und die Fischfrikadellen, die den Laden, in dem man frischen Fisch tatsächlich auch kaufen konnte, weit über Belfast hinaus berühmt gemacht hatten.

»Die sind einmalig, Pete«, sagte Phil und schaute auf ihre Armbanduhr. »Wir müssen uns beeilen. Du bist um halb sieben verabredet und jetzt ist es schon halb sechs.«

»Mit wem bin ich verabredet?«

Sie blickte ihn verschwörerisch an und grinste.

»Du hast mir doch kurz am Telefon geschildert, worum es geht. Da musste ich natürlich jemanden für dich finden … Das war nicht ganz einfach. Die meisten der einstigen Kämpfer sind tot. Und wenn man dann jemanden hat, muss er sich nicht nur gut erinnern, sondern auch bereit sein, über damals zu reden. Das machen nicht alle mehr so gern.«

Phil lachte und strubbelte sich mit der Hand durch das Haar.

»Völlig verständlich«, sagte Peter. »Aber offenbar bist du fündig geworden. Ich stehe in deiner Schuld, Phil.«

Sie lächelte geschmeichelt. »Ich tue, was ich kann. Ich weiß zwar nicht, wie dir ein alter IRA-Kämpfer bei deinem

Spezialgebiet Wirtschaftsbetrügereien weiterhelfen kann, aber es geht mich auch nichts an. Tony erwartet dich jedenfalls im Pflegeheim und ich fahr dich gleich hin.«

Die Kellnerin stellte zwei dickbäuchige Terrinen vor sie hin. Peter beugte sich darüber und wedelte mit der Hand den köstlichen Duft der rotbraunen Suppe in seine Richtung.

Eine halbe Stunde später machten sie sich auf den Weg zu dem Care Center, wie die Alten- und Pflegeheime hier genannt wurden, es lag in der Nähe der Crumlin Road. Interessiert betrachtete Peter die Geschäfte und Häuserreihen, an denen sie vorbeifuhren.

Phil konzentrierte sich auf den Feierabendverkehr. Schließlich ergriff Peter das Wort.

»Geht es dir eigentlich gut hier?«

»Ja, der Job macht Spaß und die Leute sind schwer in Ordnung. Kein Grund zur Klage, Pete. Und bei dir? Schau mal, da drüben ist es.«

Sie war auf den Parkplatz des Centers gefahren und hatte den Motor abgestellt. Er drehte sich leicht zu ihr.

»Danke, mir geht es prima. Viel zu tun im Moment, ich kann mich über zu wenig Kundschaft nicht beklagen. Aber der Laden läuft nicht immer so gut.«

Sie zögerte. »Und privat?«

Peter zuckte die Schultern. »Geht so. Ich habe seit Kurzem wieder eine Beziehung. Bin nicht sicher, was daraus wird.«

Ein leichter, kaum wahrnehmbarer Schmerz durchzuckte ihn, als er das sagte. Die Beziehung zu Grace lief nicht ganz so, wie er es sich ausgemalt hatte, auch wenn er das nur ungern zugab.

Phil sah ihn prüfend an, lächelte dann jedoch. »Ach, deshalb der Bart! Steht dir aber gut. Bisschen wie Antonio

Banderas in seinen jüngeren Jahren. Du hast ja immer behauptet, du hättest spanisches Blut in dir. Na, dann wünsche ich euch alles Gute.«

Peter nahm ihre Hand, drückte sie und öffnete dann die Wagentür. Er drehte sich zu ihr um und zögerte einen Moment.

»Wen treffe ich hier?«

»Frag an der Rezeption nach Tony Doherty. Ich muss jetzt los, ich habe heute Abenddienst.«

Er gab ihr einen Kuss auf die Wange. »Pass auf dich auf.«

Sie nickte und schüttelte dann den blonden Schopf.

»Und falls du mich noch mal brauchst, kannst du dich jederzeit vertrauensvoll an mich wenden.«

Er grinste und stieg aus. Der dichte Regen trieb ihn schnell ins Gebäude. Er nahm den Aufzug und kurz darauf klopfte er an eine Tür im zweiten Stock, die mit einem Kleeblatt aus Filz geschmückt war.

»Herein!«

Die Stimme war unerwartet laut, doch nicht unangenehm.

Peter öffnete die Tür. An einem Schreibtisch direkt am Fenster saß Tony Doherty in einem Rollstuhl und hielt ein Buch in der Hand. Vor ihm lag eine Leselupe. Die Tischlampe war außerordentlich hell, fast gleißend.

»Kommen Sie herein, junger Mann.«

Doherty winkte ihn näher und deutete auf einen Ledersessel, der neben ihm stand.

Er war vermutlich einer dieser Männer, die im Alter besser aussahen als in ihrer Jugend. Er fiel eindeutig in die Liga eines Sean Connery, aber ohne die Kahlheit. Sein weißer Haarschopf war voll und dicht und seine Augen glänzten unternehmungslustig. Wäre Doherty nicht im Rollstuhl gesessen, hätte Peter ihm zweifellos zugetraut, im nächsten Moment mit dem Rucksack in die Sahara oder zum Kilimandscharo aufzubrechen. Oder zumindest zum Mount Errigal im nahen Donegal, dem zweithöchsten Berg der Grünen Insel. Doherty strahlte Kraft und Energie aus und Peter überlegte, wie alt er wohl sein mochte.

Um Tony Dohertys Lippen spielte ein spitzbübisches Lächeln.

»Sie sind nicht zum Raten den weiten Weg von Galway gekommen, denke ich. Ich bin fünfundachtzig.«

Nun musste Peter lachen. »Woher wussten Sie, dass ...?«

»Alle wollen wissen, wie alt ich bin, wenn sie mich kennenlernen. Ich wollte das abkürzen.«

Peter setzte sich und schlug die Beine übereinander. Er hatte Philomena gesagt, er suche jemanden, der sich in der militanten Szene der IRA Mitte der neunziger Jahre auskannte. Mehr hatte er nicht preisgegeben. Welche Rolle Tony Doherty wohl damals gespielt hatte?

Peters Blick fiel auf die gerahmte »Osterproklamation«, die über dem Krankenhausbett hing. Es war die Proklamation, die im April 1916 während des Osteraufstands vor dem Hauptpostamt in Dublin von den Rebellen verlesen wurde und in der sie die Unabhängigkeit von Großbritannien gefordert hatten. Der Aufstand galt als die Geburtsstunde der IRA.

»Nun? Wie kann ich Ihnen helfen?«

»Es geht um eine katholische Gemeinde in der Falls Road, Mr Doherty.«

»Sagen Sie bitte Tony. Den Mister habe ich schon lange in einen alten Koffer gepackt und in die Ecke gestellt. Ich vermute, Sie meinen St. Paul's. Was ist mit der Kirche? Father McDonagh betreut sie, ein sympathischer Priester. Das sind sie nicht alle.« Doherty grinste vielsagend. »Egal wie man zur Religion und zur Kirche steht.«

»Es geht mir um einen Priester, der die Gemeinde Mitte der neunziger Jahre betreut hat«, sagte Peter.

Die Augen des alten Mannes blitzten sofort auf.

»Damals war Father Duffy für die Gemeinde zuständig. Der stammte aus der Republik.«

Peter traute seinen Ohren nicht. Entweder hatte Tony Doherty ein ungewöhnlich gutes Gedächtnis oder Father Duffy hatte einen nachhaltigen Eindruck bei ihm hinterlassen.

»Warum erinnern Sie sich da so genau? Gab es irgendein ungewöhnliches Ereignis, das in seine Zeit als Priester fiel?«

»Was meinen Sie?«

Peter fühlte sich etwas unsicher. Die Augen des älteren Mannes ruhten fragend auf ihm.

Doherty rollte ein winziges Stück näher heran.

»Ist Duffy bei euch unten in Schwierigkeiten? Wir haben, seit er uns verlassen hat, nichts mehr von ihm gehört.«

»Nein, das ist er nicht«, log Peter. Ein Blick ins Internet oder in eine Tageszeitung, und Doherty würde die Wahrheit wissen. Zwar wurde Duffys Name dort nicht explizit genannt, aber man konnte es sich relativ einfach erschließen.

»Kann ich Ihnen etwas anbieten, einen Whiskey vielleicht? Wie war noch Ihr Name?«

»Peter Burke. Und danke, nein, ich war eben noch etwas essen und trinken mit Phil.«

Doherty grinste. »Prächtiges Mädchen. Sie ist gut für unser neues Kulturzentrum. Woher kennen Sie sich?«

Nun musste Peter grinsen.

»Wir waren einmal verheiratet. Zwei Jahre. Aber wir haben uns in Freundschaft getrennt.«

Doherty warf ihm einen prüfenden Blick zu. »Tapfer, tapfer. Kriegt auch nicht jeder hin.«

Dann schwiegen sie eine Weile.

»Father Duffy. Was war mit ihm?«

Wieder traf Peter der prüfende Blick des Mannes.

»Was mit ihm war, kann ich Ihnen nicht sagen. Es war alles etwas undurchsichtig. Aber ich erzähle Ihnen, was ich weiß beziehungsweise woran ich mich nach über zwanzig Jahren noch erinnern kann. Was wissen Sie denn?«

»Nichts«, log Peter wieder.

Doherty lachte ein knarziges Lachen, das in einen Husten überging. »So dürfen Sie mir nicht kommen, Peter. Wieso sind Sie sonst den langen Weg von Galway hier hochgefahren, um mich nach einem Mann zu fragen, der vor einer Ewigkeit die Gemeinde des harten Kerns der IRA betreut hat? Halten Sie mich nicht für dumm, nur weil ich alt bin und im Rollstuhl sitze.«

Sofort versicherte Peter ihm, dass er weit davon entfernt sei.

»Also, Vertrauen gegen Vertrauen.«

Peter erzählte ihm nun, dass Father Duffy ein wichtiger Zeuge sei und berichtet habe, in den Neunzigerjahren Priester in Belfast gewesen zu sein. Die Wilsons erwähnte er nicht.

»Aber Sie sind doch kein Cop, oder?«

»Nein, ich bin Privatdetektiv und im Auftrag eines Klienten hier, der mehr über Duffys Vergangenheit erfahren will.«

Tony Doherty schaute ihn skeptisch an. »Gut, dann will ich Ihnen mal glauben. Mein Gott, es ist ja alles so lange her. Kräht keiner mehr danach …«

»Was ist damals passiert?«

»Wissen Sie, wo das Royal Victoria Hospital liegt?«

Peter schüttelte den Kopf.

»An der Grosvernor Street, Donegall Road. Das ist nicht weit von der Falls Road entfernt, wenn Sie wissen, was ich meine.«

Peter hörte aufmerksam zu. Sich Notizen zu machen hielt er für unangebracht. Er musste sich alles, was er hörte, gründlich einprägen und später dann aufschreiben.

»Eines Nachts, es muss 1995 gewesen sein, und es war mild, flüchtete ein schwer verletzter UDA-Mann aus dem Royal Victoria. Die IRA war hinter ihm her und hatte auf der Krankenstation heimlich Posten aufgestellt, doch er trickste sie aus und entkam. Fragen Sie mich nicht, wie schwer verletzt er war, jedenfalls schaffte er es nicht mehr bis zur Shankill Road. Seine Verfolger waren dicht hinter ihm her, als er an St. Paul's vorbeikam.«

»Sie wollen mir jetzt nicht sagen, dass sich ein militanter Protestant auf der Flucht vor der IRA in eine katholische Kirche rettete?«

Doherty zuckte mit den Schultern. »Was für eine Wahl hatte er denn? Schwer verletzt, wie er war, hoher Blutverlust vermutlich, den Feind auf den Fersen. Er merkt, dass er es nicht mehr schafft, in den für ihn sicheren Teil der Stadt zurückzukehren. Da steht eine Kirche, offen, wie immer. Hier würden sie ihn erst mal nicht vermuten. Und er tippte richtig. Er verkroch sich in der Sakristei, um abzuwarten und wieder zu Kräften zu kommen.«

»Und Father Duffy hat ihn dort gefunden?«

Peter flüsterte es fast und Doherty nickte.

»Er hat seine Wunden notdürftig versorgt, nachdem ihm der UDA-Mann eingeschärft hatte, keine Polizei zu rufen und auch sonst niemanden zu informieren. Der Mann bat Father Duffy um christliche Nächstenliebe und der Priester gewährte sie ihm. Und er flehte ihn an, ihn zu verstecken, bis die Luft rein wäre. Duffy richtete ihm ein Lager in einem Abstellraum der Kirche her, gab ihm zu essen und zu trinken und schloss ihn sicherheitshalber ein. Am nächsten Morgen wollte Duffy nach ihm sehen und mit ihm überlegen, was als Nächstes zu tun sei.«

Peter hatte sich zu Doherty hinübergebeugt und verfolgte gebannt jedes einzelne Wort.

Doherty schluckte trocken.

»Jetzt brauche ich aber eine Erfrischung, auch wenn Sie nichts trinken wollen. Wären Sie so nett und holen mir aus dem Regal neben der Tür die Flasche. Gläser stehen daneben. Bitte, nehmen Sie sich doch auch eins.«

Peter stand lächelnd auf und fand das Gesuchte. Er schenkte Tony Doherty und sich großzügig ein und reichte ihm das Glas. Diese Geschichte war unglaublich. Sie hoben die Gläser und tranken sich zu.

Peter stellte sein Glas als Erster ab.

»Und was passierte dann?«, fragte er.

»Als Duffy am nächsten Morgen noch vor der ersten Messe nach ihm schauen wollte, war er nicht mehr da. Nur das blutige Matratzenlager überzeugte den Priester davon, dass er sich die Ereignisse der vergangenen Nacht nicht bloß eingebildet hatte. Der Mann war verschwunden. Die Tür stand weit offen.«

»Obwohl der UDA-Mann selbst keinen Schlüssel hatte?«

Doherty schob die Unterlippe vor und nickte vehement mit dem Kopf.

»Das zumindest behauptete Father Duffy steif und fest, als wir ihn befragten.«

»Wer ist wir?«

Tony Doherty ignorierte Peters Nachfrage.

»Nun, wir haben selbstverständlich nicht die RUC eingeschaltet. Das wäre uns nicht im Traum eingefallen. Schließlich standen die auf Feindesseite. Zumindest sah es die katholische Gemeinde damals so und das entsprach sicher der Wahrheit.«

Doherty lehnte sich im Rollstuhl zurück.

»Wie kam es zu der Befragung?«

»Als man den toten Jungen unten an den Docks fand, gab es natürlich große Unruhe.«

»Der UDA-Mann wurde tot aufgefunden?«, fragte Peter überrascht.

Doherty nickte.

»Noch am selben Tag. Father Duffy wurde intern befragt und alle dachten, dass der verletzte Junge von seinen eigenen Leuten entführt und ermordet worden war und dass sie ihn für einen Verräter hielten, weil ihn ein katholischer Priester in St. Paul's versteckt hatte. Er muss in ihren Augen zumindest ein Informant gewesen sein.«

»Aber wie haben Sie überhaupt davon erfahren?«

Doherty grinste. »Ich erwähnte die Sieben-Uhr-Messe an diesem Tag ... Eine der Helferinnen musste vorher in den Abstellraum, um frische Kerzen zu holen, und entdeckte das Versteck. Vor unseren kirchlichen Ehrenamtlichen kann man nichts verbergen, glauben Sie mir.«

»Wurde der Tod des jungen Mannes aufgeklärt?«, fragte Peter.

»Möchten Sie noch einen Whiskey? Für den Weg, sozusagen?«

Peter schüttelte den Kopf.

»Nein, wurde er nicht. Wie so viele Todesfälle in dieser Zeit. Die britischen Sektierer schoben es selbstverständlich auf uns. Dass wir den Mann schon im Royal Victoria im Visier gehabt hätten und ihm bis zur St. Paul's gefolgt wären. Einige beschuldigten sogar den Priester, ihn ermordet zu haben.«

»Mit welcher Begründung?«

Peter schenkte Doherty nach und reichte ihm das Glas.

»Der verletzte Flüchtige habe dem Priester damit gedroht, ihn als Abtrünnigen an die IRA zu verraten, als Überläufer sozusagen, der der anderen Seite hilft.«

»Das wäre ziemlich hirnrissig. Damit hätte er seine eigene Position und gleichzeitig sein Versteck gefährdet«, warf Peter ein.

Doherty schenkte ihm einen spöttischen Blick.

»Es wurde viel Hirnrissiges damals behauptet, das können Sie mir glauben. Mit Logik kann man da nicht drangehen. Und ich schließe mich dabei überhaupt nicht aus. Aber das konnte ich damals noch nicht erkennen.« Doherty klang mit einem Mal niedergeschlagen.

»Und was passierte mit Duffy?«

»Den zog die Kirche in der Republik danach ganz schnell aus dem Verkehr, das heißt, der wurde woanders hingeschickt. Ich glaube, nach Donegal, es kann aber auch Sligo gewesen sein. Ich vermute, die hatten ein schlechtes Gewissen, weil das hier Duffys erste Stelle war und er noch jung und ziemlich unerfahren war … und dann gleich die Falls Road. War eine schlimme Geschichte unter all den schlimmen Geschichten von damals. Es ging das Gerücht, dass der Tote ein werdender Vater gewesen war und die Frau dann seinen Bruder geheiratet hat, wie es damals noch üblich war.«

Plötzlich wirkte Doherty müde und erschöpft.

Peter stand auf, um sich zu verabschieden.

»Ich danke Ihnen sehr für Ihre Offenheit, Tony.«

Er reichte ihm die Hand.

»Ich weiß nicht, ob Sie was damit anfangen können, aber Father Duffy ist ein feiner Kerl. Grüßen Sie ihn besser nicht von mir, denn ich glaube, er war heilfroh, als er von hier weg war, und wollte uns nur vergessen.«

Tony lachte.

Peter zog sich den Mantel über, als er merkte, dass er eine wichtige Frage vergessen hatte.

»Tony, wie hieß eigentlich der UDA-Mann?«

Doherty schaute ihn betroffen an. »Er hieß Wilson. Micky Wilson.«

26

Nach seiner Rückkehr aus Cashel suchte Rory sofort seine Chefin auf. Ihr Büro war leer, aber die Tür stand offen. Verwundert schaute Rory sich in dem langen Korridor um und kratzte sich am Kopf. Da bog Sergeant Sheridan um die Ecke – ohne zu singen oder zu summen, was sonst ihre Art war.

»Sergeant! Haben Sie eine Ahnung, wo Grace ist?«

Sie kam näher und schüttelte den Kopf. Da erst merkte er, dass sie etwas im Mund hatte, auf dem sie kaute. Verlegen tippte sie mit dem Zeigefinger auf ihre geschlossenen Lippen und schluckte dann.

»Ist sie nicht in ihrem Zimmer?«

Sie beugte sich von der offenen Tür aus kurz hinein und zog sich dann wieder zurück. »Wir hatten um neun ein wichtiges Meeting. Ich kann Ihnen aber leider nichts darüber sagen, weil es streng geheim ist.«

Rory musste schmunzeln. Er mochte Sheridan.

»Gut, dann quälen Sie sich nicht, Sheridan. Ich bekomme schon gesagt, was ich wissen muss.«

Er zog sein Handy heraus, betrat Graces Büro und wählte ihre Nummer. Sie ging umgehend ran.

»Wo bist du?«

»Kurz vor Knock.« Sie war im Auto und hatte, wie er hören konnte, die Freisprechanlage eingeschaltet.

»Vor Knock? Heiliger Geist!« Seine Stimme drohte zu kippen.

»Nein, der nicht, eher die heilige Jungfrau, aber ich bin auf dem Weg zum Holy Heart and Cross Monastery.«

»Was willst du dort?« Er zögerte einen Moment.

»Das Kloster beherbergt eine Art Altersheim für Priester im Ruhestand.«

»Oh, was für ein Zufall! Da könntest du gleich einen extra für mich recherchieren – wenn das für dich möglich ist, natürlich.«

»Und das wäre?«

»Erkundige dich doch bitte mal nach einem pensionierten Priester namens Father Dunne. Wo der zu finden ist, falls er überhaupt noch lebt. Der könnte für uns interessant sein.«

Am anderen Ende herrschte Stille.

»Bist du noch dran, Grace?«

»Ja.«

Sie klang merkwürdig, fand Rory, leicht ungläubig.

»Wie kommst du auf den Namen?«

Rory erzählte ihr in knappen Sätzen, was Higgins ausgesagt hatte. »Ich wollte jetzt eigentlich raus nach Ballybaan und mich dort nach Michael Kelly durchfragen. Ich hab seine Telefonnummer und das untrügliche Gefühl, der könnte uns weiterhelfen. Aber Dunne könnte auch ein guter Hinweis sein. Was wolltest du eigentlich in diesem Kloster, Grace?«

Wieder antwortete sie nicht sofort. »Du wirst es nicht glauben, aber ich wollte einen Priester treffen, der dort im Ruhestand ist – und er heißt Father Dunne. Das kann doch kein Zufall sein.«

Sie berichtete ihm von ihrem Treffen mit Hilary, der sich an einige Kirchenskandale hatte erinnern können.

Rory blies überrascht beide Backen auf.

»Ein junger Mann hat sich damals umgebracht?«

Der Kommissar klang nachdenklich.

»Das hat Hilary erzählt. Mehr weiß ich auch nicht. Aber such du jetzt Kelly, ich übernehme Dunne. Wir sehen uns später.«

Doch als sie das Gespräch beenden wollte, kam Rory ihr zuvor.

»Ich hab gerade Sergeant Sheridan getroffen. Sie hatte den Mund zwar voller Marshmallows, was ihr gar nicht so schlecht stand, aber sie konnte mir trotzdem verraten, dass sie mir nichts verraten dürfe, weil alles so heimlich bei eurem Meeting war. Was habt ihr denn besprochen?«

Rory hörte seine Chefin laut lachen.

»Jetzt platzt du vor Neugierde, was? Aber die Sache liegt auf der Hand. In zwei Tagen ist das dritte Adventswochenende. Und damit wir nicht noch eine dritte Leiche haben, werden wir dem Mörder eine Falle stellen. Alles Weitere später.«

Damit beendete sie das Gespräch.

In seinem Büro holte Rory ein zerfleddertes Telefonbuch des County Galway hervor und suchte mithilfe der Nummer, die Paul Higgins ihm gegeben hatte, die Adresse von Kellys Familie heraus: Walter Macken Road Nummer 71.

Keine Stunde später stand er vor dem grauen Reihenhaus und klingelte. Die Vorhänge waren zugezogen und der raue Putz bröckelte an mehreren Stellen der Fassade.

Rory schaute hoch, konnte aber nirgendwo ein Lebenszeichen im Haus entdecken. Dies war nicht das bunte, lebenslustige Galway, von dem alle schwärmten, hier herrschten Armut und Trostlosigkeit.

Rory wollte gerade auf dem Absatz kehrtmachen und zu seinem Auto zurückgehen, als er einen Schlüssel hörte, den jemand in das Schloss der Haustür gesteckt hatte und der nun sehr langsam gedreht wurde. Dann öffnete sich die Tür einen schmalen Spaltbreit. Eine lange spitze Nase war das Erste, was Rory erkennen konnte. Sie ragte aus einem alten, verschmitzten Gesicht.

»Hä?«

Die männliche Stimme schnarrte.

Rory stellte sich mit einer angedeuteten Verbeugung vor und hielt seinen Dienstausweis vor die spitze Nase.

»Hä?«

Dem Kommissar kam es wie ein Wunder vor, dass der alte Mann das Klingeln überhaupt gehört hatte. Er fragte nach Michael Kelly.

»Michael, hä?«

Rory wiederholte seine Frage. Er hatte schon bemerkt, dass der Alte keine Zähne mehr im Mund hatte und wohl auch deshalb so schwer zu verstehen war.

»Im Friedhof.«

War Kelly etwa tot? Rory musste genauer nachfragen.

»Meinen Sie den Friedhof von St. James', der hier gleich in der Nähe ist?«

Der Mann nickte begeistert und strahlte ihn nun an.

Rorys Ungeduld und Skepsis schmolzen auf der Stelle dahin. Der Alte bemühte sich nach Leibeskräften, aber die waren eben nur gering.

»Was macht er dort?«

Rory kannte den kleinen Friedhof mit den uralten, verwitterten Grabsteinen.

Der Greis benutzte nun seinen Stock, auf den er sich bis jetzt gestützt hatte, um pantomimisch zu graben.

»Er gräbt ein frisches Grab?«

Der Mann öffnete den zahnlosen Mund zu einem tonlosen Lachen.

Rory bedankte und verabschiedete sich. Als er das Auto gestartet hatte und zurückblickte, stand der Alte immer noch regungslos wie eine Statue ohne Sockel an der offenen Haustür.

Rory fuhr los und hielt an der Kreuzung zur Michael Collins Road. Er beugte sich zur Windschutzscheibe und sah, wie der Himmel sich immer mehr verdunkelte. Leise fluchte er durch die Zähne. Bald würde er nichts mehr erkennen können, dabei war es erst kurz vor halb vier. Er parkte nah am Eingang des alten Friedhofs, der offenbar seit Neuestem wieder benutzt wurde. Das hatte er nicht gewusst.

Rory starrte angestrengt in die Düsternis. Wer wollte denn bei dieser Witterung noch ein frisches Grab ausheben? Er wagte ein paar Schritte zwischen die Gräber und blieb unter einem riesigen steinernen Engel stehen, dessen hochmütiger Gesichtsausdruck und ausgestreckter Arm, wie Rory meinte, nichts Gutes zu verheißen schienen.

Der Kommissar lauschte angestrengt, als er plötzlich ein Geräusch hörte. Ein Klatschen, wie wenn feuchte Erde auf noch feuchtere Erde trifft. Leicht geduckt folgte er dem Geräusch. Erkennen konnte er von seiner Position aus so gut wie nichts.

Als er zwei weitere Gräber und ein pompöses Mausoleum umrundet hatte, sah er ihn. Ein Mann mittleren Alters mit Schnurrbart und einer Art Cowboyhut stand bis zum Bauch in einer Grube und schaufelte schwarze Erde auf einen Haufen daneben.

Rory war noch etwa fünfzehn Meter von ihm entfernt, als der andere ihn wahrnahm und sofort das Schaufeln einstellte. Er hatte ihm sein Gesicht zugewandt und grinste, soweit Rory das in der Dämmerung erkennen konnte.

»Suchen Sie etwas, Meister? Schlechter Zeitpunkt für Traurigkeit, wenn Sie mich fragen.«

Trotz der Dezemberkälte hatte er die Ärmel seines karierten Holzfällerhemdes bis zu den Ellbogen hochgekrempelt. Er sah aus, als wäre er einer altmodischen amerikanischen Zigarettenwerbung entsprungen.

»Ich suche Michael Kelly.«

Nun zog der Cowboy in der Grube tatsächlich eine Packung Zigaretten aus der Hosentasche und zündete sich eine an. Er blies den Rauch in die feuchtkalte Luft.

»Wer sucht Michael Kelly?«

Rory zog seinen Ausweis aus der Tasche, um ihn dem Mann hinzuhalten.

»Gardai. Mein Name ist Inspector Coyne. Sind Sie Kelly?«

Der Mann nickte und stützte sich fast träumerisch auf seinen Spaten. Mit seinen Füßen stampfte er am Boden etwas Erde fest.

»Nun sagen Sie nicht, Sie sind wegen der armen Beth Kerrigan hier. Todtraurige Sache. Wir waren vor langer Zeit mal verlobt. Das ist zwar auseinandergegangen, aber so was hat niemand verdient und Beth war 'ne patente Frau, glauben Sie mir.«

Kelly schaute Rory treuherzig an, ein Blick, den der Kommissar selbst gern ab und zu einsetzte.

»Wann haben Sie sie das letzte Mal gesehen, Mr Kelly?«

Rory hatte sich vor dem frischen Grab aufgebaut und schaute zu dem Mann hinunter. Die Jacke, die der offensichtlich während des Grabens ausgezogen hatte, lag auf dem matschigen Boden. Kelly schaute hinauf. Er überlegte.

»Drei, vier Tage vor ihrem Tod, würde ich mal sagen. Wir haben uns in einem Pub in Oughterard getroffen und über alte Zeiten gesprochen. Lief alles ganz zivil ab.«

»Und wann sind Sie aus den Staaten zurückgekehrt?«

Michael Kelly betrachtete ihn nun eine Spur genauer und schien zu überlegen, ob er aus der Grube steigen sollte. Er entschied sich schließlich, zu bleiben, wo er war.

»Sie sind ja bestens informiert, Guard. Das war vor ziemlich genau vier Wochen.«

»Und warum sind Sie zurückgekommen?«

Kelly zog an der Zigarette und legte den Kopf schief. »Ich war über zwanzig Jahre fort, und das hat gereicht. Wie haben Sie mich eigentlich gefunden?«

»Über Ihre alte Telefonnummer, und dann habe ich in der Walter Macken Road angeklopft.«

Kelly schien etwas entgegnen zu wollen, besann sich aber anders. Schließlich warf er die Kippe auf den Erdhaufen und vergrub sie mit seinem Spaten.

»Dann wissen Sie ja noch einen zweiten Grund für meine Rückkehr. Sie müssen meinen Vater gesehen haben, oder?«

Rory sagte nichts und wartete.

»Er hat sonst niemanden mehr und deshalb bin ich zurückgekehrt. Und wie Sie sehen können, habe ich mich auch sofort nützlich gemacht. Ich arbeite beim Bestattungsinstitut Murphy and Sons. So was will ja heute keiner mehr machen. Obwohl nichts Ehrenrühriges dabei ist, die letzte Ruhestätte für die Toten vorzubereiten, oder? Das letzte Bettlaken festzustecken, sozusagen.«

Kelly grinste. Dann griff er neben sich, um eine Art niedrige Stehlampe anzuknipsen.

»Wo waren Sie am Samstag vor dem ersten Advent, Mr Kelly?«, fragte Rory, während er seine Augen gegen das grelle Licht abschirmte.

»An dem Tag, als Beth ermordet wurde, meinen Sie?«

»Genau.«

»Da war ich zu Hause bei meinem Vater. Er kann das bestätigen. Wir haben uns ab drei Uhr Sport im Fernsehen angeschaut. Bis neun.«

Der Kommissar registrierte, dass er gleich vom entscheidenden Zeitpunkt sprach. Vater Kelly sollte, wie Rory gleich vermutet hatte, als Alibizeuge eingesetzt werden.

In dem Moment schlug das Eisengatter des Friedhofs mit einem unüberhörbaren Knall zu und Kelly reckte den Hals, um zu sehen, was los war. Er schickte seinen Lichtstrahl in die Richtung und Rory folgte ihm mit den Augen.

»Ist hier noch jemand, Mr Kelly?«

Kelly zuckte die Achseln. »Nicht, dass ich wüsste. Zumindest niemand Lebendiges.«

Er grinste wieder, doch Rory stieg nicht darauf ein.

»Weshalb sind Sie damals in die Staaten ausgewandert? Gab es einen bestimmten Grund dafür?«

Kelly starrte ihn ungläubig an, während er seine aufgekrempelten Ärmel langsam herunterrollte. »Machen Sie Witze? Jeder Ire weiß, warum die Leute hier seit Jahrhunderten zum Auswandern verdammt sind.«

Rory hatte das unangenehme Gefühl, dass sie beobachtet wurden. Die Lampe war eine unübersehbare Lichtquelle im Dunkel des Friedhofs. Die Umrisse keltischer Kreuze hoben sich vor dem düsteren, bewölkten Himmel ab. Auf dem Grabstein neben ihnen hatte sich eine große Krähe niedergelassen und krächzte zum Gotterbarmen.

Rory empfand das Szenario als eindrucksvoll, fast filmreif und dramatisch. Genau genommen fand er es wunderbar.

»Vor zwanzig Jahren, als Sie Irland verließen, war das längst nicht mehr der Fall, Mr Kelly. Der keltische Tiger galoppierte damals schon quer über unsere Insel und brachte uns Wohlstand und Vollbeschäftigung. Zum ersten Mal in der irischen Geschichte. Also, warum sind Sie als einer von wenigen damals weggegangen, als viele versprengte Iren endlich zurückkehren konnten?«

Kelly blickte nach unten in die Grube. »Abenteuerlust, wenn Sie es genau wissen wollen. Irland, besonders die Westküste hier, so schön sie auch ist, das war mir eine Nummer zu eng. Verstehen Sie?«

Rory verstand es nicht. Er hatte es selbst nie so empfunden, auch als junger Mann nicht. Aber das Argument war ihm schon häufig begegnet.

»Und Beth wollte mit?«

Michael Kelly lachte. »Ja, wir haben uns verlobt und vereinbart, dass ich zuerst rübergehe, um die Lage zu sondieren. Ich wollte eine Wohnung und Arbeit organisieren, Sie wissen schon. Beth sollte sechs Monate später nachkommen. Aber dazu kam es nicht mehr.«

»Von wem hatten Sie das Startkapital? Ein paar Wochen oder Monate mussten Sie sich anfangs doch durchschlagen. Dafür braucht man Geld.«

Kelly spuckte nach hinten. »Ich hatte was gespart. Das reichte für den Anfang.«

»Warum holten Sie Beth dann nicht wie verabredet nach?«

Kelly griff nach seinem Cowboyhut und wedelte damit vor seinem Gesicht herum, als wäre ihm plötzlich heiß geworden.

»Um ehrlich zu sein, lernte ich in New York jemand anderes kennen und löste die Verlobung. Alles andere wäre Beth gegenüber unfair gewesen. Es war nicht meine stärkste Nummer, Guard, das weiß ich selbst, aber es war die ehrlichste.«

»Und dann?«

Kelly schaute verblüfft.

»Diese neue Verbindung. Existiert sie heute noch? Haben Sie geheiratet?«

Kelly schüttelte den Kopf. »Nein, Inspector. Wir haben uns nach ein paar Jahren getrennt. Schade, aber so ist das Leben.«

Rory war nachdenklich geworden. Irgendetwas stimmte hier nicht. Aber langsam wurde ihm kalt. Er verabschiedete sich von Kelly und bestellte ihn für den nächsten Morgen zum Protokoll in die Zentrale.

Kelly stellte die Lampe so, dass sie den Boden der Erdgrube beleuchtete, und schaufelte dann weiter.

Der Kommissar trat noch einen Schritt näher und beugte sich vorsichtig über das Grab. »Für wen ist es?«

Kelly blickte nicht auf. »Keinen Schimmer, Meister. Da frage ich nicht nach.«

Er richtete sich auf und Rory stellte fest, dass er recht groß war, so aus der Nähe betrachtet. Ein athletischer Mann mit einem drahtigen, durchtrainierten Körper. Kelly spürte wohl, dass er taxiert wurde, und hob schließlich den Kopf. Er grinste Rory an.

»Wissen Sie, Guard, es könnte durchaus sein, dass der Mensch, für den dieses Grab bestimmt ist, in diesem Moment sogar noch lebt. Das würde ich nicht ausschließen.«

Sein Grinsen wirkte jetzt teuflisch.

27

Als Grace das Kloster Holy Heart and Cross in der Nähe des irischen Wallfahrtsorts Knock betrat, war es schon dunkel. Sie hatte die Klosterleitung vorab über ihren Besuch informiert, doch der Mönch, der ihr geöffnet hatte und sie nun durch die kahlen Gänge des alten Gebäudes führte, war unmissverständlich abweisend. Sie bezog den frostigen Empfang nicht auf sich, sondern auf ihren Beruf.

Garda sah sich als Hüter des Friedens, wie schon die offizielle Bezeichnung *An Garda Síochána* beschrieb, und die katholische Kirche betrachtete sich eher als Hüter vom ganzen Rest. Zumindest war das bis vor wenigen Jahren so gewesen, und viele Jahrzehnte des uneingeschränkten Schaltens und Waltens hatten bei den Kirchenoberen zu einem resoluten Selbstbewusstsein geführt, was die eigene spirituelle Überlegenheit betraf. Wenn Gardai in kirchlichen Kreisen ermitteln musste, versuchte sich die andere Seite also häufig zu entziehen und abzuwiegeln – notfalls auch mit Hinweis auf die eigene Gerichtsbarkeit.

Grace O'Malley hatte sofort gespürt, dass ihre Nachfrage nach Father Dunne, der als Rentner in diesem Kloster lebte, höchst unwillkommen war.

Trotzdem hatte sie auf einem umgehenden Besuch bei dem älteren Herrn bestanden.

»Wie lange ist Father Dunne denn schon hier bei Ihnen?«

Der Mönch drehte sich um. Seine braune Ordenstracht wurde mit einem groben Gürtel zusammengehalten, an dem ein kleiner Sticker angebracht war, und seine Füße steckten in Sandalen, sodass seine weißen Tennissocken zu sehen waren.

»Ich glaube, etwas über zwölf Jahre. Er kam vor meiner Zeit.«

Seine Stimme hallte ein wenig im Kreuzgang. Er klang unbeteiligt und hatte eine unfreundliche Ausstrahlung.

»Am besten fragen Sie ihn selbst.«

Dann versuchte er den Abstand zwischen sich und der Kommissarin zu vergrößern, indem er einen Schritt schneller ging. Gemeinsam hasteten sie durch endlose, identisch anmutende Gänge. Schließlich blieb der Mönch abrupt stehen und drehte sich zu ihr um, als wollte er ihr etwas Wichtiges mitteilen.

»Unsere Ruheständler haben zwar die Erlaubnis, am spirituellen Leben des Klosters teilzunehmen, doch steht es jedem frei, davon Gebrauch zu machen.«

Grace lächelte ihn an. »Und Father Dunne, macht er davon Gebrauch?«

Der Mönch, der um die vierzig sein mochte, zögerte mit der Antwort. »Father Dunne ist ein Geistlicher der alten Schule.«

»Und was genau meinen Sie damit?«

Seine buschigen Augenbrauen schnellten in die Höhe.

»Das werden Sie gleich sehen, Superintendent. Bitte, hier entlang.«

Er öffnete eine Tür und ging einen weiteren Korridor entlang. Nach etwa fünfzehn Metern hielt er endlich vor einer Zellentür und legte das Ohr ans Holz. Dann klopfte er.

Grace wartete in einiger Entfernung. Sie fand die Szene bizarr, als wäre sie auf einer Zeitreise.

Kurz darauf öffnete der Mönch fast feierlich die Tür und führte sie durch eine Art Vorraum, der von einer schummerigen Wandlampe erhellt wurde. Über der Tür war ein schlichtes Kreuz angebracht.

Der Mönch wies mit ausgestreckter Hand in einen zweiten Raum.

»Father Dunne erwartet Sie«, sagte er, zog sich zurück und schloss geräuschlos die Tür hinter sich.

Es dauerte ein paar Sekunden, bis sich Graces Augen an das Dämmerlicht gewöhnt hatten.

Ein alter Mann saß aufrecht auf einem Bett, mit einem Kissen im Rücken, und beobachtete sie wie eine Spinne, die auf ihre Beute lauert. Seine Beine hielt er unter der dicken Decke offenbar angewinkelt, sodass man nur sein Gesicht, nicht aber seinen Oberkörper erkennen konnte.

Das Gesicht war mehr als hager, wie ein Totenschädel, der nur von einer pergamentenen Haut umspannt war. Haare hatte er fast keine mehr und seine Augen blickten durch eine kleine randlose Brille. Sie schienen gelblich und böse zu sein. Ja, der ganze Mensch strahlte eine eindringliche Bösartigkeit aus, wie Grace es während ihrer bisherigen beruflichen Laufbahn nur selten erlebt hatte.

Hier hockte der Inbegriff der Niedertracht und fixierte sie, sodass sich ihr die Nackenhaare aufstellten.

»Was um aller Welt führt Sie zu mir? Wie hat Sie Bruder Malachy noch angekündigt?« Er versuchte offenbar liebenswürdig zu klingen.

Diese Einleitung schien Grace klug gewählt. Sie zielte von Anfang an darauf ab, sie zu übergehen und damit klein zu halten.

Grace blieb am Fußende des Krankenbettes stehen und schaute kühl zu ihm hinab.

»Mein Name ist Grace O'Malley und ich leite das Morddezernat in Galway. Ich wollte Ihnen ein paar Fragen stellen, die unsere Ermittlungen in zwei Mordfällen betreffen.«

Er schaute sie über seine Brille hinweg amüsiert an.

»Welch ein Fluch, solch einen Namen als Taufgeschenk

zu erhalten! Bitte, nehmen Sie doch Platz.« Father Dunne wies mit einer knochigen Hand vage in die gegenüberliegende Ecke, wo ein einsamer Stuhl stand.

Grace zog den Stuhl nah an das Bett heran. Damit hatte er wohl nicht gerechnet. Er gab ein ablehnendes Grunzen von sich, sagte jedoch nichts. Dann setzte sie sich und starrte ihn abwartend an.

»Ich vermute, es geht dabei um Beth Kerrigan, das erste Mordopfer«, sagte Dunne schließlich.

»Sie kannten sie?«

Er warf ihr einen stechenden Blick zu. »Oh, viele kannten Beth. Sie hat lange Jahre als ehrenamtliche Helferin in Moycullen gearbeitet. Und nach mir gab es eine ganze Reihe von Priestern, die diese Gemeinde betreuten. Die können Ihnen sicher aktuellere Auskünfte geben. Meine Zeit dort liegt ja lange zurück.«

»Wie lange?«

»Wie lange? Zwanzig Jahre oder noch länger. Schauen Sie mich an, ich bin so alt wie eine Schildkröte. Nur ist die selbst in ihrer Langsamkeit noch beweglicher als ich.«

»Sie können sich nicht mehr bewegen?«

Er schüttelte müde den Kopf.

»Beth Kerrigan war damals mit Michael Kelly verlobt.«

»Davon habe ich gehört und ich hab mich sehr für Beth gefreut.«

»Sie haben sich zu früh gefreut. Kelly löste die Verbindung, sobald er in den Staaten war. Kannten Sie Michael Kelly?«

»Er war nicht in meiner Gemeinde.«

»Das habe ich nicht gefragt.«

Der alte Priester warf einen wütenden Blick auf die Kommissarin und beugte sich leicht vor zu ihr. Dann lächelte er.

»Ich kannte ihn nur flüchtig. Beth hat ihn mir einmal

kurz vorgestellt, meine ich mich zu erinnern. Es war ein netter Kerl.«

»Hatten Sie eine Beziehung zu ihm?«

Grace hätte das Geplänkel noch länger ausdehnen können, doch sie hatte keine Lust dazu. Jetzt ging sie in die Offensive und wartete ab, was passieren würde.

Aber Dunne schwieg und starrte an ihr vorbei.

»Father Dunne, ich habe Sie etwas gefragt und ich erwarte eine Antwort. Hatten Sie zu Kelly eine wie auch immer geartete Beziehung – kameradschaftlich, seelsorgerisch oder sexuell?«

Er schwieg weiter hartnäckig und drehte sein Gesicht zur Wand.

»Ich nehme zur Kenntnis, dass Sie diese Frage nicht beantworten wollen.«

Da schnellte sein magerer Körper herum. Sein fahles Gesicht hatte sich dunkelrot verfärbt. »Weil sie eine Dreistigkeit darstellt. Verlassen Sie auf der Stelle diesen Raum!« Seine Stimme klang nun schrill. Er griff zu dem Handy auf seinem Nachttisch und tippte eine Nummer. »Holen Sie diese Frau von Garda sofort hier ab«, sagte er mit matter, doch gleichzeitig herrischer Stimme. »Beeilen Sie sich!«

Grace stand langsam auf und trat näher an sein Bett. Er wich ihrem Blick aus und drehte seinen Körper und den kahlen Schädel wieder zur Wand. Jetzt ähnelte er einer gespenstischen Mumie, die im Grab vergessen worden war. Für ihn war das Verhör beendet. Doch nicht für Grace. Sie ging neben dem Bett in die Hocke und zischte leise: »Und was ist mit dem Jungen, den Sie verleugnet und verleumdet haben? Den Sie öffentlich durch den Dreck gezogen haben, bis er sich aus Verzweiflung umgebracht hat?«

Grace wusste, dass sie sich auf dünnem Eis bewegte. Doch die selbstgerechte Bosheit dieses alten Mannes ließ sie fast die Kontrolle verlieren.

»Hören Sie auf!«, schrie er und hielt sich wie ein kleines Kind, das man einer Missetat überführt hatte, die Ohren zu. »Hören Sie sofort auf, sonst … sonst …!«

»Ich will Sie nicht anklagen, diese Verbrechen machen Sie besser mit Gott ab. Aber ich bin hier, weil ein Mörder nicht weit von diesem Kloster entfernt zwei Menschen umgebracht hat. Und Sie sind auf irgendeine Weise in diese Verbrechen verwickelt. Ich will mit Ihnen reden, um Sie zu schützen! Er mordet in Kirchen. Und es ist nur eine Frage der Zeit, bis er in diesem Kloster auftauchen und zum dritten Mal zuschlagen wird.«

In dem Moment wurde die Tür aufgerissen und Bruder Malachy stand mit verschränkten Armen und ohne eine Gefühlsregung zu zeigen in der offenen Tür.

Grace erhob sich und drehte sich zu ihm um, ohne dem alten Priester noch einen Blick zuzuwerfen. Dass er am ganzen Leib zitterte, hatte sie jedoch wahrgenommen. Sie hatte ihm einen gehörigen Schrecken eingejagt.

Bruder Malachy geleitete die Kommissarin hinaus. Keiner von ihnen sprach ein Wort, bis sie das äußere Tor des Klosters erreicht hatten.

»Seit wann kann er nicht mehr laufen?«, fragte Grace schließlich.

Der Mönch lächelte schief. »Hat er das behauptet?«

Grace nickte verwundert.

»Father Dunne lügt, sobald er den Mund aufmacht. Das meinte ich mit der alten Schule, Superintendent. Es waren Priester wie er, die unsere heilige Kirche in Misskredit gebracht haben und in den letzten Jahrzehnten so viel kaputtgemacht haben. Und er hat nichts dazugelernt.«

Grace schaute ihn aufmerksam an. Sein reserviertes und ablehnendes Verhalten hatte vorhin gar nicht ihr gegolten, wie ihr jetzt klar wurde, sondern zeigte nur seine Verachtung gegenüber Father Dunne.

»Nein, Father Dunne ist so flott wie eine Heuschrecke. Ich denke, das ist ein treffender Vergleich. Die letzten beiden Wochenenden hat er übrigens nicht hier im Kloster verbracht.«

Grace zog ihre Karte heraus und reichte sie ihm. Er schaute kurz darauf und ließ sie dann in einer Falte seiner Kutte verschwinden. Grace suchte nach dem kleinen Sticker von vorhin, den sie nicht genau hatte sehen können. Aber er steckte nicht mehr an seinem Gürtel.

»Kommen Sie gut zurück nach Galway.«

Am Ende schenkte der wortkarge Mönch ihr sogar ein Lächeln. Er schloss das Tor, und sie hörte, wie er den Schlüssel herumdrehte.

28

Grace erreichte kurz vor elf Uhr abends wieder die Stadtgrenze von Galway. Den ganzen Weg hatte sie über den alten Priester nachgedacht und was er wohl verschwieg. Denn dass er etwas zu verbergen hatte, war für sie offensichtlich.

Rory hatte ihr eine kurze Mitteilung geschickt, dass er Michael Kelly auf dem Friedhof gefunden und dort vernommen habe und dass der Mann morgen früh in die Zentrale kommen werde. Dort würde sie Kelly noch einmal befragen können.

Ob Rory die Fantasie durchgegangen war, fragte sie sich, oder was sollte das mit dem Friedhof?

Sie musste auf jeden Fall Rorys Ermittlungsergebnisse bei Higgins und Kelly mit ihren im Kloster abgleichen. Und notfalls noch einmal Hilary befragen. Die Geschichte mit dem jungen Mann, der vor über zwanzig Jahren Selbstmord begangen hatte, ging ihr nicht aus dem Kopf. Ob im Medienarchiv der Zentrale noch etwas darüber zu finden war? Oder in Liam O'Flahertys Privatarchiv?

Und was war mit Peter? Hatte er etwas in Belfast herausbekommen? Er würde wohl erst frühestens morgen Abend wieder zurück sein.

Ob er jetzt mit seiner Exfrau zusammensaß und sie in alten Zeiten schwelgten? Die Ehe war, laut Peters Aussage, nicht wirklich furchtbar gewesen, sondern ohne große Wellengänge wie ein Priel in viele Rinnsale auseinandergelaufen. Sie waren einfach auseinandergedriftet.

Überrascht stellte Grace fest, dass es sie wenig interessierte, ob die beiden sich heute Abend gut verstanden oder nicht. Vielleicht weil sie keinen Grund hatte, an Peters Empfindungen für sie zu zweifeln? Sie fühlte sich wohl in seiner Nähe. Sie sah ihn gern an und ging gern mit ihm ins Bett. Und sie konnten beide über ähnliche Dinge lachen. Das war mehr, als sie in ihren Beziehungen der letzten paar Jahre erlebt hatte. Trotzdem fehlte ihr etwas.

Es piepste neben ihr vom Beifahrersitz. Eine SMS war auf ihrem Handy eingegangen. Wer das wohl um diese Uhrzeit sein konnte?

Sie fuhr an den Straßenrand und hielt an, um den Inhalt der Nachricht zu lesen: »Jemand im Haus. Hilfe! Mary.«

Mary O'Shea? Es konnte keine andere Mary sein.

Grace war nicht mehr weit von ihrem Haus entfernt, wo sie vor wenigen Tagen Frida Pearse begegnet war. Die Kommissarin wendete rasch den Wagen und fuhr drei Straßen zurück, um in die Palmyra Avenue einzubiegen.

Sie hielt ein paar Häuser vor Marys graubraunem Erkerhaus und schloss behutsam die Autotür. Dann huschte sie dicht an der Rhododendronhecke entlang zum Eingang.

Noch im Auto hatte sie ihre Waffe überprüft, die sie jetzt in der rechten Hand hielt. Es war keine Zeit mehr geblieben, die Kollegen zu benachrichtigen. Grace musste schnell handeln, wenn Mary sich wirklich in Gefahr befand.

Die Haustür war verschlossen und sie drückte sich schnell seitlich an die Wand, um keine Aufmerksamkeit zu erregen, und bewegte sich vorsichtig nach hinten. Vom Garten aus, das hatte sie noch in Erinnerung, würde man wie bei den meisten irischen Häusern zunächst in die Küche gelangen.

Grace überprüfte, ohne ein Geräusch zu machen, die Türklinke. Die Hintertür war unverschlossen und die Küche lag im Dunkeln. Lautlos schlüpfte Grace ins Haus und hielt einen Moment lang inne, um auf mögliche Geräusche zu lauschen. Nichts. Es war dumm von ihr, dass sie nicht an die Taschenlampe gedacht hatte, die sie sonst immer mitschleppte. Ausgerechnet, wenn man sie wirklich brauchen konnte, lag sie im Kofferraum. Grace versuchte, sich an die Anordnung der Zimmer zu erinnern.

Sollte sie Mary rufen? Das würde sie beide unter Umständen in Gefahr bringen, falls sich tatsächlich ein Eindringling hier aufhielt und die allein lebende Frau in seine Gewalt gebracht hatte.

Grace hatte sich bis zum Treppenaufgang vorgetastet. Vom Absatz des ersten Stocks erreichte sie ein schwaches Licht, das von weiter hinten im Korridor stammte. Aus welchem der Zimmer kam es? Links befand sich Marys Schlafzimmer und dann folgte der Handarbeitsraum, oder? Hatte es ein Gästeschlafzimmer gegeben? Grace wusste es nicht mehr genau. Aber an das verschlossene Zimmer erinnerte sie sich noch gut, dessen Existenz die Tante zunächst hatte leugnen wollen.

Grace hatte nun die vorletzte Stufe der Treppe erreicht und konnte den Flur des ersten Stocks überblicken. Er war leer und alle Türen waren geschlossen. Kein Geräusch war zu hören und Grace versuchte ganz flach zu atmen. Sie würde ein Zimmer nach dem anderen durchsuchen, ehe sie nach Mary rief, vielleicht konnte sie so den Einbrecher überrumpeln. Die Pistole in der Hand gab ihr Sicherheit.

Vorsichtig bewegte sie sich auf das Zimmer zu, das rechts von der Treppe lag. Wie in Zeitlupe drückte Grace die Klinke herunter und schob die Tür langsam auf. Der Raum lag im Dunkeln, und sie schreckte einen Moment zurück, als die Kleiderpuppe sie mit leeren Augen anstarrte. Grace trat einen Schritt ins Zimmer, was ein lautes Knarzen auf der Diele verursachte. Hinter ihr fiel die Zimmertür zu. Grace zögerte einen Moment, tastete nach dem Lichtschalter und knipste das Licht an. Im selben Augenblick hörte sie von unten das Schlagen der Haustür. Jemand hatte sich offenbar in einem der unteren Räume aufgehalten.

Sie rannte in den Flur zurück und schrie: »Garda Galway! Stehen bleiben!«

Gleichzeitig wusste sie, dass sie, wen auch immer sie gerade vertrieben hatte, nicht mehr einholen würde.

Der Eindringling war in den Schutz der Nacht getaucht. Jetzt musste sie Mary finden.

»Mary! Ich bin es, O'Malley! Wo sind Sie?«

Grace hielt den Atem an, doch es war kein Laut zu hören. Sie steuerte den verschlossenen Raum an, der am Ende des Flurs lag.

Rory hätte nur ein, zwei Tritte gebraucht und die Tür wäre aus dem Rahmen gesprungen, doch bei ihr dauerte es etwas länger. Beim fünften Anlauf splitterte das alte Holz und das Schloss gab nach. Das Zimmer lag ebenfalls im Dunkeln.

»Mary?«

Sie knipste das Licht an.

Es war ein nüchterner Büroraum mit einem billigen Schreibtisch in der Mitte und einem einzigen Regal an der Wand. Darin standen Hunderte farbige dünne Aktenordner. Auf dem Schreibtisch und über den Boden verstreut lagen weitere aufgeschlagene oder geschlossene Hefter. Jemand hatte hier etwas gesucht, das schien offensichtlich zu sein.

Wo war Mary? Im Kopf der Kommissarin überschlugen sich die Gedanken.

War sie vielleicht in ihrem Bett geblieben, nachdem sie festgestellt hatte, dass sich jemand im Haus aufhielt?

Vorsichtig öffnete sie die Tür zu Marys Schlafzimmer, die langgezogen und wimmernd quietschte. Grace tastete nach dem Lichtschalter, und als sie das Zimmer in ein kaltes, bläuliches Licht tauchte, sah sie sie sofort. Mary O'Shea lag friedlich in ihrem Bett und schien zu schlafen.

Grace starrte sie ungläubig an und trat auf ihr Bett zu, das nach allen Regeln der irischen Bettenbaukunst versorgt worden war. Ein blütenweißes Laken war über die oberste von zwei Matratzen gespannt. Das zweite Laken darüber, das immer unter einer Decke lag, war fest zwischen die beiden Matratzen geklemmt und ließ keinerlei Bewegungsfreiheit zu. Der Körper der Schlafenden war in eine Art Briefumschlag aus Leinen gesteckt worden, aus dem es kein Entrinnen gab. So konnte niemand aus dem Bett fallen und alles blieb ordentlich an seinem Platz.

Grace beugte sich über Mary und überprüfte ihre Atmung und den Puls. Aber Mary war tot. Ganz ruhig und unspektakulär. Die Kommissarin war erschüttert und machte sich heftige Vorwürfe. Sie war zu spät gekommen. Doch sie wusste, dass sie sich jetzt auf den Tatort konzentrieren musste. Das hatte unbedingte Priorität. Sie war ein paar Schritte zurückgetreten und ihre Augen suchten die unmittelbare Umgebung des Opfers ab. Das konnte doch nicht wahr sein! Nirgends war ein Hinweis zu erkennen, wie Mary O'Shea gestorben war.

Kurz darauf verließ sie den Tatort und steuerte mit dem Smartphone in der Hand wieder auf den Büroraum zu.

»Ja, ich brauche das ganze Team, Spurensicherung, Gerichtsmedizin, auch für draußen, Lampen, alles. Ich weiß, wie spät es ist. Es ist fast Mitternacht.«

Sie gab die Adresse durch, als ihr Blick auf einen großen Bilderrahmen fiel, der an der Wand hing und dem sie bisher den Rücken zugekehrt hatte. Sie stutzte und trat langsam näher. In dem Rahmen waren Fotografien von acht Männern eingeklebt, die alle ins Leere starrten. Einige waren zwischen vierzig und fünfzig, zwei sahen jünger aus, drei eindeutig über sechzig. Und alle trugen die gleiche Kleidung. Es war die schwarze Soutane des katholischen Pfarrers.

Grace erkannte Father Duffy und Father Dunne.

29

Grace saß völlig übernächtigt um halb fünf Uhr morgens in Rorys Küche und ließ sich Tee einflößen und Sandwiches servieren, die ihr Kollege für sie beide belegt hatte.

»Du hattest also recht, sie war die ganze Zeit in Gefahr«, sagte Rory, während er das Brot in gleichmäßige Dreiecke schnitt.

Grace nickte erschöpft und nahm einen Schluck Tee aus ihrer Tasse.

»Offenbar hat sie irgendwas geahnt und wollte für den zweiten Advent in St. Bridget kein Risiko eingehen. Darum hat sie sich eine Vertreterin gesucht und in Marilyn Madden auch eine gefunden. Sie hat also in Kauf genommen, dass jemand anders in Todesgefahr geriet, statt uns zu benachrichtigen.«

Wieder nickte die Kommissarin müde.

Rory biss in ein Tomatenbrot mit Cheddar und setzte sich Grace gegenüber an den großen Küchentisch. Er kaute genießerisch.

»Schmeckt ziemlich gut, finde ich – für einen improvisierten Imbiss um fünf Uhr morgens.« Rory sah Grace nachdenklich an. »Wahrscheinlich hat Mary deshalb auch nicht so genau nach Marilyn gesucht, als deren Tochter anrief. Meinst du nicht, Grace?«

Die Kommissarin nickte zustimmend. Das Sandwich auf dem Teller vor ihr ließ sie liegen.

»Vielleicht dachte sie, Marilyn sei zu dem Zeitpunkt schon tot, und wollte die Leiche nicht alleine finden.«

Grace seufzte. »Das ist mir für die frühe Stunde zu viel

Spekulation. Lass uns die Ereignisse von gestern Abend noch einmal zusammen rekonstruieren. Einverstanden?«

Rory nickte. »Du bekamst die SMS gegen elf Uhr nachts?«

»Korrekt. Ich war schon fast zu Hause. Ich war nicht weit entfernt und fuhr sofort hin.«

»Warum hast du uns nicht informiert? Das war eine gefährliche Situation, sag ich doch?«

Grace blickte ihn verständnislos an. »Ich hab kurz daran gedacht, aber ich hatte das Gefühl, dass es knapp werden würde. Und am Ende war ich trotzdem zu spät.«

Sie klang, als fühlte sie sich für den Tod der Zeugin mitverantwortlich.

»Die Haustür war verschlossen?«

Grace nickte. »Deshalb bin ich nach hinten. Da war die Tür offen. Jemand hatte sie nur zugezogen.«

»Der Mörder musste also schon länger im Haus gewesen sein.«

»Nachdem Mary ihn entdeckt und die SMS losgeschickt hatte, vergingen knapp zehn Minuten, bis ich dort war.«

»In dieser Zeit wurde sie ermordet. Der Mörder muss bei deiner Ankunft noch unten gewesen sein und dich gehört haben.«

Grace nahm noch einen Schluck Tee. »Mary lag im Bett und hörte ein Geräusch.«

Rory goss sich nun auch etwas Tee nach. »Sie hatte ihr Handy in Reichweite auf dem Nachttisch und schrieb dir eine SMS. Deine Nummer haben wir auf ihrem Handy gespeichert gefunden. Wo kam das Geräusch wohl her? Von unten oder vom gleichen Stockwerk?«

Grace fuhr sich mit der Hand über das Gesicht. »Das hängt davon ab, was der Eindringling dort wollte.«

Rory schaute sie einen Moment lang perplex an. »Du meinst, er kam gar nicht, um sie umzubringen?«

»Das könnte sein, aber es ist nicht zwingend.«

Rory kratzte sich unschlüssig am Hinterkopf.

»Wir müssen unbedingt dieses Bürozimmer gründlich untersuchen, Rory. Als ich das erste Mal dort war, am letzten Montag, war es als einziges verschlossen. Mary lebte allein. Warum sollte sie eins ihrer Zimmer abschließen?«

»Vielleicht war etwas Wertvolles drin?«

Grace nickte vorsichtig. »Das wäre möglich. Ihre Tante Frida, der ich dort begegnet bin, wusste entweder wirklich nicht, was in diesem Zimmer war, oder sie spielte es gekonnt herunter, um davon abzulenken. Wir müssen dringend mit der alten Dame reden.«

Rory stellte neues Wasser auf. »Es ist erst fünf, du musst dich noch eine Weile gedulden.«

Sie warf ihm einen leicht genervten Blick zu. »Mal angenommen, der Eindringling war hinter etwas her, was sich in diesem Zimmer befand oder immer noch befindet – dann hätte er entweder das Schloss knacken müssen, wissen, wo der Schlüssel war, oder Mary zwingen müssen, es aufzuschließen.«

»Nach ihrer SMS spielte sie vielleicht auf Zeit.« Rory hatte ihr gegenüber Platz genommen.

»Aber sie konnte ja nicht ahnen, dass ich fast um die Ecke war.«

»Stimmt. Vielleicht ist sie auch erst mal vorsichtig nachschauen gegangen, was da unten los ist. Sie sieht den Eindringling, erkennt ihn oder merkt, was er vorhat, und wird ermordet.«

»Im Bett?«

Jetzt merkte Grace, dass sie doch Hunger hatte, und griff nach dem Sandwich.

»Möglichkeit zwei: Er überwältigt sie im Schlafzimmer, zwingt sie, das Zimmer aufzuschließen, und nachdem er gefunden hat, was er sucht, ermordet er sie im Bett. Wahrscheinlich mit einem Kissen. Dann hört er von unten ein Geräusch. Du bist vorn an der Tür, und während du nach hinten gehst, schließt er das Büro schnell wieder ab, schleicht die Treppe hinunter und wartet auf die Gelegenheit, das Haus zu verlassen, ohne gesehen zu werden. Das gelingt ihm, als du rasch nach oben gehst und die Räume inspizierst.«

Grace schaute ihn etwas genervt an. Sie war komplett übermüdet. »Willst du damit andeuten, dass es besser gewesen wäre, wenn ich zuerst die Zimmer unten durchsucht hätte?«

Rory legte beschwichtigend seine große Hand auf ihren Arm.

»Nein, ganz im Gegenteil. Denn dann hätten wir jetzt wahrscheinlich zwei Leichen und immer noch keinen Mörder. Darüber will ich gar nicht nachdenken.«

Grace biss nun in ihr Sandwich und kaute langsam.

»Wie kam der Mörder ins Haus? Womöglich hat sie ihn selbst hereingelassen?«

»Wenn Mary eine Vermutung hatte, was hier vorging, dann wird sie den Mörder sicher nicht freiwillig hereingelassen haben. Und sie hatte die Tür mit Sicherheit abgeschlossen.«

Rory schaute sie unsicher an, als erwartete er ihre Zustimmung. »Es sei denn, sie hatte einen falschen Verdacht, was den Kirchenmörder betraf. Das könnte natürlich sein.«

Grace grübelte. »Sie muss etwas gewusst haben, Rory. Sonst ergeben ihre ganzen Bemühungen, Father Duffy bei beiden Morden vor Ort zu kriegen, keinen Sinn. Sie muss dem Mörder vorher geholfen haben. Das liegt doch auf der Hand.«

»Und irgendwann hat sie Angst bekommen und gemerkt, dass sie selbst auf der Liste steht.« Rory lehnte sich zurück und schaukelte auf dem Küchenstuhl.

»Und wir haben jetzt keine Hauptverdächtige mehr, was sehr bedauerlich ist.«

Plötzlich öffnete sich die Küchentür und eine verschlafene Kitty Coyne erschien, in einen flauschigen pinken Morgenmantel gehüllt. Ihr dunkelrotes Haar war mit einem Gummiband zusammengebunden und hochgesteckt. Sie rieb sich die Augen.

»Was macht ihr denn hier?«

Rory berichtete kurz von dem Mord an Mary O'Shea und dass sie ihre Ermittlung zunächst wegen der besseren Verpflegung zu ihm nach Hause verlegt hätten.

»Hast du nicht erzählt, dass Mary O'Shea eine eurer Hauptverdächtigen sei?«

Grace wusste zwar, dass Kitty nicht plauderte, warf Rory aber trotzdem einen tadelnden Blick zu. Der Kommissar errötete schuldbewusst.

»Magst du einen Tee, Kitty?«, säuselte er.

Rory war aufgestanden und suchte nach einer Tasse im Schrank. Als er einen Becher gefunden hatte, füllte er ihn voll und stellte ihn vor seine Frau. Kitty dankte lächelnd.

»Ich will euch nicht stören«, sagte sie matt und dann verschwand sie mit den Worten »Gute Nacht, oder besser – guten Morgen!« wieder aus der Küche.

Grace schaute ihren Kollegen müde an und trank den letzten Schluck Tee.

»Sheridan und Kevin sollen heute morgen dieses Zimmer komplett umdrehen und jeden Ordner, jedes Stück Papier durchgehen. Ich will wissen, was sie in diesen Aktenmappen gesammelt hat. Denn danach sah es für mich aus. Sie hat Informationen gehortet. Und diese Fotos von den Priestern an der Wand … Das war gruselig.«

Grace war nun aufgestanden und schaute auf ihre Armbanduhr.

»Es ist bald sechs. Ich geh schnell nach Hause und mach

mich frisch. Spätestens um acht bin ich wieder in der Zentrale, Rory.«

Sie zog ihre Jacke an und hielt plötzlich inne. »Hat bei diesem Fall hier eigentlich jeder sein eigenes Privatarchiv, oder was?«

Verwundert schaute Rory sie an. »Wie meinst du das?«

»Als ich O'Flaherty in Roundstone verhört habe, faselte sein Freund Higgins etwas von Liams anbetungswürdigem privatem Zeitungsarchiv. Dann hören wir etwas von rätselhaften Kirchenmorden im Belfast der achtziger Jahre, und über ein Archiv erfahren wir mehr darüber. Und schließlich das hier ... Übrigens stöbert Peter in Belfast auch gerade in der Vergangenheit herum, um Father Duffys Geschichte in den Neunzigern zu beleuchten. Begreifst du? Alles längst vergangene Sachen. Aber offenbar doch nicht ganz. Oder sie kehren zurück, wie Wiedergänger.«

Rory war nun auch aufgestanden und zu seiner Chefin getreten. Er nickte nachdenklich.

»Du hast recht. Und Michael Kelly, den wir heute noch einmal befragen werden, wanderte vor gut zwanzig Jahren aus. Es gab damals irgendeine ›komische Geschichte‹ um ihn, vor seiner Emigration. Aber jetzt ist er plötzlich wieder da und wir haben die erste Leiche – mit der er interessanterweise einst verlobt war.«

Grace war nun wieder hellwach. Sie hatte ihren toten Punkt überwunden. »Auch die Skandale um den pensionierten Priester, den ich gestern in Knock vernehmen wollte, rühren aus der Vergangenheit. Dieser Father Dunne hat sich strikt geweigert, mir irgendetwas zu erzählen. Ein boshaftes Exemplar Mensch. Und in seiner aktiven Phase sicher hochgefährlich.«

Rory überlegte einen Moment. »Den hat Higgins auch erwähnt. Beth Kerrigan hat damals, ebenfalls vor ungefähr zwanzig Jahren, für Dunne als Haushaltshilfe gearbeitet.«

Grace, die schon fast in der Tür stand, blieb wie angewurzelt stehen. Sie drehte sich um. »Was sagst du da?«

Rory wiederholte es und die Kommissarin lächelte vielsagend.

»Das hat er mir verschwiegen. Er sagte nur, dass Beth Ehrenamtliche in der Kirche in Moycullen war. Das verändert einiges. Den knöpfe ich mir noch einmal vor.«

30

Zwei Stunden später schenkte Grace diesmal Rory aus der Thermoskanne frischen Tee ein, den sie von zu Hause mitgebracht hatte.

Nach dem ersten Schluck verzog er das Gesicht. »Was ist das? Nicht unser Ziegelsteingebräu!«

Grace lachte. »Das ist grüner Tee. Ich dachte, ich probiere ihn mal, soll gesünder sein.«

Rory kommentierte die Teeauswahl nicht weiter. Stattdessen blinzelte er sie von seinem Sessel aus an.

»Es wird immer verworrener, ist dir das schon aufgefallen?«, sagte der Kommissar. »Erst hatten wir einen vermeintlichen Serienmörder und zwei scheinbar wahllose Zufallsopfer. Da war alles noch relativ übersichtlich.«

»Trotzdem kamen wir nicht wirklich weiter«, erinnerte ihn Grace.

Rory wiegte seinen Kopf langsam hin und her. »Das stimmt. Aber im Moment zähle ich …« Er brach ab und ging in Gedanken die Mordfälle durch. »Fast eine Handvoll verschiedener Fährten.«

»Und welche wären das deiner Meinung nach?«

Die Tür flog auf und Robin Byrne betrat Graces Büro, gefolgt von Kevin Day. Byrne blieb kurz vor ihrem Schreibtisch stehen und schien zu überlegen, was er sagen wollte. Stattdessen ergriff Kevin Day das Wort.

»Na, ich wette, ihr wünscht euch spätestens jetzt euren altmodischen Serienmörder zurück! Der Mord an Mary O'Shea hat ja wohl einen anderen Hintergrund.«

Grace warf ihm einen kühlen Blick zu. »Nicht wirklich,

Kevin. Und du weißt genau, dass ich von Anfang an meine Zweifel hatte, ob es sich tatsächlich um diesen Klassiker handelt.«

Bevor Kevin etwas entgegnen konnte, fiel ihm Rory ins Wort.

»Du hattest dich doch selbst komplett auf den Serienmörder eingeschossen, vergiss das nicht!«

»Es reicht, Kollegen.« Robin Byrne hatte das mit seiner ruhigen, emotionslosen Stimme gesagt und alle schwiegen. Byrne wandte sich an Grace. »Wie weit seid ihr mit der neuen Leiche?«

»Sie liegt bei Aisling, die hat noch am Tatort festgestellt, dass der Tod durch Ersticken eintrat. Die Spusi ist vor Ort, die schuften auf Hochtouren. Kann ich Kevin um etwas bitten?«

Sie hatte ihren Blick auf den ungeliebten Kollegen gerichtet, der überrascht aufsah. Rorys Gesicht war vor Wut leicht gerötet.

»Was kann ich für meine reizende Chefin tun?«

Byrne schaute sich nach einem Sitzplatz um und Rory schob ihm seinen Sessel zu. Dankbar nickte Byrne und steckte sich, bevor er sich auf den Sessel gleiten ließ, noch einen Bonbon in den Mund. »Kevin würde fast alles für dich tun. Wir sind gespannt.«

Grace erläuterte die Umstände des Mordes an Mary O'Shea, wobei sie die SMS und das verschlossene Büro besonders hervorhob. Sie reichte Kevin und Robin ein paar Fotos des Zimmers mit den am Boden verstreuten Aktenmappen.

»Wir konnten bisher nur herausfinden, dass es sich teilweise um Auszüge aus kirchlichen Unterlagen handelt. Taufregister, Sterbeurkunden, so etwas. Aber auch Gehaltsabrechnungen von Kirchenpersonal zum Beispiel. Rechnungen und Quittungen für handwerkliche Dienstleistungen sind auch darunter. Man könnte es eine bunte, klerikale Haushaltsmischung nennen.«

Kevin runzelte die Stirn, während er sich über die Fotografien beugte. »Sind es alles Kopien?«

Grace schaute ihn freundlich an. »Ja, größtenteils. Wir haben Fotokopien gefunden, aber bei früheren Dokumenten, etwa bis Mitte der achtziger Jahre, handelt es sich auch um altmodische handgeschriebene Abschriften. Manches liegt über dreißig Jahre zurück.«

»Als Mary selbst noch ein Kind war«, warf Rory ein.

»Und was noch?« Kevin klang sehr interessiert.

Grace lehnte sich zurück und griff nach ihrer Teetasse. »Wie gesagt, wir haben uns zunächst primär um die Leiche und um Tatspuren gekümmert. Ich vermute aber, dass sich der Mörder besonders für den Inhalt dieses Bürozimmers interessiert hat. Er drang dort ein und wurde von Mary entweder überrascht oder er zwang sie, ihn dort hineinzuführen. Sobald er gefunden hatte, was er suchte, hat er sie ermordet.«

»Und sie hat sich freiwillig wieder ins Bett gelegt ...« Kevin klang sarkastisch.

»Ja, ich weiß, das ist noch nicht ganz schlüssig. Wir müssen das Ergebnis der Obduktion abwarten.«

»Es könnte auch sein, dass er noch gar nicht gefunden hat, was er suchte. Vielleicht befindet es sich ja noch irgendwo in diesem Büro«, ergänzte Rory.

»Dann sollten wir es schnell finden.« Kevin wedelte mit den Fotos. »Ihr seid also der Meinung, dass der Inhalt dieser Akten für die Tat relevant ist?«

Grace nickte. »Ich wäre dir daher sehr dankbar, wenn du alles genau sichten und mir auffällige Dinge vorlegen würdest. Ich erinnere mich, dass du im Fall des Wettbüromords im vergangenen Sommer exzellente Arbeit am Computer des Opfers geleistet hast. Das hat uns damals sehr weitergeholfen.«

Grace wusste, wie eitel Kevin war und dass sie auf dieser Klaviatur spielen musste. Tatsächlich zeigte sich ein Lächeln um seinen bärtigen Mund.

»Hier handelt es sich aber im Gegensatz dazu fast um prähistorische Archäologie. Wir reden von Handschriftlichem, unprofessioneller Verwendung von Kürzeln, schlecht lesbaren Matrizen und hektografiertem Material, das geschmiert hat. Das ist eine echte Herausforderung. Sergeant Sheridan soll dir zuarbeiten, damit du möglichst schnell zu Ergebnissen kommst. Kann ich auf dich zählen?«

Kevins Augen glänzten. Rory hielt den Atem an und Robin Byrne starrte auf Graces Schreibtischplatte. Kevin musste keine Sekunde überlegen. Er nickte begeistert.

31

Wenig später standen Grace, Rory und Sheridan in Graces Büro und beugten sich über eine Skizze auf ihrem Schreibtisch. Sie zeigte den Innenraum der Kirche in der Claddagh.

»Zwei sollten draußen den Eingang im Blick haben. Und in diesem Nebenraum hier halten sich ebenfalls zwei Kollegen versteckt.« Grace legte ihren Finger dorthin, wo die Verbindungstür eingezeichnet war.

»Und wo wirst du sein?«, fragte Rory seine Chefin besorgt.

»Überall. Wie bei einer ganz normalen Vorbereitung für eine Messe. Darum geht es doch, oder?«

»Und ich?«, fragte Rory. Er schaute Grace halb treuherzig, halb vorwurfsvoll an, als hätte sie bisher vergessen, ihn in ihre Mannschaft zu holen.

Grace strich sich eine Strähne aus der Stirn. »Also, ich dachte, es wäre am besten, wenn du nicht bei den anderen wärst, sondern dich direkt im Innenraum versteckt hieltest, falls etwas schiefläuft.«

»Exzellente Idee!« Rory strahlte.

Nun wandte sich Grace an Siobhan. »Was ich hier für die Messe in der Claddagh plane, gilt eins zu eins für Ihren Einsatz in St. Joseph's am Eyre Square, der zum gleichen Zeitpunkt stattfinden wird. Der Lageplan unterscheidet sich natürlich ein wenig. Ich zeige es Ihnen gleich.«

Sheridan nickte. Aber sie sah nicht sehr glücklich aus. »Was, Ma'am, könnte Ihrer Meinung nach denn schiefgehen?«

Grace hatte es aufgegeben, ihr das »Ma'am« abzugewöhnen. Sie streckte den Rücken und schaute ihr direkt in die Augen.

»Nun, unser Mörder könnte beispielsweise die Tür zum Innenraum der Kirche blockieren und somit die Unterstützung durch die Kollegen im Nebenraum verhindern. Falls er frühzeitig etwas entdeckt und Verdacht schöpft. Dann hätten wir aber immer noch einen erfahrenen Kollegen in der Nähe.«

»Wenn das bei Ihnen Kommissar Coyne ist, wer ist das dann bei mir?«

»Gute Frage. Ich werde das später mit dem Chef klären.«

»Könnte das nicht bei mir Kommissar Coyne übernehmen und bei Ihnen jemand anders?«

Grace überlegte. »Vielleicht … nun ja, Rory, was meinst du?«

Rory kratzte sich am Kopf.

»Es hätte etwas für sich, wenn man den anderen besser kennt. Das ist immer von Vorteil bei so einer nicht ganz ungefährlichen Situation.«

Grace verschränkte die Arme. »Wir werden darauf zurückkommen.«

Sie beugte sich wieder zur Skizze der Kirche. »Außerdem sind wir beide natürlich bewaffnet und verkabelt, sodass wir Kontakt nach außen haben.«

Grace warf einen Blick auf ihre Armbanduhr. »Aber jetzt erwarte ich jemanden, den ihr auch kennenlernen müsst. Habt ihr noch Fragen?«

Rory drehte sich zu seiner Chefin. »Wer ist alles eingeweiht? Ich meine, von kirchlicher Seite? Ich gehe davon aus, dass Father Duffy nicht Bescheid weiß.«

Die Kommissarin nickte.

In diesem Moment klopfte es und durch die Tür trat ein extrem gutaussehender Mann in einer Soutane, über die er einen dunklen Regenmantel gezogen hatte. Graces Blick fiel auf einen winzigen Anstecker am Mantelkragen, der eine kleine Flamme zeigte.

Sergeant Sheridan fuhr sich unwillkürlich durch ihr halblanges braunes Haar, um es in Form zu bringen.

»Kommen Sie herein, Father McLeish. Wo ist denn der Monsignore?«

Grace hatte eigentlich seinen Chef eingeladen, um die zusätzliche Garda-Bewachung und die eingesetzten Ehrenamtlerinnen mit ihm durchzugehen.

»Monsignore Darnell lässt sich entschuldigen und bedauert es sehr, nicht selbst kommen zu können. Er erhielt unerwarteten Besuch aus dem Vatikan, dem er sich heute den ganzen Tag widmen muss. Er hofft auf Ihr Verständnis.«

Grace nickte und bezweifelte gleichzeitig, dass der Vatikan seine Reisepläne derart spontan festlegte, dass ein hochrangiger Kirchenvertreter ungeplant zur Stippvisite am westlichen Ende Europas hereinschneite. Doch sie erwiderte nichts.

»Entscheidend für uns ist, dass wir vorab Zutritt zu den beiden genannten Kirchen bekommen. Und dass wir sicher sein können, dass niemand über unsere Anwesenheit Bescheid weiß, vor allem die beiden Priester nicht, und dass die beiden eingeplanten Helferinnen, die meine Kollegin Sergeant Sheridan und ich ersetzen werden, auch nicht wissen, warum sie nicht eingesetzt wurden.«

McLeish beugte demütig den Kopf.

Rory erhob die Stimme. »Und das gilt selbstverständlich auch für alle an der Messe Beteiligten, wie Messdiener, Organisten und so weiter. Niemand darf in unsere Aktivitäten eingeweiht sein. Sonst war unser ganzer Aufwand umsonst.«

Der junge Priester lächelte verständnisvoll. »Schließlich wollen Sie dem Mörder eine Falle stellen. Ich brauche nicht zu erwähnen, wie entsetzt wir alle über die Vorfälle sind und wie sehr wir hoffen, dass es Garda bald gelingt, den Täter zu fassen.«

Er ging um den Tisch herum.

»Ich habe hier die gewünschte Liste mit den Namen aller Beteiligten mitgebracht und auch die Ersatzschlüssel für beide Kirchen.«

Er zog aus der Innentasche seines Mantels einen Umschlag, den er Grace überreichte, und dann zwei Schlüsselbunde, die er auf den Tisch legte.

Sheridan verfolgte seine Bewegungen genauestens. Der Priester schien sie zu faszinieren.

»Übrigens bedauern wir sehr den Tod Ihrer Gemeindesekretärin«, fügte Rory nach einer Weile hinzu.

Father McLeish schaute genau an ihm vorbei und fixierte die grauen Leinenvorhänge am gegenüberliegenden Fenster.

»Ja, das ist wirklich bedauerlich. Obwohl es mich, wenn ich ehrlich bin, nicht besonders verwundert hat .«

Grace hatte die Liste schon ergriffen, als sie blitzschnell aufblickte. »Wie meinen Sie das, Father?«

McLeish schien jetzt zu bemerken, dass er wohl etwas übereilt gesprochen hatte, und versuchte zurückzurudern.

»Wie ich das meine? Nun, es wird wieder mehr Ruhe bei uns einkehren. Mary war oft etwas hektisch. Verstehen Sie mich nicht falsch, wie sind alle entsetzt und voller Trauer über ihren grauenhaften Tod.«

Grace trat einen Schritt auf ihn zu. »Aber?«

»Aber ich hatte des Öfteren den Eindruck, dass Mary …« Hier suchte er die richtige Formulierung. Grace und Rory warteten gespannt.

»Sie wollte immer die Fäden in der Hand halten. Eine Art Regisseurin für ein Genre, das wir in Schottland ›Punch and Judy‹ nennen.«

Grace kannte das englische Kasperltheater, dessen Geschichten immer dem gleichen Muster folgten. Sie stutzte. Einen ähnlichen Vergleich hatte schon jemand anders in Zusammenhang mit Mary verwendet. Daran konnte sie sich genau erinnern. Nur, wer war das gewesen?

Sie kam noch einen weiteren Schritt hinter ihrem Schreibtisch hervor und verschränkte die Arme. »Können Sie uns näher erklären, was Sie damit meinen?«, bohrte sie nach.

Father McLeish warf seine dunkle Haarpracht mit einem gekonnten Schwung zurück.

»Hmm, das ist schwierig, Superintendent. Mary vermittelte irgendwie das Gefühl, dass sie stets den Überblick hatte. Über alles und jeden. Ich persönlich zog es vor, von ihr Abstand zu halten. Aber das haben nicht alle in der Diözese getan. Mary war immer sehr hilfsbereit, wenn ich das richtig sehe.«

Grace erinnerte sich an die unterschwellig feindselige Atmosphäre, die sie zwischen McLeish und Mary O'Shea im Büro der Diözese gespürt hatte.

»Und, wenn ich Sie richtig interpretiere, zog sie dann irgendwann Nutzen aus ihren Gefälligkeiten?«

Father McLeish verzog leicht den Mund mit den weichen, geschwungenen Lippen. »Das könnte ich mir zumindest vorstellen.«

»Erpressung?«

»Auf keinen Fall! So weit würde ich nicht gehen.«

»Sondern?«

Er lächelte maliziös. »Sie nutzte ihr Insider-Wissen, wie man so was in Bankerkreisen wohl eher nennt. Darf ich Ihnen jetzt die Liste erläutern?«

Er versuchte offenbar, auf sicheres Terrain zurückzukehren.

»Nur noch eins – wie eng waren Ihrer Einschätzung nach die Verbindlichkeiten zwischen Mary und Father Duffy?«

McLeish schob die Unterlippe leicht nach vorn. »Da bin ich überfragt, Superintendent. Obwohl …«

Er schien zu überlegen. Grace und Rory tauschten Blicke, Sheridan verhielt sich mucksmäuschenstill.

»Es gab vor einigen Monaten einen Vorfall, an den ich mich erinnern kann. Da kam es im Büro zu einer Auseinandersetzung zwischen den beiden. Ich wurde zufällig Zeuge, will es aber nicht überbewerten.«

»Worum ging es?«

Er lächelte. »Um die Haushaltshilfe.«

Rory trat einen Schritt auf den Priester zu. »Father Duffy macht den Haushalt doch ganz allein, hat er mir gesagt, als ich ihn verhört habe.«

»Zumindest hat er es von Anfang an abgelehnt. Doch Mary hat seinen Wunsch wohl einfach übergangen und eine Halbtagskraft für ihn eingestellt. Das war alles vor meiner Zeit. Duffy hat sich in sein Schicksal gefügt und es lief wohl nicht schlecht, bis er vor ein paar Monaten dieser Haushaltshilfe gekündigt hat, und zwar ganz plötzlich.«

Der Priester bemerkte, dass die drei Polizisten ihn aufmerksam beobachteten. Er räusperte sich.

»Deshalb kam es zwischen Mary und ihm zu einer Auseinandersetzung. Das war alles. Wie gesagt, ich würde das nicht überbewerten. Wollen wir jetzt über die Liste sprechen?«

Grace reichte sie ihm und schaute ihn abwartend an. Father McLeish deutete mit dem Zeigefinger auf die erste Spalte.

»Am Samstagabend hält Father Duffy in der Claddagh die Messe. In St. Joseph's ist es Father Malone. Die Orgel spielt in der Claddagh Liam O'Flaherty und in St. Joseph's Rosie McMahon. Ida Joyce wäre in beiden Kirchen für die Vorbereitungen zuständig gewesen. Die sind ja nicht weit voneinander entfernt. Ich habe ihr abgesagt und eine kleine

Notlüge verwendet. Ich glaube, es war ihr ganz recht, so kurz vor Weihnachten. Am Sonntag wechseln die beiden Priester die Kirchen und Rosie spielt wieder in St. Joseph's. Für die Claddagh wird noch ein Organist gesucht.«

Er faltete das Papier zusammen und reichte es Grace.

»Ich dachte, Liam O'Flaherty würde vor Weihnachten überhaupt nicht mehr eingesetzt. Das zumindest hat er mir gegenüber behauptet«, stellte Rory fest.

Der junge Priester nickte vehement. »Das sollte auch eigentlich so sein, nur haben wir ihn angefleht, am Samstag noch einmal einzuspringen, und er hat glücklicherweise zugesagt. Wir stehen in seiner Schuld.«

Rory und Grace wechselten Blicke.

Schließlich wollte sich der Priester verabschieden, doch Grace versperrte ihm den Weg.

»Warum, denken Sie, wollte Mary O'Shea alles unter Kontrolle haben? Das klingt nicht sehr sympathisch.«

McLeish lächelte etwas verschämt. »Eigentlich habe ich das überhaupt nicht so gemeint, Superintendent. Sie sollten mein Geplapper nicht auf die Goldwaage legen. Es war nur ein Eindruck, den ich von ihr hatte. Im Grunde kannte ich sie gar nicht richtig, so lange bin ich schließlich noch nicht hier.«

»Dafür mischen Sie aber schon richtig gut mit, oder?«

Grace versuchte, nicht gehässig zu klingen, sondern eher amüsiert. Irgendetwas an dem Schotten mochte sie.

Father McLeish schlug die Augen nieder. »Ich mache mich eben gern nützlich.«

»Sie haben selbst bereits einiges voll unter Kontrolle, was die Organisation der Diözese betrifft. Zumindest kommt es mir ganz so vor.«

Der Priester lächelte wieder. »Manchmal ist es gar nicht so schlecht, wenn man aus einer anderen Ecke kommt, Superintendent. Schließlich war ich einmal Protestant, wie

Sie wissen. Denen sagt man ein tüchtiges Organisationstalent nach, im Gegensatz zu den liebeswürdigen, manchmal chaotischen keltischen Katholiken dieses Landes.«

Der Priester schien unschlüssig, ob er nun endlich gehen sollte. Sein Blick fiel auf Sheridan, die ihn sofort anlächelte.

Rory musste grinsen. »Kommen wir noch mal auf Mary zurück. Beschreiben Sie uns Ihren Eindruck von ihr bitte etwas genauer. Das ist wichtig, Father, wir ermitteln schließlich in einem Mordfall.«

»In drei Mordfällen«, ergänzte Sergeant Sheridan aus der hinteren Reihe halblaut.

Der Priester strich seinen Regenmantel glatt. Nun wirkte er etwas ratlos. »Ich bin sicher, dass sie alles im Blick behalten wollte, um einen reibungslosen Ablauf unserer Kirchendienste zu gewährleisten. Ganz bestimmt nicht aus persönlicher Neugier oder Klatschsucht. Jemand sagte mal, dass das bei ihr in der Familie läge. Da ist vielleicht etwas dran. Aber jetzt muss ich wirklich los. Hochwürden wird sich fragen, wo ich bleibe. Falls Sie noch etwas brauchen, wissen Sie ja, wo Sie mich erreichen können – und seien Sie unbesorgt: Wir schweigen über die Pläne von Gardai.«

Er wandte sich zum Gehen und Grace trat zur Seite. Doch dann fiel ihr noch etwas ein und sie zupfte an seinem Regenmantel. Der Priester fuhr leicht zusammen.

»Kennen Sie Father Dunne? Oder haben Sie von ihm gehört?«

Seine nervöse Reaktion verriet ihr, dass sie ins Schwarze getroffen hatte. Der junge Mann erbleichte, und als er antwortete, war seine sonst kräftige Stimme kaum vernehmbar.

»Bedauere, nein. Der Name sagt mir leider nichts. Das muss …«

»… vor Ihrer Zeit gewesen sein«, nahm ihm Rory das Wort aus dem Mund.

32

Während Sergeant Sheridan sich auf den Weg zu Kevin Day machte, um ihn bei seiner Recherchearbeit zu unterstützen, wählte Grace die Nummer des Dental Centre. Sie wollte mit Ib Siversen sprechen. Der Zahnarzt, der es bisher versäumt hatte, sich bei ihr zu melden, war ihr durch die Ereignisse in den letzten zwei Tagen glatt durchgegangen.

Endlich hatte sie ihn an der Strippe und begrüßte ihn zunächst auf Dänisch, womit Siversen offenbar nicht gerechnet hatte.

»Wer ist denn da am Apparat?«, fragte er etwas verunsichert zurück.

»Garda Galway, Morddezernat. Ich bin Superintendent Grace O'Malley.«

»*Bare hyggelig*«, entgegnete der Zahnarzt verwundert. »*Du taler dansk?*«

Grace erklärte ihm, dass sie erstens eine dänische Mutter habe und zweitens die letzten Jahre als Polizistin in Kopenhagen gearbeitet hatte.

»Wir müssen unbedingt mal ein Gläschen zusammen kippen«, meinte er gut gelaunt.

»Absolut. Aber zuerst muss ich meine Mordfälle lösen. In dem Zusammenhang hätte ich gern eine Auskunft von Ihnen. Es geht um den Zeugen Liam O'Flaherty. War er vorigen Samstag als Notfall bei Ihnen?«

»Ja, ganz recht. Er besitzt einen wunderbaren Buchladen in der Pampa.«

»Sie meinen, in Roundstone.«

»Ich war ein paarmal dort und hab bei ihm herumgestöbert. Liam ist schon eine Marke für sich. Finde ich immer wieder. Das letzte Mal, als wir beide …«

»Ib, ich wollte Sie …«

Der Däne ließ sie kaum zu Wort kommen.

»… wir hatten Seafood Chowder. Dort unten bei O'Dowd's, wo ich mit Liam war. Ich hatte ja keine Ahnung, dass …«

»Bitte, Ib, ich muss Sie etwas fragen!«, sagte Grace mit lauter Stimme.

Auf der anderen Seite herrschte auf einmal Stille.

Grace stellte sich vor, wie Ib Siversen die hilflose Lage seiner Patienten gnadenlos ausnutzte, um sie vollzulabern, während sie mit weit geöffnetem Mund nichts von sich geben konnten und seinem Wortschwall ausgeliefert waren.

Dänen, das wusste Grace aus ihrem früheren Leben, waren die redseligsten Skandinavier, und gälisierte Dänen stellten offenbar nicht nur eine Steigerung dar, sondern liefen hier im Land der Dichter und Schwätzer zu Höchstform auf, da sie auf ein dankbares Publikum stießen. Denn jeder Ire liebt immer eine gute Story.

»Was haben Sie am Samstagnachmittag bei O'Flaherty gemacht? Weswegen haben Sie ihn behandelt?«

»Oh, ich glaube, er kam wegen eines vereiterten Backenzahns.«

»Sie *glauben?* Sie wissen es nicht?«

Wieder herrschte einen Moment lang Stille. Schließlich ertönte die joviale Stimme des Zahnarztes.

»Natürlich weiß ich es, Grace. Aber ich habe nichts gemacht.«

»Nichts?«

»Nichts. Weil ich ihn nur ganz kurz gesehen habe. Er kam zu spät, wegen des Vorweihnachtsverkehrs, wie er sagte. Ich habe einen anderen Notfallpatienten vorgezogen, weil Liam ja nicht da war. Als er endlich eintraf, steckte er kurz den Kopf herein und ich sagte ihm, dass er draußen warten solle. Es würde nicht lange dauern. Aber als ich rauskam, war Liam nicht mehr da. Er hat mir einen Zettel hingelegt, dass er dringend zurückmusste, weil etwas Furchtbares passiert sei.«

Grace bestätigte das. »Ich hatte ihn gebeten, sich als Zeuge zur Verfügung zu halten. Und was passierte mit dem vereiterten Backenzahn?«

»Keine Ahnung. Das müssen Sie ihn selbst fragen. Ich denke, der müsste noch drin sein und muss wahrscheinlich raus.«

»Ich danke Ihnen, Ib.«

»Wenn Sie ihn sehen, richten Sie ihm von mir aus, dass er nicht davonkommen wird. Und dass er ein ziemliches Risiko eingeht, wenn er den Zahn nicht behandeln lässt. Da mache ich keine Witze, Superintendent. Ein Entzündungsherd im Zahnbett kann zu Blindheit führen und sogar zum Tod. Habe ich alles schon gesehen.«

33

Rory hatte von Grace den Auftrag erhalten, Auntie Frida bei ihr zu Hause zu verhören. Sie wohnte nicht weit von ihrer Nichte entfernt in einem kleinen Reihenhaus in Lower Salthill. Als Rory in die schmale Straße einbog, sah er eine leicht zurückgesetzte Reihe von Einfamilienhäusern, die auf den ersten Blick alle gleich schienen.

Kurz bevor er die Nummer 15 erreicht hatte, schaute er zu den kahlen Bäumen auf, die die Straße säumten. Die letzten übrig gebliebenen, braungelben Blätter hingen verschrumpelt an ihren Ästen.

In der Einfahrt des Hauses stand ein Rollator, an dem eine leere Einkaufstüte baumelte. Der Inspector ließ seinen Blick über die Hauswand gleiten, deren Putz mit den glatten grauen Kieselsteinen in den späten fünfziger Jahren in den besseren Vierteln irischer Städte als der letzte Schrei gegolten hatte.

In genau jenen Jahren musste Fridas Haus erbaut worden sein, als Teil einer modernen Siedlung, die von windschnittigen Architekten, die in London und Boston studiert hatten und schmale Schlipse trugen, als frische Alternative zu den gedrungenen, weißen gälischen Cottages konzipiert worden war.

Rory schaute sich um, und nachdem er keine Klingel fand, klopfte er schließlich an. Er wartete geduldig. Die ältere Dame musste, wie der Rollator signalisierte, zu Hause sein.

Da registrierte er aus dem Augenwinkel eine winzige, kaum wahrnehmbare Bewegung im Fenster links von der

Eingangstür, wo mit Sicherheit Fridas »gute Stube« lag. Rory spähte in die Richtung, aus der die Bewegung gekommen war. Eng geraffte Gardinen schlossen neugierige Blicke aus, doch der Kommissar hatte das Gefühl, dass er intensiv gemustert wurde.

Er ließ seine Augen umherschweifen, ohne den Kopf dabei zu bewegen, als er es plötzlich entdeckte: An einer winzigen Stelle zwischen den Gardinen klaffte eine Lücke, in der eine Linse gut getarnt angebracht war. Rory tippte auf ein Fernglas – eine selbst gebaute Überwachungsanlage, die aus der Zeit stammen könnte, als Éamon de Valera Präsident von Irland war und die Beatles ihre ersten Erfolge auf der Nachbarinsel feierten.

Rory musste schmunzeln und klopfte sachte an die Fensterscheibe neben der Linse. Die engmaschige Gardine wurde zur Seite geschoben und das neugierige Gesicht von Auntie Frida mit einem leicht zerzausten Dutt auf dem Kopf erschien und grinste ihn verschmitzt an. Sie deutete auf den Türknauf und machte eine Drehbewegung.

Rory betätigte den Knauf und die Tür sprang auf.

Stille und ein Geruch von Bienenwachs mit der süßlichen Würze eines ganz bestimmten Honigbonbons seiner Kindheit umfingen ihn. Der Kommissar hielt verzückt inne, schloss die Augen und atmete tief ein. So ähnlich hatte es bei seiner Großmutter väterlicherseits gerochen, die er und sein Zwillingsbruder Ronan einmal im Monat auf Inis Mór, der größten Aran-Insel, besuchen mussten. Die Großmutter hatte seine Mutter nicht gemocht und nach dem Unfalltod ihres einzigen Sohnes auf einer englischen Baustelle darauf bestanden, dass sie die Enkel einmal im Monat auf die schaukelnde alte Fähre in Rossaveel setzte, wo sie bei Wind und Wetter auf die Insel hinüberfahren mussten.

Wie oft waren die Jungs bleich in Kilronan von Bord gegangen und auf den Kutschbock des Nachbarn Paddy geklettert, der sie mit seinem Eselkarren jeden Monat verlässlich abholte und zur Fähre zurückbrachte.

Dann gab es einen strengen Blick, eine hölzerne Umarmung, eine Tasse Tee und einen Honigbonbon für jeden. Genau in der Reihenfolge. Den Rest des Tagesablaufs bis zur Nachmittagsfähre hatte Rory weitgehend vergessen. Er entsann sich bestenfalls dunkel an endlose Stunden, in denen er und Ronan fröstelnd und ziemlich schweigsam auf einem harten Sofa sitzen mussten. Aber der Geruch der Bonbons war selbst nach fast vierzig Jahren gerade eben sofort zurückgekehrt und hatte ihn für Zehntelsekunden in seine Kindheit katapultiert.

»Ich habe Sie schon gesehen, Guard!«, flötete Auntie Frida, als sie zu Rory in den dunklen Korridor trat.

Der Kommissar deutete eine Verbeugung an. »Das dachte ich mir schon, Ma'am. Sie haben Ihr kleines Geheimnis ja hübsch hinter den Gardinen versteckt. Darf ich es einmal näher in Augenschein nehmen?«

Sie nickte und führte ihn ins vordere Zimmer, das zur Straße hin lag und bei echten Iren früher immer das »gute Zimmer« gewesen war.

»Mr Pearse, mein Mann, Gott hab ihn selig, hat sich diese Überwachungskonstruktion nach den Liebesgrüßen zugelegt. Alles selbstgebaut, schauen Sie, Guard!«

Sie strich zärtlich über das Fernglas, das an einem Metallstock festgeschweißt war. Er ließ sich genau wie ein Stativ, wie Auntie Frida sofort demonstrierte, beliebig nach oben oder unten schrauben, je nachdem, wie groß derjenige war, der hindurchschauen wollte. »Wir waren damals erst kurz verheiratet.«

Rory beugte sich über die Konstruktion und schaute durch die Linse. Man konnte den Eingangsbereich so nahe sehen, dass kaum etwas zu erkennen war. Er schraubte am Fernglas.

»Welche Liebesgrüße?«, murmelte Rory.

»Na, die aus Moskau!« Frida kicherte. »Jack war ein großer James-Bond-Fan, auch wenn er den britischen Geheimdienst selbstverständlich verachtete. Er befürchtete, dass die Russen uns eines Tages durchaus verwechseln könnten.«

Rory hob den Kopf und schaute die Dame mit dem Dutt verblüfft an. »Verwechseln? Mit wem denn?«

Dies war mal wieder ein blumiger Volltreffer in der Eintönigkeit der laufenden Ermittlungen, fand der Kommissar.

Auntie Frida verzog ihren Mund zu einem nachsichtigen Lächeln. »Mit den Briten natürlich. Mit den Feinden. Und für solche Fälle sollten wir gewappnet sein.«

Rory musste sich zusammenreißen, um nicht loszuprusten. Aber mit seiner Zeiteinschätzung hatte er genau richtiggelegen. Der zweite Bond-Film war 1963 ein Kassenknüller gewesen. Er richtete sich auf und wartete, bis ihm seine Gesprächspartnerin einen der beiden Sessel anbot, die mitten im Zimmer standen. Rory versank in Polstern und Kissen.

»Lassen Sie mich zuerst mein Beileid zum Tod Ihrer Nichte Mary aussprechen. Man hat Sie, soweit ich informiert bin, bereits benachrichtigt.«

Auntie Frida nickte bedrückt und griff dann nach ihrem Dutt, den sie mit einem Handgriff energisch zurechtrückte.

»Meine Chefin, Superintendent O'Malley, sagte mir, dass Sie schon vorher glaubten, sie sei in Gefahr. Können Sie mir bitte erklären, warum?«

Frida hatte ihre Augen halb geschlossen und öffnete sie nun. Sie richtete ihren Blick auf den Kommissar.

»Da gibt es nicht viel zu erklären, Guard. Sie war für St. Bridget als Hilfe eingeteilt gewesen, und als sie schließlich verhindert war, hat sie kurzfristig Mrs Madden als Ersatz gewonnen. Gott hab sie selig.«

Sie schlug ein Kreuz über der Brust.

»Wenn sie an diesem Nachmittag in St. Bridget gewesen

wäre, dann hätte es vermutlich Mary erwischt und nicht Marilyn Madden, nicht wahr?«, fuhr sie fort.

Rory nickte. »Wenn der Mörder nicht ganz gezielt vorgegangen ist, wäre das anzunehmen.«

»Wie meinen Sie das? Er ist doch offenbar äußerst gezielt vorgegangen, sonst hätte er Mary gestern Abend nicht ermordet. Sie ist ihm am Samstag entwischt und jetzt hat er sie sich doch noch geholt.«

Sie klang resolut, sehr überzeugt und hörte sich an, als spräche sie vom Sensenmann.

Rory musste ihr recht geben. Diesen Aspekt hatte er noch gar nicht mit Grace diskutiert. Marilyn Madden wäre demnach ein Verlegenheits- oder Verwechslungsopfer gewesen. Rory schauderte bei dem Gedanken.

Er zog einen Zettel aus seinem Jackett, das er ausgezogen und neben sich gelegt hatte, und begann, sich Notizen zu machen.

»Was wissen Sie über das abgeschlossene Zimmer in Marys Haus?«

Er warf ihr einen prüfenden Blick zu.

»Welches Zimmer?« Ihre Stimme klang keine Spur neugierig.

»Im ersten Stock gab es neben den zwei Schlafzimmern und dem Handarbeitsraum noch ein weiteres Zimmer, das verschlossen war. Darin fanden sich Akten, die unsere Kollegen gerade überprüfen.«

Sie hob ihre dürren Augenbrauen, die sie mit einem grauen Stift nachgestrichelt hatte. »So, tun sie das?«

Rory erwiderte nichts.

»Ich vermute, Sie sprechen von Marys Büro. Was sie dort aufbewahrt hat, entzieht sich meiner Kenntnis.«

»Wozu benötigte Ihre Nichte ein Büro? Sie war als Gemeindesekretärin ständig unterwegs und hatte fünf Büros in den verschiedenen Gemeinden, für die sie tätig war.«

Frida hob zweifelnd die Schultern. »Das kann man sie bedauerlicherweise nicht mehr fragen, Herr Kommissar.«

Er kratzte sich am Hinterkopf. »Kann es sein, dass sie dort Aufzeichnungen oder Notizen aufbewahrte, die irgendwann einmal nützlich sein könnten?«

Frida verzog keine Miene. »Aufzeichnungen? Wovon, bitte, reden Sie?«

Er ließ sie nicht aus den Augen. »Belastendes Material, das sie vielleicht dazu verwenden wollte, Druck auszuüben.«

Die Augen der alten Dame weiteten sich.

»Sie sprechen von Erpressung, Guard. Das kann ich mir nicht vorstellen. Mary war nicht der Typ dafür.«

»Es wäre eine Erklärung für ihre Ermordung. Oder welchen Grund würden Sie für dieses furchtbare Verbrechen sehen?«

Frida schwieg einen Moment. »Eine Verwechslung vielleicht?«

»Sie meinen, wie Ihr verstorbener Mann den Sowjets damals unterstellt hat, möglicherweise in der Hitze des Kalten Krieges feindliche Briten mit neutralen Iren zu verwechseln?«

Sie nickte zögerlich.

Rory lehnte sich im Sessel zurück. »Haben Sie uns noch etwas zu sagen, was im Zusammenhang mit unseren Ermittlungen wichtig sein könnte?«

Auntie Frida schwieg, aber Rory konnte ihr ansehen, dass es in ihrem Innern tobte. Sie kämpfte mit sich. Der Kommissar kannte die Anzeichen für solche inneren Kämpfe aus jahrelanger Ermittlungsarbeit sehr gut. Der Atem der Betroffenen ging dann meist sehr flach und manchmal zeigten sich auch ein paar Schweißperlen auf der Stirn. Wie bei Auntie Frida jetzt.

»Mrs Pearse?«

Sie blickte nach unten und schien das Teppichmuster ergründen zu wollen. Rory hatte sich nur leicht nach vorn gebeugt, um die Dringlichkeit zu signalisieren.

»Sie war jemandem behilflich.« Frida flüsterte jetzt.

»Wem war sie behilflich? Wissen Sie das?«

Die alte Dame schüttelte vehement den Kopf. Ihr Dutt geriet sofort ins Rutschen.

»War es jemand aus Kirchenkreisen?« Rory versuchte behutsam und nicht fordernd zu fragen. Das verschreckte Zeugen, die mit sich noch nicht im Reinen waren.

Frida wirkte ratlos. »Das nehme ich an, aber ich weiß es wirklich nicht.«

»Wobei war Mary dieser Person behilflich?«

»Sie hat ihr Dinge beschafft. So was hat sie mal angedeutet.«

Rory atmete tief durch. »Sie wissen noch mehr, das spüre ich. Was wissen Sie?«

Frida ließ ihre kleinen grünen Augen kurz auf ihm ruhen, um dann an ihm vorbei ins Leere zu starren.

»Sie hatte Angst vor diesem Menschen, große Angst.«

34

Als Grace ihren Wagen fünfzig Meter von der Walter Macken Road 71 parkte, sah sie ihn gerade aus der Tür treten. Über eine halbe Stunde hatte sie in der Zentrale umsonst auf Michael Kelly gewartet. Dann war sie zu der Adresse gefahren, die Rory ihr genannt hatte, um nach ihm zu suchen.

Sie stieg aus, Kelly schaute sich um und drehte sich dann, offenbar nichts ahnend, in ihre Richtung. Grace blieb einfach stehen und wartete, bis er auf den Bürgersteig trat, um an ihr vorbeizugehen. Es musste der Zeuge sein, Rory hatte ihn genau so beschrieben: ein in die Jahre gekommener Cowboy, wie einer Marlboro-Werbung entsprungen.

»Mr Kelly?«

Er stutzte, aber statt anzuhalten, beschleunigte er seinen Schritt.

»Garda Galway, bitte warten Sie!«

Kelly raste los. Eine Sekunde lang hielt Grace verblüfft inne, doch dann nahm sie die Verfolgung auf.

»Bleiben Sie stehen!«

Zwei Fußgänger, die mitten auf dem Bürgersteig ein Schwätzchen hielten, wurden von Kelly fast umgerissen und starrten ihm entgeistert nach.

Grace sah, wie der irische Cowboy hinter der nächsten Ecke verschwand, und folgte ihm. Doch als sie die Stelle erreicht hatte, blieb sie wie angewurzelt stehen, denn sie konnte Kelly nicht mehr entdecken. Wo zum Teufel war er?

Eine Mauer versperrte ihr den Blick. Grace konnte kein Tor darin ausmachen und fragte sich, wie er dieses Hindernis so rasch überwunden hatte. Aber er musste dort hinübergeklettert sein.

Kurz entschlossen zog sie sich an der Mauer nach oben, was ihr mit einiger Mühe gelang, und sprang flugs auf die andere Seite.

Vor ihr lag ein braches Stück Land, mitten in diesem eng bebauten Stadtteil. Eine verkommene geheime Mülldeponie mit einem verrosteten Kühlschrank und vier blauen Plastiksäcken, die von Tieren aufgerissen worden waren und deren übler Inhalt über die mit kargen Grasbüscheln übersäte Erde verstreut war.

Grace sah sich nach Kelly um. Da fiel ihr ein farblich undefinierbares Schrottauto ins Auge, das gut getarnt hinter einem Rhododendronbusch abgestellt worden war. Das immergrüne Gewächs wucherte wild und unkontrolliert.

Leise pirschte sich Grace an das Gestrüpp und den verrosteten Wagen heran, der keine Fensterscheiben mehr aufwies.

Sie zog ihre Waffe und entsicherte sie, bevor sie sich dem Wagen weiter näherte. Nie hätte sie vermutet, dass Kelly die Flucht ergreifen würde, zumal er ja wusste, dass seine Adresse Gardai bekannt war.

Sie musste auf alle Möglichkeiten vorbereitet sein. Auch dass Kelly unter Umständen selbst bewaffnet war. Dieser Mann war gefährlicher, als sie angenommen hatte.

Als sie die Schrottkiste erreicht hatte, stellte sie sich auf die Zehenspitzen und spähte hinein. Der Cowboy hatte sich mit dem Kopf nach unten in den Fußraum des Wagens geduckt. Sein Anblick wirkte immens lächerlich.

»Kommen Sie da raus, Kelly!«, forderte Grace ihn auf.

Sie musste diese Aufforderung zweimal wiederholen, ehe er sich rührte und sich ächzend herausschälte. Schließlich stand er verschwitzt vor ihr und schaute sie herausfordernd an.

»Was sollte dieser Unsinn?«, fragte Grace unwirsch.

»Ich wusste nicht, dass Sie es waren«, lautete seine müde Erklärung.

»Dass ich es war?«, fragte Grace irritiert nach.

»Garda. Ich dachte, Sie sind eine dieser nervenden Weiber, die mir hier die Bude einrennen, seit ich wieder da bin.«

Um Graces Mund zuckte es.

Michael Kelly strich sich seine blondierten Haare zurecht und zog die Lederjacke ein Stück nach unten. Sein Teint verriet das Sonnenstudio.

»Meine Cousinen schicken mir die vorbei, weil sie wollen, dass ich endlich heirate.«

»Und warum sind Sie heute Morgen nicht bei mir in der Garda-Zentrale erschienen, wo wir Sie um zehn hinbestellt hatten?«

Er verzog seinen Mund zu einem breiten Grinsen. »Das habe ich glatt vergessen. Meinem Dad ging's nicht so gut. Seien Sie mir nicht böse.« Er hatte einen schuldbewussten Blick aufgesetzt.

»Sie sind ein miserabler Lügner, Mr Kelly. Waren Sie bei Beth Kerrigan vor zwanzig Jahren schon genauso untalentiert?«

»Wieso?« Michael Kelly spielte mit dem Reißverschluss seiner Lederjacke und musterte sie keck.

»Sie haben ihr die Ehe versprochen, obwohl Sie zu keinem Zeitpunkt vorhatten, das auch einzulösen.«

»Wer sagt das?«

Die Kommissarin musterte ihn einen Moment, bevor sie ihm antwortete. »Ich sage das. Sie sind schwul.«

Er trat einen Schritt zurück. Seine Augen hatten sich verengt.

»Wie bitte?«

Sie sah ihn direkt an. »Homosexuell, wenn Sie diesen Begriff vorziehen.«

Michael Kellys Gesicht nahm eine rötliche Farbe an. »Passen Sie auf, was Sie sagen. Auch wenn Sie von Garda sind.«

Kellys Stimme hatte einen unmissverständlichen, drohenden Unterton. Grace tastete unauffällig nach ihrer Waffe. Diese eingezäunte Müllhalde, das hatte sie schon bemerkt, war von außen nicht einsehbar. Obwohl man Verkehrsgeräusche und anderen Lärm ziemlich deutlich mitbekam, trennte diese Mauer alles hier drinnen von der Stadt außen herum.

»An Ihrer Stelle wäre ich vorsichtig«, entgegnete Grace kühl.

Während sie sprach, versuchte sie verstohlen einen Ausgang von dieser Halde zu entdecken. Die Müllsäcke hatte man vielleicht über die Mauer geworfen, aber das Schrottauto musste auf anderem Weg hierhergekommen sein.

Sie wurde nervös, wusste aber, dass sie das nicht zeigen durfte. Dieser Kerl würde jede Schwäche gnadenlos ausnutzen, da war sie sich sicher.

»Wo waren Sie gestern Abend um elf?«, fragte Grace und versuchte ihren Tonfall möglichst ruhig zu halten. Aisling hatte Marys Todeszeitpunkt zwar noch nicht eindeutig festgelegt, aber Mary hatte die SMS um diese Uhrzeit geschickt.

Er grinste. »Zu Hause, bei meinem Vater. Sie können ihn gerne fragen.«

Grace ignorierte die Antwort und setzte zum Frontalangriff an.

»Vor Ihrer Auswanderung in die Staaten und vor Ihrer Verlobung mit Beth Kerrigan waren Sie der Geliebte von Father Dunne.«

Michael Kelly war einen Moment lang so verblüfft und überrumpelt, dass sich seine Kinnlade senkte. Er erwiderte nichts.

»Mr Kelly, wir wissen, dass Father Dunne Sie loswerden wollte. Er hat dafür gesorgt, dass Sie sich verlobten, und hat Sie dann finanziell bei Ihrer Emigration unterstützt.«

Das vermutete Grace zumindest, wenn sie sich die bekannten und von mehreren Seiten genannten Fakten um die Vorgänge vor über zwanzig Jahren richtig zusammenreimte.

Kellys Gesichtsausdruck schien sich nun etwas zu entspannen. Er legte seinen Kopf schief und fingerte eine Zigarette aus seiner Brusttasche. Er zündete sie an und nahm einen tiefen Zug. Grace kam die Marlboro-Werbung wieder in den Sinn. Aber dieser Cowboy verströmte im Moment weder Abenteuerlust noch das Gefühl von Freiheit. Er wirkte auf sie, als säße er in der Falle und suchte fieberhaft nach einem Ausweg.

»Wer hat das behauptet?« Diesmal klang seine Stimme ruhig, fast sanft.

»Mr Kelly, das tut hier nichts zur Sache. Außerdem stelle ich hier die Fragen. Wo waren Sie am Samstagnachmittag vor dem ersten Advent – und Ihren Vater, der sich an nichts erinnern kann, brauchen Sie nicht als Zeugen anzuführen. Er wird Ihnen nicht helfen können. Überlegen Sie genau, was Sie mir dazu sagen wollen. Das war der Tag, an dem Beth Kerrigan ermordet wurde.«

Kelly schwieg und zog an seiner Zigarette. Grace nahm ihr Handy aus der Jackentasche und entfernte sich ein paar Schritte von dem Zeugen, der sich tatsächlich wieder beruhigt zu haben schien.

Sie musste die Kollegen benachrichtigen, damit sie ihr bei der Festnahme von Michael Kelly halfen. Denn sie wollte ihn auf jeden Fall festnehmen. Er stand unter dringendem Verdacht, zumindest was den Mord an seiner ehemaligen Verlobten Beth Kerrigan betraf. Ob er auch für die beiden anderen Morde verantwortlich war, musste sie noch herausfinden.

Grace hatte sich von Kelly abgewandt, um ungestört telefonieren zu können.

»Kevin? Kannst du bitte ganz schnell einen Wagen ans hintere Ende der Walter Macken Road schicken? Da ist eine Mauer, ungefähr einen Meter fünfzig hoch, Trockenstein, ja. Ich bin …«

Der Schlag kam von hinten und nahm ihr den Atem. Ein dumpfer Schmerz fuhr ihr vom Kopf durch den ganzen Körper. Sie drehte sich noch ungläubig um und sah den Hass in Kellys Gesicht. Dann rutschte sie ins Dunkel.

35

»Graínne?«

Peter Burke hielt ihre Hand und streichelte sie sanft, als Grace die Augen aufschlug und ihn an ihrem Bett sitzen sah.

»Peter?« Sie klang matt und unsicher. »Wo bin ich?«

»Im Galway General Hospital«, erklärte er ihr.

Sie versuchte sich aufzusetzen, doch der starke Kopfschmerz ließ sie wieder zurückfallen. Es klopfte und kurz darauf erschien eine Krankenschwester.

»Sie sind aufgewacht, Ms O'Malley? Das ist ja wunderbar!«

Die Schwester schüttelte das Bettzeug auf. »Haben Sie alles, was Sie brauchen?«

Grace versuchte zu überlegen. Sie nickte vage. »Danke.«

»Wie geht es Ihnen?«

Grace war sich nicht sicher.

Dann verließ die Schwester das Zimmer wieder, um dem Arzt Bescheid zu geben.

»Was ist passiert, Peter?«

Grace fasste sich an den Kopf und merkte, dass man einen Verband darumgewickelt hatte. Wieder nahm Peter ihre Hand und streichelte sie.

»Du warst wohl auf Verbrecherjagd und hast dabei eins übergebraten bekommen – ganz salopp formuliert.«

Sie bemühte sich zu erinnern. »Michael Kelly?«

»Ja.«

»Und was ist mit ihm passiert?«

»Als Kevin und die Kollegen dich fanden, war er bereits

über alle Berge. Er wollte dich nicht umbringen, nur für einige Zeit ausschalten, damit er flüchten konnte. Aber du bist unglücklich gefallen und hast dich am Kopf verletzt.«

»Oh.«

Wieder tippte Grace vorsichtig an den Verband an ihrem Kopf, als glaubte sie nicht wirklich an seine Existenz. »Wann war das?«

Ihre Stimme wurde mit jedem Satz kräftiger.

»Gestern Mittag.«

»Was? Ich war so lange bewusstlos?«

In dem Moment betrat eine Ärztin den Raum. »Ich bin Dr. Wheelan. Wie fühlen Sie sich. Ms O'Malley?«

Peter hatte sich auf den Besucherstuhl in der Ecke zurückzogen und beobachtete Grace, die sich gerade zusammenreißen musste.

»Danke, gut. Ich muss sofort weg. Ich leite wichtige Ermittlungen in mehreren Mordfällen.«

Die Ärztin blieb freundlich, aber unbeeindruckt. »Sie waren nach dem Schlag auf den Kopf bewusstlos. Wir haben Sie untersucht und eine schwere Gehirnerschütterung festgestellt. Um intrakranielle Blutungen ausschließen zu können, haben wir ein CT gemacht. Den Verband tragen Sie wegen einer Platzwunde, die wir nähen mussten. Alles scheint im Moment unbedenklich zu sein. Allerdings erachten wir es für sinnvoll, Sie zur Beobachtung noch etwas hierzubehalten. Sie sollten sich von diesem Schock und der Erschöpfung noch etwas erholen. Deshalb haben wir Ihnen gestern auch ein Schlafmittel verabreicht, das den Körper nicht allzu sehr belastet.«

Graces Augen wurden immer größer. Sie schluckte, sagte jedoch nichts. Die Ärztin war an ihr Bett getreten und kontrollierte zuerst ihren Puls, dann die Pupillen.

»Wenn Sie sich weiterhin gut fühlen, können Sie schnell wieder nach Hause.«

Grace schnappte nach Luft. »Was heißt das? Ich muss sofort in die Zentrale.«

Die Ärztin warf Peter einen halb amüsierten, halb genervten Blick zu. »Das würde ich Ihnen nicht raten. Sie und besonders Ihr Kopf brauchen jetzt Ruhe. Sie haben ein schweres Schädeltrauma und riskieren Schäden, wenn Sie zu früh aufstehen und herumlaufen. Sie müssen ruhen. Vor übermorgen kann ich Sie nicht entlassen. Und Sie dürfen auf keinen Fall allein sein, weshalb es für Sie am sichersten ist, hier noch unter medizinischer Beobachtung zu bleiben. Ich wünsche Ihnen eine gute und schnelle Genesung, Ms O'Malley.«

Damit drehte sie sich um und verließ das Krankenzimmer. Grace schwieg für ein paar Sekunden.

»Du musst jetzt wirklich vernünftig sein, Grace.«

Peter erhob sich von seinem Stuhl und setzte sich wieder auf das Bett. Sie schaute trotzig an ihm vorbei.

»Peter, wir haben morgen ein ganz großes Ding vor!«

Sie erläuterte ihm in knappen Zügen ihren Plan, dem Mörder in den nächsten zwei Tagen in den beiden Kirchen eine Falle zu stellen.

»Und der Mord an Mary O'Shea ändert überhaupt nichts an diesem Plan«, schloss sie verärgert.

Peter überlegte. »Wirklich nicht? Wenn Beth Kerrigan ganz gezielt von Michael Kelly umgebracht wurde, vielleicht um die Umstände seiner damaligen Verlobung und seine Beziehung zu Dunne zu vertuschen, und wenn Marilyn Madden versehentlich statt Mary O'Shea ermordet wurde, warum geht ihr dann immer noch von einem Serienmörder aus?«

Grace starrte ihn an. »Das war ein exzellenter Gedankengang, Peter. Aber die Antwort liegt auf der Hand: Wenn morgen oder übermorgen nichts passiert, dann müssen wir Michael Kelly noch viel genauer unter die Lupe nehmen.

Und wenn tatsächlich etwas passiert, sieht alles wieder anders aus und die Sache mit dem Serienmörder war doch nicht so falsch.«

»Wen hast du als Lockvogel vorgesehen?« Peter sah sie skeptisch an.

Grace zuckte mit den Schultern. »Na, mich und Sergeant Sheridan.«

Peter verschränkte seine Arme und fing an, schallend zu lachen. »Nicht wirklich, Grace. Zumindest jetzt nicht mehr. Ein Lockvogel mit Kopfbandage. Ich halte dich für zu intelligent, um so etwas durchzuziehen. Du würdest damit dich und deine Kollegen nur gefährden, das ist dir sicher bewusst.«

Grace setzte sich vorsichtig in ihrem Bett auf. Sie überlegte. Schließlich seufzte sie, strich das Laken glatt und schaute Peter lächelnd an.

»Stimmt, Mr Burke. Das wäre dumm von mir. Okay, dann verlege ich einfach die Kommandozentrale nach hier, in mein Krankenzimmer. Ich leite die Operation in der Horizontalen, wie Dr. Wheelan es empfiehlt. Abblasen möchte ich das Ganze jetzt nicht mehr, dafür stecken wir schon zu weit in der Planung. Sheridan muss meinen Part in der Claddagh übernehmen. Ich glaube, sie wird begeistert sein.«

36

»Die Fahndung nach Michael Kelly läuft auf Hochtouren, Grace. Alle Flughäfen und Fähren werden kontrolliert. Wir haben bei seinem Vater ein Bild von früher gefunden, mit ihm im Cowboykostüm vor der Freiheitsstatue. Das ging nach Gerichtsbeschluss über die Sender. Aber leider bisher erfolglos. Es ist, als wäre er von der Erdoberfläche verschwunden.«

Rory saß an einem kleinen Campingklapptisch in Graces Krankenzimmer und sortierte seine Zettelwirtschaft. Vor sich hatte er seine Thermoskanne gestellt und eine Schale mit Konfekt. Hinter ihm, auf dem Fensterbrett, stand ein kleiner winterlicher Obstkorb mit Mandarinen, Physalis, dunklen Trauben und Äpfeln. Es war ein Geschenk von Robin Byrne an Grace gewesen, das er dem erstaunten Rory mitgegeben hatte. Mit guten Genesungswünschen vom Chef.

Grace hatte sich das Hirn zermartert, konnte sich aber bis auf wenige Einzelheiten kaum an die kurze Auseinandersetzung mit Kelly erinnern, die dem Schlag unmittelbar vorausgegangen war.

Sie tippte auf ihrem Pad herum und hielt es so, dass sie fast liegend arbeiten konnte. Dr. Wheelan hatte diesen Kompromiss nach anfänglichem Zögern zugelassen, allerdings nur unter der Voraussetzung, dass Grace tatsächlich ruhte und dass sie außerdem mindestens ein Kollege bei der Arbeit unterstützte. Auch der Gebrauch ihrer Handys war von der ärztlichen Leitung bis auf Notfälle eingeschränkt, beziehungsweise weitgehend verboten worden.

Rory hielt sie in allem auf dem Laufenden, inklusive seiner Vernehmung der Tante mit dem »Liebesgrüße aus Moskau«-Abwehrspionagefernglas, die von der Angst ihrer Nichte vor ihrem Mörder berichtet hatte.

»Mary hat etwas beschafft?« Grace runzelte die Stirn, was auf der Stelle wehtat. Was sollte das sein?

»Vielleicht Geld oder Drogen?«, schlug Rory vor.

»In Kirchenkreisen?«, erwiderte Grace zweifelnd.

Sie schaute einen kurzen Moment lang auf, als könnte sie sich plötzlich an etwas erinnern, doch dann war der Gedanke wieder verschwunden.

»Wie weit sind Kevin und Sheridan mit der Sichtung des Büromaterials?«

Rory zuckte die Schultern. Er schaute auf die Uhr.

»Sie müssten bald hier sein, denn ich habe alle zur letzten Vorbesprechung der Aktion heute Nachmittag hierher ins Krankenhaus bestellt.« Er schien exzellent vorbereitet und zufrieden zu sein.

»Wie sollen wir das ganze Team hier unterbringen?« Grace klang skeptisch.

Doch Rory machte eine abwehrende Handbewegung. »Keine Sorge, Grace. Nur die Hauptakteure. Kevin und Sergeant Donovan, die heute St. Joseph's übernehmen werden, und dann noch Sheridan und ich selbst, das Team für die Claddagh. Die anderen sind schon ausführlich gebrieft worden und stehen in der Zentrale auf Abruf. Robin hat die Aktion abgesegnet.«

Grace nickte befriedigt.

»Glaubst du, es wird funktionieren, Grace?« Rory hatte den Kopf von seinen Notizen gehoben und warf seiner liegenden Chefin einen unsicheren Blick zu.

»Ich weiß es nicht, Rory. Aber wir müssen es versuchen. Es könnte sein, dass der Mord an Mary O'Shea unseren Täter aus dem Takt gebracht hat.«

»Du gehst also davon aus, dass es sich bei allen drei Morden tatsächlich um den gleichen Täter handelt?«

»Reichst du mir bitte mal das Wasser, Rory?«

Grace setzte sich vorsichtig auf und der Kommissar sprang auf, um ihr ein Glas einzuschenken. Sie nahm einen großen Schluck, dann stellte sie es auf dem Nachttisch ab.

»Auch das weiß ich nicht. Auf jeden Fall hängen die drei Morde zusammen, ich denke, das steht außer Frage. Ob es derselbe Täter ist, scheint mir im Moment zweitrangig.«

»Hältst du es für möglich, dass unser Täter Michael Kelly heißt?«

Grace zuckte resigniert die Schultern. Sie trug einen altmodisch aussehenden karierten Flanellpyjama, den sie an den Ärmeln ein wenig hochgekrempelt hatte.

»Für Kelly spricht einiges. Er hat für keinen der drei Morde ein echtes Alibi. Nach zwanzig Jahren ist er plötzlich wieder hier aufgetaucht und es gab früher offenbar undurchsichtige Geschichten um ihn. Man könnte auch sagen, er ist damals abgetaucht oder man hat ihm das Verschwinden aus Galway sehr erleichtert. Dann trifft er sich mit unserem ersten Opfer, Beth Kerrigan, seiner ehemaligen Verlobten. Alles läuft scheinbar zivilisiert ab, aber darüber haben wir nur seine Aussage. Beth können wir nicht mehr fragen. Sie könnte ihm auch gedroht haben, die dunkle Geschichte von früher auffliegen zu lassen. Das musste er verhindern. Dann …«

Die Tür flog auf und Kevin Day betrat den Raum, gefolgt von Siobhan Sheridan. Er hielt ein Glas mit gelbbraunem Inhalt in der Hand und legte es auf Graces Bett.

»Für mich? Danke, Kevin.« Grace nahm es überrascht und schaute es sich genauer an. Das Glas trug kein Etikett.

»Ist das Honig?«

Kevin nickte.

Sergeant Sheridan trat gut gelaunt hinter ihrem Kollegen hervor. »Kommissar Day ist Hobby-Imker, hat er mir erzählt. Das ist sein eigener Honig.«

Kevin war leicht errötet. »Also, das ist Honig von meinem Bienenvolk. Connemara-Blüte. Ich dachte, der könnte dir schmecken.«

Jetzt trat Rory neugierig nach vorn und beugte sich ebenfalls zum Glas hin.

»Toll«, entwischte es ihm. Er, der den Kollegen Kevin Day nicht ausstehen konnte, zollte nun uneingeschränkte Bewunderung für das Produkt der Connemara-Bienen.

Grace bedankte sich noch einmal und stellte das kostbare Honigglas auf den Nachttisch, als es an der Tür klopfte. Eine zierliche kleine Frau mit blonden kurzen Locken kam herein, die nicht älter als Anfang zwanzig sein konnte. Sie schaute sich unsicher lächelnd um und schloss dann die Tür zu dem nun schon reichlich vollen Krankenzimmer.

»Guten Tag.« Ihre Stimme zitterte leicht.

Grace lächelte und hielt ihr die Hand hin. »Sie müssen Sergeant Donovan sein, aus Spiddal. Schön, dass Sie hier sind und uns unterstützen.«

Die junge Frau erwiderte das Lächeln. »Danke. Das mache ich gern.«

Grace schaute sich suchend um. »Es tut mir leid, dass es nur zwei Stühle gibt. Ich schlage vor, die nehmen beide Sergeants.«

Rory hüstelte. Er trat an die Tür, wo er ein großes weißes Papier entrollte und mit Klebeband befestigte. Darauf war der Innenraum der Kirche in der Claddagh skizziert.

Sheridan hatte sich verstohlen einen Kaugummi in den Mund gesteckt und starrte wie gebannt auf die Krankenzimmertür.

»Hier ist der Altar.« Rory zeichnete ein großes A an die Kopfseite.

»Hier, schräg hinter dem Altar, auf der rechten Seite, befindet sich eine kleine Tür. Die führt zu einem Nebenraum, in dem Kerzen, Noten, Gewänder und solche Sachen aufbewahrt werden. Hier verstecken sich zwei unserer vier Kollegen.«

»Was heißt, sie verstecken sich? Gibt es dort überhaupt eine Möglichkeit dafür?« Kevin klang skeptisch.

»Das geht, Kevin. Wir haben das vor Ort untersucht. Hinter einem Vorhang gibt es zumindest Platz für zwei Leute. Wo nehmen die anderen beiden Stellung, Rory?«

»Vor der Kirchentür, hinter dem Schuppen, wo der Brenner und die Öltanks für die Heizung untergebracht sind. Das ist nicht optimal, aber anders ging es nicht. Der Vorraum der Kirche ist zu klein, da kann man nichts verbergen.«

»Und was ist mit der Kanzel, den Beichtstühlen oder der Empore, wo sich die Orgel befindet?«

»Dazu komme ich gleich«, wiegelte Rory ab. »Zunächst möchte ich darauf hinweisen, dass die Tür zwischen dem Nebenraum und der eigentlichen Kirche immer offen bleiben muss«, sagte der Kommissar. »Das bedeutet, dass im Fall eines Angriffs auf Sheridan von dieser Seite sofort Hilfe kommen kann.«

»Und wie wird diese Hilfe angefordert? Wie wird Alarm ausgelöst und von wem?«, fragte Kevin.

»Von mir.« Siobhan Sheridan klang selbstbewusst. Sie zog einen kleinen Stick aus ihrer Manteltasche.

»Ich will das hier nicht demonstrieren, sonst läuft das ganze Krankenhaus zusammen, aber das ist ein ziemlich durchdringender Alarm.«

»Den hören auch die Kollegen draußen«, ergänzte Rory und wandte sich wieder der Skizze zu. »Sergeant Sheridan ist außerdem bewaffnet und verkabelt, sodass wir jeden ihrer Schritte überwachen können. Wir können auch mit ihr kommunizieren. Und zwar an jedem Ort der Kirche. In der Vorbereitungsstunde wird sie sich durch die ganze Kirche bewegen. Sie weiß, was sie zu tun hat. Kerzen, Weihwasser, Gesangsbücher, das ganze Programm, sag ich doch. Höchstwahrscheinlich wird sie allein sein, es sei denn, Father Duffy ist schon vor Ort.«

»Oder der Organist – oder der Mörder.« Sheridan klang abenteuerlustig und freudig aufgeregt.

»Wenn der Mörder sich dort einfinden sollte, wird er allein sein. Es wird sich also in jedem Fall immer nur um einen Menschen handeln.« Graces Stimme blieb sachlich.

»Und wo bist du die ganze Zeit, Rory?«, fragte Kevin.

Rory war an die Skizze getreten und malte ein großes R an die linke Seite der Kirche.

»Da bin ich!«

Kevin stutzte. »Weithin sichtbar oder versuchst du dich als unbewegliche Statue Johannes des Täufers mit Bauchansatz zu tarnen?«

Sergeant Donovan begann verhalten zu kichern. Rory runzelte verärgert die Stirn.

»Da steht einer von zwei Beichtstühlen. Darin verstecke ich mich.«

Kevin überlegte einen Moment und wandte sich dann direkt an seine Vorgesetzte. »Das halte ich für keine gute Idee, Grace.«

»Und warum nicht?«

»Wenn ich als Mörder zuschlagen will, überprüfe ich doch vorher, ob sich sonst noch jemand in der Kirche aufhält, der Zeuge werden oder dem Opfer zu Hilfe eilen könnte. Und Beichtstühle stünden da ganz oben auf meiner Liste.«

Rory schob seine Unterlippe vor, während Grace überlegte.

Da machte die blonde Frau aus Spiddal den Mund auf. »Das finde ich einleuchtend. Wo er recht hat, hat er recht.«

Kevin grinste selbstgefällig. Grace strich sich eine Strähne aus der Stirn.

»In Ordnung. Welche Alternativen haben wir?«

Rory kratzte sich am Hinterkopf. »Die Kanzel ist nicht sehr hoch und daher von unten leicht einsehbar. Außerdem glaube ich nicht, dass ich mich dort hineinzwängen könnte, ehrlich gesagt.«

Grace wiegte den Kopf. »Und was ist mit der Empore, wo die Orgel steht? Wäre das eine Option, Rory?«

Der Kommissar überlegte und versuchte sich die Örtlichkeiten in Erinnerung zu rufen. Vor dem Nebenraum gab es eine Wendeltreppe nach oben, die zu einer niedrigen Tür führte. Sie hatte kein Schloss und war wie eine Schwingtür gebaut, sodass man die Orgelempore während des Gottesdienstes geräuschlos betreten oder verlassen konnte. Dort oben würde man ihn also kaum aussperren können. Und unter der Orgel gab es genug Platz für Rory, sich zu verbergen.

Der Kommissar beschrieb den anderen diese Möglichkeit. »Wenn unser Mörder alles gründlich absucht, wird er auch dieses Versteck finden, aber so viel Zeit hat er nicht. Es könnte jederzeit jemand hereinplatzen.«

Alle stimmten ihm zu.

»Was meinen Sie dazu, Siobhan? Letztendlich ist es Ihre Sicherheit, um die es hier geht.« Grace hatte der jungen Kollegin die Hand auf den Arm gelegt.

»Ich denke, Inspector Coyne sollte auf der Empore in Stellung gehen. Wenn er etwas Merkwürdiges hört, kann er das von oben besser verfolgen und sich sofort auf den Weg nach unten machen.«

»Sie finden also nicht, er wäre für Ihr Sicherheitsgefühl zu weit von Ihnen entfernt?«

Siobhan schüttelte entschieden den Kopf. »Nein, Ma'am, perfekt.«

»Rory?«

»Ich schließe mich an, obwohl ich mich lieber im gleichen Raum wie die Kollegin aufhalten würde. Aber die Kollegen sind ja unten.«

»Gut. Dann nehmen wir uns jetzt die zweite Kirche vor, St. Joseph's, die Kevin und Donovan betreuen. Im Prinzip gehen wir wie in der Claddagh vor.«

Kevin klebte ein neues Stück Papier an die Tür, während Rory seine Skizze wieder einrollte.

»Grace ...«

Die Kommissarin beugte sich zu ihrem Kollegen. »Ja?«

»Was ich dich vorhin schon fragen wollte: Kannst du dich eigentlich noch daran erinnern, was deine letzten Worte waren, bevor Kelly dich ausgeschaltet hat?«

Grace dachte scharf nach. Das hatte auch sie selbst schon die ganze Zeit beschäftigt.

»Ich sagte ihm, dass er schwul sei und die Verlobung damals inszeniert gewesen sei.«

»Hmm. War das wirklich alles?«

Grace konzentrierte sich noch stärker. Plötzlich fiel es ihr wieder ein.

»Jetzt weiß ich es wieder! Ich hab ihm gesagt, dass er vor seinem Weggang Father Dunnes Geliebter gewesen sei und dass wir das alles wissen.«

Rorys Gesicht rötete sich. »Das hast du wirklich gesagt?«

Grace schluckte und nickte heftig. Sofort schmerzte ihr Kopf.

»Dann sollte einer von uns ganz schnell nach Knock ins Kloster fahren. Ich bin sicher, dass Kelly dort hingefahren ist. Er wird Dunne zur Rede stellen oder sich rächen.«

Grace stimmte ihm zu. Das war die Lösung um den verschwundenen Kelly. Er musste sich auf die Suche nach Dunne begeben haben. Aber wer sollte das überprüfen? Sie war ans Bett gefesselt und ihre engsten Mitarbeiter waren in eine Aktion eingebunden, die bereits angelaufen war. Schließlich traf sie eine Entscheidung.

»Wir müssen kurzfristig unsere Pläne ändern.« Alle starrten sie erstaunt an. »Rory fährt sofort ins Kloster nach Knock und die Parallelaktion in St. Joseph's wird abgeblasen. Wir konzentrieren uns auf die Kirche in der Claddagh. Und dort springt Kevin für Rory ein.«

Sie zögerte einen Augenblick und schaute ihre Kolleginnen Donovan und Sheridan fragend an. »Oder möchten Sie beide tauschen?«

Die Blonde nickte begeistert, während Sheridan entschieden den Kopf schüttelte.

»Gut, dann bleibt es dabei. Kevin, es ist jetzt zu spät und du kannst dir die Claddagh-Kirche leider vorab nicht mehr ansehen. Aber würdest du dich dieser Aufgabe trotzdem gewachsen fühlen?«

Nach einem kurzen Moment des Überlegens nickte der Kommissar.

»Und wer zeichnet direkt verantwortlich für Sheridans Sicherheit?«, fragte er.

»Ich weiß, das war ursprünglich deine Rolle, Grace, aber wir brauchen jetzt jemand anderes. Sonst kriegen wir Ärger von ganz oben, wenn das rauskommt.«

Rory hatte schon Zettel, Thermoskanne und Schokolade eingepackt und wollte gerade aufbrechen, als er noch einmal innehielt. Kevin hatte recht.

»Es gibt nur einen, der das übernehmen könnte«, sagte Grace. »Und das ist Robin.«

Die Stimme der Kommissarin klang fest und bestimmt, aber nicht besonders überzeugt.

Als alle gegangen waren, wurde sie unruhig. Irgendetwas lief hier schief, total schief. Sie angelte ihr Handy aus der Nachttischschublade und suchte eine Nummer heraus. Dann drückte sie die Tasten.

37

»Holy Heart and Cross. Bruder Malachy.«

Grace nannte ihren Namen und stellte sich vor. »Ich war kürzlich bei Ihnen und habe Father Dunne verhört. Sie erinnern sich vielleicht. Sie sind doch der Mönch, der mich zu ihm gebracht hat?«

»Sicher. Kann ich Ihnen weiterhelfen?«

Er klang so dienstbeflissen wie die Mitarbeiter eines Call-Centers.

»Hat gestern oder heute jemand bei Ihnen angerufen und sich nach Father Dunne erkundigt? Oder ist jemand sogar im Kloster erschienen, der ihn sprechen wollte?«

Bruder Malachy schien zu überlegen.

»Nein, Superintendent, nicht dass ich mich entsinne. Sie waren hundertprozentig die Letzte, die ihn besucht hat. Aber er hat ein Handy, und ob ihn jemand darauf angerufen hat, kann ich natürlich nicht sagen.«

Grace knabberte an ihrer Unterlippe. »Ein Kollege von mir, Inspector Coyne, ist gerade auf dem Weg zu Ihnen. Er wird schätzungsweise in einer guten Stunde bei Ihnen sein.«

»Oh. Und er will zu Father Dunne?«

Der Mönch wirkte etwas beunruhigt, fand Grace. Wie viel konnte sie ihm verraten? Sie zögerte.

»Eigentlich nicht direkt. Wir sind auf der Suche nach einem flüchtigen Zeugen und haben Grund zu der Annahme, dass der Mann Father Dunne aufsuchen wollte.«

»Verstehe. Einen Moment, bitte.«

Etwas in der Stimme des Mönches ließ sie aufhorchen. Es

schien, als würde er jetzt das Telefon abdecken und sich mit jemandem besprechen. Grace wartete. Kurz darauf hörte sie wieder seine Stimme.

»Machen Sie sich keine Sorgen.«

»Bruder Malachy, ist alles in Ordnung?«

»Sicher, ich habe gerade einen Mitbruder gebeten, bei Father Dunne vorbeizuschauen. Nur sicherheitshalber, Superintendent. Wir haben gerade Bauarbeiten im Kloster. Das heißt, es laufen etliche Arbeiter hier herum, die wir nicht kennen, und unsere Türen stehen die meiste Zeit offen. Im Augenblick könnten Fremde hier leicht unerkannt ein und aus gehen.«

»Oh.« Das hörte sich in ihren Ohren überhaupt nicht gut an.

»Um wie viele Arbeiter handelt es sich?«

Bruder Malachy pustete ins Telefon.

»Schwer zu sagen. Ich habe sie nicht gezählt. Schätzungsweise acht oder zehn. Die Baumaßnahmen sollen unbedingt noch vor Weihnachten fertig werden. Da hat das Kloster Druck gemacht.«

Michael Kelly war, wie man ihr berichtet hatte, ein geschickter Handwerker. Es wäre für ihn nicht schwer, sich unter die Bauarbeiter zu mischen.

»Sind heute auch Arbeiter vor Ort?«, fragte sie.

»Heute Morgen habe ich welche gesehen. Aber da Samstag ist, sind die gegen Mittag alle gegangen. Einer hat noch seinen Lieferwagen nach hinten gefahren, um dort etwas aufzuladen, und ist dann weg. Ich habe das Tor hinter ihm zugemacht. Einen Moment, bitte, Bruder Francis kommt gerade zurück.«

Wieder hörte sie gedämpfte Stimmen, die jedoch aufgeregt wirkten, auch wenn sie nichts verstehen konnte.

»Hören Sie, Superintendent?«

»Ja.« Grace hielt den Atem an.

»Er ist verschwunden!« Malachy klang nervös.

»Was? Father Dunne ist weg?« Sie hatte also recht gehabt. Vorsichtig schälte sie sich aus der Bettdecke. Sie musste hier raus. Egal, was Dr. Wheelan dazu sagte.

»Sind Sie noch dran, Bruder Malachy?«

»Ja. Was sollen wir jetzt tun?«

Grace war aufgestanden. »Sie rühren nichts in seinem Zimmer an. Wir schicken die Spurensicherung aus Castlebar bei Ihnen vorbei. Ich werde meinen Kollegen gleich anrufen und ihn informieren.«

Sie wollte gerade auflegen, als ihr noch etwas einfiel. »Haben Sie den Bauarbeiter mit dem Lieferwagen gesehen? Der, hinter dem Sie abgeschlossen haben?«

Es herrschte ein paar Sekunden lang Stille in der Leitung.

»Ja, flüchtig. Aber wieso?«

»Können Sie ihn beschreiben?«

Bruder Malachy überlegte und schien die Worte genau zu wählen. »Als er an mir vorbeifuhr, dachte ich, dass er genauso aussieht wie der Cowboy aus der Zigarettenwerbung, die es früher immer im Kino gab. Ich bin als Junge nämlich oft ins Kino gegangen.«

Auf dem Weg nach draußen hatte Grace im Aufzug einen leichten Schwächeanfall erlitten und im Handumdrehen hatte man sie wieder zurück auf ihr Zimmer gebracht. Sie fluchte, doch sie sah ein, dass sie in diesem Zustand noch nicht einsatzfähig war, auch wenn es ihr schwerfiel, das zu akzeptieren.

Der Schwesternschülerin, die sie sicherheitshalber begleitete, hatte sie erzählt, sie habe nur etwas frische Luft schnappen wollen. Ob sie ihr das trotz der kleinen Reisetasche, die sie in der Hand trug, abgenommen hatte, blieb ungeklärt. Jedenfalls lächelte die Schwester nur und half ihr kurz darauf wieder ins Bett.

Dann informierte Grace ihren Kollegen Rory über das Verschwinden von Father Dunne.

Rory wirkte ungeduldig und nervös. »Ich bin fast da, Grace. Und dieser Mönch glaubt tatsächlich, dass es Kelly war, der Dunne gekidnappt hat?«

Grace klang matt und erschöpft. »Nach seiner Beschreibung könnte es Kelly gewesen sein und der hätte sicher kein Problem damit gehabt, den dürren Greis in den Lieferwagen zu tragen. Nur, was will er mit ihm?«

»Wenn Dunne überhaupt noch lebt«, ergänzte Rory.

»Stimmt. Auch das wissen wir nicht.«

»Soll ich die Fahndung nach dem Lieferwagen einleiten?«

»Ja, Rory, bitte. Und wenn du im Kloster bist, lass dir von Bruder Malachy helfen. Der kann den Wagen wahrscheinlich genauer beschreiben.«

»Entschuldige, Grace, aber du hörst dich etwas flach auf der Brust an. Geht es dir nicht gut?«

»Ist alles in Ordnung. Mach dir keine Sorgen. Morgen bin ich draußen.« Sie merkte, dass sie sich selbst Mut zusprach.

»Rory?« Es klang wie ein kleiner Hilferuf.

»Was kann ich noch für dich tun, Grace?«

»Glaubst du, dass heute Nachmittag alles glatt laufen wird?«

»Wir haben die Aktion optimal vorbereitet. Natürlich wissen wir nicht, ob der Mörder tatsächlich wieder zuschlagen wird. Aber wenn er kommt, sind wir bestens präpariert und haben ihn in der Falle.«

Rory konnte einfach nicht lügen, das wusste Grace.

»Meinst du, dass es eine gute Idee war, so kurzfristig alle umzubesetzen?«

Der Kommissar schwieg.

»Rory?«

Er seufzte. »Dir blieb ja nichts anderes übrig. Du bist

außer Gefecht gesetzt. Und durch Kellys Flucht hattest du plötzlich eine weitere Baustelle, die dich zum Handeln zwang. Sonst hättest du die ganze Aktion abblasen müssen.«

Es herrschte einen langen Moment Stille zwischen ihnen.

»Bist du noch dran, Grace?«

»Wahrscheinlich hätte ich genau das tun sollen.«

38

»Alles in Ordnung bei Ihnen, Sergeant?«

»Ja, Sir.«

Es dämmerte bereits in der Kirche in der Claddagh und es herrschte ein milchiges Zwielicht, das dem Kirchenschiff einen leicht bläulichen Farbton verlieh. Alle Konturen waren wie ausgefranst und verwoben Bänke, Statuen und Altar zu einer unscharfen, irrealen Collage.

Sergeant Sheridan hatte gerade Robin Byrne draußen Bescheid gegeben und setzte ihren Weg durch die Bänke fort. Sie legte Gesangbücher aus. Es war kurz vor halb fünf und sie hielt sich zusammen mit dem Schutzteam von Garda seit einer guten halben Stunde in der Kirche auf.

Inspector Day, das wusste sie, hatte auf der Orgelempore sein Versteck eingenommen. Da er unter der Orgel nicht ausreichend Platz gefunden hatte, musste er sich hinter die Orgelpfeifen klemmen und konnte das Geschehen unten daher nicht wie gewünscht verfolgen.

Die zwei Guards waren in den Nebenraum verschwunden, die anderen beiden überwachten den Eingang von außen. Aber nichts passierte.

Sheridan tauschte die alten, heruntergebrannten Kerzen am Altar gegen neue aus und schnupperte an ihrem hellen Bienenwachs.

Sie schaute auf ihre Armbanduhr und suchte in ihrer Jackentasche nach einem Bonbon. Zu ihrer Enttäuschung fand sie keines, doch stattdessen hielt sie den Alarmstick in der Hand, den sie sofort in die Jackentasche zurücksteckte.

Man hatte ihr eingeschärft, das Licht in der Kirche erst

kurz vor halb fünf einzuschalten. Denn auch die ehrenamtlichen Helferinnen waren von der Kirchenleitung angehalten, das aus Sparmaßnahmen genau so zu handhaben, und davon sollte sie nicht abweichen.

Sheridan ließ ihren Blick durch die Kirche wandern. Vom Altar aus, neben dem sie jetzt stand, konnte sie den Haupteingang auf der gegenüberliegenden Seite kaum mehr erkennen. Er lag schon fast im Dunkeln. Hatte sich da etwas bewegt?

Sie war sich nicht sicher und kniff die Augen zusammen, um besser sehen zu können. Da war doch ein Geräusch gewesen, oder?

»Ist da jemand?«, rief Sheridan durch die Kirche und es hallte nach.

Keine Antwort. Sie horchte angestrengt, aber es war nichts zu hören. Sie verscheuchte gruselige Gedanken und begann *Jingle Bells* vor sich hinzusummen. Das würde ihre Stimmung heben. Nur noch wenige Tage bis zum Weihnachtsfest.

Sie trug selbstverständlich keine Uniform, sondern hatte sich eine Strickjacke und einen derben Tweedrock von ihrer Tante ausgeliehen und ihren Lieblingspullover mit dem Rollkragen übergezogen. Tweedrock und Strickjacke, hatte Sheridan gedacht, waren typisch für kirchliche Ehrenamtler weiblichen Geschlechts, eine passende Tarnung.

Dann hatte sie noch ihre Jacke übergezogen. In ihrer Tasche steckten der Alarmstick und ein Briefkuvert mit Unterlagen, die sie in Mary O'Sheas Büro ausgewählt und mitgenommen hatte. Unter ihre Jacke hatte sie ihre Dienstwaffe am Halfter geschnallt. Die Kirche war besser beheizt, als sie erwartet hatte, und ihr war ziemlich warm. Sollte sie die Jacke ausziehen? Doch sie verwarf den Gedanken sofort, da sie ja die Waffe kaschieren musste.

Was sollte als Nächstes erledigt werden? Siobhan überlegte und schaute sich um. Ihr Blick fiel auf die weißen Chrysanthemen in der großen Bodenvase neben dem Altar. Sie sahen ziemlich welk aus. Als sie sich bückte, um die langen Stängel herauszufischen, riss etwas in dem Kabelgewirr, das sie am Körper trug. Sie spürte es auf der Stelle.

Sheridan unterdrückte einen Fluch, der ihr auf der Zunge lag. In einer Kirche zu fluchen ging gar nicht.

Was war das gewesen? Sie richtete sich wieder auf und tastete vorsichtig an den Drähten entlang, die man ihr von vorn über die Schultern gezogen und am Rücken fixiert hatte. Einer hing lose herunter, dort, wo das Mikro eingebaut war.

Plötzlich meinte sie, wieder ein Geräusch gehört zu haben.

Entschlossen drehte sie sich um und ging auf den Lichtschalter zu, der sich nicht weit von der Tür zum Nebenraum an der Wand befand. Egal, wie spät es nun war.

Sie schaltete das Licht ein. Sofort wurde die düstere, bläulich schimmernde Kirche in ein warmes Licht getaucht, das Sheridan etwas beruhigte. Nun konnte man alles viel besser erkennen. Sie war nervöser, als sie es sich eingestanden hätte. Mit einem kleinen Seufzer zog sie die Jacke aus und hängte sie über eine Bank neben ihr. Nur für einen Moment.

So hoffte sie, das abgerissene Kabel besser zu erreichen und es wieder anschließen zu können.

Sollte sie Inspector Day darüber informieren, dass sie vermutlich den Kontakt zu Byrne draußen unfreiwillig unterbrochen hatte? Aber das durfte sie nicht, fiel ihr ein, da das den Mörder womöglich vorzeitig alarmieren würde.

Gerade hatte sie das andere Ende des lose hängenden Kabels gefunden, als sie wieder glaubte, etwas zu hören. Es klang wie ein Wischen. Ja, als wischte etwas zwischen den Bänken herum.

Sie überlegte, kurz den Nebenraum aufzusuchen, um die Kollegen zu bitten, ihr beim Befestigen des Kabels behilflich zu sein, als plötzlich die Eingangstür aufsprang. Sergeant Sheridan erstarrte.

»Wer ist denn da?«

Es war Father Duffy. Er trat aus dem Halbdunkel hervor, hatte die Augen mit der Hand abgeschirmt und fixierte sie auf eine merkwürdige Art, wie Sheridan fand.

»Ich bin es, Norma!«

Sie hatte den Priester auf Fotos und vor ein paar Tagen kurz persönlich in der Zentrale gesehen. Aber er wusste nicht, wer sie in Wirklichkeit war. Die Waffe, durchfuhr es sie. Er durfte die Waffe nicht sehen.

Sie bewegte sich zögerlich auf ihn zu. »Moment, ich habe etwas verloren.«

Sheridan ging hinter einer der Bänke in die Knie und streifte das Halfter mit der Waffe ab. Sie legte es auf den Boden.

»Kann ich Ihnen helfen, Norma? Wir kennen uns nicht. Ich hatte eigentlich Ida erwartet.« Er lächelte und hielt ihr die Hand hin.

Eigentlich mochte sie ihn nicht anfassen.

»Ich bin für meine Cousine Ida eingesprungen, die sonst hier hilft. Ich hoffe, das ist für Sie in Ordnung?«

Sie standen beide mit dem Rücken zum Altar – genau unter der Empore, wo sich die Orgel und Kevin Day befanden.

»Ist irgendetwas, Norma? Sie sehen besorgt aus.«

Sheridan versuchte die Bedenken des Priesters zu zerstreuen. »Nein, Father. Alles bestens. Geht es Ihnen denn gut?«

Sergeant Sheridan fand, dass der Priester einen unnatürlichen Gesichtsausdruck hatte. Sie hätte es nicht beschreiben können.

Aber er winkte ab. »Ja, danke. Ich bin nur etwas nervös, wenn ich ehrlich bin. Die letzten Wochen …« Er hielt inne.

Etwas knackte hinter ihnen. Sheridans Kopf flog herum.

»Was war das?«

Father Duffy ging auf sie zu. Sie wich ein paar Schritte zurück.

»Was?«

»Das eben.«

Sheridan merkte, wie ihr der Schweiß ausbrach. Die Jacke und das Halfter mit der Waffe befanden sich jetzt mehrere Bänke hinter ihr. Das musste sie so schnell wie möglich ändern.

»Da war nichts, Norma. Diese Kirche ist alt und das morsche Gestühl knackst und knarrt manchmal etwas.«

Er versuchte wohl, beruhigend zu klingen, und lächelte sie aufmunternd an. »Jedenfalls freut es mich, dass Sie uns heute helfen und für Ihre Cousine eingesprungen sind. Geht es ihr gut oder ist sie etwa erkrankt?«

Diesmal schien das Geräusch von der Empore zu kommen. War das der Inspector gewesen, der sich dort verborgen hatte? Sheridan widerstand der Versuchung, nach oben zu schauen.

»Sie hat eine Erkältung und wollte im Bett bleiben. Gibt es frische Blumen, Father?« Sie versuchte den Abstand zwischen sich und dem Priester wieder zu vergrößern. »Die alten lassen schon die Köpfe hängen. Das sieht nicht gut aus, wenn Sie mich fragen.«

Father Duffy reagierte nicht sofort. Er war im Mittelgang stehen geblieben und schien in eine andere Welt eingetreten zu sein. Der Priester wirkte in ihren Augen einsam und verloren.

»Father? Ich habe nach Blumen gefragt. Ich würde gern frische in die Vase stellen.«

»Ich glaube, die müssten im Nebenraum liegen. Haben Sie da schon mal nachgeschaut?«

Der Nebenraum ... Sollte sie den wirklich jetzt aufsuchen?

»Danke. Bleiben Sie jetzt bis zur Messe hier, Father?«

Sie wusste nicht, was sie besser gefunden hätte, dass er ging oder dass er bei ihr blieb.

»Oh, ich muss noch einmal weg, Norma. Ich wollte nur vorher nach dem Rechten sehen und ...« Er zögerte, sah sie an und lächelte. »... ob es Ihnen auch gut geht.«

Wieder näherte er sich ihr. »Haben Sie denn keine Angst?«

Sheridan schüttelte tapfer den Kopf, während sie merkte, wie die Angst in ihr hochkroch. Sie versuchte ein Lächeln, das ihr nicht so recht gelingen wollte. In dem Moment vernahm sie gedämpft den Klingelton eines Handys. Es war der Anfang eines bekannten Musikstücks.

Beide starrten sich überrascht an.

»Ist das Ihres, Father?«

»Es muss Ihr Handy sein, Norma.«

Sergeant Sheridan wusste, dass es nicht ihres war. Es könnte das Handy des Inspectors sein, aber das preiszugeben hätte die ganze Aktion gefährdet.

»Ich muss es in meiner Jacke gelassen haben«, versuchte sie den Klingelton zu erklären. Es hatte aufgehört und sie atmete auf.

»Werden Sie später zur Messe noch hier sein?«, erkundigte sich der Priester, wartete die Antwort jedoch nicht ab. »Wenn nicht, möchte ich mich jetzt schon ganz herzlich bei Ihnen bedanken und wünsche Ihrer Cousine eine gute Besserung.«

Er wandte sich zum Gehen.

»Gern, ich richte es aus«, flüsterte sie.

Kurz darauf war er verschwunden und Sheridan beobachtete, wie die Eingangstür langsam zugezogen wurde.

Sheridan beruhigte sich und fummelte wieder an dem losen Kabel herum. Ob er das bemerkt hatte? Und was war das für ein Handy gewesen, das da gerade geklingelt hatte?

Sie versuchte, nicht weiter daran zu denken, nahm die welken Blumen, die sie achtlos auf eine der Bänke gelegt hatte, und steuerte den Nebenraum an. Ihre Jacke und die Waffe wollte sie gleich im Anschluss holen.

Sie ging an den Beichtstühlen vorbei und musste flüchtig an Inspector Coyne denken, der dort hatte ausharren wollen. Als sie den zweiten Beichtstuhl erreichte, stieg ihr etwas in die Nase, das den Geruch nach kaltem Weihrauch für einen Moment überdeckte. Was war das? Das passte nicht hierher. Vielleicht ein Hauch des Parfüms der letzten Beichtenden, das man noch schnuppern konnte?

Kurz darauf hatte sie die Tür zum Nebenraum erreicht und drückte die Klinke ganz vorsichtig herunter. Aber es tat sich nichts. Sie konnte die Tür nicht öffnen.

Komisch, dachte Sergeant Sheridan. Vorhin war sie noch offen gewesen und sie sollte doch auch immer und unter allen Umständen offen bleiben.

Sheridan drückte mehrmals rasch die Klinke herunter und merkte, wie sich ihre Nackenhaare aufstellten. Sie hörte eine leise Stimme durch die Tür.

»Alles in Ordnung bei Ihnen?«

Das musste einer der Kollegen sein.

»Ja«, flüsterte Sheridan zurück. Es war ja alles noch in Ordnung, oder?

»Warum ist die Tür verschlossen?«, flüsterte sie, erhielt jedoch keine Antwort. Wahrscheinlich standen die Kollegen schon wieder hinter dem Vorhang.

Dann schoss ihr ein Gedanke durch den Kopf. Sie könnte die kurze Wendeltreppe zur Empore hochsteigen und sich zu Inspector Day gesellen. Das wäre das Beste. Ja, das würde sie jetzt tun.

Sie stieg langsam die Stufen hinauf. Als sie die Hälfte der Treppe bereits hinter sich hatte, hörte sie von unten ein Geräusch, wie das Öffnen einer Tür. Verwirrt blieb sie stehen.

»Hallo?«

Ihre Stimme hallte durch den hohen Kirchenraum. Sie beugte sich weit über das Geländer und warf einen Blick nach unten, konnte aber niemanden entdecken. Sie schaute in alle Richtungen – oh Gott, die Waffe und der Stick! Sie musste sie auf der Stelle zurückholen!

In dem Moment verlosch das Licht. Sheridan schrie auf.

Langsam und vorsichtig tastete sie sich auf der Treppe weiter nach oben. Sie musste in den Orgelraum gelangen. Sollte sie den Inspector rufen?

Ein Blitz leuchtete von unten zwischen den Bänken auf. Was war das gewesen?

»Ist da wer?« Ihre Stimme klang mit einem Mal hohl und unsicher.

Entsetzt beobachtete sie, wie sich ein schmaler Lichtstrahl zwischen den Bänken unten einen Weg zu bahnen schien. Jemand leuchtete mit einer starken Taschenlampe durch das dunkle Kirchenschiff und schien etwas zu suchen.

Siobhan Sheridan hielt den Atem an. Nach ein paar Sekunden stieg sie vorsichtig weiter nach oben. Der da unten durfte sie nicht entdecken.

Es konnten nur noch wenige Stufen sein, bis sie die Schwingtür erreicht hatte. Da merkte sie es – der Strahl der Lampe hatte sie gefunden. Er tastete sie von den Beinen bis zum Kopf ab. Und jetzt wusste sie, dass sie es war, die gesucht wurde. Wer auch immer diese Lampe in der Hand hielt, blieb im Schutz der Dunkelheit verborgen.

Plötzlich vibrierten die Stufen leicht. Sie war nicht mehr allein auf der Wendeltreppe. Sheridan zog sich so schnell sie konnte am Geländer nach oben. Noch eine Stufe und sie konnte die Tür fast greifen. Sie fuhr sich hastig über die eiskalte, nasse Stirn und streckte den Arm aus, um die Schwingtür aufzustoßen. Doch die Tür bewegte sich nicht. Warum ließ sie sich nicht öffnen?

Sheridan wollte schreien, doch sie hatte einen Kloß im Hals und brachte keinen Laut heraus. Die Angst und das Grauen, die nun komplett von ihr Besitz ergriffen hatten, lähmten sie. Das hatte sie während der Ausbildung gelesen, fuhr es ihr durch den Kopf, dass man vor Todesangst manchmal nicht mehr um Hilfe schreien konnte.

Sie spürte, wie sich jemand unter ihr auf der Wendeltreppe unaufhaltsam näherte, und hämmerte mit beiden Fäusten an die Tür. Endlich hörte sie auf der anderen Seite Kevin Days Stimme.

»Sheridan, ich komme hier nicht raus! Jemand hat die Tür blockiert.«

»Hier ist jemand!« Ihr Hilferuf war eher ein Flüstern als ein Schrei.

Sie stand jetzt mit dem Rücken zur Tür und hatte beide Arme, um sich zu schützen, vor der Brust verschränkt. Es war, als würde sie sich gegen eine unbegreifliche Bedrohung wappnen, sie wusste, dass sie in Todesgefahr war.

Die Wendeltreppe knarrte. Sie nahm all ihre Kraft, ihren Willen und Mut zusammen und stürzte sich auf die Gefahr. Eine andere Wahl hatte sie nicht.

Da spürte sie plötzlich etwas Weiches, Warmes in ihren Händen, das sich nach Wollstoff anfühlte. War es eine Soutane? Sie wusste es nicht. Sheridan sog die Luft ein. Sie roch etwas Süßes, wie Lebkuchen, dann etwas Scharfes. War das der Atem des Angreifers? Dann wurde ihr etwas über Mund und Nase gedrückt und sie versank in tiefe Bewusstlosigkeit.

39

Grace O'Malley stand neben ihrem Chef Robin Byrne und zitterte am ganzen Leib. Sie hatte das Krankenhaus sofort verlassen, nachdem man sie über den Mord an ihrer Kollegin Siobhan Sheridan informiert hatte.

Ein Guard hatte sie abgeholt und zum Tatort gebracht. Sie durfte selbst nicht Auto fahren, das hatte ihr die Ärztin zum Abschied noch einmal eingeschärft.

Kevin Day lehnte kreidebleich an einem Kirchenpfeiler. Er wich allen Blicken aus und starrte regungslos auf den grauen Steinboden.

Die Spurensicherung untersuchte alle Ecken und Winkel der Kirche und die Rechtsmedizinerin Aisling O'Grady kniete neben der Leiche der jungen Frau aus Roscommon.

Sie schaute kurz hoch und bedeutete Grace, zu ihr zu treten. Die Kommissarin riss sich zusammen und folgte der Aufforderung.

Aisling deutete auf die Wunde direkt unterhalb des Herzens, aus der eine Menge Blut auf die Kleidung der Toten und den Boden getropft war.

»Sie war vermutlich bewusstlos, als sie erstochen wurde. Doch das kann ich erst nach der Obduktion genauer sagen.«

Grace kniete sich neben die junge Frau. Der Tod der Kollegin hatte sie zutiefst erschüttert und sie fühlte sich dafür verantwortlich.

»War das ein gezielter Stich? Wusste der Mörder, was er tat?«

Aisling wiegte den Kopf hin und her. »Ich denke, schon.

Die Stelle ist, was die Effizienz betrifft, nicht schlecht gewählt.«

»Medizinische Vorbildung?«

Aisling überlegte.

»Nicht unbedingt. Ein bisschen Anatomie, Mitglied beim freiwilligen Rettungsdienst, wie es hier auf dem Land viele gibt – das könnte schon reichen.«

»Hat er kräftig zugestochen?«

Die Medizinerin schüttelte den Kopf. »Nicht besonders.«

Sie setzte ihre Untersuchung fort. »Aber Sergeant Sheridan besaß viel Kraft und sie war absolut fit. Ich hab sie vor Kurzem mal im Garda-Sportclub erlebt. So leicht haute die nichts um.«

Grace wandte sich zum Ausgang der Kirche, um kurz mit Father Duffy zu reden. Colin von der Spurensicherung holte sie an der Tür ein und streckte ihr einen durchsichtigen Beutel entgegen.

»Was ist das?«, fragte die Kommissarin.

Colins jungenhaftes Gesicht mit dem fleckigen rötlichen Teint, hinter dem Grace den massiven Missbrauch einer Sonnenbank vermutete, strahlte. »Keine Ahnung, Ma'am. Das haben wir neben der Leiche auf dem Boden gefunden. Könnte ein abgerissenes Stück Papier von irgendeinem Katalog sein.«

Er betrachtete den bunten Papierfetzen nun etwas genauer. »Oder ein Stückchen einer Briefmarke oder eines Puzzles? Ist alles möglich.«

»Lassen Sie es genau untersuchen, Colin, ich muss jetzt rüber zu den Zeugen.«

Hinter ihnen räusperte sich jemand. Grace schaute auf und sah die große Gestalt von Robin Byrne vor sich aufragen. Neben ihm stand Kevin Day.

»Ich schlage vor, wir fahren jetzt alle zur Rekonstruktion

der grauenhaften Ereignisse in die Zentrale. Du fährst mit mir, Grace, und Kevin fährt mit Jack im Wagen.«

»Ich bin mit meinem eigenen Wagen hier, Rob.« Kevin sah ihn nicht dabei an.

»Du fährst mit Jack. Das ist eine Anordnung und kein Vorschlag. In deinem Zustand wirst du nicht Auto fahren.« Der Chef hörte sich ungewöhnlich klar und bestimmt an.

Eine halbe Stunde später saßen sie zu siebt im großen Verhörraum der Zentrale. Kevin Day, Byrne und die vier Guards, die ebenfalls zum Schutz Sheridans abkommandiert gewesen waren. Grace O'Malley saß am Kopfende des Tisches und heftete ihren Blick zunächst auf die gegenüberliegende Wand, als müsste sie sich sammeln, bevor sie etwas sagen konnte.

Schließlich ergriff sie das Wort. »Ich möchte vorausschicken, dass es hier nicht darum gehen kann, irgendjemandem Schuld zuzuweisen. Wenn jemand für diese schreckliche Sache verantwortlich ist, dann ich.«

»Grace, das kann ich so nicht stehen lassen«, unterbrach sie Byrne. »Ich habe die ganze Aktion nicht nur abgesegnet, sondern auch von draußen überwacht. Deshalb liegt die Verantwortung ganz bei mir als Leiter von Garda Galway. Aber jetzt schlage ich vor, dass Kevin uns erzählt, was sich in der Kirche ereignet hat. Und die anderen ergänzen, was bei ihnen passiert ist, damit wir ein vollständiges Bild von der Situation erhalten.«

Alle Augen richteten sich auf Day. Er sah immer noch bleich aus und spielte mit seiner Brille.

»Ich hatte mich oben auf der Empore hinter der Orgel versteckt.«

»Wieso dort?«, fragte Grace, während sie sich dem Kollegen zuwandte.

»Weil es sonst keinen geeigneten Platz gab. Die Beichtstühle hatten wir ja verworfen …« Hier machte er eine Pause, als erwartete er einen Einwurf. Schließlich war es sein eigener Vorschlag gewesen, die nahen Beichtstühle besser nicht zu nutzen. Doch niemand sagte etwas. Also fuhr Day fort: »Alles andere wäre von unten sichtbar gewesen.«

»Funktionierte die Schwingtür, als du hochgingst, noch einwandfrei?«

Day nickte. »Ja. Es gab keinerlei Blockade. Ich habe das überprüft.«

»Gab es noch einen zweiten Zugang zur Empore?«

»Ja, ganz hinten auf der anderen Seite. Doch da stand ein Stuhl davor. Ich habe die Tür überprüft, weil ich außen einen Schlüssel im Schloss stecken sah. Das bedeutete für mich, dass man die Tür nach Belieben hätte öffnen und zusperren können.«

»Wo führt die hin?«, fragte Byrne.

Kevin Day hob den Kopf. »Zum Nebenraum unten.«

»Und diese zweite Tür war später verschlossen?«

Kevin nickte.

»Das heißt, dass du da oben gefangen warst?« Graces Stimme war ruhig und fest.

Wieder nickte Kevin. »Als ich Sheridan hörte und merkte, dass etwas nicht stimmte, rannte ich zu dieser anderen Tür. Aber dort ging auch nichts. Ich hab versucht, die Tür aufzubrechen.«

»Die hintere Tür?«

»Ja.«

»Warum nicht die vordere, wo Sheridan stand? Wäre das nicht sinnvoller gewesen?« Grace versuchte, unter keinen Umständen vorwurfsvoll zu klingen.

Der Inspector fuhr sich mit der Hand durch das kurz geschnittene Haar.

»Ich weiß es nicht. Ich war an der hinteren Tür und alles,

was ich denken konnte, war, ich muss hier raus und ihr helfen. Deshalb habe ich mich gegen diese Tür geworfen.«

»Die gab aber nicht nach.«

Kevin Day nickte.

»Was war mit der vorderen Tür?« Grace schaute kurz auf die Notizen, die sie sich vor Ort nach den Angaben der Spurensicherung gemacht hatte.

»Hier steht, dass sie durch einen Holzkeil blockiert worden war.«

»Richtig. Da ging gar nichts.«

Die Kommissarin wandte sich nun an die beiden Guards, die sich im Nebenraum hinter dem Vorhang aufgehalten hatten.

»Wann haben Sie gemerkt, dass etwas nicht in Ordnung war?«

Die beiden wechselten unsichere Blicke. Keiner von ihnen antwortete.

»Haben Sie überhaupt etwas gemerkt?« Grace versuchte nicht ungeduldig zu klingen.

Schließlich nahm sich einer der Männer ein Herz. »Um ehrlich zu sein, nicht wirklich, Ma'am. Der Sergeant kam einmal an die Tür, drückte vorsichtig die Klinke herunter, und ich fragte leise, ob alles in Ordnung sei. Wir durften ja unter keinen Umständen auf uns aufmerksam machen, oder?«

»Und hat Sheridan darauf geantwortet?«, bohrte Grace nach.

»Ja, zumindest glaubte ich das zu hören. Aber ich habe mich schnell wieder hinter den Vorhang zurückgezogen, denn es kam ja jemand.«

Grace und Day rissen die Augen auf und starrten den Kollegen in Uniform an. Byrne öffnete seine ebenfalls, die er halb geschlossen gehalten hatte.

»Es kam jemand? Wer?«

Der Guard zuckte verdrießlich die Schultern. »Wir standen doch hinter dem Vorhang. Das war die Vorgabe. Uns durfte man ja nicht sehen. Hat man auch nicht. Aber das bedeutete natürlich, dass wir auch nichts sehen konnten. Wir sollten uns verbergen, das war die Vorgabe.«

Der zweite kam seinem Kumpel nun zu Hilfe. »Die Vorgabe war, einzugreifen, wenn Sergeant Sheridan uns um Hilfe ruft. Das hat sie aber nicht getan. Paddy hier hat sie noch gefragt, ob alles in Ordnung ist, und sie hat Ja gesagt, und einen Alarm hörten wir auch nicht.«

Grace unterdrückte ein Seufzen. »Gut. Das hätten wir geklärt. Sie konnten wegen der ›Vorgabe‹ …« Sie versuchte dieses Wort nicht besonders zu betonen, obwohl sie sich kaum zurückhalten konnte. »… Sie sahen also nicht, wer da hereinkam. Aber Sie konnten mit Ihrem exzellenten Gehör doch sicher hören, was derjenige getan hat, oder?«

Paddy ergriff wieder das Wort. »Er kam die Treppe herunter, und dann muss er durch die Tür rausgegangen sein. Er hat noch am Schloss herumgefummelt, meine ich.«

Kevin Day schaute entsetzt. »Er kam von oben?«

Der Guard nickte. »So hörte es sich zumindest an.«

»Und dann?«

»Nichts. Wir blieben auf unserem Posten. Bis wir Inspector Day schreien hörten.«

»Das war die Vorgabe«, ergänzte Grace mit matter Stimme.

»Dann merkten wir, dass die Tür zur Kirche verschlossen war.«

Grace schaute die anderen an. »Er kam von oben. Das bedeutet, er war entweder schon auf der Empore, als ihr ankamt, oder er hat sich später unbemerkt von den beiden Kollegen hochgeschlichen.«

Kevin räusperte sich. »Ich kann mir nicht vorstellen, dass da oben jemand war, als wir in die Kirche kamen. Ich hab dort alles nach einem geeigneten Versteck abgesucht. Da war niemand.«

Grace senkte den Kopf. »Gut. Lassen wir das im Moment so stehen. Was passierte, als Sheridan angegriffen wurde und Kevin merkte, dass er nicht wegkam?«

Alle starrten Inspector Day an.

»Als ich merkte, dass ich nicht nach unten konnte, schrie ich um Hilfe. Nein, zuerst schrie ich nach Sheridan. Sie hatte auch geschrien.«

»Was genau?«

Kevin zuckte die Schultern. »Das weiß ich nicht mehr. Es war ein völliges Chaos. Ich glaube, so was wie: ›Hier ist jemand!‹ Aber keinen Namen.«

Grace wandte sich an Byrne und die beiden Guards, die außen postiert gewesen waren. »Habt ihr jemanden gesehen?«

Der Jüngere der beiden, der einen modischen Vollbart trug, nickte eifrig.

»Ja, der Priester ging rein. Durch den vorderen Haupteingang. Aber das war eine Weile bevor das alles passierte.«

»Habt ihr Father Duffy auch wieder herauskommen sehen?«, fragte Grace.

Als die beiden zögerten, ergriff Robin Byrne das Wort. »Ich glaube nicht, dass sie das sehen konnten. Aber ich habe ihn gesehen. Er ist allerdings ganz schnell auf der linken Seite der Kirche aus meinem Blickfeld verschwunden. Dort gibt es einen Nebeneingang.«

Grace war überrascht, wie schnell Byrne sich mit den örtlichen Gegebenheiten vertraut gemacht hatte.

»Das heißt, Duffy hätte sich, von allen unbemerkt, sehr schnell wieder in die Kirche begeben können, um Sheridan dann zu ermorden.«

»Das wäre rein theoretisch möglich gewesen.« Kevins Stimme klang belegt.

»Warum war dieser Zugang unbewacht? Hatten wir diesen zusätzlichen Eingang bei der Planung nicht auf dem Schirm?«

Niemand erwiderte etwas.

»Wir haben den Priester schon kurz vernommen«, sagte Kevin schließlich. »Er gibt an, zu seinem Auto zurückgegangen zu sein, weil er etwas holen wollte. Erst als er die Schreie und den Lärm in der Kirche hörte, merkte er, dass da wohl etwas nicht stimmte. Außerdem sagte er aus, dass er in der Dunkelheit eine Gestalt gesehen habe, die von der Kirche weglief, die er aber nicht habe erkennen können.«

Grace machte sich Notizen. »Danke, Kevin. Das könnte wichtig sein. Wo ist der Priester jetzt?«

Byrne antwortete ihr. »Er wartet draußen, Grace.«

Sie wischte sich flüchtig über die Augen. »Haben wir sonst noch jemanden zum Verhör?«

In dem Moment klopfte es laut an die Tür. Sie wechselten einen überraschten Blick und Byrne bat den Besuch herein. Die Tür zum Verhörraum flog auf und Anne Madden stand mit einem Kameramann im Flur.

»Wie gut, Sie alle hier anzutreffen. Ich habe gehört, eine Ihrer Kolleginnen ist in der Claddagh-Kirche ermordet worden. Mein herzliches Beileid. Ich hätte dazu ein paar Fragen für die Zuschauer unserer Abendnachrichten.«

Ohne eine Antwort abzuwarten, marschierte sie herein und winkte dem Kameramann, ihr zu folgen. Sie baute sich vor Grace und Kevin auf und wies ihren Kollegen an, die Kamera einzuschalten.

Da stand der baumlange Chef von Garda auf und trat ihr energisch in den Weg. »Verlassen Sie auf der Stelle diesen Raum. Wir sind mitten in einer internen Besprechung und haben im Moment weder die Zeit noch das Bedürfnis, an die Öffentlichkeit zu treten.«

Aber Anne Madden gab nicht auf. »Wir können nicht bis

zu einer Pressekonferenz warten. Die Öffentlichkeit ist zutiefst beunruhigt, wie Sie sich denken können. Das ist das vierte Opfer in kurzer Zeit.« An dieser Stelle musste sie schlucken, offenbar weil sie an ihre eigene Mutter denken musste. »Und auch wenn dieser Mord an einem Guard noch einmal eine andere Qualität hat, betrifft es alle Menschen hier im County, die zu Recht verunsichert sind und um ihr Leben fürchten müssen.«

Byrne machte eine ausladende Bewegung mit den Armen, die sie aus dem Raum verscheuchen sollte. Schließlich standen die beiden uniformierten Guards auf und schoben die Fernsehleute energisch aus dem Raum.

Da stand plötzlich Rory in der Tür. Niemand hatte ihn oben in Knock informiert. Verblüfft starrte er die Kollegen an, die mit düsteren Mienen um den Tisch saßen und schwiegen.

Es herrschte Stille. Lediglich das Gurgeln der altertümlichen Heizkörper in der Ecke war zu vernehmen. Grace war aufgestanden und zu ihm getreten. Als sie bemerkte, dass Tränen in seinen Augen standen, legte sie ihm den Arm um die Schulter. Er wischte sich mit dem Ärmel seiner Daunenjacke über die Augen und suchte halbblind nach einem Stuhl. Dann ließ er sich darauffallen und vergrub sein Gesicht in seinen Händen. Niemand sagte etwas.

Nach einer Weile hob Rory den Kopf und starrte geradeaus.

»Ich hätte sie schützen müssen.« Ihm versagte die Stimme.

Grace war hinter ihren Kollegen getreten. »Niemand konnte sie schützen, Rory. Wir haben es hier mit einem Täter zu tun, der nicht nur skrupellos und gefährlich ist, sondern sich auch extrem gut auskennt und minutiös vorbereitet war.«

»Das heißt, wir gehen davon aus, dass der Mörder sehr

wohl wusste, dass es sich bei Sheridan nicht um eine Ehrenamtliche handelte, sondern dass es eine Falle war, die Garda ihm gestellt hatte?«

Kevin Day hatte diese Frage in den Raum geworfen.

»Ich glaube nicht, dass er es von Anfang an durchschaut hat«, sagte Grace. »Sonst hätte er als Erstes Kevin ausgeschaltet und dann den Zugang zum Nebenraum verschlossen.«

Rory nickte zerstreut. »Aber wo ist das Motiv? Auch wenn es ein Serienmörder ist, muss er ein Motiv haben. Einen Auslöser, durch den alles einen Sinn ergibt.«

40

Robin Byrne fühlte sich verpflichtet, eine halbe Stunde später eine knappe Erklärung an die Presse herauszugeben.

Es hatten sich mittlerweile nicht nur das RTÉ-Team, sondern auch Vertreter der verschiedensten Medien in der Gardai-Zentrale eingefunden, die alle nervös auf Neuigkeiten warteten.

Keiner seiner Kommissare begleitete ihn, darin waren sie sich einig gewesen. Der Mord an der Kollegin hatte sie alle sehr getroffen und sie waren froh, dass es Byrne diesmal auf sich genommen hatte, die Presse selbst zu informieren.

Rory und Kevin Day zogen sich mit ihrer Chefin in ihr Büro zurück und schlossen die Tür.

Grace ergriff als Erste das Wort. Schließlich musste es rasch weitergehen. Auch wenn sie merkte, dass sie nach wie vor nicht voll einsatzfähig war. Sie hatte starke Kopfschmerzen.

»Rory, gibt es etwas Neues von Kelly und Dunne? Hast du im Kloster etwas herausbekommen?«

Rory schüttelte den Kopf. »Die Fahndung nach den beiden läuft. Aber die Baufirma hat keinen Wagen als gestohlen gemeldet, was merkwürdig ist. Wir haben bei denen noch mal nachgefragt und auch der Mönch wusste nichts. Er habe den alten Priester am Morgen das letzte Mal gesehen, sagte er mir.«

Grace nickte. »Wir haben jemanden in die Walter Macken Road zu Kellys Vater geschickt, um ein aktuelles Foto von dem Verdächtigen zu bekommen. Das, was wir bisher für die Fahndung benutzt haben, ist schon ziemlich alt. Lohnt es sich, den Vater zu verhören, Rory? Du hast ihn doch kurz getroffen?«

Der Kommissar seufzte. »Kelly hat behauptet, er wäre noch absolut fit im Kopf. Das kann er aber auch vorgeschoben haben, weil er ihn als verlässlichen Alibizeugen braucht. Jedenfalls ist der alte Mann fast taub und kaum zu verstehen. Er wusste allerdings ganz genau, wo sein Sohn steckte. Das spricht für ein weiteres Verhör, auch wenn es mühselig wird.«

»Kannst du das bitte rasch übernehmen? Wir stehen sehr unter Druck und ich weiß, was alle heute schon durchgemacht haben.«

Rory nickte und erhob sich.

Kevin blickte auf.

»Was kann ich noch tun, Grace?«

Sie überlegte fieberhaft. Kevin war immer noch am Boden zerstört und machte sich bestimmt schwere Vorwürfe, dass er Sheridan nicht hatte schützen können. Er, der sonst in seinen eigenen Augen unfehlbar war.

Sie schluckte. Eigentlich wollte sie rasch die beiden Kerrigan-Geschwister verhören und natürlich Father Duffy, der jeden dieser Morde gewissermaßen begleitet hatte, außer den an Mary O'Shea. Und was war mit Liam O'Flaherty, dem Organisten?

Sie schaute auf die Uhr. Es ging schon auf neun Uhr abends zu. Das Verhör der Kerrigans konnte erst morgen früh stattfinden, mit Father Duffy würde sie nachher noch sprechen.

Es klopfte zaghaft. Grace schaute überrascht auf und rief »Herein!«. Alle drei Guards starrten zur Tür, die langsam aufgestoßen wurde. Die zierliche blondgelockte Sergeant Donovan stand wie eine der berühmten *Little People,* die irischen Elfen, im Türrahmen.

»Kommen Sie herein, Donovan.«

Sie hatten sich seit der Besprechung im Krankenzimmer nicht mehr gesehen. Wenn sie sich mit ihrem Wunsch durchgesetzt hätte, den Lockvogel in der Claddagh-Kirche zu spielen, wäre sie jetzt wohl nicht mehr am Leben. Alle im Raum wussten es.

Die junge Frau zeigte keine Gefühlsregung. Keine geröteten Augen, kein trauriger Zug um den Mund. Wenn sie geschockt und voller Trauer war, wusste sie es zu verbergen.

»Ja?« Grace bemühte sich um ein Lächeln.

Rory, der sich gerade verabschiedet hatte, trat zur Tür und verschwand.

Grace bot Donovan einen Stuhl an und wandte sich dann wieder an Kevin Day. »Kevin, was ich noch dringend bräuchte, ist eine Aufstellung der Informationen, die ihr aus den Unterlagen in Mary O'Sheas Büro gezogen habt. Wir haben uns ja nicht mehr darüber unterhalten können. Das wäre mir jetzt sehr wichtig. Du und Sheridan, ihr habt euch dort ja umgeschaut.«

Kevin nickte. Die bloße Erwähnung der ermordeten Kollegin ließ ihn wieder in sich zusammensinken. So hatte Grace ihn noch nie erlebt, und auch wenn der Anlass ein furchtbarer war, musste Grace sich eingestehen, dass er ihr dadurch um einiges sympathischer geworden war.

»Ja, Grace, und wir haben einiges gefunden. Ob es wirklich für uns interessant ist, wird man sehen. Rechnungen über Kerzen und über Bauarbeiten von Handwerkern sind mir im Gedächtnis geblieben. Aber das gehen wir am besten zusammen durch. Nur habe ich diese Unterlagen leider nicht bei mir. Die hat …« Er brach ab und Schweißperlen standen ihm auf der Stirn.

Grace hob die Augenbrauen und sah ihn abwartend an. Auch Sergeant Donovan wirkte verwundert, schwieg aber.

»Was ist, Kevin? Wo sind eure Unterlagen?«

»Die hat Sergeant Sheridan auf meinen Wunsch an sich genommen.« Er fuhr sich mit den Fingern in seinen Hemdkragen, wie um besser Luft schöpfen zu können.

Grace blieb ruhig.

»Gut. Wir kontaktieren umgehend die Spurensicherung und O'Grady. Sie müssen diese Unterlagen gefunden haben. Ich kümmere mich darum und du gehst jetzt bitte nach Hause, Kevin. Wir treffen uns morgen hier um neun.«

Er zögerte, erhob sich jedoch schließlich.

Als Kevin gegangen war, schaute Grace etwas ratlos auf die irische Elfe in Uniform.

»Was kann ich für Sie tun, Sergeant? Ich muss leider noch ein Verhör führen und habe nicht viel Zeit. Trotzdem noch einmal vielen Dank dafür, dass Sie sich zu diesem Einsatz bereit erklärt haben.«

Donovan nickte. Sie schien etwas im Kopf abzuwägen.

»Ich will mich nicht aufdrängen, Ma'am. Aber ich wollte Ihnen noch etwas berichten.«

Grace war zwar müde und fühlte sich körperlich wie seelisch erschöpft, aber diese junge Frau schien etwas auf dem Herzen zu haben.

»Wir hätten uns eigentlich in St. Joseph's aufhalten sollen«, begann Donovan. »Aber der Einsatz dort wurde ja abgeblasen, also war ich ganz in der Nähe.«

Grace starrte sie ungläubig an.

»Sie waren ganz in der Nähe von St. Joseph's?«

Donovan schüttelte den Kopf, sodass ihre Löckchen flogen.

»Nein, bei der Kirche in der Claddagh.«

Grace schluckte.

»Wo genau hielten Sie sich auf?«

»Am nördlichen Seiteneingang der Kirche.«

»Warum? Was hatten Sie dort zu tun?«

Donovan zuckte die schmalen Schultern. »Eigentlich nichts. Ich hatte ja nichts mehr zu tun, und bevor ich nach Spiddal fahre und die Kollegen sich das Maul zerreißen würden, dachte ich, es schadet ja nicht, wenn ich mich mal dem Ort des Geschehens nähere. Einfach so.«

Die Kommissarin schaute sie mit fragenden Augen an.

»Als hätte ich auch damit zu tun. Ein bisschen wenigstens.«

Sie hörte sich nun leicht schuldbewusst an.

Grace atmete tief durch.

»Und dann haben Sie etwas beobachten können?«

Der Sergeant nickte, die blonden Löckchen wippten.

»Was?«

Donovan überlegte einen Moment lang, bevor sie den Mund öffnete. »Ich habe einen Mann weglaufen sehen.«

»Von der Kirche?«

»Ja, aber genau habe ich das nicht erkennen können. Ich stand an der Ecke und hatte den Seiteneingang der Kirche nicht im Blickfeld, aber wo sollte er sonst hergekommen sein? Da gibt's ja nicht viel und warum sollte er gerannt sein?«

Grace senkte zustimmend den Kopf. »Können Sie den Mann beschreiben, Donovan?«

Nun wuchs der kleine Sergeant auf dem Stuhl um ein paar Zentimeter.

»Selbstverständlich, Superintendent. Ich bin doch aus Spiddal. Daher kenne ich ihn gut. Es war Liam, der Buchhändler aus Roundstone. Er spielt oft bei uns in der Kirche, er ist ein ausgezeichneter Organist.«

41

Grace lag neben Peter im Bett und grübelte. Sie hatte längst schlafen wollen, war müde und fühlte sich hundeelend. Doch die Nachwirkungen der Gehirnerschütterung hatten sich mit der Verzweiflung über den Mord an der Kollegin vermischt und ließen sie nicht zur Ruhe kommen. Ständig wälzte sie sich von der einen auf die andere Seite. Peter neben ihr schlief. Er hatte vor einiger Zeit den Arm, den er schützend um sie gelegt hatte, vorsichtig herausgezogen und sich friedlich schlummernd von ihr weggedreht. Sie beneidete ihn. Sein Atem ging leise und regelmäßig.

Rory hatte ihr in einer SMS mitgeteilt, dass er tatsächlich bei Kellys Vater ein neues Foto seines Sohnes aufgetrieben habe, das Kelly vor einer Woche für einen neuen Reisepass habe machen lassen.

Sie würden es morgen früh gleich zur Fahndung geben. Was hatte Kelly mit diesem neuen Pass vor? Wollte er das Land schnell wieder verlassen? Es sah ganz danach aus.

Grace schloss die Augen und bemühte sich einzuschlafen. Was plante Kelly mit dem Greis aus dem Kloster? Wollte er ihn bestrafen? Ihn zum Schweigen oder zum Reden bringen?

Ihre Überlegungen kreisten immer stärker um den ersten Mord, den an Beth Kerrigan. Michael Kelly schien tatsächlich als Einziger ein handfestes Motiv für diesen Mord zu haben. Aber für die Morde an Marilyn Madden und Mary O'Shea kam er ihrer Meinung nach kaum infrage, da gab es keinen sichtlichen Zusammenhang, und für den kaltblütigen Mord an Sergeant Sheridan hatte er sogar ein

Alibi. Er war mit einem Greis in einem Lieferwagen, der niemandem fehlte, auf der Flucht.

Peter seufzte leise im Schlaf und Grace lächelte. Sie musste ihn einmal fragen, ob sie nachts ebenfalls merkwürdige Geräusche von sich gab.

Ihr spätes Verhör am vergangenen Abend fiel ihr wieder ein. Father Duffy hatte auch diesmal nichts zur Aufklärung des Verbrechens beitragen können. Zumindest hatte er das behauptet. Ihm sei nichts Ungewöhnliches an Sergeant Sheridan aufgefallen, als er sie kurz vor ihrem Tod in der Kirche angesprochen hatte.

Auch sei er nicht überrascht gewesen, dass eine andere, ihm unbekannte Frau für Ida Joyce eingesprungen war. Obwohl sie ja nicht wirklich unbekannt für ihn gewesen sei, was er in einem Nebensatz flüchtig erwähnte. Er sei nämlich, als er mit Liam und Mary zusammen vor ein paar Tagen zum Verhör bestellt worden war, von Sheridan ins Verhörzimmer geführt worden. Da hatte er sie zwar nur kurz und in Uniform gesehen, aber jemand mit einem guten Gesichtsgedächtnis wie er konnte sich noch sehr genau an sie erinnern.

Grace hatte an der Stelle der Vernehmung nicht gewusst, ob sie sich darüber ärgern sollte oder nicht, dass ihr das völlig entgangen war. Jedenfalls hatte Duffy spätestens dann gewusst, dass Garda präsent war und eine Falle stellte. Das wäre jedoch ein triftiger Grund für Duffy gewesen, auf keinen Fall einen Mord zu begehen.

Grace versuchte sich zu konzentrieren, um sich die Aussage des Priesters genauestens in Erinnerung zu rufen.

Sie rutschte ein kleines Stück höher im Bett und stützte sich auf den Ellbogen. Dabei berührte sie flüchtig Peters Bein, das er auf ihre Seite gestreckt hatte. Er drehte sich auf den Rücken und seufzte ein kleines bisschen wie ein zufriedener Hund.

Duffy hatte ausgesagt, dass er, nachdem er ein paar belanglose Worte mit Sheridan gewechselt hatte, die Kirche verlassen habe und zu seinem Wagen zurückgekehrt sei. Er habe noch ein Buch holen wollen, das er für die Messe benötigte. Das habe eine Weile gedauert und auf dem Rückweg zur Kirche habe er von Weitem eine Person gesehen, die sich von der Kirche entfernte. Außerdem habe er laute Stimmen aus dem Inneren der Kirche gehört und sich zu wundern begonnen, was da vorgefallen war.

Leider konnte er die Person nicht erkennen, die sich von der Kirche entfernte. Dafür sei es zu dunkel gewesen und er zu weit weg. Aber es müsse wohl ein Mann gewesen sein, das war alles.

Grace musste dringend den Buchhändler vernehmen. Sie hatte den Priester nach ihm befragt, der Liam aber angeblich am Tatort nicht gesehen und auch noch nicht mit ihm gerechnet hatte. Wollte der sich nicht wie am Samstag zuvor bei ihm im Vorfeld nach der Musik erkundigen? Das hatte Duffy verneint. Bei einer regulären Messe stehe alles bereits fest, erklärte der Priester. Aber in St. Bridget hätten die Dinge anders gelegen. Das sei eine Totenmesse gewesen, wo Sonderwünsche der Familie schon mit einfließen konnten.

Jetzt seufzte Grace leise und setzte sich vorsichtig auf, um Peter nicht zu stören. Dann schwang sie die Beine aus dem Bett und schlich auf Zehenspitzen ins Bad. Sie konnte einfach keinen Schlaf finden. Sie schloss die Tür und schaltete die kleine Lampe über dem Spiegel ein. Das Gesicht, das ihr entgegenschaute, sah blass aus. Auf der linken Stirnseite klebte noch ein Pflaster. Sie ließ sich kaltes Wasser über die Handgelenke laufen. Wie konnte sie diese Erschöpfung nur überwinden? Sie musste fit sein, um diesen schwierigen Fall zu lösen.

Was hatte ihr Peter über Father Duffys Zeit in Belfast berichtet? Damals hatte es einen toten militanten Protestanten gegeben, den Duffy kurz zuvor in einer Kirche in der Hochburg der IRA versteckt gehalten und medizinisch betreut hatte. Das war für die Zeit damals ziemlich gefährlich gewesen. Ob sich heute noch jemand an ihm rächen wollte? Über zwanzig Jahre danach?

Es gab Menschen, die konnten niemals vergeben. Das wusste Grace. Wenn sie fest und unerschütterlich an etwas glaubten, was sie für richtig hielten, und wenn ihnen Demütigung, Ungerechtigkeit oder Verrat widerfahren war, würden sie das nicht vergessen. Solche Leute saßen im Gefängnis ihrer Überzeugung oder ihres Glaubens und das Strafmaß lag bei lebenslänglich.

Auch Ideologie war in Graces Augen letztendlich Glaube. Eine Ideologie oder politische Überzeugung gewährt wie Religion feste Konturen und vermeintlichen Halt, wo Schwäche Menschen zu Fall bringt, aber auch begnadigen kann. Eine Ideologie bietet scheinbar verlässliche Strategien und Verhaltensmuster, um unerträgliche Zweifel erträglicher zu machen. Sie stellt Leitern auf und leicht erreichbare Trittbretter, auf die man springen kann, die Gerechtigkeit suggerieren und vorgeben, Brücken zu sein, in Wirklichkeit jedoch Tunnel sind, die nie dazu gedacht waren, jemals ins Helle zu führen.

Ihre Heimat Irland hatte seit Urzeiten ihre spirituelle Offenheit und Sensibilität mit einem rigiden Festhalten an wohlfeilen Überlebensstrategien bezahlen müssen, die andere für sie ersonnen hatten, um sie zu kontrollieren.

»Grace?« Peters dunkle Augen blinzelten in das erleuchtete Badezimmer. Er stand fragend in der Tür, die er einen Spaltbreit geöffnet hatte. »Geht's dir gut?«

Einen Moment lang zögerte sie, dann trat sie auf ihn zu und legte ihre Arme um ihn. Sie atmete den Geruch des Schlafes auf seiner Haut ein.

»Danke, ich kann nur nicht einschlafen. Es läuft alles kreuz und quer in meinem Kopf.«

Behutsam strich er ihr über den Rücken. Lange blieben sie so stehen, ohne ein Wort zu sagen.

»Was hast du morgen vor?«

Grace ließ ihn los, trat einen Schritt zurück und musterte ihn. »Ich weiß, es ist Sonntag, aber ich muss dringend zu den Kerrigans raus. Am besten mit Rory zusammen. Dann fahre ich zu Liam O'Flaherty in Roundstone. Auch mit Rory. Da ist irgendwas, was ich nicht rauskriege.«

»Wie meinst du das?«

»Liam ist irgendwie komisch, wenn Rory dabei ist, zumindest bilde ich mir das ein. Rory bestreitet das, aber ich möchte herausbekommen, was da los ist, auch wenn es wahrscheinlich nichts mit unserem Fall zu tun hat.«

»Und was ist mit dem verschwundenen alten Priester?«

»Du meinst Father Dunne?«

Sie löschte das Licht und beide gingen ins Schlafzimmer zurück.

»Leider gibt es da nichts Neues. Aber irgendwer muss sie doch in ihrem Lieferwagen gesehen haben. Die können sich doch nicht kurz hinter Knock in Luft aufgelöst haben.«

»Das würde in der Tat an ein Wunder grenzen.«

Peter schlug die Decke zurück und legte sich wieder ins Bett. Grace kuschelte sich an ihn.

»In Knock ist vieles möglich, Grace. Der Ort steckt voller Zeichen und Wunder. Es war ein Lieblingsort des alten Woytila, wie du weißt.«

Es herrschte eine Weile Schweigen. Dann ergriff Peter wieder das Wort.

»Und was ist mit Kevin? Du sagtest, er fühlt sich für den Tod von Sheridan verantwortlich ...«

»Ich auch«, unterbrach sie ihn und kaute an ihrer Unterlippe. »Ach ... verflucht, das hatte ich ja völlig vergessen!«

Grace saß aufrecht im Bett und Peter knipste die Nachttischlampe an.

»Was ist los? Mann, hast du mich erschreckt!«

Grace sprang auf und hastete zu ihren Kleidern, die sie sorgfältig über eine Stuhllehne gelegt hatte. Sie wühlte darin herum und zog schließlich ein paar Blätter in einer Klarsichthülle heraus. Sie überflog sie hastig und ließ die Unterlagen in ihrer Hand schließlich wieder sinken.

»Verdammt.«

Peter schaute sie fragend an.

Sie trat ans Bett und ihre Stimme klang leise und verhalten. »Das ist der vorläufige Bericht der Spurensicherung. Ich kam gestern gar nicht mehr dazu, ihn mir anzusehen. Aber sie haben die Unterlagen aus O'Sheas Büro nicht bei Sheridan finden können. Weder am Körper noch in der Jacke, noch sonst wo.«

Peter sah sie aufmerksam an.

»Bedeutet das, dass Sheridans Mörder sie mitgenommen hat?«

Grace wiegte den Kopf hin und her.

»Wahrscheinlich. Wenn Kevin sagt, er hat ihr die Unterlagen vor dem Einsatz in der Kirche ausgehändigt, und wenn sie bei der Toten nicht zu finden sind, dann bleibt wohl keine andere Möglichkeit, oder?«

»Meinst du, dass sie deswegen ermordet wurde?«

Grace kaute an einer Haarsträhne und glitt zurück ins Bett.

»Wenn es Notizen oder Kopien waren, sicher nicht. Aber wenn sie die Originale mitgenommen haben, dann wäre das unter Umständen ein Motiv für den Mord. Ich muss morgen früh als Erstes Kevin dazu befragen.«

42

Der Sonntagmorgen war neblig trüb, aber trocken, als Grace und Rory die Küstenstraße in Richtung Spiddal entlangfuhren. Rory hatte seine Chefin um zehn Uhr abgeholt und auf den neuesten Stand gebracht, noch während sie durch die gespenstisch leeren Straßen von Salthill fuhren. Jetzt schwiegen sie, was für die beiden ungewöhnlich war, und es kam Grace fast so vor, als säße die tote Kollegin mit ihnen im Wagen.

Siobhan Sheridan war fast immer gut gelaunt gewesen und Grace wusste, dass sie die singende Kollegin sehr vermissen würde.

Ihr Blick fiel nach draußen.

Billige Ilexzweige mit kirschroten Plastikbeeren und leere Bierbecher trieben über die verlassenen Straßen der graubunten Stadt am Meer und lieferten sich einen Wettkampf für Vorweihnachtsmüll.

Grace zog etwas aus ihrer Jackentasche und starrte auf das Foto, das Rory von Kellys Vater erhalten hatte und mit dem sie nun die Fahndung aktualisieren konnten. Früh am Morgen hatte sie mit Kevin Day telefoniert.

»Was hat Kevin denn eigentlich gesagt?«, brach Rory schließlich das Schweigen. Er nahm einen Schluck Tee aus seinem bunten Umweltbecher, den ihm seine Töchter zum letzten Geburtstag geschenkt hatten.

»Dass sie keine Zeit gehabt hätten, etwas zu kopieren, und alles, was ihnen interessant und irgendwie wichtig erschien, in ein großes Briefkuvert gesteckt haben.«

»Das nun verschwunden ist?«

Grace nickte und räusperte sich, um etwas zu sagen, was sie dann aber doch nicht tat.

Sie hatten die Außenbezirke von Spiddal erreicht und Rory gab Gas.

»Wissen die Kerrigans, dass wir kommen?«

Grace schüttelte den Kopf. »Die Frau wird höchstwahrscheinlich in der Messe sein, vielleicht redet er dann eher.«

Rory lachte kurz auf. »Derek Kerrigan redet gar nicht, ob mit oder ohne Schwesterchen.«

Grace wandte sich ihm zu und musste plötzlich grinsen. »Ich dachte, er hätte dich angerufen?«

Rory zog die Lippen hoch. »Nun ja, es war wohl eine Form von lautem Denken, woran er mich teilhaben ließ. Ich würde mir da keine großen Hoffnungen machen, Grace. Robin hat übrigens gestern noch mit Sheridans Eltern gesprochen …«

Das Letzte kam unerwartet und Grace hielt kurz den Atem an.

»Sie sind von Roscommon rübergekommen. Es war ein echter Schock für sie. Sheridan war das einzige Kind.«

Grace sah ihn von der Seite her an und meinte wieder Tränen in seinen Augen zu sehen. Er zog die Nase hoch und versuchte wohl seine Trauer in den Griff zu bekommen.

»Könntest du bitte aus meinem Beutel hinten den Kuchen für uns rausholen?«

Grace langte nach hinten und zog ein in Alufolie eingeschlagenes Paket hervor.

Rory nickte. »Das ist eine Tarte Tatin, die Ronan gestern noch bei uns vorbeigebracht hat. Die teilen wir uns jetzt.«

Es war offenbar Rorys hilfloser Versuch, sich abzulenken. Grace entfernte vorsichtig die Folie. Der Kuchen duftete verführerisch.

Sie hielt Rory ein Stück davon davon hin und nahm sich selbst das zweite.

Er griff sofort zu, schnupperte aber vorher noch daran.

»Ohh!«

Er lächelte verträumt. Dann biss er ab. Seine Augenbrauen rutschten in die Höhe. Er kaute und schwieg. Grace tat es ihm nach.

Sie schluckte. »Donnerwetter, wo hat er den denn gekauft? So einen guten habe ich schon lange nicht mehr gegessen.«

In Spiddal bogen sie auf die Straße nach Moycullen ab. Rory starrte geradeaus und hüllte sich in Schweigen, was Grace komisch vorkam. Exzellente Nahrungsmittel hoben nicht nur die Laune ihres Kollegen, sie machten ihn normalerweise noch redseliger, als er sowieso schon war.

»Rory?«

»Salzkaramell«, knurrte er schließlich.

»Du hast recht. Und warum hast du plötzlich so schlechte Laune?«

Rory antwortete nicht. Stattdessen zeigte er mit dem Finger auf ein niedriges, langgestrecktes Gebäude, das vor ihnen am Straßenrand aufgetaucht war.

»Das ist der Hof der Kerrigans.«

Er bog in die Auffahrt ein und hielt hinter einem Traktor, der neben einer Scheune geparkt war. Die beiden Kommissare waren noch nicht ganz ausgestiegen, als Derek Kerrigan schon aus dem weiß getünchten Nebengebäude geschlurft kam und sich abwartend an den Türpfosten lehnte. Er hob die rechte Hand zu einem stummen Gruß, was man aber nur erkennen konnte, wenn man ganz genau hinsah.

»Hallo, Mr Kerrigan! Wir haben noch ein paar Fragen. Das ist meine Chefin, Superintendent O'Malley!«

Der Farmer steuerte, ohne etwas zu erwidern, auf die Haustür zu und hielt sie ihnen auf. Aus dem Stall ertönte ein tiefes Muhen. Grace drehte ihren Kopf in die Richtung, aus der es gekommen war.

»Das sind seine Dexters«, erklärte Rory. »Tolle Tiere. Klein, rotes Fell, gedrungen, stehen mit einer großen Portion Heiterkeit hier überall munter auf den Weiden. Eben richtige Iren.«

Grace musste sich ein Grinsen verkneifen. Offenbar war Rorys Anflug von schlechter Laune schon wieder verflogen.

Derek führte sie direkt in die Küche, wo ihnen sofort ein feiner Bratenduft in die Nase stieg. Rory legte den Kopf in den Nacken und sog ihn in kurzen scharfen Zügen ein.

»Kiera hat unseren Sonntagsbraten schon mal in die Röhre geschoben, bevor sie zur Messe ging.«

Überrascht von dieser ungewohnt ausführlichen Erklärung drehte sich Rory kurz zu Kerrigan um, bevor er sich setzte. Grace nahm auf einem Stuhl neben ihm Platz und ergriff, ohne zu zögern, das Wort.

»Es geht um Michael Kelly, Mr Kerrigan. Sie gaben an, dass er sich mit Ihrer verstorbenen Schwester, seiner Ex-Verlobten, kurz nach seiner Rückkehr nach Galway getroffen hat. Standen die beiden schon vorher in Kontakt?«

Der Farmer strich sich verlegen über das Haar und schüttelte den Kopf.

»Keine Ahnung, Ma'am, aber das hätte mir Beth sicher erzählt. Sie hatte ja außer mir niemanden, dem sie etwas anvertrauen konnte. Sie war völlig überrascht, als er plötzlich vor der Tür stand.«

Derek schien nun selbst ganz verdattert zu sein, nachdem er drei lange Sätze von sich gegeben hatte. Seine Lippen bebten.

»Und dann?« Grace hatte sich zu ihm hinübergebeugt.

Derek zuckte mit den Schultern. »Sie wollte nicht, dass Kiera etwas mitbekommt, und bat ihn, schnell wieder zu gehen, bevor sie hier auftaucht. Dann haben sie sich irgendwo verabredet.«

Er zwirbelte sein linkes Ohr.

»Wann war das?«, fragte Rory. Er kratzte sich am Kopf.

»Vier Tage vor ihrem Tod.« Die weibliche Stimme, die plötzlich laut durch die Küche tönte, klang klar und energisch.

Alle drei drehten sich um. Kiera Kerrigan stand in ihrem dunkelblauen Sonntagsmantel und mit passendem Hut in der Küchentür und streifte sich langsam die beigen Handschuhe ab.

»Kiera! Du bist ja schon da!«

Derek sah schuldbewusst zu seiner Schwester hinüber, als hätte sie ihn bei etwas Verbotenem erwischt.

Sie strafte ihn mit einem tadelnden Blick, erwiderte aber nichts.

»Woher wissen Sie das, Ms Kerrigan?«, fragte Grace.

Ein ironisches Lächeln spielte um Kieras Lippen, bevor sie der Kommissarin antwortete. »Weil ich mitbekommen habe, dass er hier war. Ich hatte zwar im Stall zu tun, aber ich habe ihn dabei beobachtet, wie er fortging. Hinterher stellte ich Beth zur Rede.«

Rory machte sich eifrig Notizen auf einem seiner Zettel. Grace sah Kiera unverwandt an, bis sie sich räusperte und fortfuhr.

»Sie gestand, dass sie sich mit Kelly am selben Abend in einem Pub verabredet hatte.«

Grace fand die Wortwahl absurd und gleichzeitig vielsagend.

»Sie gestand?«

»Nun, nach den Geschehnissen von damals war sich unsere Familie einig, dass es für Beth besser sei, diesen Mann nicht mehr zu sehen.«

Grace war sich sicher, dass Kiera diese Familie darstellte, von der sie sprach.

»Solange er sich in den Staaten aufhielt, gab es da kein

Problem. Aber jetzt war er auf einmal zurück und ich legte Beth nahe, nicht zu dieser Verabredung zu gehen.«

Derek hielt den Kopf gesenkt und starrte auf den Fußboden mit den alten schwarzen Steinen, die teilweise abgestoßen und zerbrochen waren. Grace kam in den Sinn, dass er wohl Angst hatte. Er wirkte auf sie wie ein getretener Hund, der nicht schon wieder getreten werden wollte.

»Bedauerlicherweise lehnte sie das ab und so gingen wir beide gemeinsam hin.«

Dereks Kopf flog hoch. Er schien völlig überrascht zu sein.

»Du bist mit Beth zu Kelly gegangen?«

Kiera nickte. Sie hielt die Arme vor ihrer Brust verschränkt und hatte immer noch den dicken Mantel an. Ihr blasses Gesicht war nun leicht gerötet.

»Was passierte im Pub?«, fragte Grace.

Kiera schloss kurz die Augen, wie um sich die Ereignisse besser in Erinnerung zu rufen.

»Sie unterhielten sich eine Weile und erzählten sich, was jeder in den letzten zwei Jahrzehnten gemacht hatte. Ich hielt mich da raus. Dann fragte Kelly, ob Father Dunne noch lebe und wo er sich aufhalte.«

»Father Dunne?«

Kiera warf der Kommissarin einen misstrauischen Blick zu. »Ja, aber er hat das Thema nur kurz angesprochen.«

»Und hat Ihre Schwester es ihm verraten?«

Sie zuckte mit den Schultern und schien erst jetzt zu merken, wie warm es ihr in dem Mantel war. Sie knöpfte ihn umständlich auf.

»Was heißt ›verraten‹? Es war ja kein Geheimnis, wo er war. Jeder in Moycullen wusste es. Aber das wirklich Entscheidende haben sie wohl erst besprochen, als ich kurz die Waschräume aufsuchen musste.«

»Bitte erzählen Sie weiter«, forderte Grace sie auf.

Kiera stand nun neben ihr am Tisch und schaute auf beide Kommissare herab. Derek war aus seiner Ecke am Herd hervorgekommen und ließ seine Schwester nicht aus den Augen.

Es lag etwas in der Luft. Rory hatte aufgehört zu schreiben und blickte ebenfalls in Kieras Richtung.

»Nun, ich war ein paar Minuten auf der Damentoilette, denn es war voll und ich musste warten. Es gibt nur zwei Kabinen und die Schlange bestand aus vier Damen und mir.«

Grace versuchte entspannt durchzuatmen, was ihr nur unzureichend gelang.

»Und?«

»Als ich schließlich zu unserem Tisch zurückkam, war Kelly verschwunden und Beth wirkte auf eine merkwürdige Weise äußerst zufrieden und fast glücklich. Sie lächelte versonnen und hatte sich ganz entspannt auf der Bank zurückgelehnt. Ich fragte sie, warum er fortgegangen sei, und sie sagte, dass sie es ihm nun endlich heimgezahlt habe.«

»Und was meinte sie damit?«

Kieras schmaler Mund zuckte. »Beth sagte nicht viel, nur dass sie ihm damit gedroht habe, ihn mit der alten Geschichte hochgehen zu lassen.«

»Mit welcher alten Geschichte?« Es war Rory, der diese Frage blitzschnell gestellt hatte.

Kiera zog die Schultern hoch.

Da mischte sich Derek ein. »Das habe ich Ihnen doch schon am Telefon gesagt, Guard. Wir wussten von nichts. Nur Beth wusste etwas. Habe ich nicht recht, Kiera?«

Die Frau warf ihrem Bruder einen genervten Blick zu und schwieg.

»Und warum haben Sie uns nichts davon erzählt, als wir Sie direkt nach Beths Tod verhört haben, Ms Kerrigan?«

Zum ersten Mal wirkte Kiera unsicher. Schließlich zog sie den schweren Mantel aus. Den Hut behielt sie an. Sie schaute an Grace vorbei und fixierte das Kreuz an der Wand gegenüber.

»Ich wollte meine Schwester nicht belasten. Ihr Tod war schlimm genug.«

Graces Augen verengten sich. »Sie glaubten also, Beth habe Kelly erpresst und ihm gedroht, irgendetwas öffentlich zu machen, das ihn in Schwierigkeiten bringen könnte?«

Kiera nickte überzeugt, sagte jedoch nichts.

Derek schien fassungslos. »Aber …«

Nun blickte sie auf und sah der Kommissarin fest in die Augen.

»Ich habe es in den ersten Verhören zu verdrängen versucht. Dass Beth durch diese Erpressung möglicherweise eine Mitschuld traf. Als es aber weiterging, ich meine, als man eine Woche später auch Marilyn Madden ermordet fand, war ich mir nicht mehr sicher, ob es tatsächlich Kelly gewesen war, der Beth umgebracht hatte. Alles brach mit dem zweiten Mord in sich zusammen. Es hätte plötzlich jeder sein können. Ein Serienmörder, wie es immer hieß. Also habe ich weiter geschwiegen, bevor ich eine falsche Anschuldigung mache.«

Grace überlegte. Schließlich stand sie auf und ging zwei Schritte auf Kiera Kerrigan zu.

»Sie haben recht. Das sollte man glauben. Das sollten wir alle glauben. Und es hat auch fast funktioniert. Ich danke Ihnen. Diese Aussage war äußerst wichtig für unsere Ermittlungen, auch wenn sie bedauerlicherweise erst so spät erfolgte.«

43

Auf dem Weg nach Roundstone erreichte sie die Nachricht, dass Michael Kelly angeblich an diesem Sonntagmorgen kurz vor Enniskillen an einer Tankstelle gesehen worden sei.

Rory fluchte laut. »Das hätten wir uns ja denken können, dass er ins Vereinigte Königreich fliehen würde.«

Er klang empört.

»Du sprichst doch sonst von Nordirland, Rory.«

Er dachte einen Moment nach, bevor er ihr antwortete. »Wenn er ins Nachbarland flieht und uns dadurch Scherereien bereitet, heißt es für mich ganz offiziell das Vereinigte Königreich. Basta. Sonst ist und bleibt es *Ulster.*«

Rory hatte die patriotische Stimmlage gewählt, die Grace gar nicht an ihm kannte. Irisch, gern, europäisch-irisch, sehr gern, aber patriotisch-irisch, nein danke. Das fand Rory unzeitgemäß. So hatte sie ihn bisher empfunden.

»Aber warum hat er diesen klapprigen Priester mitgenommen? Der behindert ihn doch nur, wenn er abhauen will!«

Rory bog auf die R341 ab und warf einen kurzen Blick auf die holprige Landstraße nach Cashel, die hier kreuzte.

Grace wusste keine rechte Antwort. »Vielleicht ist Father Dunne ja gar nicht mehr bei ihm?«

»Er könnte irgendwo als Leiche zwischen Knock und Enniskillen abgelegt worden sein, sag ich doch.«

Der Kommissar beschleunigte und schoss die Straße entlang. Sie waren an diesem Sonntagmorgen allein unterwegs.

Schon von Weitem sahen sie die steile Straße, die ins

Zentrum von Roundstone hinaufführte, und wenig später schaltete Rory einen Gang hinunter, um die Steigung elegant zu nehmen.

»Glaubst du, dass Kelly Beth umgebracht hat – nach dem, was wir eben von Kiera erfahren haben?«

Grace zögerte. »Sein Motiv wird immer stärker, nicht wahr? Beth hatte ihn offenbar mit dieser alten Geschichte in der Hand. Und in die muss auch Father Dunne verwickelt gewesen sein. Anders lässt sich die Reaktion von beiden auf meine Behauptungen nicht erklären.«

Sie hielten vor Liams pittoreskem Buchladen an, stiegen aus und drehten sich beide sofort zum Meer um. Der kleine Parkplatz war leer, sodass sie einen freien Blick auf den Atlantik hatten. Über ihnen schaukelte eine altertümliche Straßenlaterne.

»Prächtige Aussicht von hier, Grace. Schau mal, da drüben sind die Aran-Inseln …«

»Die sind aber heute nicht zu sehen.«

Rory nickte. »Aber sie sind da. Im Prinzip. Und dort …« Er machte eine halbe Drehung nach links. »… sind die Twelve Bens. Und weiter rechts dazwischen …«

»Rory, komm, wir sind nicht zum Sightseeing hier.«

Sie warf ihm einen skeptischen Blick zu. Wollte er das Treffen mit O'Flaherty etwa hinauszögern?

In Liams Tür hing das *Closed*-Schild. Sie bückten sich und versuchten durch die Glastür in die dunkle Buchhandlung zu spähen.

»Sieht geschlossen aus. Hat O'Flaherty nicht gesagt, dass er den Laden bis Weihnachten auch sonntags öffnen würde?«

Grace nickte. Dann klopfte sie an die Scheibe.

»Siehst du irgendwo eine Klingel?«

In dem Moment fuhr ein blauer Minivan vor und hielt abrupt an. Das Fenster wurde heruntergelassen und jemand streckte den Kopf heraus. Es war Paul Higgins.

»Suchen Sie Liam, Guard?«

Rory nickte. Higgins zeigte mit dem Daumen zum unteren Teil von Roundstone.

»Er ist bei Dory's und verputzt gerade sein Mittagessen. Das nimmt er sehr ernst.« Higgins musterte Grace noch genauer als bei ihrer ersten Begegnung. »Jede Wette, der Tagesfang ist heute Köhler oder Flunder. Ich weiß genau, was Mark letzte Nacht rausgefischt hat.«

Er versuchte ein breites Grinsen.

Grace trat einen Schritt auf den Wagen zu. »Sie scheinen vieles zu wissen, Mr Higgins. Ein nützliches Talent, wenn Sie mich fragen.«

Ihr Blick war kühl.

Higgins' Gesichtsausdruck verdüsterte sich. »Freut mich, Ihnen helfen zu können.«

Ohne ein weiteres Wort schloss er das Fenster wieder und fuhr los.

Rory sah ihm nach. Sie stiegen in den Wagen und kurz darauf parkten sie vor Dory's Seafood Restaurant unten in der Nähe des Hafens. Bunte Fischerboote mit winzigen Kajüten schaukelten im Wasser, das sich heute nur leicht kräuselte.

Als sie durch die niedrige Tür den Schankraum betraten, der in ein winziges Restaurant überging, zogen sie den Kopf ein. Rory schnupperte enthusiastisch, während Grace nach O'Flaherty suchte. Sie entdeckte ihn ganz hinten, wo er mit dem Rücken zu ihnen und über seinen Teller gebeugt an einem Tisch saß.

Grace trat hinter ihn. »Mr O'Flaherty?«

Sein kugelförmiger Glatzkopf mit dem grauen lockigen Haarkranz flog herum. Als er die Kommissarin erkannte, erschien ein Lächeln auf seinem Gesicht. Grace vermochte nicht zu sagen, ob es echt oder gespielt war.

O'Flaherty legte das Besteck zur Seite. »Superintendent,

welch eine schöne Überraschung am Tag des Herrn! Setzen Sie sich.« Er wies auf die Bank ihm gegenüber.

»Ob sie schön ist, wird sich noch herausstellen«, murmelte Grace und winkte Rory, ihr zu folgen. »Meinen Kollegen Coyne kennen Sie ja.«

O'Flaherty starrte ihn einen Moment lang an und wandte sich dann wieder Grace zu. »Was kann ich für Sie tun? Das heißt, bitte verzeihen Sie mir, ich möchte Ihnen zuallererst mein Beileid aussprechen zum Tod Ihrer Kollegin.«

Er erhob sich halb und deutete eine Verbeugung an. Sein Blick streifte Rory. In seinem Blick lag Verachtung, was Grace nicht verstand.

»Danke. Sie waren gestern Abend offenbar am Tatort. Warum haben Sie sich, kurz nachdem Sheridan ermordet wurde, von dort entfernt?«

O'Flaherty plusterte sich auf wie ein wütender Spatz. »Wer behauptet das?«

Grace warf einen Blick zur Bar, die außer Hörweite lag. Im Restaurant waren sie die einzigen Gäste.

»Mr O'Flaherty, wir stellen hier die Fragen. Wir könnten Sie natürlich auch bitten, uns zur Zentrale in Galway zu begleiten.«

Der Buchhändler nahm seine Stoffserviette und tupfte sich damit den Mund ab.

»Nun, ich gebe zu, dass ich mich gestern in der Nähe der Kirche in der Claddagh aufgehalten habe. Schließlich sollte ich etwas später die Orgel dort spielen. Aber ich habe die Kirche nicht betreten.«

»Sie sind jedoch ganz schnell von dort weggelaufen. Das haben mehrere Zeugen ausgesagt und Sie dabei eindeutig erkannt.«

Liam betrachtete Grace über den Rand seiner Brille. Die Kommissarin bemerkte, dass er unkontrolliert mit den Augen zwinkerte.

»Das stimmt so nicht. Ich bin nicht weg-, sondern hingelaufen.«

Grace hob die Augenbrauen. »Zur Kirche?«

»Nein, zu meinem Auto, das ich um die Ecke geparkt hatte. Ich hatte mein Handy dort vergessen. Ich lief zu meinem Wagen, um das Handy zu holen.«

Grace wechselte einen Blick mit Rory, als O'Flaherty erneut das Wort ergriff. »Und tatsächlich, als ich den Wagen aufschloss, klingelte das Handy und ich nahm ab. Das können Sie gern überprüfen.«

Rory begann nach Notizzetteln in seinen Taschen zu wühlen.

»Wer hat Sie angerufen?«, fragte Grace.

Der Buchhändler starrte sie an, als hätte er sie nicht verstanden. Dann antwortete er. »Wer? Higgins natürlich. Aber als ich bemerkte, dass an der Kirche etwas los sein musste, wollte ich nicht stören und fuhr davon.«

»So, wie Sie einen dringenden Zahnarzttermin für den Samstag des zweiten Advents vereinbarten, dann aber nicht warteten, sondern vorher schon verschwanden. Auch das ist logisch nicht nachzuvollziehen und wir fragen uns, was Sie damals im Schilde führten.«

O'Flaherty reckte sein rundes Kinn in die Luft und schien mit sich zu ringen.

Rory hatte endlich einen kleinen Zettel gefunden. Doch bevor er sich alles notierte, wandte er sich noch einmal an Liam.

»Das verstehe ich nicht ganz, Mr O'Flaherty. Erst wollten Sie in die Kirche, dann bemerkten Sie, dass Sie Ihr Handy im Auto liegen gelassen hatten. Sie gingen also weg von der Kirche zu Ihrem Auto. Und während Sie telefonierten, bemerkten Sie unerklärliche Ereignisse um die Kirche herum. Haben Sie zum Beispiel Father Duffy bemerkt, der gerade zurückkam und …?«

O'Flaherty war nun krebsrot angelaufen. Er ignorierte Rory komplett und wandte sich an Grace. »Was hat der hier zu suchen? Der sollte auf keinen Fall hier Ermittlungen führen! Das wird Folgen haben!«

Rory war blass geworden. Graces Augen weiteten sich. Sie versuchte, besonnen zu bleiben. Was ging hier vor?

»Mr O'Flaherty, beruhigen Sie sich. Und ich bitte Sie, meinen Kollegen nicht zu beleidigen. Ich muss Sie sonst auffordern, uns auf der Stelle in die Zentrale zu begleiten.«

Die drei einsamen Trinker an der Bar waren nun aufmerksam geworden und schauten interessiert zu ihnen herüber.

Rory räusperte sich. Auch er klang sehr ruhig. »Was genau meinen Sie damit, Mr O'Flaherty? Warum sollte meine Anwesenheit bei der Ermittlung dieser Mordfälle Konsequenzen haben? Warum und für wen?«

O'Flaherty schnappte nach Luft.

»Ich habe Sie gesehen! Father Duffy und Sie! Vorigen Monat, beim Wandern draußen in Connemara. Ich habe Sie gesehen! Sie haben … Sie sind …«

Es schien ihm unmöglich zu sein, es auszusprechen. Aber sowohl Grace als auch Rory hatten es verstanden. Liam O'Flaherty hielt Father Duffy und Rory Coyne offensichtlich für ein Liebespaar.

44

»Er wusste tatsächlich nichts von deinem Zwillingsbruder?«

Nach einem ausführlichen Verhör in Liams Laden, das die verschiedenen Widersprüche in seiner Aussage jedoch nicht ausräumen konnte, saßen sie wieder in Rorys Auto und waren auf dem Weg zurück nach Galway.

Rory seufzte nur.

»Aber du bist doch aus Roundstone. Und ich dachte, die O'Flahertys auch!«

Der Kommissar schüttelte heftig den Kopf. »Die sind aus Ballykoneely. Der Jüngere der O'Flaherty-Jungs war nur kurz mal bei uns auf der Schule. Nein, O'Flaherty kannte Ronan nicht. Und wie es aussieht, ich auch nicht.«

Rory trommelte ungeduldig mit den Fingern auf dem Lenkrad herum und Grace sah ihn etwas ratlos von der Seite an.

»Wo ist dieser jüngere O'Flaherty-Bruder denn abgeblieben?«, fragte sie.

Rory zuckte die Schultern. »Keinen Schimmer, sag ich doch. Der ist, glaube ich, ausgewandert, aber Genaues weiß ich nicht.«

»Wir sollten uns jetzt noch mal Father Duffy vorknöpfen. Ich will wissen, was genau damals in Belfast geschah. Außerdem habe ich Kevin in die Zentrale bestellt, um die Unterlagen von Mary O'Shea zu rekonstruieren, die jetzt verschwunden sind.«

»Duffys Haus liegt auf dem Weg. Das könnten wir gleich unterwegs erledigen.«

Rory heftete seinen Blick wieder auf die Straße. Der Himmel hatte sich in der letzten halben Stunde verdüstert. Sein Gesichtsausdruck ebenfalls.

Grace rief den Priester an und kündigte ihren Besuch an, dann wandte sie sich wieder ihrem Kollegen zu.

»Wir wissen nicht, ob der Priester und dein Bruder wirklich zusammen sind, Rory. Das könnte auch ein Hirngespinst dieses Buchhändlers sein, der sich offenbar von schwulen Pärchen umzingelt sieht. Scheint ein neues irisches Phänomen zu sein, habe ich festgestellt. Seit der Legalisierung der Ehe zwischen gleichgeschlechtlichen Menschen fühlen sich manche Leute hier urplötzlich von Homosexuellen überrannt und diskriminiert, nachdem diese Veranlagung bis vor wenigen Jahren in der irischen Gesellschaft ja überhaupt nicht existierte. Aber wenn es tatsächlich so wäre, was wäre so schlimm daran, Rory?«

»Nichts«, knurrte der Kommissar. »Nur hätte er es mir wenigstens sagen können. Meine sechs Töchter habe ich schließlich auch nicht vor ihm geheim gehalten.«

»Och, Rory, jetzt mach aber mal halblang.«

Nun klingelte Graces Handy. Sie zog es aus der Tasche, warf einen kurzen Blick auf das Display und nahm den Anruf an.

»Das ist aber eine Überraschung. Wie schön, dass du anrufst!«

Rorys Augenbrauen rutschten nach oben und er drehte sich neugierig zu ihr.

»Ja, ich arbeite gerade. Ich bin auf dem Rückweg nach Galway, warum?« Grace hörte dem Anrufer geduldig zu und lächelte dabei. »Wo bist du gerade? – Oh!«

Sie klang nicht mehr ganz so erfreut.

»Nein, Roisin. Das ist überhaupt kein Problem. Ich stecke nur mitten in einem komplizierten Mordfall und habe keine Sekunde Zeit. Wenn das für dich in Ordnung ist, bist du selbstverständlich herzlich willkommen.« Sie schaute auf die Uhr. »Ich ruf dich an, wenn ich wieder in der Zentrale bin. In etwa zwei Stunden. Dann kannst du den Hausschlüssel bei mir abholen.« Sie lächelte wieder und beendete den Anruf.

»Deine Tochter?«, fragte Rory gespannt. »Du sagtest, sie käme erst an Weihnachten.«

Grace nickte. »Sie ist jetzt schon hier. Ein paar Tage früher als geplant, und meine Mutter ist schon auf dem Weg nach Achill zu meinem Bruder. Der wollte sie dringend sprechen. Roisin hatte aber noch keine Lust auf Landluft und wollte lieber vorher ein paar Tage zu mir nach Galway kommen.«

Rory schaute leicht belustigt. »Das passt nicht gerade optimal.«

Grace seufzte. »Versteh mich nicht falsch, ich freue mich sehr, sie zu sehen. Aber die Tage vor dem Zweiundzwanzigsten hätte ich wirklich noch dringend gebraucht.«

Rory dachte ein paar Sekunden nach, während sie Duffys Pfarrhaus schon fast erreicht hatten.

»Hmm, ich hätte da einen Vorschlag. Mollys Bett ist frei. Roisin könnte ein paar Tage bei uns unterkommen, bis wir den Fall gelöst haben und du wieder klar siehst. Dann muss deine Tochter nicht allein in deiner Wohnung herumhängen. Ich rede mal mit Mrs Coyne.«

Grace strahlte. »Das würdest du tun, Rory? Du bist ein Schatz!«

Rory klimperte gerührt mit den Augenlidern. »Ich weiß.«

Grace überlegte. »Aber erst einmal nehme ich sie natürlich zu mir. Ich will sie nicht sofort weiterreichen. Das kommt nicht infrage.«

Fünf Minuten später saßen sie in Father Duffys Sofaecke und Rory versicherte ihm, dass sie keine Zeit für eine Tasse

Tee hätten, da sie in großer Eile seien. Duffy nickte unsicher.

Grace hatte die Beine übereinandergeschlagen und studierte sein Gesicht. »Father Duffy, ich möchte zunächst mit Ihnen über ein Ereignis sprechen, das schon sehr lange zurückliegt und scheinbar nichts mit unseren Fällen hier zu tun hat.«

Duffys Gesichtsausdruck wirkte ratlos. Er sagte jedoch keinen Ton.

»Sie waren in den Neunzigerjahren Priester in der Falls Road in Belfast. Ist das richtig?«

Duffys Augen waren vor Schreck geweitet. Er nickte heftig.

»Soweit wir wissen, begegneten Sie eines Nachts in Ihrer Kirche einem schwerverletzten militanten Unionisten, dem Sie zu Hilfe kamen.«

Duffy konnte seine Aufregung darüber, dass er über die Belfaster Ereignisse befragt wurde, kaum verbergen.

»Das ist alles richtig, aber warum fragen Sie mich das, über zwanzig Jahre danach? Was hat das mit den Morden in den Kirchen von Galway zu tun?«

Grace blieb ganz ruhig.

»Father, wir sind uns ziemlich sicher, dass der Grund für diese Morde in der Vergangenheit liegt. Es handelt sich möglicherweise um Rache oder eine Art Strafe. Sie waren bei jedem der Morde in der Nähe, und auch wenn wir vermuten, dass Sie nicht der Täter sind, müssen wir Ihre Vergangenheit, die der indirekt Beteiligten und der Opfer ganz genau durchleuchten. Wir sind überzeugt davon, dass wir auf etwas stoßen werden, was uns auf die richtige Spur führt.«

Duffy überlegte. Die Wanduhr in ihrem Mahagonikasten tickte aufdringlich.

Rory beobachtete ihn und Grace fragte sich, was wohl

im Kopf ihres Kollegen vorging. Sie war sich ziemlich sicher, dass es nichts mit ihrer Frage zu tun hatte, sondern eher um seinen Bruder Ronan kreiste.

Der Priester hielt die Augen halb geschlossen, während er vorsichtig antwortete, wie um sicherzugehen, auch nichts zu vergessen.

»Eines Nachts, es war im Sommer 1995, ging ich ganz spät noch in die Kirche, um zu beten. Das tat ich damals häufiger, denn ich empfand die Ruhe drinnen wie draußen als tröstlich. Ich konnte häufig schlecht schlafen und war sehr damit beschäftigt, meine Rolle als Pfarrer zu finden und sie so auszufüllen, wie ich es mir immer gewünscht hatte. Mir fehlte nicht der Glaube an Gott, sondern es war der Glaube an die Menschen, der mich oft zweifeln ließ. Ich traf täglich auf so viel Hass und Gewalt von allen Seiten – und dann noch im Namen des Glaubens, was völlig verlogen war. Dabei hätten wir es uns doch so gut machen können! Unsere Kinder waren gesund und es gab genug zu essen. Und keine fremde Macht griff uns an und schoss auf uns.«

Er hielt kurz inne, ohne eine Antwort zu erwarten. »Aber wir besorgten uns das selbst. Und darüber in der Zeitung zu lesen und es jeden Tag mitzuerleben war ein großer Unterschied. Ich war nicht darauf vorbereitet gewesen. Kein Mensch kann auf so etwas vorbereitet sein, glauben Sie mir.«

Er hatte nun den Kopf gehoben und die Augen weit geöffnet und fuhr so leise fort, als spräche er zu sich selbst. »In jener Nacht flüchtete ein schwerverletzter junger Mann aus dem nahen Royal Victoria Hospital. Er hatte schlimme Schussverletzungen und war streng bewacht gewesen. Die IRA hatte ihn offenbar noch im Krankenhaus bedrängt. Zumindest sagte er mir das, als ich ihn fand. Er gehörte zu den militanten Unionisten und wollte in die Shankill Road zurück, wo sich ihre Basis befand. St. Paul's lag auf dem Weg dorthin, und als er merkte, dass er es kräftemäßig nicht mehr schaffen würde, schleppte er sich in die Kirche, obwohl er genau wusste, dass es eine katholische Kirche war. Mit mir hatte er natürlich um diese Zeit nicht gerechnet.«

Grace nutzte seine kurze Unterbrechung, um nachzufragen. »Waren Sie in der Kirche, als er dort Zuflucht suchte?«

Father Duffy strich sich über seine kurzen grauen Haare. »Nein. Als ich hereinkam, war er schon da. Er hatte sich auf eine der Bänke gelegt und blutete stark. Ich war total schockiert und wollte Hilfe aus dem Krankenhaus holen, aber er bat mich inständig, das nicht zu tun. Also holte ich Verbandszeug aus dem Pfarrhaus nebenan, dazu einige Decken. Nachdem ich ihn, so gut es ging, verarztet hatte, richtete ich ihm ein provisorisches Lager im Nebenraum her. Micky Wilson hieß der Junge, ich erinnere mich noch genau.«

»Wieso konnten Sie ihm überhaupt helfen, mit dieser schweren Verletzung?« Es war Rory, der diese Frage gestellt hatte.

Nun lächelte der Priester. »Ich habe eine Ausbildung als Sanitäter. Ich weiß, wie man Druckverbände anlegt. Das half zumindest vorläufig und ich gab ihm Medikamente gegen den Schmerz und die Sepsis.«

»Das heißt, Sie verfügen über mehr als nur Grundkenntnisse in der Medizin?«

Verwundert bejahte der Priester Rorys Frage. Der Kommissar kritzelte auf seinem Zettel herum.

»Warum ist das wichtig?«

Rory warf Grace einen überraschten Blick zu, antwortete aber nicht.

»Bitte fahren Sie fort, Father«, forderte die Kommissarin ihn auf.

Der Priester legte seine Hände zusammen und beugte sich etwas nach vorn.

»Dann schloss ich den Raum sicherheitshalber ab, in dem der junge Mann lag. Micky war damit einverstanden. Ich wollte am nächsten Morgen vor der Sieben-Uhr-Messe wieder zurück sein, um ihn mit einem frischen Verband und Nahrung zu versorgen. Aber als ich gegen sechs Uhr in die Kirche kam, war er verschwunden. Die Tür stand weit auf und er war weg. Wenn ich nicht sein blutiges Lager gesehen hätte, dann hätte ich sicher gedacht, alles wäre nur ein Spuk gewesen.«

»War die Tür aufgebrochen worden?«, fragte Grace.

Father Duffy runzelte die Stirn. »Sehen Sie, Superintendent, daran erinnere ich mich zum Beispiel nicht mehr. Aber die Ereignisse der Nacht habe ich noch klar vor Augen. Den verletzten Mann, seine Angst, seine Panik, seine Hilflosigkeit. Er vertraute mir sogar an, dass er bald Vater werden würde. Er brauchte Hilfe und ich half ihm, so einfach war das.«

»Ihre Situation war alles andere als einfach«, gab Grace zu bedenken. »Er war ein militanter Protestant, der im Krankenhaus unter Bewachung stand, und Sie ein katholischer Priester auf der irischen Seite.«

»Es war völlig egal, welcher Konfession wir angehörten und auf welcher Seite wir standen. Das spielte in dieser Nacht keine Rolle. Und es sollte auch nie eine Rolle spielen, wenn es um Mitmenschlichkeit geht.«

»Heißt das, Sie würden heute genauso handeln, wenn beispielsweise ein schwerverletzter islamistischer Terrorist Sie in der Claddagh in Ihrer Kirche um Hilfe bitten würde?«

Grace schaute Rory überrascht an.

Father Duffy reagierte weniger verblüfft. »Selbstverständlich würde ich genauso handeln, Inspector.«

»Statt die Polizei zu informieren?«

Die Uhr tickte wieder laut. Schließlich, nach einer Unendlichkeit, antwortete Duffy.

»Ich würde versuchen, mit ihm eine Lösung zu finden. Garda zu rufen wäre natürlich das Naheliegende. Aber ich würde es nicht ohne sein Einverständnis tun, so wie ich es auch damals nicht getan habe, was man mir nie verziehen hat.«

»Wer hat Ihnen nicht verziehen?« Grace hatte sich aufgesetzt und starrte ihn an.

»Oh, es gab alle möglichen Leute, die sich darüber aufgeregt haben. Zornige jeglicher Couleur. Zum einen natürlich die britische Polizei. Wilson war wegen versuchten Mordes verhaftet worden. Es hatte eine Schießerei zwischen den Unionisten und der IRA gegeben, mit einigen Toten und Verletzten. Dann die IRA, die ihn schon im Krankenhaus am liebsten umgebracht hätte. Und schließlich die Unionisten, die mir später anhängen wollten, dass ich Wilson an die IRA verraten hätte, als man seinen Leichnam am selben Abend an den Docks fand. Meinen Glauben an die Menschlichkeit hat mir damals niemand verziehen. Und ich bezweifle, dass es heute anders wäre.«

»Haben Sie in den letzten Jahren hier in Galway oder sonst wo irgendjemanden aus jener Zeit in Belfast wiedergesehen, Father? Denken Sie bitte genau nach.«

Es wurde still in der Bibliothek des Priesters. Grace war aufgestanden und an die Bücherwand getreten. Sie ließ ihre Augen über die Buchrücken schweifen, entdeckte die Wittgenstein-Bände, von denen Rory ihr erzählt hatte, und drehte sich dann wieder zu Duffy um.

»Und?«

»Nein, eigentlich nicht.«

»Was heißt das, eigentlich nicht?«

Duffy kratzte sich mit dem Zeigefinger hinter dem Ohr.

Rory hatte seinen Kopf gehoben. Er knabberte an seinem Bleistift.

»Auch nicht jemanden, der damals nur ganz kurz in Belfast war? Zu Besuch oder so.«

Duffy runzelte wieder die Stirn. Dann huschte ein Lächeln über sein Gesicht und er nickte.

»Ja, es gab tatsächlich zwei Menschen, mit denen ich damals in Belfast kurz zu tun hatte und die ich hier wieder getroffen habe.«

»Und wer war das, Father?« Graces Stimme klang ruhig, obwohl sie ihre Aufregung spürte.

»Zunächst einmal die Schwester unserer Gemeindesekretärin. Sie kam aus Galway und half damals bei uns im Pfarrbüro aus, weil unsere Sekretärin ins Krankenhaus musste. Nichts Ernstes, es ging nur um zwei, drei Wochen, genau in jener Zeit. Frida Pearse hieß sie, eine lustige, kompetente Frau mit einem immer etwas schiefen Dutt. Die traf ich Jahre später hier in Galway wieder. Sie war Mary O'Sheas Tante.«

»Liebesgrüße aus Belfast ...«, murmelte Rory.

Grace warf ihm einen genervten Blick zu. »Und der zweite, Father?«

»Der hatte mit meinem schrägen Hobby zu tun.«

»Was für ein Hobby?« Grace hob erstaunt die Augenbrauen.

»Ich fuhr eine alte Kawasaki, tausend Kubik. Eine alte Dame, Baujahr '68 – ein wunderbares Motorrad. Easy Rider. Da brauchte ich immer wieder das ein oder andere Ersatzteil.«

Die Erinnerung an sein altes Motorrad zauberte ein Lächeln auf das Gesicht des Priesters, der nun selbst in die Jahre gekommen war.

»Im Sommer '95 war es wieder mal so weit. Ein neuer Auspuff war fällig. Aber mein Händler musste passen. Den müsse er aus London holen, was ziemlich dauern könne. Aber nach längerer Suche hatte er tatsächlich jemanden gefunden, der das Teil vorrätig hatte. Und weil das Wetter so schön war in jenem Sommer, es war ja über Wochen richtig heiß gewesen, wollte der es glatt bei mir in Belfast vorbeibringen.«

Father Duffy strahlte Grace und Rory an.

»Jemand aus Galway?«

»Nein, aus Cashel. P & P Motors. Der kam vorbei, weil er Belfast endlich mal kennenlernen wollte, und baute mir das Ding direkt vor Ort ein. Paul Higgins war das, und den habe ich später hier wiedergesehen. Der ist doch mit Liam befreundet.«

Rory und Grace sahen sich an und sagten kein Wort. Sie standen auf.

»Wir danken Ihnen sehr, Father. Ich bräuchte allerdings noch die Kleidung, die Sie gestern Abend getragen haben.«

Er stand ebenfalls auf. »Die Soutane und alles drunter?«

Grace nickte. »Und wir würden gern eine DNA-Probe nehmen.«

Der Priester stimmte zu und verließ, ohne zu zögern, das Zimmer.

Rory zog seinen Anorak an. »Weiß du, woran ich gerade denken muss?«

Grace schüttelte den Kopf und wartete ab, was kommen würde.

»Stecknadel und Heuhaufen, Grace, sag ich doch.«

45

Kevin Day war seit dem Mord an Sergeant Sheridan wie verwandelt. Grace fand ihn in seinem Büro völlig in sich zusammengesunken vor seinem Computer. Er schaute kaum auf, als sie sein Büro betrat, und wirkte übernächtigt und blass.

»Ich werde mir das nie verzeihen.«

Es war schwierig für Grace, mit seinem Selbstmitleid umzugehen. Besonders da der Hauptfehler und damit auch die Verantwortung für den unzureichenden Schutz der Kollegin allein bei ihr lagen. Sie hätte niemals so kurzfristig den damit betrauten Polizeibeamten austauschen dürfen. Kevin war mit den örtlichen Gegebenheiten in der Kirche nicht so vertraut gewesen, wie Rory es war. Es war eine unverzeihliche Fehlentscheidung gewesen.

Robin Byrne hatte sie bisher nicht auf diesen Fehler angesprochen. Er hatte die Schuld komplett auf sich genommen, aber ihr war trotzdem klar, dass es ihm genau wie ihr bewusst war. Und es musste auch Kevin klar sein.

»Kevin, ich weiß … Es ist für uns alle schwer, aber wir müssen den Täter finden, und zwar schnell. Er wird mit Sicherheit noch weitere Menschen umbringen, wenn es seinen Zielen dient. Kannst du dich erinnern, was ihr alles in das Briefkuvert gesteckt habt, das du Sheridan gegeben hast?«

Sein Gesichtsausdruck blieb zunächst leer und er reagierte nicht. Doch schließlich setzte er seine Lesebrille auf und scrollte auf seinem Laptop herum.

»Ich hab schon versucht, es zu rekonstruieren. Aber wir

waren sehr in Eile und haben uns diese ganzen Aufzeichnungen und Rechnungen nur flüchtig angeschaut. Alles, was uns interessant erschien, haben wir einfach in dieses Kuvert gesteckt. Wir wollten es später genauer unter die Lupe nehmen. Aber dazu kam es ja nicht mehr ...«

Er strich sich mit dem Handrücken über die Augen. »Da war zum Beispiel irgendeine Rechnung von einer Haushälterin, soweit ich mich erinnere.«

»Vielleicht von Mary O'Shea?«

Kevin schüttelte den Kopf. »Nein, das Datum war früher, aus den achtziger oder neunziger Jahren, meine ich.«

»Beth Kerrigan in Moycullen?«

»Könnte sein.«

Plötzlich hatte Grace eine Eingebung. »Oder vielleicht von Frida? Frida Pearse?«

»Hmm, da klingelt was. Es war keine Gehaltsabrechnung, es war eher die Rechnung für ein Geburtstagsgeschenk ... Ja, jetzt weiß ich es wieder.« Kevin Day wurde auf einmal sehr lebendig. »Da stand handschriftlich ›Februar 1991, Geburtstag F. P.‹, und darunter eine Summe. Denn Sheridan sagte noch, zweihundert Punt – damals gab es ja noch das irische Punt –, das sei aber ganz schön großzügig gewesen für ein Geburtstagsgeschenk.«

»Weißt du noch, wer das angewiesen oder ausgezahlt hat? Die Diözese?«

Der Kommissar zuckte mit den Schultern. »Es war auf jeden Fall handschriftlich. Aber wenn ich genauer darüber nachdenke, war bis in dieses Jahrtausend hinein ja fast alles mit der Hand geschrieben. Erst ab 2002 oder 2003 wurde getippt. Ich vermute, dass es eine Barzahlung war. Viele Leute, besonders ältere, besaßen damals einfach noch kein Bankkonto. Das war etwas für Wohlhabende und für Geschäftsleute.«

Grace dachte nach. »Gut. Und weißt du noch, um welche

Gemeinden es sich handelte? Welche Abrechnungen sie da gesammelt hatte?«

»Die von Moycullen und der Claddagh. Andere habe ich nicht gesehen.«

Kevin stieß sich vom Schreibtisch ab und rollte auf seinem Stuhl ein Stück zurück.

»Schaust du bitte mal im Computer nach, wer Ende der achtziger Jahre in der Claddagh der zuständige Priester war?«, sagte Grace.

Kevin sah sie verwundert an, machte sich dann aber rasch an die Arbeit. Wenige Minuten später blickte er auf.

»Von 1982 bis 1990 war es ein Father O'Connor, dann folgte ein Father Sullivan.«

Grace schob die Unterlippe vor, als wäre sie nicht ganz zufrieden mit seiner Antwort. »Das sagt mir nichts. Schade, das bringt uns nicht weiter.«

»Warte, da steht noch etwas …«

Kevin machte ein paar Klicks, kratzte sich hinterm Ohr und hob schließlich den Kopf. In seiner Stimme lag ein Hauch von Triumph.

»Father Sullivan konnte wohl nicht direkt von O'Connor übernehmen und es gab eine Interimslösung. 1991 bis 1992 hat Father Dunne aus Moycullen die Gemeinde einige Monate lang betreut.«

Grace starrte ihren Kollegen ungläubig an. »Bingo! Danke, Kevin!«

Das würde sie weiterbringen.

Als die Kommissarin wieder in ihrem Büro saß, rief sie ihren Kollegen in Enniskillen an. An einem Sonntagnachmittag kurz vor Weihnachten war sicher auch dort auf dem Revier wenig Betrieb. Die nordirischen Kollegen waren dem anonymen Telefonanruf sofort nachgegangen, doch an der Tankstelle, wo Kelly angeblich gesehen worden war, hatte man ihnen nicht weiterhelfen können. Es gab nach wie vor weder von ihm noch von dem entführten alten Priester eine Spur.

Der Kollege auf der nordirischen Seite, der sich als Eddie Dawson vorgestellt hatte, gähnte.

»Hallo, sind Sie noch dran?«

»Oh, Entschuldigung, aber bei uns ist gerade der Teufel los.«

Damit hätte Grace nun wirklich nicht gerechnet.

Dawson klang nun ziemlich vergnügt. »Wir haben nämlich heute unsere Weihnachtsfeier und stecken mitten in den Vorbereitungen, wenn Sie wissen, was ich meine.«

Grace verkniff sich ein Schmunzeln. Das konnte sie sich wirklich gut vorstellen. Ihre Weihnachtsfeier fand ja auch noch statt, fiel ihr siedend heiß ein. Ob der Mord an Sergeant Sheridan daran etwas ändern würde? Sie musste unbedingt mit Robin Byrne darüber reden. Es klopfte an ihrer Tür.

»Wir melden uns dann morgen noch mal bei Ihnen. Und wenn Sie etwas …«

Aber Eddie Dawson hatte bereits aufgelegt. Die nordirischen Kollegen hielt es offenbar vor Vorfreude kaum noch auf den Sitzen.

Da öffnete sich Graces Tür einen Spaltbreit und ein weißblonder Schopf mit rötlichen Tupfen schob sich langsam herein. Ein Gesicht sah man nicht. Schließlich hob der Besitzer der gepunkteten Mähne den Kopf und ein paar große braune Augen, die dunkelpink umrahmt waren, blinzelten die Kommissarin fröhlich an.

»Hey, Mum!«

Es war ihre Tochter Roisin.

Grace musste schlucken und stand sofort auf, um sie in den Arm zu nehmen. Roisin stellte ihren Rucksack ab und ließ sich von ihrer Mutter drücken. Dann trat Grace einen Schritt zurück und betrachtete sie.

»Nun sag bitte nicht, ich bin gewachsen.« Roisin kicherte. Sie war offensichtlich extrem guter Laune. »Aber wie findest du, dass ich aussehe?«

Sie drehte sich in ihrem bunten Kleid, das ihr bis zu den Füßen reichte und über dem sie eine schwere Lederjacke trug. Dabei hielt sie die Arme weit ausgestreckt.

»Umwerfend, Roisin. Ich fasse es nicht.« Grace strahlte über das ganze Gesicht.

»Das Kleid hat Oma nach meinem Entwurf genäht. Vier verschiedene Stoffe. Sie hat noch das ein oder andere vorgeschlagen, wie die schwarze Spitze für die Manschetten. Sieht cool aus, finde ich.«

»Hmm.«

Grace war überwältigt. Es kam ihr vor, als hätte sie ihre Tochter jahrelang nicht wahrgenommen. Sie war tatsächlich fast erwachsen geworden.

»Wie geht es Oma?«

Roisin ließ sich in den Sessel fallen und wippte. »Super. Wenn du Zeit hast, sollst du sie unbedingt mal in Ruhe anrufen. Dara wollte dringend irgendwas mit ihr besprechen.«

Dieser Hinweis trübte für einen Augenblick Graces Wiedersehensfreude. Und ihre Tochter schien ihre Gedanken zu erraten.

»Nimmt Dara eigentlich immer noch die Tabletten?«

Grace erinnerte sich, dass die Tablettensucht ihres Bruders unter anderem zu dem Streit geführt hatte, den Roisin im Frühjahr mit Dara und Graces Schwägerin gehabt hatte. Alle hatten es danach für das Beste empfunden, dass Roisin zu ihrer Großmutter ziehen sollte.

Grace lächelte etwas gequält.

»Ich weiß es nicht, Roisin. Dazu sehen wir uns zu selten. Aber ich komme ja Weihnachten für ein paar Tage hoch.«

Roisin seufzte laut. »Musst du bis dahin deinen Mörder finden?«

Grace nickte. »Ja, und es ist verdammt schwer. Wir kommen nur langsam voran.«

»Wie viele Leichen habt ihr?«

»Vier.«

Roisin pfiff laut durch die Zähne. Wo war das leicht unsichere, zurückhaltende kleine Mädchen geblieben, das trotz allem einen knallharten Willen hatte?

»Und wie viele Verdächtige?«

Grace zählte sie im Kopf zusammen. »Auch vier.«

»Für jede Leiche einen, das ist clever.«

»Nein, fünf«, korrigierte sich Grace. »Aber was du sagst, ist auch ganz schön clever. Ich werde darüber nachdenken.«

Grace verzog ihren Mund zu einem amüsierten Grinsen. Dann erklärte sie ihrer Tochter die zeitliche Planung und dass sie heute Abend zu zweit schick Essen gehen würden, als nach kurzem Klopfen Rory in der Tür erschien.

»Das ist Kommissar Coyne, mein engster Kollege – und das ist Roisin, meine Tochter.«

Erfreut nahm Rory Roisins Hand und schüttelte sie heftig. Und dann erzählte er ihr von seinen sechs Töchtern und was sie alles so trieben.

»Sechs Kinder, das ist ja der Hammer!«, sagte Roisin, ehrlich beeindruckt.

»Die Dänen sind nicht so fruchtbar wie die Iren. «

Rory lachte.

»Besonders interessieren mich Helena und Brenda. Die wissen sicher, wo es hier in Galway abgeht. Kann ich die mal kennenlernen?«

»Selbstverständlich!« Rory lachte diesmal übertrieben laut.

»Am liebsten würde ich sofort bei euch einziehen. Wenn deine älteste Tochter studiert, habt ihr doch sicher ein Bett für mich frei.«

Rory und Grace warfen sich amüsierte Blicke zu.

»Das ist eine hervorragende Idee, Roisin«, sagte Rory glucksend. »Ich schlage vor, du kommst gleich morgen vorbei. Denn heute gehst du ja noch mit deiner Mutter aus. Sie freut sich schon darauf.«

Grace sagte nichts und lächelte Rory dankbar an.

46

Der Abend mit Roisin war sehr entspannt verlaufen. Graces Tochter war schon lange war nicht mehr so gesprächig gewesen.

Doch am nächsten Morgen musste die Kommissarin sich wieder voll auf ihren Fall konzentrieren und sie war froh, dass Roisin bei Rorys Familie untergekommen war.

Grace war auf dem Weg zu Frida Pearse und wollte vorher kurz bei Kevin Day vorbeischauen, der sich durch die restlichen Unterlagen in Mary O'Sheas Büro arbeitete.

Es hatte in der Nacht zum ersten Mal in diesem Winter richtig Frost gegeben und sie wäre beinahe ausgerutscht, als sie die Brücke über den Corrib betrat.

Die Auspuffe der Autos spuckten bläuliche Wölkchen in die Luft und trotz der unmittelbaren Nähe zum Meer schien die Stadt an diesem diesigen Dezembermorgen im Verkehr zu ersticken. Niemand hatte das Gefühl, frische salzige Luft zu atmen.

Das Gespräch mit Roisin vom Abend zuvor ging Grace immer wieder durch den Sinn. Roisin lebte bei ihrer Großmutter in Dänemark. Sie hatte dort angeblich viele Freundinnen gefunden, mehr als in Irland. Dänische Mädchen wären nicht so kindisch wie die Mädchen hier und mit Oma komme sie prächtig aus, erzählte sie, die mische sich nicht ein, sei aber immer zur Stelle, wenn man sie brauche.

»Liv ist immer für mich da.«

Grace musste zugeben, dass es ihr wehtat, das zu hören, auch wenn ihre Tochter sie sicher nicht damit quälen wollte, um ihr ein schlechtes Gewissen zu machen.

Grace zog ihren grauen Schal enger um den Hals. Es herrschte eine eisige Feuchtigkeit heute Morgen und die Menschen hasteten über die Bürgersteige, um so schnell wie möglich in ihre warmen Büros zu kommen. Von ihren Mündern stießen auch sie kleine Wölkchen aus.

»Warum bist du eigentlich nicht in Dänemark geblieben, Grace?«, hatte Roisin sie gefragt. Aber Grace war ihr ausgewichen. Redete von der einmaligen Chance, die diese Stelle hier in Galway für sie bedeutete, und von den schlechten Aufstiegsmöglichkeiten im dänischen Polizeidienst, die Dänen mit Migrationshintergrund begünstigten.

»Aber du hast doch einen Migrationshintergrund.«

»Den falschen.«

Warum hatte sie ihrer Tochter nicht von ihrem Heimweh nach Irland erzählt? Von der Sehnsucht nach dem Geruch von Torffeuern und üppigen Rhododendronblüten, die im Mai überall an der Westküste hier zu finden waren?

Davon, dass sie es entspannter fand, mit der Unzulänglichkeit der Iren umzugehen, als mit dem Streben nach skandinavischer Perfektion?

»Ich jedenfalls bleibe erst mal in Dänemark.«

Beide lächelten auf ihrer Seite des Tisches.

»Und was ist mit der Kirche?«

»Welche Kirche?«

Es war gerade mal ein Dreivierteljahr her, dass Roisin sich in ein Kloster geflüchtet und das Familienleben der O'Malleys damit komplett durcheinandergebracht hatte. Grace empfand die neu entdeckte Frömmigkeit Roisins damals als rätselhaft und befremdlich und deshalb spürte sie jetzt Erleichterung über ihre unschuldige Nachfrage.

Roisin nippte an ihrer Cola und schaute sie verschmitzt an.

»Stimmt es, dass deine Morde alle in Kirchen passiert sind?«

»Ja. Bis auf einen.«

»Denkst du, der Mörder glaubt an Gott?«

»Keine Ahnung. Darüber habe ich noch nicht nachgedacht.«

»Aber an irgendwas muss er doch glauben, sonst würde er das nicht tun.«

»Da hast du vollkommen recht.«

Inzwischen hatte Grace Marys Haus im Palmyra Avenue fast erreicht. Sie zog einen Schlüssel aus der Handtasche, entschied sich aber im letzten Moment, zu klingeln, um Kevin ihr Kommen anzukündigen.

Die Tür wurde aufgerissen und der Kollege stand vor ihr im dunklen Flur. Sie konnte ihn kaum erkennen.

»Hast du noch etwas gefunden?«

Er bedeutete ihr, ihm zu folgen, und kurz darauf erreichten sie den kahlen Raum, in dem außer dem hässlichen Schreibtisch nur ein Stuhl, das Regal mit den bunten Ordnern und eine Schreibtischlampe standen. An der Wand hing der Bilderrahmen mit den Fahndungsfotos der Priester, wie Grace sie insgeheim getauft hatte.

Kevin folgte ihrem Blick.

»Tja, Mary mochte wohl diese unpersönliche Atmosphäre. Obwohl ich gar nicht sicher bin, ob das hier auch wirklich ihr Büro war.«

»Wie meinst du das?«

Statt einer Antwort öffnete er einen beigen Aktenordner, in dem ein paar Rechnungen säuberlich abgeheftet waren. Grace beugte sich darüber und versuchte das Handgeschriebene zu entziffern.

»Boiler-Reparatur Badezimmer.«

Grace hob ihren Blick und sah ihn fragend an.

»Schau mal auf das Datum und die Adresse.«

»14. Juni 1988. Es ist eine Rechnung für Sacred Heart in Moycullen. Ja und? Ich weiß nicht, worauf du hinauswillst.«

»Und wer hat die Rechnung bezahlt?«

Grace schob den Ordner etwas näher zur Lampe.

»Du meinst die Initialen da unten?«

»Ja, es hat immer dieselbe Person gegengezeichnet, auf fast allen Rechnungen.«

»F. P., Frida Pearse. Glaubst du etwa, dass das hier Auntie Fridas Büro war?«

Kevin holte einen anderen Ordner, diesmal einen hellblauen, aus dem Regal. »Das hier ist Fridas Geheimarchiv. Aber warum wurden diese Unterlagen nicht im Gemeindebüro oder im Pfarrhaus aufbewahrt, sondern hier? Das muss doch einen Grund haben?«

Grace runzelte die Stirn. »Was hast du noch?«

Sie zeigte auf den Ordner, den er gerade herausgeholt hatte.

»Hier, Grace, das könnte wichtig sein. Eine Rechnung über eine Autoreparatur.«

Er reichte ihr den Ordner und sie beugte sich über das Papier.

»Bremsen überprüft, neue Reifen.«

Ihr Blick fiel auf das Datum und die Anschrift.

»Das war auch für die Pfarrei in Moycullen. Am 3. Mai 1992. Aber was soll daran so wichtig sein?«

Allmählich nervte es sie, dass sie Kevin alles aus der Nase ziehen musste.

»Die Firma. Sullivan Motors, Oughterard.«

Er stellte sich vor sie hin und nahm seine Lesebrille ab.

»Als ich diese Rechnung sah, ist mir eingefallen, was noch in dem Kuvert war, das ich Sergeant Sheridan gegeben habe …«

Hier machte er eine Pause, als müsste er den Gedanken an die tote Kollegin ganz bewusst wegschieben, um weiterreden zu können.

»Wir haben zahlreiche Rechnungen über Autoreparaturen gefunden, über Jahre, immer von der gleichen Firma, für das Auto der Pfarrei. Es war wohl ein altersschwacher Morris.«

Graces Augen weiteten sich und sie trat einen Schritt auf den Kollegen zu.

»P & P Motors in Cashel?«

Kevin Day nickte erschöpft. Er biss sich auf die Unterlippe.

»Bis Anfang 1992. Danach gab es keine Rechnungen mehr von dort. Ab dann führten die Sullivans die Reparaturen aus.«

47

Frida Pearse summte gut gelaunt vor sich hin, während sie die Haustür öffnete. Als sie die Kommissarin erkannte, verstummte sie. Offenbar hatte sie mit Rory gerechnet und sie konnte ihre Enttäuschung kaum verbergen.

»Kommen Sie herein, ich habe Sie schon erwartet«, flunkerte sie und ging in die Küche voraus. Es roch ein wenig nach Weihnachten, fand Grace. So wie es einst in ihrer Kindheit bei den Großeltern auf Achill gerochen hatte.

Die Kommissarin wunderte sich wieder, wie behände die alte Dame durch den langen Korridor segelte. Den Rollator konnte sie nirgends entdecken. Aber es war ja auch kein richtiger Rollator gewesen. Frida Pearse hatte zwischen Nutzen und Einsatz abgewogen und sich dann für den Rollator als Deko-Objekt entschieden.

War ein Mensch, der ihn nur dafür verwendete, sich Platz im Leben zu verschaffen, ein Hochstapler oder ein Lebenskünstler? Was hatte Frida sich noch verschafft, um sich das Leben angenehmer zu gestalten?

»Ich habe uns ein paar Scones gebacken, Superintendent. Ich hoffe, Sie mögen Scones.«

Grace nickte zerstreut und schaute sich in der Küche um. Es war eine gelb und hellblau lackierte Einbauküche aus den Sechzigerjahren, allerdings waren Herd und Kühlschrank neueren Datums. Eine Spülmaschine gab es nicht.

Grace nahm Platz. Auntie Frida goss Tee ein und setzte sich mit geschürzten Lippen ihr gegenüber an den Küchentisch. Ihr Dutt ragte steil in die Höhe. Ob die alte Dame wohl genug Kraft gehabt hätte, um Beth oder Marilyn hinterrücks zu ermorden?

Grace dachte darüber nach, während sie nach der Tasse griff und sie zum Mund führte. Beide hatten auf einer Bank gesessen, als sie getötet wurden. Es wäre nicht unmöglich. Aber Sergeant Sheridan hatte sich gewehrt und war fit und stark gewesen.

»Wie kann ich Ihnen helfen?«, frage Frida Pearse.

Und Mary, ihre Nichte? Die hätte überhaupt nicht damit gerechnet, dass die Tante sie angreifen würde. Und wenn sie geschlafen hätte? Grace strich den Gedanken sofort wieder. Die SMS passte da nicht hinein. Mary hatte ja geahnt, dass jemand im Haus war.

»Ich habe noch ein paar Fragen an Sie, Mrs Pearse.«

Grace strich sich eine Strähne aus der Stirn und beobachtete die alte Dame.

Frida verzog den Mund zu einem Lächeln. »Es ist sehr rücksichtsvoll von Ihnen, dass Sie zu mir gekommen sind, um einer alten Frau den Weg in die Garda-Zentrale zu ersparen.«

»Aber Sie sind doch noch sehr rüstig, Frida. Wie alt sind Sie denn eigentlich?«

»Im Februar werde ich sechsundsiebzig.« Stolz schwang in ihrer Stimme mit.

»Und wie lange haben Sie als Gemeindesekretärin gearbeitet?«

Frida schien zu überlegen. »Ich bin vor zehn Jahren ausgeschieden und habe die Fahne dann an Mary weitergereicht. «

»Ach, Ihre Nichte hat genau dort weitergemacht, wo Sie aufgehört haben?«

Frida strahlte noch immer.

»Das könnte man so sagen, allerdings haben sich durch die Zusammenlegung verschiedener Gemeinden in den letzten Jahren auch neue Zuständigkeiten ergeben. Ich habe zu meiner Zeit nur Moycullen betreut, und das war mehr als genug Arbeit.«

»Wie ich erfahren habe, waren Sie 1995 auch mal kurz in Belfast tätig.«

Frida musterte sie nun skeptisch.

»Da habe ich zwei Wochen lang meine kranke Schwester vertreten.«

»Marys Mutter?«

Die alte Frau zögerte, bevor sie nickte.

»Das war in der Zeit, als Father Duffy mitten in der Nacht diesem verletzten Protestanten half und ihn versteckte, nicht wahr?«

Fridas Blick ruhte auf dem Tisch. Sie hielt den Kopf gesenkt.

»Davon weiß ich nichts.«

Grace beobachtete sie genau. »Aber Sie konnten sich an Father Duffy erinnern, als er hierher nach Galway kam.«

»Flüchtig.«

Entweder sie log oder der zeitliche Abstand hatte ihre Erinnerung tatsächlich verblassen lassen. Da Grace die alte Dame für äußerst clever hielt, war es wohl eher Ersteres.

Die Kommissarin lehnte sich zurück und fuhr fort.

»Würden Sie mir bitte genau schildern, wofür Sie hier in der Gemeinde zuständig waren?«

»Oh, das Übliche.«

Frida schien erleichtert darüber, dass Grace das Thema Belfast verlassen hatte.

»Ich habe mich um das Kirchenpersonal gekümmert, Dienstpläne erstellt, Löhne ausgezahlt und Handwerker bestellt. Außerdem habe ich die Ehrenamtlichen eingeteilt und sämtliche Kirchenkreise organisiert.«

»Welche Kirchenkreise?«

Jetzt lächelte Frida.

»Da treffen sich zum Beispiel ältere Gemeindemitglieder oder auch junge Mütter regelmäßig.«

»Das hört sich nach viel Verantwortung an. Und Sie mussten auch mit Geld umgehen.«

Die alte Dame nickte bestätigend.

»Das kann man wohl sagen. Es war ein vertrauensvoller Posten, denn es handelte sich ausschließlich um Bargeld. Heute ist das ganz anders organisiert. Heute wird alles mit Schnickschnack-Banking direkt von der Diözese überwiesen.«

Frida nahm eines der gelben Scones, das sie auf einen geblümten Teller legte, und griff dann nach der geschlagenen Sahne. Mit einer Handbewegung lud sie die Kommissarin ein, ebenfalls zuzugreifen. Doch Grace überging es.

»Und deshalb haben Sie auch alle Unterlagen gewissenhaft gesammelt und in Ihrem kleinen Büro in Marys Haus bis heute aufbewahrt.«

Grace klang keinesfalls anklagend oder gar sarkastisch, sondern eher neutral.

Frida biss in ihr Scone, auf das sie selbstgemachte Brombeermarmelade gestrichen hatte.

»Genau, ich dachte, da hat man alles beieinander.«

»Warum haben Sie die Unterlagen nicht im Pfarrhaus aufbewahrt? Das hätte doch nahegelegen, besonders nach Ihrer Pensionierung.«

Frida tupfte sich mit einer Stoffserviette aus dünnem Organza sorgfältig den Mund ab. Dann warf sie Grace einen strengen Blick zu.

»Nein, nein, das kam gar nicht infrage. Das wäre nicht sicher gewesen, Superintendent! Da gehen doch heutzutage Hinz und Kunz ein und aus. Wo denken Sie hin!«

Grace zog die Augenbrauen zusammen. »Im Februar 1991 erhielten Sie ein großzügiges Geburtstagsgeschenk von zweihundert irischen Punts. Wer hat Ihnen die geschenkt?«

Fridas Miene veränderte sich nun dramatisch. Ihr Gesicht wurde dunkelrot und sie zog die faltigen Wangen ein, was ihr ein truthahnähnliches Aussehen verlieh.

»Daran kann ich mich gar nicht mehr erinnern. Sind Sie sicher?«

»Wir haben handschriftliche Aufzeichnungen darüber gefunden. Also, wer gab es Ihnen?«

»Vermutlich die Kirche. Ach, das ist alles schon so lange her.«

»Soll ich Ihnen sagen, woher das Geld stammt oder besser, wofür Sie das Geld erhielten?«

Grace war aufgestanden und schob den Stuhl, auf dem sie gesessen hatte, energisch zurück an den Tisch. Sie stützte sich auf die Lehne und richtete ihren Blick auf die alte Frau.

»Sie erhielten das Geld neben anderen regelmäßigen Extrazuwendungen von dankbaren Priestern, die Ihre Arbeit schätzten. Habe ich recht?«

Frida sagte nichts, sondern blickte stumm auf den Tisch.

»Sie haben sie erpresst, Frida. Sie wussten alles, Sie kontrollierten alles, Ihnen entging nichts. Und das haben Sie gnadenlos ausgenutzt.«

»Das ist nicht wahr!«, schrie die alte Frau schließlich und brach in Tränen aus.

Grace wusste, dass sie, was sie eben gesagt hatte, nicht beweisen konnte. Aber sie wusste, dass sie nah an der Wahrheit war, wenn sie alle Indizien richtig interpretiert hatte.

»So, und jetzt helfen Sie mir. Wir wollen die Sache noch etwas konkreter machen.«

Ihre Stimme war schärfer geworden. Grace wusste, dass sie so ziemlich einschüchternd wirken konnte.

Frida nickte zaghaft.

»Was wussten Sie von Father Dunne, was unangenehm für ihn werden konnte? Er war damals der Priester, für den Sie hauptsächlich arbeiteten.«

Frida schwieg trotzig.

»Mrs Pearse? Ich kann Sie auch gleich mit in die Zentrale nehmen.«

Nach ein paar Sekunden des Schweigens räusperte sich die alte Dame.

»Er war labil, wenn Sie wissen, was ich meine.«

Ihre Stimme war kaum zu vernehmen.

»Nein, weiß ich nicht. Was soll das heißen?«

Grace bemerkte, wie die Hände der Frau zitterten. Sie hielt sich an der Serviette fest.

»Dunne hatte viele Bewunderer.«

Grace schaute zu ihr hinüber.

»Meinen Sie Liebhaber?«

Frida nickte kaum merklich.

»Männer? Wie Michael Kelly zum Beispiel?«

Der Kopf der alten Frau fuhr mit einem Mal hoch.

»Woher kennen Sie ihn?«

»Beantworten Sie die Frage.«

»Ja, Michael Kelly.«

»Und mit Kelly gab es wohl noch eine besondere Geschichte, in der auch Beth Kerrigan eine wichtige Rolle spielte.«

Grace schoss ins Blaue. Jetzt oder nie, dachte sie.

»Der hat den Bogen überspannt.«

»Ich höre.«

Frida seufzte. »Ach, die arme Beth. Der haben sie übel mitgespielt.«

Die alte Dame blinzelte und schien einen Moment lang ihren Erinnerungen nachzuhängen.

»Was war mit Kelly? Warum hatte er den Bogen überspannt?«

Grace drängte Frida. Sie wollte ihr keine Zeit zum Nachdenken lassen. Die alte Frau hob den Kopf und sah ihr in die Augen.

»Kelly wollte weg. Von Anfang an, wenn Sie mich fragen. Der hat Father Dunne ausgenutzt und erpresst, nicht etwa andersherum, nachdem sie … Sie wissen schon.«

»Nachdem Kelly und Dunne ein Paar gewesen waren?«

Frida nickte.

»Wann war das?«

Sie dachte nach.

»Das muss 1994 oder '95 gewesen sein. Es ist alles schon so lange her.«

»Was genau hat Kelly getan?«

»Father Dunne musste ihm damals viel Geld hinblättern, damit er endlich abhaut und den Mund hält.«

»Und Father Dunne besaß so viel Geld?«

Frida Pearse warf Grace einen vernichtenden Blick zu.

»Natürlich nicht. Es war Geld, das der Kirche gehörte, und Beth kam dahinter. Sie dachte aber, Kelly hätte es gestohlen, und deckte ihn. Kurz darauf verlobten sie sich. Und Kelly wanderte in die Staaten aus. Beth war der Meinung, er würde sie bald nachholen.«

Nun hatte sich Frida wieder gefangen. Grace bemerkte, wie sie zwei Haarnadeln aus dem Dutt zog und sie neu steckte. Dann stand sie auf und begann, das Geschirr zusammenzustellen.

»Aber die arme Beth wusste nicht, dass Kelly nie die Absicht hatte, sie zu sich zu holen. Ein paar Monate später schrieb er ihr, dass er eine andere kennengelernt habe. Offenbar auch hier aus der Gegend.«

»Und das stimmte wahrscheinlich, nur dass ›die andere‹ ein Mann war«, ergänzte Grace.

Frida warf ihr einen unfreundlichen Blick zu.

»Ich muss Ihre Aussage zu Protokoll nehmen und werde Sie deswegen noch einmal aufsuchen«, sagte die Kommissarin. »Und was Ihr eigenes Vergehen betrifft …«

»Für das es keinerlei Beweise gibt«, fiel ihr Frida ins Wort.

Grace ignorierte sie. »Die Erpressung ist höchstwahrscheinlich bereits verjährt.«

In dem Moment meldete sich ihr Handy. Grace zog es aus der Tasche und warf einen Blick darauf. Es war eine Nachricht von Rory. Sie zog die Luft tief ein.

»Bin mit dem Heli auf dem Weg nach Enniskillen. Könnte sein, dass sie Dunne gefunden haben. Tot.«

48

In einer der berühmten Marble-Arch-Höhlen bei Florencecourt in der Nähe von Enniskillen hatte man zufällig eine Leiche gefunden. Da es hier seit Tagen geregnet hatte, war das übliche Besucherhighlight, eine Bootsfahrt durch die riesigen Kalksteinhöhlen, aus Sicherheitsgründen abgesagt worden, und man konnte nur zu Fuß durch den beliebten Geopark streifen.

Eine Gruppe Schulkinder, die hier ein Erdkundeprojekt durchführen sollte, hatte die in eine Decke gewickelte Leiche aufgestöbert und sofort die Leitung des Parks alarmiert.

Nun beugte sich Police Constable Eddie Dawson zusammen mit seinem irischen Kollegen Kommissar Coyne aus Galway über den Leichnam.

Bei der schummrigen Beleuchtung im Innern der Höhle hielt Dawson eine starke Lampe auf den Fund gerichtet. Die Haupthöhle war wie eine Kuppel gewölbt und besaß die Dimensionen einer Kathedrale. Die imposante Höhle hatte ihren Namen tatsächlich von dem berühmten Triumphbogen in London geborgt, die Natur hatte sie genauso geschwungen und elegant konstruiert. Doch hier in dieser Seitennische war alles niedrig, eng, düster und natürlich nass. Das Regenwasser bahnte sich einen Weg durch die porösen Kalksteinwände der Höhle.

»Es ist sehr bedauerlich, dass ausgerechnet Kinder die Leiche finden mussten«, meinte Rory. Er warf noch einmal einen Blick auf den toten alten Mann, der nicht abstoßend wirkte, sondern eher, als hätte man ihn achtlos weggeworfen und wie Sperrmüll entsorgen wollen.

Sein britischer Kollege sah das pragmatischer. »Aber wenn die Kinder hier nicht neugierig herumgelaufen wären, hätten wir den Toten wahrscheinlich lange nicht entdeckt.«

Der Leichnam war ohne Anzeichen äußerer Gewalt gewesen. Es handelte sich um einen alten Mann in einem Schlafanzug.

»Glauben Sie, dass das Ihr vermisster Priester ist?«, fragte Eddie Dawson.

Rory fotografierte die Leiche. »Meine Chefin hat ihn vor ein paar Tagen vernommen. Die wird es sicher wissen. Ich schicke ihr rasch ein paar Fotos.«

Der britische Polizist lächelte. »Ich glaube nicht, dass Sie hier drinnen ein Netz haben.«

Rory schaute auf das Display und musste ihm recht geben. »Wann kommen Ihre Spusi und die Forensik?«

PC Dawson schaute auf seine Armbanduhr. »Sicher bald.«

Er nahm seinen Helm ab und wischte sich mit dem Handrücken über seine Stirn.

»Geht es Ihnen nicht gut?« Rory klang besorgt.

Dawson verzog seinen Mund zu einem Grinsen. »Wir hatten gestern Abend unsere Weihnachtsfeier und ich mag abgeschlossene Räume wie diesen nicht so sehr.«

Rory verstand beides sofort.

»Dann lassen Sie uns hier rausgehen, bis die Spusi anrückt, und den Leiter des Parks verhören.«

Dawson nickte erleichtert. Selbstverständlich hatte hier die britische Polizei das Kommando, doch Dawson hatte, als die Leiche gefunden wurde, sofort die Kollegen in Galway informiert. Er hatte mit Grace wegen des anonymen Hinweises telefoniert und von ihr erfahren, dass ein alter Pfarrer möglicherweise entführt worden sei.

Sie waren vor dem Eingang der Höhlen angelangt und

Rory schirmte mit der Hand seine Augen ab, obwohl es draußen trüb war. Hier gab es auch ein vernünftiges Netz und Rory schickte sofort die Bilder an Grace los.

Ein missmutig dreinblickender Mann Mitte fünfzig in einem olivgrünen Daunenanorak und mit roten abstehenden Ohren näherte sich ihnen. Er grüßte knapp und Dawson stellte ihn Rory vor.

»Das ist Gilbert Peake, er leitet das Besucherzentrum. Kollege Coyne aus Galway hätte noch ein paar Fragen an Sie, Gilbert. Ich hoffe, das ist in Ordnung.«

Der Leiter knurrte. Offenbar war ihm das ganze polizeiliche Aufgebot ein Gräuel, das seinen Arbeitsablauf störte.

Rory lächelte. »Ich kann mir sehr gut vorstellen, dass dieser bedauerliche Leichenfund alles hier durcheinanderbringt, aber ich versichere Ihnen, wir versuchen die Sache so schnell wie möglich abzuwickeln.«

Peake knurrte wieder.

»Mr Peake, können Sie mir sagen, ob im Laufe des gestrigen Tages oder vielleicht auch schon vorgestern ein Lieferwagen, der hier nicht hingehört, auf dem Gelände oder auf dem Parkplatz gesichtet wurde? Das wäre für unsere Ermittlungen äußerst wichtig.«

»Nicht, dass ich wüsste.«

Rory warf seinem britischen Kollegen einen fragenden Blick zu, der sich nun einschaltete.

»Wir müssen wissen, Gilbert, ob das Ihre persönliche Einschätzung ist oder ob Sie jeden, der in den letzten zwei Tagen auf diesem Gelände hier gearbeitet hat, dazu befragen konnten?«

Gilbert Peake hatte niemanden dazu befragt. Also wurden die fünf Mitarbeiter gebeten, sich umgehend im Visitor Centre einzufinden.

»Mehr Personal haben Sie nicht?«, fragte Rory.

Peake guckte irritiert.

»Ich weiß nicht, wie das ein paar Meilen von hier bei Ihnen in der Republik ist, aber bei uns ist es Mitte Dezember. Das bedeutet, es regnet, es ist kalt und Weihnachten steht vor der Tür. Da pilgern die Menschen nicht zu Höhlen, außer in die Grotten der Kaufhäuser, wo sich gerade Männer im Nikolauskostüm mit ausgestopften Rentieren aufhalten. Wir laufen also mitarbeitermäßig auf Schmalspur. Mehr als die fünf sind hier nicht vor Ort.«

Die Befragung der fünf Mitarbeiter kurz darauf ergab, dass niemand in den letzten beiden Tagen einen Lieferwagen auf oder vor dem Gelände gesehen hatte. Nur einen kleinen grünen Mini gestern, für den sich aber keiner wirklich interessiert hatte.

»Ein grüner Mini? Mit britischem Kennzeichen?« Rory wippte auf den Zehenspitzen.

Alle fünf zuckten fast gleichzeitig mit den Schultern.

»Keine Ahnung.«

»Möglicherweise.«

»Hab nicht drauf geachtet.«

»Schließlich fahren wir hier alle mit britischem Kennzeichen. Und das soll auch so bleiben.«

Rory ignorierte den Zusatz und wollte sich seinem nordirischen Kollegen zuwenden, doch der telefonierte gerade.

Da keiner der fünf Mitarbeiter präzisieren konnte, wann genau er den grünen Mini gesehen hatte, bedankte sich Rory bei ihnen und Eddie Dawson schickte sie wieder weg.

»Er muss diese Höhlen gekannt haben«, sagte Dawson, sobald sie wieder allein waren.

»Seit wann sind sie für die Öffentlichkeit zugänglich?«, fragte Rory.

»Der Geopark wurde 2004 eröffnet, aber die Höhlen sind schon seit dem Ende des 19. Jahrhunderts bekannt.«

Er hielt Rory die Wagentür auf, um mit ihm zurück ins

Revier nach Enniskillen zu fahren. Kaum hatten sie die Hauptstraße erreicht, meldete sich Rorys Handy. Als er den Anruf nach wenigen Minuten beendet hatte, schien er erleichtert.

»Das war Superintendent O'Malley. Sie hat den Priester auf den Fotos eindeutig erkannt.«

Dawson drehte den Kopf zu seinem irischen Kollegen. »Prima, aber wo ist euer Täter? Das mit der offenen Grenze seit dem Karfreitagsabkommen ist ja schön und gut, und wir wollen es auch nicht mehr anders haben, aber für unsere Polizeiarbeit waren die harten Grenzkontrollen vor 1998 doch gar nicht so übel, oder?«

Rory dachte nach. »Ich weiß, was Sie meinen, Dawson. Unser Mann wäre damals sicher nicht mit einer Leiche im Kofferraum über die Grenze gekommen. Aber ich würde das an Ihrer Stelle nicht beschwören.«

Rory hatte keine Lust, das Thema weiter zu erörtern. »Sag ich doch.«

49

Das Ergebnis der Obduktion musste abgewartet werden, ehe die Leiche von Father Dunne freigegeben und überführt werden konnte. Als Rory am frühen Abend mit dem Helikopter wieder in Galway landete, war Grace schon zu Kellys Vater unterwegs.

Rory betrat die Garda-Zentrale, nahm zögernd sein Handy und tippte eine Nummer. Er musste es einfach tun.

»Hallo, stör ich dich?«

»Keineswegs. Ich hab gerade gedacht, wir könnten eigentlich mal wieder ein Bier zusammen trinken, so kurz vor Weihnachten.«

»Das ist eine gute Idee. Wie wäre es ganz spontan, sagen wir, in einer Viertelstunde im Spaniard's Head? Da ist um diese Uhrzeit noch nicht so viel los.«

Auf der anderen Seite herrschte einen Moment Stille. »In Ordnung, das schaffe ich. Dann können wir auch gleich alles wegen Weihnachten besprechen.«

Rory überlegte.

»Ja, klar, Weihnachten, klar. Wir machen es doch wie immer, oder? Du feierst mit uns, oder?«

Der andere zögerte.

»Selbstverständlich, wieso?«

»Gut, Ronan, dann bis gleich im Pub.«

Rory beendete den Anruf und machte sich fertig. Auf dem Korridor traf er Robin Byrne, seinen Chef. Er hielt kurz neben ihm an.

»Du hast meine Nachricht wegen der Leiche von Father Dunne bekommen, Robin?«

Der lange Mann nickte und kratzte sich am Kinn. »Alle See- und Flughäfen werden überwacht, sowohl in der Republik als auch oben im Norden. Gab es irgendwelche Probleme in Enniskillen?«

»Nein, warum?«

Robin Byrne lächelte milde. »Nun, es ist der Norden, Rory, wir können sie nicht dazu zwingen, uns zu helfen.«

»Ich glaube nicht, dass sie wild darauf sind, den flüchtigen Mörder eines alten katholischen Priesters zu verfolgen, wenn du mich fragst. Die haben genug zu tun. Wenn der Mord bei uns begangen wurde, werden sie Kelly sicher für uns einsperren, wenn er ihnen auf dem Weg zur Fähre in die Arme rennt. Aber ansonsten werden sie ihre gut geölte Polizeimaschinerie bestimmt nicht extra in Gang setzen. – Ach, wie war eigentlich die Pressekonferenz?«

Der Garda-Chef seufzte laut und mitleidheischend. »Ich hasse Pressekonferenzen. Da sitzen immer so viele Menschen, die sich wichtigmachen wollen und allen Kollegen beweisen müssen, was für coole Trüffelschweine sie sind. Aber Kevin und ich haben sie ganz gut im Zaum gehalten.«

Damit drehte er sich auf dem Absatz um und lief fast träumerisch den Gang entlang bis zu seinem Büro, in dem er verschwand, ohne sich noch einmal umzuschauen.

Rory überlegte scharf und schaute dann auf seine Uhr. Er musste sich sputen, damit sein Bruder nicht allzu lang allein im Spaniard's Head sitzen musste. Obwohl Ronan ja viele Leute kannte und sich bestimmt nicht einsam vorkommen würde. Hatte er nicht auch Paul Higgins gekannt?

Zehn Minuten später saß er mit seinem Zwillingsbruder in einem der kleinen Schankräume im Spaniard's Head, das tatsächlich noch sehr leer war. Es war Montagabend gegen halb sieben und die meisten Galwegians mussten sich vom

Wochenende erholen oder waren nach der Arbeit auf Geschenkejagd.

»Und, wie kommt ihr voran?«

Ronan nahm einen großen Schluck von seinem goldgelben Pint.

»Das war ja furchtbar mit eurer Kollegin«, setzte er noch hinzu, bevor Rory antworten konnte.

Rory nickte betrübt. »Ich darf gar nicht daran denken, was in der Kirche da ablief. Das hätte niemals passieren dürfen. Aber ich kann jetzt nicht darüber reden, das verstehst du sicher. Wir sind zwar inzwischen ein großes Stück weitergekommen, doch es scheint immer komplizierter zu werden.«

Ronan legte seinem Bruder mitfühlend die Hand auf den Arm. »Dann lass uns von etwas Angenehmerem reden.«

Rorys Herz sank. Wie sollte er beginnen? *Bist du schwul?* Nein, das ging eindeutig nicht, entschied er. Das war mit Sicherheit nichts Angenehmes.

»Gut, dann reden wir am besten über Weihnachten, Ronan.«

Sein Bruder schmunzelte. »Ich schenke deinen Mädels diesmal eins von diesen neuen strategischen Spielen, wo man in verschiedene Rollen schlüpft und sich mit anderen verbünden muss. Meinst du, das ist was für sie?«

»Exzellente Idee, Ronan! Da können wir alle mitspielen, auch Kitty und ich.«

»Ja, es macht höllisch viel Spaß, in Rollen zu schlüpfen und mal jemand anders zu sein, habe ich recht?«

Rory musterte seinen Zwillingsbruder und nickte nachdenklich.

»Ist irgendwas? Du wirkst so seltsam.« Ronan schaute besorgt zu seinem Bruder hinüber.

Rory kämpfte mit sich. »Es ist dieser Fall, Ronan, der uns alle ziemlich mitnimmt. Selbst den blöden Kollegen Day hat es ganz schlimm erwischt.«

Der Kommissar seufzte und verdrehte ein wenig die Augen.

»Was treibst du so?« Er nahm einen neuen Anlauf.

»Nicht viel.« Ronan zuckte mit den Schultern und trank wieder einen Schluck Bier.

»Wie immer. Vor Weihnachten läuft das Geschäft erfahrungsgemäß nicht so gut.«

Jetzt rückte Ronan ein winziges Stück näher an seinen Bruder.

»Rory, ich merke, dass du etwas auf dem Herzen hast. Spuck's aus.«

Ronan boxte ihn liebevoll mit dem Ellbogen in die Seite. Rory wusste, das war die Steilvorlage. Er hatte sogar eine hervorragende Idee, wie er weitermachen könnte.

»Also gut. Du hast da letztens einen Apfelkuchen mitgebracht. Genauer gesagt, eine Tarte Tartin.«

»Ja?«

»Die war unglaublich lecker.«

Ronan strahlte.

»Das freut mich.«

»Wo hattest du die denn her?«

»Hmm.« Ronan zögerte. »Du weißt, dass ich nicht backen kann, Rory.«

Rory nickte.

»Die war also nicht von mir.«

Rory wollte behutsam und unterstützend klingen.

»Das dachte ich mir, hätte mich auch gewundert. Sie war außergewöhnlich.«

In diesem Moment erschien Fitz im Schankraum und begrüßte beide Männer herzlich.

Rory war erleichtert über den kleinen Aufschub. Fitz erkundigte sich nach der Stimmung in der Zentrale.

»Du kannst es dir denken. Miserabel, aber wir geben nicht auf.«

Der Wirt trat einen Schritt näher an den Kommissar und beugte sich zu ihm hinunter.

»Stimmt es, dass man in Ulster die Leiche von Father Dunne gefunden hat?«

Rory sah sich verstohlen um, doch niemand außer seinem Bruder war in der Nähe. Er nickte kaum merklich.

»Das ist noch nicht offiziell, also bitte kein Wort davon weitererzählen.«

Fitz machte ein verständnisvolles Gesicht und nickte.

»Wo ist Grace? Ich habe sie lange nicht mehr gesehen. Aber ich weiß, ihr habt ordentlich zu tun und fast jeden Tag einen neuen Toten.«

Fitz schlug ihm freundschaftlich auf den Rücken und verschwand dann in Richtung Bar, die sich langsam füllte.

»Father Dunne ist tot?« Ronan leerte sein Bier mit einem letzten Zug.

Rory drehte sich überrascht zu ihm. »Kanntest du ihn?«

»Nein, eigentlich nicht. Ich hab früher nur ab und zu im Laden über ihn reden gehört. Du weißt ja, wenn die Leute warten und nichts zu tun haben, dann tratschen sie ohne Ende. Das ist aber sicher schon zwanzig Jahre her.«

Rory war sofort interessiert. »Ach? Und was wurde da geredet?«

Ronan schien nachzudenken. Er kratzte sich am Hinterkopf.

»So genau krieg ich das nicht mehr zusammen.«

Ronan kratzte sich, genau wie sein Bruder, nun auch am Hinterkopf.

»Da gab es doch diesen Skandal. Mit dem Jungen.« Ronan schüttelte den Kopf.

Rory schaute ratlos. »Da weiß ich nichts drüber.«

»Ich glaube, du warst damals gar nicht hier, sondern in Templemore.«

»Du meinst, ich war noch in der Ausbildung?«

Ronan nickte. »Das käme zeitlich hin. Es muss Anfang der Neunziger gewesen sein. Da gab es einen üblen Skandal. Die Leute zerrissen sich hier die Mäuler über den Priester und einen Jungen, mit dem er angeblich … Na, du weißt schon, was ich meine.«

War das eine zweite Steilvorlage? Rory wusste, dass er jetzt eigentlich handeln sollte. Besser würde es nicht mehr kommen. Doch er zögerte.

»Mit einem Kind?«

Ronan schaute entsetzt.

»Nein, es war ein junger Mann, Anfang zwanzig. Wie hieß er noch? Peter. Ja, genau. Dunne hat den armen Kerl in der Öffentlichkeit derart fertiggemacht, dass er sich kurz darauf das Leben nahm.«

»Grauenhaft. Grace sagte nach ihrem Verhör, dass der Alte mehr als unangenehm war.«

Ronan suchte seine Jacke und stand auf.

»Tja, das wäre heute Gott sei Dank so nicht mehr möglich. Aber ich sehe seinen Bruder noch ab und zu im Laden, und dann muss ich immer dran denken.«

Rory überlegte fieberhaft.

»Ronan?«

»War schön, dich zu sehen. Ich freue mich sehr auf unser Weihnachtsfest, wie jedes Jahr, Rory. Ich übernehme wieder die Getränke.«

Ronan zwinkerte seinem Bruder zu. Er sammelte seine Mütze und den Schirm ein, hob den Arm zum Abschied und wollte gehen.

»Ronan! Was war denn nun mit dem Kuchen? Da war Salzkaramell drin. Kitty hätte gern das Rezept.«

Es ging einfach nicht.

Ronan lächelte ganz entspannt.

»Der war von Mulligan's. Die haben einen ausgezeichneten Bäcker, finde ich.«

»Ach, Mulligan's?«
»Was hast du denn geglaubt?«
»Ach, nichts. Ich habe nichts geglaubt. Überhaupt nichts.«
Ronan Coyne hob nochmals den Arm zum Abschied und verschwand durch die Tür.
Rory schämte sich abgrundtief.

50

»Hä?«

Er tat ihr wirklich leid. Kellys Vater versuchte ihr zu helfen, das konnte sie spüren. Doch er war sprachlich so eingeschränkt, dass Grace kaum etwas aus ihm herausbrachte.

Sie saß in dem bescheiden eingerichteten Häuschen in Ost-Galway und schaute auf ihre Uhr. Die Einrichtung der Wohnküche, in der sie sich befanden, war uralt und musste noch aus den fünfziger Jahren stammen, die in Irland von Armut, Kirchengläubigkeit, Auswanderung und Hoffnungslosigkeit geprägt gewesen waren. Damals hatte man verzweifelt nach ausländischen Unternehmern gerufen, die in dieses rückständige Irland investieren sollten, um wenigstens einen Teil der Bevölkerung ernähren und auf der Grünen Insel halten zu können. Die Iren hatten das Gefühl, nur dann eine Chance im Leben zu haben, wenn jemand von außen sich um sie kümmerte. Allein wären sie hilflos. Es herrschte eine postkoloniale Mentalität, die auch nach Jahrzehnten der Unabhängigkeit im irischen Bewusstsein verankert schien und bis heute Spuren hinterließ. Und Thomas Kelly schien ein Relikt aus genau dieser Zeit zu sein.

Er war hilfsbereit, doch gleichzeitig hilflos, was nicht nur mit seinem hohen Alter zu tun hatte.

»Hat Ihr Sohn versucht, Sie zu kontaktieren, und Ihnen gesagt, wo er sich im Moment aufhält?«

Kelly schüttelte heftig den Kopf und zog die Decke aus Kunstfaser enger um seinen Leib, um die Kälte, die in der Wohnküche herrschte, von sich fernzuhalten.

Grace hatte sofort bei ihrem Eintritt gemerkt, wie kalt es

hier drinnen war. Der große Küchenherd, der mit Torf beheizt wurde, war schon lange ausgegangen, und der alte Mann war vermutlich nicht in der Lage, ihn wieder anzuzünden. Grace fragte sich, wer sich um ihn kümmern würde, wenn der Sohn, der das offenbar in den letzten Wochen übernommen hatte, verschwunden blieb.

Hatte Michael Kelly ihr gegenüber nicht von Cousinen gesprochen, die ihm angeblich heiratswillige Frauen auf den Hals hetzten? Vermutlich waren das nur Angeberei und ein Ablenkungsmanöver gewesen.

»Wer hat Ihnen hier im Haus geholfen, bevor Michael aus Amerika zurückkam, Mr Kelly? Sie brauchen doch Hilfe, mit dem Ofen zum Beispiel. Es ist kalt hier und Sie brauchen Wärme.«

Sie zeigte auf den kalten Herd.

Der alte Mann lachte in sich hinein und bemühte sich dabei, seinen zahnlosen Kiefer nicht zu zeigen. Er hatte die Lippen zusammengekniffen.

»Kaseen.«

Grace beugte sich zu ihm.

»Wie bitte?«

Sie versuchte das, was sie gehört hatte, zu verstehen.

»Eine Cousine?«

Der Alte schüttelte heftig den Kopf.

»Kaseen!«

Nun klang er eindeutig verzweifelt.

Grace überlegte.

»Meinen Sie Kathrine?«

Diesmal nickte er begeistert und klatschte in die Hände.

»Weiß Kathrine, dass Sie jetzt allein sind und Hilfe benötigen?«

Wieder nickte der Mann und machte eine eindeutige Geste, als hielte er ein Telefon in der Hand.

»Wann kommt Kathrine, wissen Sie das?«

»Hä?«

Die Kommissarin versuchte trotz der Schwerhörigkeit des Mannes nicht zu brüllen, sondern nur deutlich zu sprechen. Er zuckte heftig mit den Schultern, sodass die Decke auf den Boden rutschte. Grace hob sie auf und legte sie fürsorglich wieder um den hageren Körper des alten Mannes.

Sie überlegte, wie sie an die Telefonnummer dieser Kathrine kommen konnte. Dabei fiel ihr Blick auf die Fotografien, die wie in allen irischen Häusern hübsch gerahmt auf einem Tisch in der Ecke standen. Eins war in Schwarzweiß und zeigte ein Brautpaar, es musste aus den sechziger Jahren stammen. Die Braut war eher nüchtern gekleidet, wie es damals auf dem Land üblich war. Sie hatte offenbar nur ihr bestes Sonntagskleid übergestreift. Der Bräutigam war eindeutig Thomas Kelly, der verlegen neben seiner Braut stand.

Ein weiteres Foto zeigte einen kleinen Jungen mit blondem Wuschelkopf und knielangen Hosen, der keck in die Kamera grinste.

Grace drehte sich zu Thomas Kelly um. »Ist das Michael als Kind?«

Kelly nickte stolz.

In dem Moment hörte sie, wie jemand an die Hintertür klopfte.

»Hä?«, rief Kelly einladend.

Die Tür zur Küche öffnete sich und eine forsche Frau in den Vierzigern steckte den Kopf herein.

»Oh, du hast Besuch, Tom!«

Grace trat auf sie zu. Die Frau hielt einen nassen Schirm in der Hand. Wasser tropfte auf den Boden. Draußen regnete es wohl mittlerweile.

»Ich bin Grace O'Malley von Garda Galway. Schön, dass Sie kommen, Mrs …?«

Die Frau schenkte ihr ein freundliches Lächeln und reichte ihr die Hand. »Maguire. Carmel Maguire.«

Hatte sie Kelly etwa doch falsch verstanden?

»Ach, Sie sind nicht Kathrine? Ich hatte eine Kathrine erwartet, die sich um Mr Kelly kümmert.«

Carmel Maguire zog ihren feuchten Mantel aus und hängte ihn zusammen mit dem Schirm in den kleinen Korridor, der von der Küche abging.

»Doch, das ist völlig richtig. Kathrine schaut regelmäßig vorbei. Sie ist Toms Nichte. Ich bin nur die Nachbarin. Als ich eben nach Hause kam, sah ich Licht hier in der Küche, und da ich Michael seit ein paar Tagen nicht mehr gesehen habe, wollte ich Tom fragen, ob er schon weg ist und ob Tom vielleicht meine Hilfe braucht. Oh, ist das aber kalt hier drin, mein Lieber. Soll ich dir den Herd anzünden?«

Thomas Kelly nickte begeistert und die Nachbarin bückte sich, um Torf nachzulegen.

Grace blieb vor den Fotos stehen.

»Wollte Michael denn weg?«

Carmel schaute sie an.

»Soweit ich weiß, ja.«

Sie drehte sich zu Tom.

»Michael hat doch den neuen Pass beantragt, nicht? Er wollte doch wieder weg, oder?«

Der Alte nickte mit aufgerissenen Augen, wie um genau das zu bestätigen.

»Wissen Sie, wohin?«

Carmel Maguire räumte die Asche aus der Feuerstelle. »Ich glaube, er wollte über London nach Istanbul reisen.«

»Über London? Gibt es da vielleicht eine Adresse, die Michael ansteuern wollte?«

»Die kann ich Ihnen geben.« Sie hatte nun ein paar Seiten aus einer alten Zeitung gerissen, sie zu kleinen Bällchen zerknüllt und in den Ofen geschoben.

»Wohnt er wieder bei Connor in Lewisham?«, fragte sie, zu Thomas Kelly gewandt.

Wieder nickte Tom enthusiastisch, und Carmel schob zwei schmale, längliche Torfstücke hinterher.

»Das schreibe ich Ihnen gleich auf, Superintendent. Das ist Michaels Vetter. Ich habe seine Adresse und Telefonnummer im Handy gespeichert, falls mal was sein sollte.« Sie wurde etwas leiser. »Sie wissen schon. Es könnte ja sein, dass man die Familie einmal schnell benachrichtigen muss.«

Und laut sagte sie: »Gleich wird es wieder warm, Tom!«

Jetzt holte sie die Streichhölzer, die auf dem kleinen Tisch mit den gerahmten Fotografien lagen.

»Das hier ist doch Michael, als er noch in den Staaten lebte, oder?«

Grace zeigte auf eine größere, leicht verblichene Farbfotografie, die vor der Freiheitsstatue aufgenommen worden war. Es war das Foto, das sie für die Fahndung verwendet hatten.

Ein junger Mann, der dem heutigen Michael Kelly sehr ähnelte, stand da in einem engen weißen Cowboyanzug mit passendem Hut und hatte den Arm um einen anderen Mann gelegt, dessen Gesichtszüge Grace irgendwie bekannt vorkamen.

»Und wer ist der Mann neben Michael?«

Carmel hatte ein Streichholz aus der Schachtel gefischt und wollte es gerade anzünden. Sie warf einen Blick auf das Bild.

»Ach, das ist Michaels Freund. Ich meine, ein guter Freund von ihm. Der stammte auch von hier. Aber er hat ihn, glaube ich, erst drüben kennengelernt.«

Sie hielt das brennende Streichholz an ein Stückchen Papier im Herd.

»Tom, das ist doch Fintan, oder?«

Thomas Kelly nickte wieder und lachte vergnügt.

»Fintan?«, fragte Grace. »Und wie weiter?«

»Fintan O'Flaherty aus Connemara. Was für ein Zufall, nicht wahr? Sie sind sich in New York über den Weg gelaufen. Wie es manchmal so ist.«

Carmel war nun zu Tom getreten und schüttelte das Kissen auf, das seinen Rücken stützte.

»So, noch ein paar Minuten, Tom, und du hast es wieder mollig warm.«

Carmel Maguire und Thomas Kelly strahlten beide um die Wette.

Und Grace schloss sich ihnen unwillkürlich an.

51

Grace sprach noch am selben Abend mit den Kollegen der MET Police in London. Die Suche nach Michael Kelly war bereits zu einer internationalen Fahndung erweitert worden.

Grace gab einem englischen Kollegen die Adresse seines Cousins im Londoner Süden, doch der Polizist reagierte zunächst etwas zögerlich.

»Er hat einen alten katholischen Priester entführt und möglicherweise umgebracht? Bei allem Respekt, liebe Kollegin, aber wir haben es hier permanent mit islamistischen Terroristen zu tun, die blutige Anschläge vorbereiten, und selbst dafür habe ich nicht genügend Leute zur Verfügung. Ich werde sehen, was wir tun können.«

Roisin war im Laufe des Montags mit ihrem Rucksack zu den Coynes gezogen und hatte ihr eine begeisterte SMS geschickt, die Grace umgehend beantwortet hatte. Sie wollte ihrer Tochter unbedingt noch vor den Weihnachtstagen auf Achill von ihrer neuen Beziehung zu Peter Burke erzählen, die sie Roisin gegenüber bisher noch nicht erwähnt hatte – auch wenn sie vor ihren unverblümten Fragen ein wenig Angst hatte. Was sollte sie ihr antworten, falls sie sie fragen würde, ob sie Peter liebe? Doch Grace wischte diesen Gedanken schnell beiseite. Zuerst musste sie sich unbedingt noch auf die ungeklärten Morde konzentrieren.

Am Dienstagmorgen wartete Rory schon mit Neuigkeiten in ihrem Büro.

»Der Obduktionsbericht aus Enniskillen ist da. Es war

Herzversagen ohne Fremdeinwirkung, wie ich es mir schon gedacht hatte. Der Todeszeitpunkt lag zwischen 14 und 16 Uhr am Samstagnachmittag.«

Rory reichte Grace den Bericht, den sie schnell überflog.

»Das bedeutet, dass er vor oder während seiner Entführung einen Herzanfall erlitt und daran starb.«

Rory nickte zustimmend. »Bis wir Kelly gefasst haben, bleibt das reine Spekulation. Wir warten ab, was für eine Geschichte er uns auftischen wird.«

»Aber meinst du nicht, der Greis hätte sich lauthals gewehrt, wenn er von Kelly in eine Decke gewickelt und entführt worden wäre?«

Rory überlegte.

»Schon, doch ich vermute, dass zu dem Zeitpunkt alle am Mittagstisch saßen, außer Father Dunne, der selten in Gemeinschaft aß, und dass niemand etwas mitbekommen hat.«

»Nur, warum sollte sich Kelly mit einem alten Mann belasten, wenn er auf der Flucht war?«

Grace hatte die Stirn gerunzelt und Rory seufzte. Von welcher Seite sie es auch betrachteten, es ergab keinen Sinn.

»Vielleicht hielt es Kelly ja für gefährlich, ihn zurückzulassen. Dunne hätte ihm in den Rücken fallen und alles ausplaudern können. Oder Kelly erhoffte sich etwas anderes von ihm, eine Information zum Beispiel. Die DNA-Überprüfung ergab übrigens, dass Duffys Kleidung nicht gereinigt wurde, und es ist keine Spur von Sheridan daran zu finden. Dabei müsste der Mörder eigentlich mit ihr in Kontakt gekommen sein.«

»Also kann es Duffy nicht gewesen sein.« In ihrer Stimme lag ein Hauch Zufriedenheit. »Zumindest was diesen Mord betrifft«, fügte sie noch hinzu.

»Glaubst du, dass wir es mit verschiedenen Mördern zu tun haben?«

Die Kommissarin wiegte den Kopf hin und her. »Das wäre ja nichts Neues, oder?«

Rory hatte sich auf dem Sessel niedergelassen und starrte in die Luft.

»Aber gezielte Morde als Serienmord mit Zufallsopfern zu präsentieren, das ist neu. Das hatten wir noch nicht. Das ist echt mal kreativ.«

»Vielleicht hat der erste Mord ja jemanden auf die Idee gebracht«, überlegte Grace. »Wir haben immer nach einem Auslöser gesucht, den ein Serienmörder in der Regel braucht. Es könnte doch sein, dass dieser erste Mord, der an Beth Kerrigan, tatsächlich dieser Auslöser war, Rory.«

»Und der zweite, der an Marilyn Madden, hat uns möglicherweise auf die falsche Spur gebracht – genau wie Kiera Kerrigan im Verhör gesagt hat.«

Grace nickte. »Den hat jemand benutzt, um sein eigenes Mordsüppchen drauf zu kochen. Und zwar ziemlich erfolgreich …«

Rory zog einen kleinen Stapel seiner Zettelchen aus der Jackentasche und glättete sie sorgfältig vor sich auf dem Schreibtisch.

»Finde ich spannend, Grace. Lass uns alles noch einmal genau durchspielen.«

Die Kommissarin versuchte sich zu konzentrieren. »Beim Mord an Beth Kerrigan waren nur Leute dabei, die von Anfang an für die Messe eingeteilt waren. Es ging um eine ehrenamtliche Helferin, von der niemand ernsthaft glaubt, sie könne etwas getan haben, das sie zum Mordopfer werden ließ. Der Mord geschah am Samstagabend vor dem ersten Advent.«

Rory lächelte spitzbübisch. »Nun, wenn ich mir vorstelle, ich bin ein rachsüchtiger oder psychopathischer Mitbürger, und dieser Mord an Beth Kerrigan inspiriert mich zu bösen Taten, dann setze ich doch einfach noch eins drauf und ermorde bis Weihnachten jeden Adventssamstag eine Helferin. Das hat Stil und alle denken: Was für ein böser Serienkiller!«

Grace schaute ihren Kollegen entgeistert an.

»Rory, du hast eine merkwürdige Fantasie.«

»Sag ich doch. Aber warum waren es immer ehrenamtliche Helferinnen?«

»Darauf müssen wir eine Antwort finden.«

Grace war aufgestanden und an die Tafel getreten, die sie sich für ihren letzten Fall angeschafft hatte. Sie nahm einen schwarzen Marker und heftete drei große Papierscheiben daran.

»Was ist das?« Rory hatte neugierig den Kopf gehoben und starrte auf die Kreise.

Grace begann Namen auf die Scheiben zu schreiben: Duffy, Liam und Dunne.

»Aha. Duffy und Dunne sind klar. Aber wieso Liam?«

»Weil er auch da war. Und zwar bei allen drei Morden.«

Sie befestigte nun vier weitere Scheiben unten an der Tafel und schrieb »Beth«, »Mary«, »Frida« und »Marilyn« hinein.

»Sieht aus wie einer dieser Tests, um den IQ festzustellen. Was passt nicht in die Reihe?« Grace drehte sich schmunzelnd um, nahm eine vierte leere Papierscheibe und heftete sie neben die oberen drei.

»Lass mich raten, Grace. Dahinein schreibst du jetzt ›Kelly‹.«

»Stimmt.«

Rory hatte offenbar eine Idee. Er trat an die Tafel, nahm das Dunne-Schild und das von Frida und befestigte sie neben dem von Kelly.

»Das sind die Leute, die ein Motiv haben, im weitesten Sinn«, stellte er fest.

Grace überlegte.

»Gut. Als Nächstes sollten wir die markieren, die in der Vergangenheit miteinander zu tun hatten.«

Sie griff nach einem roten Stift und verband die entsprechenden Personen mit einem Pfeil.

»Oh«, rief Rory. »Das ist ja interessant. Bei Kelly, Dunne und Frida sind lauter Pfeile, und auch welche bei Beth. Aber bei Duffy und Liam wird es eher dürftig. Und zu Marilyn gibt es gar keine Verbindungen.«

»Hmm.« Grace starrte auf die Tafel. »Ich bin sicher, uns fehlt noch etwas.«

»Wer von diesen Leuten war gleichzeitig mit Duffy in Belfast? Das haben wir noch nicht berücksichtigt.«

Rory war ein paar Schritte zurückgetreten und konzentrierte sich ganz auf die Tafel.

»Du hast recht, Rory. Ich mache eine neue Reihe auf. Dorthin nehmen wir Duffy selbst und Frida. Sie hat zwei Wochen lang ihre Schwester in Duffys Gemeinde vertreten, und zwar genau zu dem Zeitpunkt des Vorfalls damals.«

Grace heftete die beiden Scheiben unter die letzte Reihe. »Ach, und Higgins haben wir ja noch gar nicht miteinbezogen.«

»Higgins?«

Der bekam nun auch einen eigenen Papierkreis.

»Erinnere dich, er hat das Ersatzteil für Duffys Motorrad zu ihm nach Belfast gebracht.«

»Stimmt.«

»Seine Werkstatt P & P Motors hat früher übrigens alles für die Gemeinde Moycullen repariert, bis sie keinen Auftrag mehr bekam. Das ist auch ziemlich merkwürdig. Weißt du eigentlich, wofür das P & P in seinem Firmennamen steht?«

Grace drehte sich zu ihm um und Rory kratzte sich am Hinterkopf.

»Vermutlich für Paul und Peter Higgins«, sagte er schließlich.

»Peter Higgins? Pauls Vater?«

Rory schüttelte den Kopf. »Ronan hat mir da gestern was erzählt. Peter war der jüngere Bruder von Paul.«

Die Kommissarin wurde neugierig. »Was ist mit ihm passiert?«

»Er hat sich umgebracht. Das war in der Zeit, als ich in Tipperary meine Ausbildung machte. Es gab wohl eine Affäre um Father Dunne.«

»Hilarys Skandal … Das muss die Geschichte von dem unglücklichen Jungen gewesen sein«, unterbrach ihn Grace. »Aber da gibt es noch eine Verbindung, die ich nicht eingezeichnet habe.«

Sie malte nun eine ganz lange Linie von Kelly unten bis Liam ganz oben.

»Kannte Kelly auch Liam?«, fragte Rory nachdenklich.

Grace schüttelte den Kopf und strich sich die Haare aus dem Gesicht.

»Das weiß ich nicht. Aber er kannte auf jeden Fall Liams Bruder Fintan.«

Die Kommissarin erzählte ihrem Kollegen von dem Foto mit der Freiheitsstatue, das sie bei Tom Kelly gesehen hatte.

»Und du meinst, die beiden waren zusammen?« Rory bemühte sich um einen neutralen Tonfall.

»Das sah für mich so aus. Was ist eigentlich aus Fintan geworden, Rory?«

Der Kommissar schwieg einen Moment.

»Rory?«

»Er ist tot, er ist in den Vereinigten Staaten angeblich an Krebs gestorben. Das ist schon länger her.«

Grace hatte sich überrascht zu ihm gedreht.

»Aber Moment mal …« Rory trat noch näher an die Tafel heran und fuhr mit dem Finger nun die verschiedenen Verbindungspfeile nach. Dann sah er sie triumphierend an. »Schau dir mal Higgins an!«

Zuerst war Grace sich nicht sicher, was genau ihr geschätzter Kollege meinte, doch dann sah sie es: Niemand hatte mehr Kontakte auf allen Ebenen als Higgins. Außer zu Marilyn Madden hatte er zu allen anderen Verbindungen gehabt.

»Und es gibt zwei tote jüngere Brüder.«

Wortlos schrieb sie die Namen Fintan und Peter in zwei Papierscheiben und heftete sie ganz oben hin, wie die Spitze einer Pyramide.

In diesem Moment klopfte es an Graces Tür und kurz darauf betrat Kevin Day mit federndem Schritt das Büro. Er wirkte nicht mehr so angeschlagen wie noch am Tag zuvor. Fragend schaute er erst auf die Tafel mit den Papierkreisen, dann auf die Kollegen.

»Oh, ich wollte euch nicht stören, übt ihr vor Weihnachten schon Scharade?«

52

Kevin hatte sich noch einmal gründlich mit den Inhalten der Aktenordner in Marys Haus beschäftigt und war zu einer abschließenden Einschätzung gekommen.

»Und die wäre?«

Grace bat ihn, Platz zu nehmen, und Rory blieb abwartend an der Tafel stehen.

»Frida Pearse hat durch die ehrenamtlichen Helferinnen und die Haushaltshilfen, die sie den verschiedenen Priestern besorgt hat, Einblick in das Privatleben der Geistlichen bekommen und war daher in der Lage, Kontrolle auszuüben.«

»Du meinst Erpressung?«

Kevin spielte mit seiner Brille. »Auch das. Aber ich denke, es war ein Deal, bei dem beide Seiten profitierten. Pearse erhielt gelegentlich finanzielle Zuwendungen und hielt dafür die Klappe, wenn es um Verfehlungen kleinerer oder größerer Art beim Pfarrer ging. Hier eine Hand auf, dort ein Auge zu, könnte man sagen.«

»Aber irgendwer muss bei diesem Deal am Ende doch die Verliererkarte gezogen haben? Irgendeiner zahlt am Schluss immer die Rechnung«, erwiderte Grace.

Schweigend tippte Rory auf den Papierkreis ganz oben, auf dem der Name Peter stand.

»Wer ist Peter?«, fragte Kevin.

»Das war Paul Higgins' kleiner Bruder, der ehemalige Geliebte von Father Dunne. Er beging Selbstmord, nachdem Dunne ihn öffentlich denunziert hatte.« In Rorys Stimme lag eine Kälte, die Grace noch nie bei ihm wahrgenommen hatte.

»Wir müssen uns Peters Fall einmal genauer anschauen«, sagte die Kommissarin. »In den Medien muss damals doch irgendwas erwähnt worden sein, obwohl sich bei Selbstmord immer alle sehr bedeckt halten. Ist halt immer noch ein Tabu bei uns.«

Grace stand auf. »Ich habe eine Idee. Rory, du fährst in deine heimatlichen Gefilde, nach Roundstone. Du verhörst Liam und verschaffst dir Zutritt zu seinem Privatarchiv, das Higgins interessanterweise mir gegenüber erwähnte. Ich bin sicher, dass du etwas zu dem Fall Peter Higgins finden wirst. Wie kamen die beiden Freunde eigentlich zusammen? Higgins und O'Flaherty, meine ich? Das müssen wir dringend herausfinden. Und du, Kevin ...«

Rory unterbrach sie. »Tut mir leid, Grace, aber glaubst du wirklich, dass es eine gute Idee ist, wenn ausgerechnet ich Liam verhöre? Der sieht doch rot bei mir. Auch wenn er mittlerweile weiß, dass nicht ich mit Father Duffy ...« Er zögerte zwei Sekunden. »... wandern war.«

Grace packte ihre Tasche und schaute kurz auf. »Ich denke, du bist für dieses Verhör genau der Richtige. Du könntest ihn aus der Reserve locken. Vielleicht vergisst er sich und lässt die Fassade endlich fallen. Und frag ihn auf jeden Fall nach seinem Bruder.«

Rory kratzte sich nachdenklich am Hinterkopf. »Wenn du meinst ...«

Die Kommissarin wirkte mit einem Mal zuversichtlich und optimistisch.

»Wir werden diese grauenhafte Mordserie stoppen.«

Dann wandte sie sich an Kevin. »Und du durchforstest bitte alle Medienarchive nach dem Selbstmord von Peter Higgins. Und ruf bitte mal diese Nummer in Oughterard an.«

Sie reichte ihm einen Zettel.

»Ich möchte wissen, welchen Grund es dafür gab, dass

die Gemeinde in Moycullen ab den frühen neunziger Jahren ihre PKW-Reparaturen bei den Sullivans durchführen ließ und nicht mehr bei Higgins in Cashel. So was ist unter Handwerkern bekannt und spricht sich herum, auch wenn es schon lange zurückliegt. Hier an der Westküste vergisst man nichts.«

Kevin nickte und Grace stülpte sich ihre Mütze über den Kopf.

»Ich fahr inzwischen zu Frida. Ich hab ihr gesagt, dass ich sie noch einmal sprechen muss. Diesmal werde ich sie definitiv nicht mit Spitzenhandschuhen anfassen. Außer ihr und Kelly ist niemand mehr von damals am Leben, der über die Interna Bescheid wissen kann.«

Sie riss die Tür auf und prallte gegen Colin von der Spurensicherung, der überrascht zur Seite sprang.

»Zu Ihnen wollte ich gerade, Ma'am!« Er hielt ihr einen durchsichtigen Plastikbeutel vor die Nase, in dem ein winziges Stück Pappe zu sehen war.

»Ich bin in Eile, Colin. Legen Sie es mir bitte auf den Tisch.«

»Aber«, er klang enttäuscht, »wollen Sie denn gar nicht wissen, was wir in der Nähe unserer ermordeten Kollegin gefunden haben?«

Grace blieb stehen und drehte sich langsam zu ihm um.

»Wir sind uns ziemlich sicher, dass das ein kleines Stück von einem Puzzleteil ist. Himmel oder Meer. Auf jeden Fall blau.«

Er strahlte zufrieden.

53

Als Grace wenige Minuten später in die kleine Straße mit den kahlen Bäumen einbog, gingen ihr alle möglichen Gedanken durch den Kopf.

Hatte Frida Pearse ihr »Imperium« tatsächlich an Mary O'Shea weitergegeben? Verließen sich Priester in Irland heute noch auf loyale Dienstboten, die kuschen und schweigen konnten? Die strikte Sexualmoral und das kindlich unkritische Verhältnis zur katholischen Kirche gehörten doch schon längst der Vergangenheit an.

Trotzdem hatte Mary offenbar versucht, über eine Haushaltshilfe auf Father Duffy Einfluss zu nehmen und sich über seine Gewohnheiten informieren zu lassen. Nur so war der Streit zu erklären, dachte Grace, den McLeish erwähnt hatte.

Eine Frau mit Hund kam ihr auf dem leeren Gehsteig entgegen. Die winterliche, schwache Sonne schob sich kurz durch die Wolken und teilte die nebligen Schwaden. Ein fast überirdisches Licht malte das alte Kopfsteinpflaster golden. Die Frau und ihr Terrier schälten sich, wie von einem Lichterkranz hervorgehoben, kurz aus dem Dunst und tauchten etwas später wieder darin ein. Grace schaute der Frau und dem Hund fasziniert hinterher.

Wenig später hatte die Kommissarin Fridas Haus erreicht. Der Rollator stand auf seinem Parkplatz. Grace klopfte forsch, und als sich nichts tat, wiederholte sie es mehrmals. Sie drehte den Knauf, aber die Tür war verschlossen. Die Kommissarin ging um das Haus herum und versuchte es hinten, doch auch hier war niemand zu sehen. Es war kurz vor elf.

Grace zog ihr Handy aus der Manteltasche und wählte Fridas Nummer. Sie konnte den Klingelton draußen hören, aber niemand nahm ab.

Grace war ratlos. War es ein Fehler gewesen, sich bei ihr anzukündigen? Hatte die alte Dame etwa wie der Cowboy Kelly die Flucht ergriffen? Oder war Kelly zurückgekehrt und hatte Frida in seine Gewalt gebracht? Garda tappte nach wie vor über seinen Aufenthaltsort im Dunkeln.

Die Kommissarin war unschlüssig, was sie als Nächstes tun sollte, um ihre momentan wichtigste Zeugin und vielleicht sogar eine der Verdächtigen in diesem Fall möglichst schnell aufzuspüren.

Die alte Frau könnte die beiden Helferinnen Beth und Marilyn tatsächlich umgebracht haben, die, wie die Untersuchung ergeben hatte, im Sitzen und ohne große körperliche Kraftanstrengung mit einem Hammer erschlagen wurden. Außerdem war Frida in Kirchenkreisen bekannt und ihr Auftauchen hätte bei beiden Frauen keinen Verdacht erregt. Auch hätte Frida mit ihrem Schlüssel mühelos in das Haus ihrer Nichte gelangen können. Doch hätte sie Mary wirklich ersticken können? Mary hatte Grace eine SMS geschickt, dass jemand im Haus sei, sie war also wach. Eine wache, starke Mary hätte Frida sicher nicht ersticken können, dafür wäre sie zu schwach gewesen. Doch eine schlafende Mary wäre für sie kein Problem gewesen. Hatte tatsächlich Mary die SMS an Grace geschickt? Bisher war sie davon ausgegangen.

Aber Frida hatte immer noch den Schlüssel zu Marys Haus!

Es war, wie Grace angeordnet hatte, abgesperrt und versiegelt. Sollte Frida trotzdem dort sein?

Grace entschloss sich, zunächst dort nachzuschauen, bevor sie eine Fahndung einleiten ließ.

Sie begann zu laufen. Sie hatte die Taylor's Hill Road

bereits erreicht und der dichte Verkehr surrte an ihr vorbei. Es waren nur noch wenige Tage bis Weihnachten und sie musste diese Fälle bis dahin gelöst haben, das stand für sie fest.

Dann bog sie in die nahe gelegene Palmyra Avenue ein. Eilig hastete sie den schmalen Fußgängerweg entlang auf Marys braunes Haus zu.

Als sie kurz darauf vor der Haustür mit der überdachten Pforte stand, sah sie, dass das Garda-Siegel hier noch intakt war. Doch am Hintereingang war das Klebeband mit dem Papiersiegel zerrissen worden und die Tür zur Küche stand offen. Jemand musste im Haus sein.

Grace stieß die Tür mit dem Fuß auf und griff nach ihrer Waffe, die sie auf dem Weg durch den schmalen Korridor des Hauses entsicherte. Ohne zu zögern, steuerte sie auf die Treppe zu. Auf dem Weg nach oben meinte sie, einen schwachen Geruch von Verbranntem wahrzunehmen. Je höher sie kam, desto intensiver wurde dieser Geruch. Im ersten Stock stürzte Grace den Flur entlang auf das Büro mit den Unterlagen zu. Doch die Tür war wie zuvor verschlossen.

Grace rüttelte an der Klinke und rief: »Garda Galway! Öffnen Sie sofort die Tür!«

Sie hämmerte mit all ihrer Kraft dagegen, bis ihr Blick auf den Boden fiel.

Ein Schauer lief über ihren Rücken, als sie sah, wie dichter, dunkler Qualm aus der Ritze zwischen Tür und Holzdiele hervorquoll.

54

»Das ist ein äußerst ungünstiger Zeitpunkt, den Sie sich da ausgesucht haben, Guard. Es ist Sturm angesagt und ich muss dringend mein Boot sichern.«

Liam O'Flaherty tänzelte mit Tauen behängt auf einem der kleineren Segelboote herum, die Rory erst kürzlich bewundert hatte.

Der Kommissar wirkte unschlüssig, während er ihn von der geteerten Hafenmauer aus beobachtete.

»Bei allem Verständnis und aller Liebe zu Booten, die ich mit Ihnen teile, Mr O'Flaherty, aber Sie schätzen Ihre Situation offenbar nicht richtig ein. Ich kann Sie auch sofort zu uns nach Galway in die Zentrale mitnehmen.«

Liam hielt in seinen hektischen Bewegungen inne und schaute lächelnd hoch.

»Oh, und warum?«

»Weil Sie Gardai bei den Ermittlungen behilflich sein könnten.«

Der Buchhändler verstand diese im Polizeijargon gern benutzte Umschreibung für »weil Sie als verdächtig gelten« auf der Stelle.

»Ich bin Gardai immer gern behilflich«, erwiderte er.

»Dann kommen Sie bitte auf der Stelle hier hoch, es sei denn, Sie ziehen es vor, dass halb Roundstone Zeuge Ihrer Aussage wird.«

In der Tat hatten sich schon eine Handvoll Neugieriger trotz des heftigen Windes erwartungsvoll in Rorys Nähe am Kai versammelt.

O'Flaherty blinzelte. Der Wind blies von Westen und

drückte die Boote hart an die gegenüberliegende Ufermauer.

Rory sah ein, dass O'Flaherty dringend etwas mit seinem Boot unternehmen musste. Er hatte eine Idee, die beiden Seiten aus der Klemme helfen würde und ihm sogar einen Vorteil verschaffen könnte.

»Ist Ihr Laden offen?«

O'Flaherty nickte heftig.

»Gut. Dann mache ich Ihnen einen Vorschlag. Sie beeilen sich bei der Sicherung Ihres Boots, und ich schau mich inzwischen in Ihrem Archiv um, von dem ich schon so viel gehört habe.«

Um Liams Mund zuckte es. Er sah aus, als wollte er Einspruch erheben, traute sich aber nicht.

»Ist es nach Jahrgängen abgelegt?«

Liam nickte und begann, das dickere der beiden Tauenden, das er in den Händen hielt, abzurollen.

»Es ist noch nicht für die Öffentlichkeit bestimmt«, sagte er zögernd.

»Macht nichts, Garda ist ja nicht die Öffentlichkeit.«

Rory jubelte innerlich. Er hatte dieses Match gewonnen.

»Na gut, aber bitte nichts durcheinanderbringen.«

O'Flaherty klang resigniert. Er bückte sich nach der Vorleine, die noch auf dem Boden lag.

»Bis später!«

Der Kommissar setzte sich in seinen Wagen und fuhr hoch zum Buchladen. Als er ausstieg, wehte der Wind bereits so stark, dass eine Bö ihn sofort zurück ins Auto drückte.

Der Geruch, der ihn beim Eintritt in den Laden empfing, kam ihm bekannt vor. Es musste irgendein Gewürz sein.

Der Raum war wohlig warm und das gedämpfte Licht, das trotz der Mittagszeit brannte, verlieh ihm die gemütliche Atmosphäre einer Privatbibliothek, die gut ins Zeitalter Dickens' gepasst hätte. Nur die flackernden Kerzen fehlten.

Rory gefiel dieser Buchladen. Er schaute sich um und sein Blick fiel auf die Tür mit dem Schild »Privat« im hinteren Teil. Vorsichtig betrat er die kleine Kammer und inspizierte Liams Archiv, das in zahlreichen Schuhkartons auf mehreren Regalen gelagert war.

Bald darauf hatte er mehrere dieser Kartons vor sich auf dem Tisch stehen und begann sie systematisch durchzugehen.

Wonach suchte er eigentlich? Er hatte sich die Jahre 1990 bis 1995 herausgegriffen, die Stichworte »Kunst und Kultur«, »Landwirtschaft«, »Angeln und Segeln« und »Neue Projekte« ignoriert und sich stattdessen auf »Kirche«, »Politische und gesellschaftliche Ereignisse« und »Verschiedenes« konzentriert.

Grace hatte ihn gebeten, besonders auf den Selbstmord des jüngeren Bruders von Paul Higgins zu achten und auf alles, was im Zusammenhang mit Father Dunnes Zeit in Moycullen stehen konnte.

Draußen pfiff der Wind stärker, während Rory hochkonzentriert alles prüfte, was ihm interessant erschien. Sein Handy lag neben ihm auf dem Tisch, da er wichtige Details abfotografieren wollte.

Er blätterte als Erstes die Sammlung »Kirche« durch. Sie enthielt hauptsächlich Zeitungsartikel, in denen Liam O'Flaherty als Organist Erwähnung fand. Rory war über diese kleine Eitelkeit nicht sonderlich überrascht.

Außerdem gab es darin Einladungen zu Kirchenkonzerten, Berichte vom Besuch von Bischöfen und Kardinälen, Benefizveranstaltungen und Basaren. Es war eine bunte Mischung aus Artikeln verschiedener Zeitungen, Werbezetteln und kirchlichen Veröffentlichungen wie Pfarrbriefen. Der Kommissar überflog alles rasch.

Ein ganzer Packen von Pfarrbriefen stammte tatsächlich aus Moycullen, wie Rory bemerkte, und natürlich war Father Dunnes Name darin immer wieder zu lesen. Schließlich hatte er einige Jahre lang diese Gemeinde geleitet.

Rory fand nichts Auffälliges darunter – nur eine Meldung, die Liam selbst mit einem Filzstift umrandet hatte. Es war die Ankündigung eines Krippenspiels an Weihnachten 1990. Als Schauspieler waren neben Frida Pearse, die die Erzählerin spielte, und Mary O'Shea als Mutter Gottes unter anderem auch Fintan O'Flaherty und Peter Higgins genannt, die als »dritter Hirte« und »zweiter König« mitwirkten.

Rory fotografierte diese Ankündigung. Mehr fand er unter dem Stichwort »Kirche« nicht.

Im Karton über die »Politischen und gesellschaftlichen Ereignisse« steckte ein Artikel, der sich mit der Rolle der kirchlichen Angestellten beschäftigte und ihre Machtstrukturen, ihr Gehalt und ihre Verschwiegenheit untersuchte. Auch den fotografierte Rory.

Schließlich beugte sich der Kommissar über den Schuhkarton »Verschiedenes« und zog einen weiteren Stapel Unterlagen heraus. Da hörte er plötzlich einen Wagen vor dem Haus vorfahren. Das musste der Hausherr sein.

Rory fluchte leise und blätterte hektisch. Er vernahm das silberne Glöckchen, das über der Eingangstür hing, und entdeckte gleich drei Artikel über das plötzliche Ableben eines jungen Mannes aus Connemara im Jahre 1992.

Rory wusste, dass er jetzt nicht mehr die Zeit haben würde, sie genau durchzulesen oder sie zu fotografieren. O'Flaherty musste jeden Moment den Raum betreten. Es blieb ihm nichts anderes übrig, als den ganzen Schuhkarton mitzunehmen.

»Da bin ich, Guard.«

Liam stand keuchend an der Tür. Offenbar hatte er sich

höllisch beeilt, um dem Kommissar möglichst wenig Zeit in seinem Archiv einzuräumen.

»Haben Sie etwas gefunden, was Sie interessiert?«

Rory lächelte spitzbübisch. »Das ein oder andere. Aber diesen Karton hier muss ich mitnehmen. Sie erhalten ihn selbstverständlich umgehend zurück. Ich werde sehr sorgfältig mit dem Inhalt umgehen.«

Liam kam näher, um sich den ausgewählten Karton genauer anzusehen.

»1992, ›Verschiedenes‹.« Der Kommissar schnappte sich den Karton, als müsste er ihn bereits verteidigen.

»Lassen Sie uns nach vorn gehen, Mr O'Flaherty. Ich habe einige Fragen an Sie. Außerdem hätte ich gern eine Haar- oder Zahnbürste von Ihnen. Oder Sie geben mir hier gleich eine Speichelprobe. Sie haben sicher nichts gegen einen DNA-Abgleich?«

Der Buchhändler schüttelte verwirrt den Kopf.

»Tut mir leid, aber wir müssen alle, die am vergangenen Samstag in der Nähe der Kirche waren, in Betracht ziehen.«

Rory ließ sich auf einem gemütlichen Ohrensessel nieder, der mitten im Laden stand, und richtete das Wort an den Zeugen.

»Seit wann sind Sie mit Paul Higgins befreundet, Mr O'Flaherty?«

Liam riss erstaunt die Augen auf.

»Was hat das denn mit den grauenhaften Verbrechen in unseren Kirchen zu tun, Guard?«

Rorys Miene blieb freundlich.

»Bitte, beantworten Sie einfach meine Frage.«

O'Flaherty wand sich ein wenig. »Nun, wir kennen uns schon sehr lange. Schließlich wohnen wir nicht weit voneinander entfernt.«

Seine Stimme klang patzig, als wollte er damit ausdrücken, dass es keinen Grund für ihn gäbe, die Frage überhaupt zu beantworten. Er schaute am Kommissar vorbei.

»Seit wann genau? Und wie haben Sie sich kennengelernt?«

Rory hatte ihn genau im Blick. Liam O'Flahertys Kopfkuppel färbte sich dunkelrot und er hustete. Ein paar Sekunden verstrichen.

»Das muss Anfang der neunziger Jahre gewesen sein, genau weiß ich es nicht mehr. Es war bei einem Krippenspiel der Gemeinde Moycullen. Da brauchten sie noch einen Hirten und ich hab ihnen meinen jüngeren Bruder geschickt. Der hat in der Schule immer gern Theater gespielt. Pauls Bruder Peter hat damals auch mitgemacht, und so lernten wir uns alle flüchtig kennen.«

Liam lehnte sich in seinem altmodischen Schreibtischstuhl zurück, sodass der knarrte. Wieder hatte er sich vom Kommissar abgewandt.

Rory war fast ein wenig enttäuscht über Liams ehrliche Antwort. Viel lieber hätte er ihn mit dem, was er eben herausgefunden hatte, selbst konfrontiert.

»Und wie genau ging es mit dieser Freundschaft weiter?«

Liam schnappte kurz nach Luft und schwieg dann.

»Ich habe Sie gefragt, wie es weiterging?« Rory bemühte sich, freundlich zu bleiben.

»Wie es halt so läuft. Man trinkt zusammen ein Bier im Pub, oder die Higgins-Brüder besuchten mich hier, Paul meist auf der Suche nach Büchern. Manchmal schaute mein Bruder auch bei ihnen vorbei. Bei seinem alten Vauxhall gab es immer was zu reparieren und das konnten die Higgins gut.«

Er brach ab und Rory sah ihn mit einem Mal durchdringend an.

»Was passierte mit Peter Higgins im Frühjahr 1992?«

Liam hob seinen Blick.

»Was meinen Sie?«

Der Kommissar wurde langsam ungeduldig.

»Es gab einen Vorfall, der in einer Katastrophe endete.«

Liam wirkte trotzig.

»Mir ist kein Vorfall bekannt.«

Rory beugte sich aus dem bequemen Sessel hervor und fixierte ihn.

»Ach, O'Flaherty … Soll ich Ihnen auf die Sprünge helfen?«

Liam schwieg.

Rory stand von seinem Ohrensessel auf, lief im Laden herum und blieb dann abrupt vor dem Buchhändler stehen.

»Peter Higgins hatte eine sexuelle Beziehung zu Father Dunne aus Moycullen.«

Liam schwieg weiterhin hartnäckig.

»Der verleugnete den jungen Mann und verleumdete ihn auf eine widerwärtige Art und Weise.«

Rory beobachtete Liam genau. Der Buchhändler kroch immer mehr in sich hinein und schien sich in Luft auflösen zu wollen. Sein Gesicht hatte er in den Händen verborgen.

»Schließlich brachte sich der junge Peter um. Das müssen Sie mir nicht bestätigen, Mr O'Flaherty, denn darüber werden wir mit Paul Higgins reden. Nein, was uns interessiert, ist, wie Sie und Ihr Bruder mit dem Tod des Jungen umgingen. Schließlich waren Sie, wie Sie selbst sagten, erst vor Kurzem Freunde geworden.«

Liam schwieg immer noch. Schließlich seufzte er.

»Wir waren alle schockiert. Zutiefst schockiert.«

»Über das Verhalten des Priesters?«

Liam wich seinem Blick aus.

»Nun ja, das war nicht anders zu erwarten gewesen. Er musste seine Haut retten. Nein, über das Liebesverhältnis an sich. Ich hätte nie angenommen, dass Peter solche unnatürlichen Regungen verspürte. Er war ein ganz normaler, sympathischer Mann, der gern tanzen ging. Auch sein Bruder fiel damals aus allen Wolken. Also, das hat uns wirklich schockiert. Aber auch das Verhalten der Leute, die den Priester gut kannten.«

»Wen meinen Sie?«

Liam zögerte. Dann schluckte er.

»Zum Beispiel Frida Pearse, die für Father Dunne gearbeitet hat und über alles genau unterrichtet war. Sie hielt zu Dunne und hat Peter ebenfalls die übelsten Sachen angehängt. Dabei hat sie sich kein bisschen geschämt.«

Er hob endlich den Kopf, um Rory anzuschauen.

»Bis heute nicht. Und wie hoch sie ihre Nase trägt.« Liams Stimme klang hasserfüllt.

»Und was meinte Ihr Bruder Fintan dazu?«

Liam zuckte zusammen.

»Ihr Bruder Fintan? «

»Lassen Sie meinen Bruder aus dem Spiel. Der hatte mit der ganzen Sache nichts zu tun.«

Rory blieb unbeeindruckt. »Wie ist Fintan mit Dunnes Dreckskampagne an seinem Freund Peter umgegangen?«

Liams Augen hatten sich mit Tränen gefüllt. Er wischte sich kurz über das Gesicht.

»Natürlich war er wie wir alle geschockt, als Peter sich umgebracht hatte. Niemand hatte damit gerechnet, aber offenbar sah der arme Junge keinen anderen Ausweg.«

Rory überlegte einen Moment.

»Ging Fintan auch nach Peters Tod weiter mit seinem alten Vauxhall in die Werkstatt der Higgins?«

Liams Miene verriet seine Verwunderung über diese Frage. Er zuckte mit den Schultern.

»Ja. Fintan war froh, dass er eine verlässliche Werkstatt gefunden hatte, die sich mit Oldtimern auskannte. Paul war ja ebenfalls ein großer Experte, und er hatte noch einen fähigen Mechaniker, der Peter in dieser Hinsicht ersetzen konnte.«

Rory war sich sicher, dass das Michael Kelly gewesen sein musste. Er und Fintan hatten sich also schon hier in Connemara kennengelernt und nicht erst drüben in den Staaten.

»Hat er den Mechaniker Ihnen gegenüber einmal erwähnt?«

Der Buchhändler schaute ihn misstrauisch an.

»Wir redeten nicht über Mechaniker, sondern über Literatur.«

Rory ging wieder im Laden auf und ab, die Hände hinter dem Rücken verschränkt. Das hatte er mal in einem alten Sherlock-Holmes-Film gesehen und es wirkte gut. Er hatte noch einige Fragen, die wichtig waren.

»Sagt Ihnen der Name Michael Kelly etwas?«

Liam schüttelte heftig den Kopf. Zu heftig, fand Rory. Er war stehen geblieben und fixierte den Buchhändler.

»Das war der Verlobte von Beth Kerrigan. Die müssen Sie doch damals schon gekannt haben. Sie war als Haushaltshilfe bei Father Dunne in Moycullen angestellt und arbeitete auch für Higgins.«

»Ja, sicher kannte ich Beth, aber ihren Verlobten nicht.«

»Wann ging Ihr Bruder in die Staaten?«

Diesmal brauchte Liam nicht nachzudenken. »Das war 1995. Fintan konnte nach seinem Studium hier keine Anstellung finden. Also ist er ausgewandert …« Er hob den Kopf in Rorys Richtung. »Daran müssten Sie sich doch noch gut erinnern können, Herr Kommissar. Damals lernte jedes irische Kind in der Schule, dass es ›das dritte‹ sein könnte.«

Rory nickte. Vor der Zeit des irischen Wirtschaftsaufschwungs hatte man den Kindern von klein auf beigebracht, dass jedes dritte Kind auf der Grünen Insel später einmal auswandern musste. Früher war das Ziel Großbritannien, die Vereinigten Staaten, Australien oder Neuseeland gewesen. In den siebziger und achtziger Jahren kamen noch Länder der Europäischen Union wie Deutschland, Spanien und Frankreich dazu.

»Hat er eine Stelle dort drüben gefunden?«

Liam nickte und erhob sich langsam. Er trat an das hohe Regal neben ihm und zog ein Buch heraus, das er aufschlug. Ein Foto fiel heraus und er reichte es Rory. Es zeigte einen jungen Mann in einem schicken Anzug, der lächelnd hinter einem klobigen Computer saß.

»Das war in New York. Er fand schnell eine gut bezahlte Stelle in der neuen IT-Branche. Damals wusste hier noch niemand, wofür die Buchstaben ›www‹ stehen.«

Die Stimme des Buchhändlers klang brüchig und verbittert. Rory gab ihm das Bild zurück. Er konnte keine Rücksicht nehmen, auch wenn O'Flaherty sichtbar litt.

»Wussten Sie, dass Ihr Bruder diesen Michael Kelly in New York wieder getroffen hat?«

O'Flaherty reagierte nicht darauf.

»Mr O'Flaherty?«

Keine Reaktion.

»Hatte Fintan vor, wieder hierher zurückzukehren?«

Liam hatte sich hingesetzt und schüttete sich ein paar Samenkapseln der Gewürze, die unweit in einer kleinen Kupferschale lagen, in die Handfläche und schnupperte daran.

»Nein, Guard. Das hatte er nicht vor.«

Er vermied es, den Kommissar anzuschauen. Aber Rory musste weitermachen.

»Wann ist Fintan gestorben?«

Liams Augen versprühten Blitze. Sie waren böse und gefährlich, das erkannte Rory.

»1997.«

Er flüsterte es fast.

Der Kommissar räusperte sich.

»Woran ist er gestorben? Er war zu diesem Zeitpunkt Mitte zwanzig.«

Liams Augen wurden auf der Stelle trüb. Sie wirkten nun wie die eines unschuldig Verurteilten, müde und ohne Hoffnung.

»Fintan starb an AIDS. Das war damals schon sehr weit verbreitet. Ja, es war AIDS.«

55

Grace hatte umgehend die Feuerwehr benachrichtigt und dann herauszufinden versucht, ob sich tatsächlich jemand in dem brennenden Zimmer aufhielt. Sie rief, sie schrie, doch niemand antwortete ihr.

Der Rauch, der aus dem Büro quoll, war immer noch dunkel und dick und Grace war nicht sicher, ob sie dem Feuer, das offenbar absichtlich gelegt worden war, nur die Möglichkeit geben würde, sich weiter auszubreiten, wenn sie die Tür aufbrach. Deshalb zögerte sie.

Sie hämmerte mit der Hand noch einmal kräftig an die Tür.

Was, wenn da drinnen doch jemand war? Jemand, der durch den Qualm bewusstlos geworden war und nun mit dem Tod kämpfte?

Nein, sie konnte nicht auf die Feuerwehr warten, sie musste dringend handeln.

Die Kommissarin nahm Anlauf und versuchte die Tür mit Gewalt zu öffnen. Sie zog ihre Waffe und zielte auf das Schloss. Die Tür sprang auf. Grace hielt sich ein nasses Tuch vor Nase und Mund, das sie sich im Badezimmer besorgt hatte.

Zuerst konnte sie nichts erkennen, außer dass der Hauptherd des Feuers wohl im Regal mit den Aktenordnern lag. Dort züngelten helle Flammen.

Da hörte sie die Sirenen der Feuerwehr, die sich näherte. Sie warf sich rasch auf den Boden und kroch auf der Suche nach möglichen Opfern herum.

Wagentüren knallten und laute Stimmen waren zu vernehmen, die Befehle erteilten. Grace suchte weiter, konnte sich aber nur sehr vorsichtig in dem dichten Rauch bewegen. Kurz darauf hörte sie, wie einige Männer in den ersten Stock heraufstürmten. Sie versuchte, sich wieder der Tür zu nähern, sah aber nicht mehr, wo sie sich befand. Alles um sie herum war schwarz vor Qualm. Grace verlor die Orientierung.

Plötzlich legten sich zwei Hände auf ihre Schulter und jemand nahm sie auf den Arm und trug sie hinaus und die Treppe hinunter.

Als sie unten angekommen waren, setzte er sie vorsichtig ab. Grace nahm das Tuch vom Gesicht und öffnete die Augen.

»Alles in Ordnung?«

Es war Kevin Day, der sich über sie gebeugt hatte und sie genau betrachtete.

Die Kommissarin nickte matt.

»Das war knapp und keine gute Idee, Grace. Du hättest auf uns warten sollen.«

Die Männer der Feuerwehr hatten oben das Kommando übernommen und begannen Löschwasser auf den Brandherd zu spritzen.

Grace wischte sich mit dem nassen Tuch das Gesicht ab.

»Danke, Kevin. Das war nun schon das zweite Mal, dass du mich gefunden hast.«

»Dafür werde ich bezahlt, vergiss das nicht. Aber warum warst du so unvorsichtig, da hineinzugehen, als es schon lichterloh brannte?«

Grace strich sich die verrußten Haare aus dem Gesicht. »Ich dachte, da könnte jemand drin sein, der Hilfe braucht.«

In dem Moment wurden die Stimmen oben, die sich Befehle zugerufen hatten, noch lauter. Grace stand auf, denn sie fühlte sich allmählich wieder besser.

»Habt ihr was gefunden?«, rief sie hoch.

Das Stimmgewirr wurde stärker.

»Ich glaube, da ist noch ein Mensch drin!«

Kevin sprintete nach oben. Wieder hörte sie aufgeregte Stimmen, doch konnte sie nichts von dem verstehen, was im Obergeschoss diskutiert wurde. Schließlich, nach langen Minuten, erschien Graces Kollege am oberen Treppenabsatz und im selben Augenblick stürmten ein Arzt und zwei Sanitäter mit einer Liege durch den Flur nach oben. Grace trat zur Seite, um sie nicht zu behindern.

»Sie haben jemanden gefunden«, rief Day. »Der muss sofort ins Krankenhaus, falls überhaupt noch etwas zu machen ist.«

Ehe sie nachfragen konnte, polterten die Sanitäter auch schon wieder an ihr vorbei nach unten. Und auf der Trage lag, wie Grace es fast erwartet hatte, mit geschlossenen Augen eine grauschwarz gefleckte Frida Pearse, deren Dutt wie ein verkohltes Vogelnest wirkte, das brutal ausgeraubt und zerstört worden war.

56

Am Nachmittag trafen sich Grace und Rory im Landhaus-Hotel, nur einen Steinwurf entfernt von Paul Higgins' Haus in Cashel.

Grace fühlte sich komplett wiederhergestellt und versuchte ihren gefährlichen Alleingang vor der Ankunft der Feuerwehr herunterzuspielen.

Während sie im halbrunden Wintergarten Tee tranken, tauschten sie den Stand ihrer Ermittlungen aus. Sie hatten sich für vier Uhr bei Paul Higgins angekündigt. Frida Pearse' Zustand war kritisch, hatte man ihnen am Telefon mitgeteilt. Die schwere Rauchvergiftung, die sie sich zugezogen hatte, war lebensgefährlich. Außerdem hatte man in ihrem Blut Spuren eines starken Beruhigungsmittels gefunden, das den Körper der alten Dame zusätzlich belastete.

»Glaubst du, dass jemand Frida umbringen wollte?«

Rory warf seiner Chefin einen fragenden Blick zu. Er hatte sich ein hauchdünnes Sandwich mit Ei und Kresse von der geblümten Etagère genommen und biss gerade hinein. Es schmeckte offenbar wundervoll, denn er strahlte beim Kauen.

Grace atmete hörbar aus.

»Das habe ich mich natürlich auch gefragt«, erwiderte sie. »Es spräche einiges dafür, aber es könnte genauso gut ein Selbstmordversuch sein.«

»Von einer strenggläubigen Katholikin?«, warf Rory ein.

»Sie öffnet mit ihrem eigenen Schlüssel das versiegelte Haus ihrer Nichte, nimmt im ›verbotenen Zimmer‹ Beruhigungsmittel, die sie schläfrig machen sollen, schließt ab und zündet das Archiv an, mit dem sie jahrelang verschiedene Priester erpresst hat. Ende der Geschichte. Ende von Frida Pearse.«

Sie nahm einen Schluck Tee aus der hauchdünnen Tasse.

»Genaueres werden wir nach der Untersuchung der Spurensicherung wissen. Aber ich frage mich inzwischen, ob Mary O'Shea für Frida tatsächlich eine vertrauenswürdige Nachfolgerin darstellte ...«

Rory schaute überrascht. »Wie kommst du darauf?«

Ein junges Mädchen mit weißer Schürze näherte sich.

»Ist bei Ihnen alles in Ordnung oder kann ich noch etwas bringen?«

Rory wedelte mit der Sandwichhand.

»Nein danke, alles ist exzellent. Wunderbare Sandwiches! Sehr klassisch belegt. Ich habe sogar Zunge mit Meerrettich entdecken können. Findet man selten heutzutage. Ein Gedicht!«

Das Mädchen strahlte. »Fein, ich sag's der Küche!«

Sie zog sich zurück und Grace nahm den Faden wieder auf.

»Nun, bei meiner ersten Begegnung mit Frida hatten Mary und die alte Dame offenbar zuvor einen Streit, und ich bin heute der festen Überzeugung, dass Mary damals Frida aus dem Weg gehen wollte, als sie so plötzlich verschwand. Du erinnerst dich, es war kurz nach dem Mord an Marilyn Madden.«

Rory nickte, während seine Augen schon wieder in Richtung der Etagère schweiften.

»Ich hör dir zu, ich bin überhaupt nicht abgelenkt«, bekräftigte er und entschied sich für einen Minifruit-Pie mit Brombeer-Apfel-Füllung.

»Das heißt, Mary war sich zu jenem Zeitpunkt vielleicht zum ersten Mal bewusst, dass sie selbst in Gefahr schwebte, und wollte nicht mehr an Fridas Machenschaften beteiligt sein.«

Rory hielt verblüfft den Pie hoch, bevor er zubiss.

»Das wäre ja ein ganz neuer Blick auf Marys Ermordung.«

Grace nahm sich nun auch ein Sandwich, während sie ihren Kollegen nach den Ergebnissen des Verhörs von Liam O'Flaherty fragte.

Rory berichtete ihr davon und auch von den Unterlagen, die er im Archiv des Buchhändlers gefunden hatte.

»Ich halte O'Flaherty für massiv homophob. Der pflegt einen richtigen Schwulenhass. Ob er auch einen Hass auf die Kirche hat, müssen wir noch herausfinden.«

Grace hörte sich die Geschichte von Fintan an.

»Und was wissen wir über den Selbstmord von Higgins' Bruder Peter?«

Rory griff nach dem Karton, den er mitgebracht und neben sich auf das zierliche Sofa gestellt hatte, und zog ein paar Blätter heraus.

»Hier, zum Beispiel.« Er zeigte auf einen kurzen Artikel aus dem Connemara Journal, der von dem tragischen Unfalltod eines jungen Mannes beim Spaziergang auf den Klippen am Silverstrand in Mayo berichtete.

»Es war doch kein Unfall!« Grace runzelte die Stirn.

Rory seufzte. »Du weißt, wie es hier ist, und damals war es noch schlimmer. Selbstmord ist eine Todsünde, geht gegen das fünfte Gebot, und damit die Familie nicht noch mehr gestraft ist, wird in solchen Fällen immer von Unfall gesprochen. Selbst wenn du dir die Rübe wegbläst. Dann war es eben ein Versehen beim Gewehrreinigen. Sag ich doch.«

Grace bat die Bedienung um die Rechnung.

»Wird Zeit, dass wir Higgins in die Mangel nehmen. Den hatten wir bisher nicht auf dem Schirm. Alibis, DNA.«

»Dabei war er von Anfang an dabei – aber irgendwie auch nicht.«

»Du triffst den Nagel genau auf den Kopf, Rory.«

Der weiche Teppich schluckte ihre Schritte. Draußen war es dunkel und der Sturm hatte sich fast gelegt. Es wehte noch ein kräftiger Wind, aber vom wütenden Heulen von heute Mittag war er weit entfernt.

Als die beiden vor Higgins' Haus parkten, stand er genau wie bei Rorys Besuch schon abwartend an der Tür. Er bat sie lächelnd herein und sie folgten ihm ins warme Wohnzimmer, wo ein Torffeuer loderte und seinen unverwechselbaren Duft verströmte.

Die beiden Kommissare nahmen Platz und Rory warf einen Blick zum hinteren Teil des Zimmers, wo auf dem Tisch das unfertige Puzzle des Croagh Patrick gelegen hatte. Es war verschwunden.

»Haben Sie es doch noch fertig machen können, Mr Higgins?«, fragte Rory.

Grace sah überrascht auf. Higgins schüttelte missmutig den Kopf.

»Leider nein, Inspector Coyne. Ich habe es weggeworfen.«

Rory klärte seine Kollegin über das unvollständige Puzzle auf. Grace runzelte die Stirn.

»Wir müssen Ihnen ein paar Fragen stellen, Mr Higgins, die sich aus dem neuesten Stand unserer Ermittlungen ergeben haben.«

Higgins machte eine Geste, die sein Gegenüber ermuntern sollte, fortzufahren.

»Ich helfe Garda gern, wenn ich kann.«

»Wo waren Sie am letzten Samstag zwischen vier und sechs Uhr nachmittags?«

Falls Higgins überrascht war, dass er zum ersten Mal auf

sein Alibi angesprochen wurde, dann gelang es ihm, das zu verbergen. Er dachte kurz nach und legte seinen kahlen Kopf schief, bevor er antwortete.

»Da war ich mit meinem Neffen und seiner Familie bei Weihnachtseinkäufen. Das können vier Personen bestätigen. Wir waren den ganzen Nachmittag bis neunzehn Uhr unterwegs. Erst am Eyre Square, und dann sind wir noch ins Galway Shopping Centre am Stadtrand gefahren. Zum Schluss wollten die Kinder dort einen Burger essen. Noch eine Frage?«

Rory räusperte sich. »Haben Sie Liam O'Flaherty an dem Nachmittag angerufen?«

»Ja, das habe ich. Das muss gegen fünf Uhr gewesen sein. Er ging aber nicht ran.«

»Und wo waren Sie am letzten Mittwochabend um dreiundzwanzig Uhr?« Wieder überlegte Higgins ein paar Sekunden, bevor er antwortete.

»Da war ich zu Hause. Ich habe gelesen. Das kann leider niemand bestätigen. Ich lese normalerweise allein, ohne Zeugen.«

»Dann kommen wir zum Samstag des zweiten Advents. Wo waren Sie an diesem Tag zwischen vier und fünf?«

Higgins blinzelte. »Ich war Angeln, am Lough Corrib, bei Moycullen. Ich habe zwei Flussbarsche gefangen. Ein guter Tag.«

»Im Dunkeln?«

»Gegen vier war es noch nicht dunkel, nicht wie heute. Danach bin ich nach Hause gefahren.«

»Da mussten Sie an der Kirche vorbei.«

Higgins nickte.

»Haben Sie etwas beobachtet, als Sie am Parkplatz vorbeikamen?«

Rory beugte sich zu ihm.

Higgins schloss die Augen und öffnete sie wieder.

»Nun, ich sah das, was man wohl erwarten kann. Ein, zwei Autos, die dort geparkt hatten.«

»War Licht in der Kapelle?«

»Ich denke, schon, darauf habe ich nicht geachtet.«

Nun warf Grace etwas ein.

»Wann war das?«

Higgins seufzte.

»Das muss kurz nach vier gewesen sein, es dämmerte bereits.«

»Hielten Sie noch einmal in Moycullen oder auf dem Weg nach Hause?«

Higgins schüttelte den Kopf.

»Nur an der Ampel zur Clifden Road. Da sah ich auch Liam und winkte ihm von Weitem.«

Grace und Rory wechselten Blicke.

»Sie sahen Liam O'Flaherty an der Kreuzung zur N59, um kurz nach vier? Sind Sie sicher?«

Dabei hatte der Buchhändler wiederholt angegeben, erst um halb fünf an der Kirche angekommen zu sein. Irgendetwas stimmte hier nicht.

»Natürlich bin ich mir sicher. Er winkte zurück. Hat er das nicht erwähnt? Er muss es vergessen haben.«

Grace sah Higgins prüfend an. Dann begann sie in ihrer Tasche zu kramen, nachdem sie Rory mit einem kurzen Blick aufgefordert hatte, das Verhör weiterzuführen.

»Mr Higgins, unseren Unterlagen zufolge führten Sie seit den achtziger Jahren alle Kfz-Reparaturen der Kirchengemeinde Moycullen durch. Ist das korrekt?«

Higgins lächelte amüsiert.

»Nun, es war kein großer Fuhrpark, wie Sie sich denken können. Aber das wenige, das anfiel, ja, das haben wir erledigt. P & P Motors, Cashel.«

»Wie kam es denn, dass ab dem Jahr 1992 eine andere Firma in Oughterard die Aufträge bekam?«

Higgins atmete tief durch. Er wirkte mit einem Mal angespannt.

»Das ist nicht ganz richtig, Kommissar, wenn Sie entschuldigen. Es war nicht so, dass wir die Aufträge nicht mehr bekommen haben, sondern wir haben sie vielmehr abgelehnt. Das ist etwas völlig anderes.«

Grace hatte etwas aus ihrer Tasche gezogen und fragte an dieser Stelle nach. »Was war der Grund dafür?«

»Es waren private Gründe.«

Higgins schloss die Augen.

Grace stand auf und trat hinter seinen Sessel.

»Sie lehnten jeden weiteren Kontakt mit Sacred Heart ab, das damals von Father Dunne betreut wurde – nach der Schmutzkampagne, die mit dem Selbstmord Ihres Bruders endete. Das ist verständlich.«

Aus Higgins' Gesicht wich jede Farbe.

»Dazu möchte ich nichts sagen.«

»Welche Rolle spielte dabei Frida Pearse?«

Higgins schwieg. Er schien abzuwägen, ob er diese Frage beantworten sollte.

»Mr Higgins, wir ermitteln in mehreren Mordfällen und benötigen Ihre Aussage!« Grace begann unruhig vor dem Kamin auf und ab zu gehen.

Higgins kämpfte offenbar mit sich. Schließlich schien er zu einer Entscheidung gekommen zu sein.

»Mrs Pearse war das Sprachrohr für Father Dunne. Mehr kann ich dazu nicht sagen.«

Grace nickte zufrieden.

»Kannten Sie Marilyn Madden?«

»Nein.« Er vergrub sein Gesicht in den Händen.

»Haben Sie Frida Pearse oder Mary O'Shea seit damals, also seit 1992, gesehen?«

Higgins schüttelte vehement den Kopf.

»Ich meide die Kirche seitdem. Jede Kirche. Die Büttel

sind wie die Priester. Ich bin kein gläubiger Mensch mehr. Es tut mir leid, das sagen zu müssen.«

»Trotzdem haben Sie Mitte der neunziger Jahre Father Duffy ein Ersatzteil für sein Motorrad nach Belfast gebracht.«

Über Higgins' Gesicht huschte ein Lächeln. »Ach das! Das hatte mit der Kirche ja nichts zu tun. Und Father Duffy war in Ordnung. Der hatte eine echt schwere Zeit da drüben.«

»Bis Sie von Liam erfuhren, dass auch er angeblich homosexuell war. Da verwandelte sich Ihre ehemalige Zuneigung zu dem Priester in blanken Hass.«

Higgins schwieg trotzig.

»Von wem hatte Liam diese Information? Von Mary O'Shea oder von Frida Pearse?«

Higgins schwieg weiter. Grace hielt einen kleinen Plastikbeutel vor seine Augen.

»Sehen Sie das, Mr Higgins? Ich glaube, Sie haben Ihr Croagh-Patrick-Puzzle zu früh aufgegeben. Hier ist zumindest ein fehlendes Teil.«

Rory war völlig überrascht und auch Higgins schien es nicht glauben zu können.

»Wo haben Sie das denn aufgetrieben, Superintendent?«

»Das haben wir am Samstagnachmittag in der Kirche in der Claddagh gefunden, siebzig Zentimeter von der Leiche unserer Kollegin entfernt. Ich verhafte Sie wegen Verdachts des Mordes an Siobhan Sheridan.«

57

Die Überprüfung des Alibis von Paul Higgins für den dritten Adventssamstag bestätigte die Angaben, die er Grace und Rory gegenüber gemacht hatte. Sein Alibi war wasserdicht, aber Grace bestand trotzdem darauf, ihn so lange wie möglich in Untersuchungshaft zu behalten und ihn weiter zu verhören.

Robin Byrne räumte ihr einen weiteren Tag ein, ehe man Higgins wieder auf freien Fuß setzen müsse.

Grace stöhnte. »Sie belasten sich gegenseitig!«

Sie saß mit Rory zu einem schnellen Mittagessen im Spaniard's Head.

»Liam O'Flaherty sagt aus, er habe Higgins kurz vor dem Mord in der Claddagh bei der Kirche gesehen, und wir finden das Puzzleteilchen, das der angeblich vermisste, genau am Tatort. Und Higgins schwört, dass O'Flaherty ihm am Wochenende davor bereits kurz nach vier Uhr nachmittags in Moycullen über den Weg gelaufen ist. Was ist hier plötzlich los?«

Rory war wütend, das konnte man an seiner Stimme hören. »Aber Liam hat doch um vier im vierzehn Kilometer entfernten Spiddal nachweislich eine Zeitung gekauft!«

Grace trank ihren Caffè Latte und stellte das Glas zurück auf den Tisch.

»Und dann die Neuigkeit aus der Gerichtsmedizin …«, fuhr die Kommissarin genervt fort. »Siobhan wurde anscheinend betäubt, bevor man sie erstochen hat. Aber von unseren Verdächtigen verfügt wohl nur Father Duffy über medizinische Kenntnisse, die über ein Allgemeinwissen hinausgehen. Wenigstens haben wir Michael Kelly inzwischen gefasst. Er wollte tatsächlich bei seinem Cousin in London Unterschlupf suchen.«

Rory nickte, schien mit seinen Gedanken jedoch schon wieder woanders zu sein.

»Seit wir die Geschichten ihrer jüngeren Brüder aufgedeckt haben, fühlen sich Higgins und Liam wohl extrem unter Druck, sonst würden sie sich nicht gegenseitig mit Schmutz bewerfen«, stellte der Kommissar fest.

»Das ist sicher richtig – nur bleibt der Schmutz, wie du es nennst, bei keinem der beiden kleben. Das sollte uns zu denken geben.«

Rory schlürfte seinen heißen Tee, den er heute Mittag mit einem Käse-Schinken-Toast mit gedünsteten Zwiebeln ergänzte. Irgendwie wirkte der Kommissar wenig hungrig, was selten vorkam. Der Toast duftete, blieb aber vorerst auf dem Teller liegen.

»Gibt es Neues aus dem Krankenhaus?«

Grace schüttelte den Kopf.

»Mrs Pearse schwebt immer noch in Lebensgefahr und ist nicht vernehmungsfähig. Aber wir haben in ihrer Handtasche den Schlüssel zum Büro gefunden. Das bedeutet, dass sie von innen abgeschlossen haben muss, bevor sie offenbar den Brand gelegt hat.«

Rory nahm jetzt doch einen Bissen und kaute bedächtig.

»Oder es gab noch eine dritte Person, die einen Schlüssel besaß. Kevin wertet übrigens gerade Fridas Handy aus. Es dauert aber noch ein bisschen.«

Urplötzlich setzte sich Grace kerzengerade hin.

»Wie bitte, ihr Handy?« Ihre Stimme kiekste etwas, wie immer, wenn sie ihre Emotionen nicht ganz im Griff hatte.

Rory schaute verwundert von seinem Toast auf.

»Handy? Na, das schnurlose Teil, gibt's in allen Farben und man kann auch ab und zu damit telefonieren, wenn man des Schweigens überdrüssig wird. Warum wundert dich das?««

»Ich wusste gar nicht, dass ihr ein Handy bei ihr gefunden habt. Mir gegenüber hat sie Handys als modernen Schnickschnack abgetan, mit dem sie nicht umzugehen weiß. Das ändert tatsächlich einiges. Wird sie bewacht?«

Rory schnitt sich jetzt ein weiteres Stück vom warmen Toast ab und führte es mit der Gabel zum Mund.

»Rund um die Uhr. Bisher ist aber nur ein paarmal ein junger Priester bei ihr aufgetaucht, um die Beichte abzunehmen, wie er den Kollegen mitteilte. Doch dann ist er wieder abgezogen. Es war ja zum Glück noch nicht so weit.«

Beide seufzten und widmeten sich wieder ihren heißen Getränken.

»Grace, glaubst du, dass Frida Pearse und die furchtbaren Brüder gemeinsame Sache gemacht haben?«

Grace schaute belustigt.

»Wie hast du Liam und Paul genannt?«

»Na, die furchtbaren Brüder. Irland ist doch voll von Brüdern. Furchtbar und weniger furchtbar. Das kennen wir zur Genüge aus unserer Geschichte. Die christlichen Brüder zum Beispiel, die unsere Jugend jahrzehntelang nicht nur unterrichtet, sondern auch misshandelt und missbraucht haben. Und dann die furchtbaren Zwillinge, wie die Medien sie immer nannten – du weißt schon, im Stormont –, Reverend Ian Paisley und Martin McGuinness von Sinn Féin. Die berühmtesten waren natürlich die von der Fenian Bruderschaft, die Vorreiter unseres Kampfes für die Unabhängigkeit waren. Du siehst, hier wimmelt es nur so von Brüdern, die alles Mögliche untereinander auskungelten. Deshalb habe ich Liam und Paul, die offenbar auf einen Rachefeldzug für ihre jüngeren Brüder gegangen sind, mal die ›furchtbaren Brüder‹ getauft«, fuhr Rory fort. »Sogar der alte Wittgenstein war in einer geheimen Bruderschaft.

Das ist völlig an mir vorbeigegangen. Ich brauchte nie eine Bruderschaft. Sag ich doch.«

»Vielleicht weil du von Geburt an einen Zwillingsbruder hattest?«

Grace trank ihren Kaffee aus und stand auf. Ihr Gesichtsausdruck wirkte auf einmal nicht mehr resigniert und ratlos, sondern optimistisch und selbstbewusst. Sie schaute auf ihren Kollegen hinunter, der gerade das Besteck auf dem Teller zusammenlegte.

»Rory, du bist einfach unschlagbar. Aber um deine Frage zu beantworten: Nein, ich denke, Frida Pearse und die beiden Männer standen nicht auf derselben Seite, ganz im Gegenteil. Sie haben mit Sicherheit nicht gemeinsame Sache gemacht. Aber die beiden Männer schon, die furchtbaren Brüder, wie du sie nennst. Das muss die Lösung sein. Nur so macht alles Sinn.«

Rory strahlte wegen des ganzen Lobes.

Die Kommissarin suchte nach ihrem Mantel. Da erschien plötzlich Fitz in dem kleinen Nebenraum.

»Oh, gut, dass ihr noch hier seid! Da ist jemand, der euch sucht.«

Vorsichtig trat Father Duffy hinter dem Wirt hervor. Er wirkte übernächtigt und sah blass aus. Etwas kleinlaut schaute er die beiden Kommissare an. Er trug eine räudige russische Fellmütze mit herunterhängenden Ohrenklappen auf dem Kopf, was ihm ein leicht verwegenes Aussehen verlieh.

»Ich möchte Ihnen etwas mitteilen.«

Grace und Rory wechselten fragende Blicke.

»Father Duffy, wir wollten gerade in die Zentrale zurück. Am besten, Sie kommen mit. Worum geht es?«

Der Priester biss sich auf die Unterlippe.

»Ich möchte eine Aussage machen. Ich denke, es ist dringend.«

58

»Ich weiß, wir haben noch nicht darüber gesprochen, aber ich gehe davon aus, dass wir hier zusammen Weihnachten feiern. Wie immer.«

Pattie Burke hatte sich in ihr petrolfarbiges Kaschmir-Plaid geschmiegt und lag entspannt auf dem bunten Chesterfield-Sofa gegenüber dem offenen Kamin, in dem ein Torffeuer loderte.

Vergnügt sah sie ihren Sohn an. Peter hielt ein Glas goldenen Whiskey in der Hand und hatte es sich neben ihr auf einem Samtsessel bequem gemacht. Bedächtig führte er das Glas an seine Lippen.

Wegen der Turbulenzen bei Graces Mordfällen hatte er bisher keine Zeit gefunden, in Ruhe mit ihr über die Weihnachtspläne zu sprechen. Peter wusste, dass Grace ihre Mutter und ihre Tochter erwartete und dass sie die Weihnachtstage im Kreis der Familie auf Achill Island verbringen wollte. Aber würde er wirklich auch da hinwollen?

»Peter? Du sagst ja gar nichts.«

Peter hatte seiner Mutter bisher nichts von der seit einigen Wochen bestehenden Beziehung zu Grace erzählt.

Pattie war einst heimlich mit Graces Vater Shaun verlobt gewesen. Diese Verbindung war in die Brüche gegangen, und kurz darauf hatte sie seinen Vater James Burke kennengelernt, den Peter nie gekannt hatte.

James war Menschen, die in Seenot geraten waren, zu Hilfe geeilt und bei der Rettungsaktion selbst ertrunken und seine Witwe hatte ihren kleinen Sohn allein großgezogen und seither nie mehr geheiratet.

Im vergangenen Frühjahr war Grace, Peters Freundin aus Kindertagen auf Achill, plötzlich als neue Leiterin des Morddezernats von Garda in Galway aufgetaucht. Seine Überraschung und Freude darüber waren groß, die Reaktion seiner Mutter jedoch von Anfang an ablehnend gewesen. Sie konnte Grace anscheinend nicht leiden. Ihr nun zu beichten, dass sie seit Kurzem ein Paar waren, brachte er im Augenblick nicht fertig.

»Klar, Mommy, wir feiern Weihnachten hier zusammen.«

Pattie setzte sich halb auf und stützte ihren Ellbogen auf die breite, runde Sofalehne. Sie schaute Peter halb skeptisch, halb belustigt an.

»Willst du mir etwas sagen, mein Sohn?«

Peter zuckte innerlich zusammen. Wenn sie diesen leicht mokierenden Ton anschlug, bedeutete es nichts Gutes.

»Nicht, dass ich wüsste.«

Er nahm einen Schluck Whiskey und wich ihrem forschenden Blick aus.

»Vielleicht hast du ja schon etwas anderes vor? Du kannst es mir ruhig sagen. Ich könnte auch zu Julia nach London fliegen, dann wäre ich zum Fest nicht allein.«

Peter setzte sich auf und schaute ihr in die Augen. »Nein. Ich sagte doch, wir feiern wie immer zusammen. Ich freue mich schon auf unser trautes Zusammensein, auf exzellente Weine, wunderbares Essen und lange Spaziergänge über unsere windige Insel. Du kannst mir übrigens die Einkaufsliste gleich mitgeben, wenn ich zurückfliege. Ich besorge dann alles in Galway, es ist ja nicht mehr lange hin.«

Pattie strich sich die kinnlangen schwarzen Haare mit der silbernen Strähne hinter die Ohren und stand auf.

»Ich habe sie schon geschrieben. Sie ist in der Küche.«

Er nahm einen letzten Schluck und fühlte sich ertappt.

Warum konnten Mütter dieses unangenehme Gefühl ohne die geringste Anstrengung bei ihren Kindern erzeugen? Selbst wenn die schon fast das Greisenalter erreicht hatten?

Er wollte ihr in die Küche folgen, als sein Handy klingelte.

»Ich komme gleich, Mum!«

Peter nahm das Gespräch an.

»Hier ist Tony Doherty.«

Peter kam die tiefe melodische Stimme bekannt vor, konnte sie jedoch nicht sofort einordnen.

»Aus Belfast, aus dem Pflegeheim«, half ihm die Stimme auf die Sprünge.

»Oh, Tony, schön, von Ihnen zu hören. Geht's Ihnen gut?«

»Danke«, erwiderte Doherty, »ich kann nicht klagen. In meinem Alter muss man schon dankbar sein, wenn einem der Whiskey und das Frühstück noch schmecken. Das heißt, genau genommen, wenn man beides überhaupt noch schmecken kann.«

Doherty lachte schallend.

»Ich will Sie nicht lange stören, Peter, ich dachte nur, dass es Sie vielleicht interessieren würde.«

»Sicher. Schießen Sie los.«

Was hatte er ihm zu berichten? Doch noch etwas über den Vorfall mit Father Duffy von damals?

»Father McDonough, ich erwähnte ihn, glaube ich, er betreut heute St. Paul's … also, Father McDonough nahm mich vor ein paar Tagen nach der Messe beiseite und erzählte mir, dass zu seinem großen Erstaunen ein junger Mann bei ihm aufgetaucht sei. Ein Schotte anscheinend, der sich nach dem Vorfall von damals mit Father Duffy erkundigte. Hatte der etwas mit Ihnen zu tun?«

In Peters Gehirn überschlugen sich die Gedanken.

»Nein, der hat nichts mit mir zu tun oder meinem Klienten«, setzte er noch schnell hinzu.

»Weil ich es schon merkwürdig finde, dass sich über zwanzig Jahre kein Mensch um das gekümmert hat, was im Sommer 1995 in St. Paul's passiert ist – und dann kommen plötzlich Sie an und stellen Fragen. Und ein paar Tage später kommt noch jemand und stellt Fragen. Da stimmt doch irgendwas nicht. Ich bin zwar alt, aber nicht blöd. Das wird heutzutage leider häufig und fälschlicherweise miteinander in Verbindung gebracht.«

Peter konnte sich ebenfalls keinen Reim darauf machen.

»Wie hat der Schotte denn sein Anliegen begründet? Kam er vielleicht von irgendeiner Zeitung?«

Tony machte eine kleine Pause und atmete tief durch.

»Das zumindest vermutet Father McDonough. Er meinte, er habe etwas von einer Artikelreihe im New Scotsman erzählt, für die er angeblich recherchiert.«

»Danke, Tony, gut, dass Sie mich angerufen haben. Wenn noch etwas ist, geben Sie mir bitte Bescheid. Wissen Sie, ob Father McDonough ihm etwas über Father Duffy erzählt hat?«

Wieder ertönte Tonys lautes Lachen, das Peter ziemlich ansteckend fand.

»Nein, Peter, gar nichts. Erstens weiß er so gut wie nichts von damals und zweitens – welcher Ire erzählt schon einem Schotten etwas?«

Nun lachten sie beide, bis Peter fast die Tränen kamen.

59

Die Aussage von Father Duffy bestätigte die Ergebnisse ihrer bisherigen Ermittlungen. Duffy berichtete, dass er in der Kirche der Claddagh ganz deutlich den eigentümlichen Geruch von Kardamom registriert habe, den er stets mit dem Organisten in Verbindung gebracht habe. Außerdem habe er kurz vor dem Mord an Sergeant Sheridan einen Handyklingelton in der Kirche vernommen, den er eindeutig erkannt habe und den O'Flaherty seit einiger Zeit benutze, nämlich die Eingangstakte des berühmten Trolllieds aus dem Peer Gynt. Da er sich aber nicht hundertprozentig sicher gewesen sei, habe er sich erst, als er von der Festnahme von Paul Higgins und dem Verdacht gegen O'Flaherty erfuhr, entschlossen, seine Beobachtungen Garda mitzuteilen.

Father Duffy war schon fast wieder auf dem Weg nach draußen, als ihm noch etwas einfiel. Grace hatte den Kopf gehoben.

»Ja?«

»Liam hat, als ich die tote Marilyn fand, noch einmal nachgefragt, ob es tatsächlich Marilyn sei. Als hätte er eigentlich einen anderen Namen erwartet. Das hatte ich ganz vergessen.«

Triumphierend schaute Grace O'Malley ihren Kollegen an.

»Damit haben wir ihn.«

Knapp zwei Stunden später nahmen sie Liam O'Flaherty in seinem Buchladen in Roundstone fest. Er schien weder überrascht noch besorgt zu sein, sondern in bester Laune.

»Sie werden schon wissen, was Sie tun, Superintendent. Mein Alibi wird durch eine Handvoll aufrichtiger Lottospieler und ehrlicher Zeitungskäufer in Spiddal gestützt. Und wenn ich mich recht entsinne, stand sogar dieser nette kleine Sergeant mit den blonden Löckchen in der Schlange und hat mich gegrüßt.«

Niemand von Garda reagierte darauf. Doch als sie später den Parkplatz der Zentrale erreichten, erwarteten sie schon ein Blitzlichtgewitter und laufende Kameras.

RTÉ hatte Aufstellung genommen, allen voran Anne Madden, die Tochter der Ermordeten. Rory konnte es nicht fassen.

»Woher wissen die, dass wir mit ihm jetzt hier ankommen?«

Grace drehte sich zu ihm um, während sie sich einen Weg durch die Menge zu bahnen versuchten. Man bedrängte sie von allen Seiten.

»Ich vermute, von ihm selbst. Wir haben es hier mit einem verhinderten Regisseur zu tun, der sich gern auf Bühnen präsentiert. Jetzt erwartet er wohl den Oscar für seine cleverste Inszenierung.«

Robin Byrne hatte Rory und Grace umgehend in sein Zimmer bestellt. Die beiden Kommissare blieben vor seinem Schreibtisch stehen, Grace hielt die Arme vor der Brust verschränkt, während Rory seine Hände locker in die Taschen seines Anoraks versenkt hatte.

»So, jetzt haben wir zwei Verdächtige, die ihr festgenommen habt. Für zwei Morde. Welcher soll's denn nun sein?«

Byrnes Blick war nicht wütend, er wirkte eher belustigt.

»Beide«, entgegnete Grace. »Aber genau das war unser Kalkül. Erst als wir den Falschen für den jeweiligen Mord verantwortlich machten, begannen sie sich gegenseitig zu beschuldigen. Dabei wussten sie genau, dass sie durch ihre wasserdichten Alibis nicht ernsthaft gefährdet sein würden und dass sie spätestens nach einem Prozess freigesprochen werden würden, weil die Indizienlage nicht ausreichend wäre.«

Rory schien zufrieden.

»Und so taten wir ihnen den Gefallen. Sie ritten sich nämlich nicht gegenseitig rein, wie es aussehen sollte, sondern in Wirklichkeit zogen sie sich gegenseitig raus. Nur haben wir es ihnen nicht abgenommen, also haben sie sich damit letztlich nur verdächtig gemacht.«

»Das heißt, Higgins hat Marilyn Madden ermordet und O'Flaherty ist für den Mord an unserer Kollegin verantwortlich?«

Grace und Rory nickten.

»Higgins war mit den örtlichen Gegebenheiten der Kirche nicht so vertraut, dass er in der Lage gewesen wäre, in kürzester Zeit alle Guards, die vor Ort waren, durch die Blockierung der Zugänge auszuschalten. Doch Liam war das mit Geschick und Schnelligkeit möglich. Er kannte als Hausorganist dort jeden Schlupfwinkel.«

Robin überlegte.

»Hat er dann bewusst einen Guard umgebracht?«

Grace schaute sich nun doch nach einer Sitzmöglichkeit um, denn das hier schien länger zu dauern.

»Könnte sein, aber ich halte das eher für unwahrscheinlich. Meine Vermutung ist, dass er mit einer Bewachung zum Schutz der Helferin gerechnet hatte und das als besondere Herausforderung für seine kriminellen Fähigkeiten betrachtete. O'Flaherty ist sehr eitel, wie wir wissen.«

Robin kratzte sich an der Schulter.

»Und Higgins?«

»Der tötete Marilyn, dachte jedoch, dass es Mary O'Shea sei. Deshalb fragte Liam später verstört bei Father Duffy nach.«

Nun schaltete sich Rory wieder ein.

»Higgins hatte seit dem Skandal mit seinem Bruder ja keine Kirche mehr betreten. Er kannte weder Mary noch Marylin und wusste nur von Liam, dass er die Helferin umbringen sollte. Dass Mary kurzfristig mit Marilyn getauscht hatte, wussten beide nicht, aber Higgins hätte den Unterschied auch nicht bemerkt. Dass er Mary bei einem Krippenspiel vor dreißig Jahren mal gesehen hatte, lag ja viel zu lang zurück.«

»Hm.«

Robin schien leicht verwirrt. Er warf der Kommissarin einen Blick zu.

»Möchtest du dich setzen, Grace? Du kannst meinen Stuhl nehmen.«

Er schob ihr freundlich den abgenutzten Drehstuhl hin. Sie nahm das Angebot an und setzte sich.

»Und warum das alles? Was hatten die beiden mit dem ersten Mord an Beth Kerrigan zu tun?«

»Nichts«, antworteten ihm beide Kommissare wie aus einem Mund.

»Nichts?«

Robin Byrnes Stimme war noch heiserer als sonst.

»Den ersten Mord beging Michael Kelly. Das war sozusagen der Startschuss.« Grace drehte sich ein wenig auf dem Stuhl, wie auf einem Kinderkarussell.

»Es war der Auslöser, den wir so lange gesucht haben«, ergänzte Rory.

»Nur wussten das die beiden furchtbaren Brüder nicht. Dass es Kelly gewesen war, der kurz zuvor aus seinem Exil in den Staaten zurückgekehrt war und sich nun von seiner Ex-Verlobten Beth Kerrigan erpresst und bedroht fühlte. Sie nahmen einfach die Chance wahr, sich nun endlich an denen zu rächen, die sie für den Tod ihrer jüngeren Brüder verantwortlich sahen. Ein Rachefeldzug sozusagen, von dem sie immer geträumt hatten und der sie zusammenschweißte.«

Rory erläuterte seinem Chef knapp die Zusammenhänge: Kellys indirekter Griff in die Kirchenkasse über Father Dunne und Kellys Forderung, seine Auswanderung von ihm vergoldet zu bekommen, um sich zusammen mit Fintan O'Flaherty ein neues Leben in den Staaten aufzubauen.

»Das heißt, wir haben drei Mörder für vier Morde?«

Byrne fuhr sich mit dem Handrücken über die Augen, als träumte er.

»Falsch. Wir haben vier Mörder für vier Morde – für jeden einen.«

Robin starrte Grace verwirrt an.

»Was ist so schlecht an einem Serienmörder, hm? Ich betone *einem?* Übersichtlich, leicht einzutüten, wenn man ihm erst einmal auf der Spur ist … Und wer zum Teufel ist der vierte Mörder?«

Die Kommissarin stand auf.

»Daran arbeiten wir noch.« Grace lächelte. »Drück uns die Daumen. Bis Heiligabend, bis übermorgen haben wir's. Versprochen.«

60

»Und du glaubst, dass es funktioniert?«

Rory klang skeptisch.

Grace und er waren auf dem Weg in den Verhörraum, um Kelly zu vernehmen. Er war am frühen Morgen nach Galway überstellt worden.

»Wir müssen es probieren, denn es ist unsere einzige Chance, weiterzukommen.«

Rory nickte.

»Gut, wie viel Zeit brauchst du, bis ich auftauche?«

Sie waren fast vor dem Vernehmungsraum angekommen und Grace schaute auf die Uhr.

»Sagen wir in einer halben Stunde.«

»In Ordnung. Ich kümmere mich in der Zwischenzeit um die Durchsuchung des Grabes. Mal sehen, ob da was gefunden wurde. Die Auskunft der Friedhofsbehörde ist ja vielversprechend.«

Grace nickte.

»Das war eine gute Idee von dir. Kelly hat da mit Sicherheit etwas verschwinden lassen, was ihn im Zusammenhang mit dem Mord an Beth Kerrigan belastet hätte. Und in einem Grab nachzuschauen – darauf kommt niemand.«

»Als ich bei der Kirchenbehörde anrief und fragte, ob das frische Grab schon benutzt worden sei, und niemand etwas davon wusste, wurde ich natürlich hellhörig.«

Rory verschwand in seinem Büro, während Grace den Verhörraum betrat.

Sie war etwas verwundert, dort bereits Kevin Day vorzufinden, der in der Ecke saß und ihr gut gelaunt zuwinkte.

Michael Kelly blickte nicht auf, als sie hereinkam. Sie setzte sich ihm gegenüber und musterte ihn. Er wirkte erschöpft und schien wenig geschlafen zu haben. Sie machte ihn auf seine Rechte aufmerksam und begann dann mit dem Verhör.

»Wie und wann kamen Sie ins Vereinigte Königreich, Mr Kelly?«

Der Cowboy, dessen Kleidung durch die Ereignisse der letzten Tage eindeutig gelitten hatte, zuckte die Schultern.

»Ich bin geschwommen.«

Er hielt den Blick gesenkt.

»Gibt es dafür Zeugen?«

Kelly seufzte, als wäre ihm jedes Wort zu viel.

»Ein Kumpel, der mich auf seinem Kutter mitgenommen hat.«

»Von Belfast?«

Kelly schaute verwundert auf. »Von Belfast? Quatsch. Von Rosslare.«

Grace schluckte. Was sollte das denn? Rosslare lag im äußersten Südosten Irlands. Weit von Belfast und Nordirland entfernt. Kevin Day warf ihr einen fragenden Blick zu.

»Mr Kelly, ich meine den Teil des Vereinigten Königreichs, den man Nordirland nennt. Um dort hinzugelangen, braucht man weder einen Kutter noch eine Schwimmweste.«

Kelly kratzte sich am Ohr.

»Was zum Teufel sollte ich in Nordirland?«

Grace dachte einen Moment nach. Offenbar war das Kellys Strategie, sich vom Geschehen im Kloster zu distanzieren.

»Zum Beispiel, um einem alten Bekannten von Ihnen einen Besuch abzustatten, der nahe der Grenze lebte.«

Kelly nahm einen Schluck Wasser.

»Und wer sollte das sein?«

»Father Dunne.«

Hier begann Kelly laut zu lachen. Es war ein nervöses Lachen, das nicht erleichtert wirkte.

»Den alten Gangster habe ich seit meiner Auswanderung nicht mehr zu Gesicht bekommen, und ich sag Ihnen was – ich habe seine Visage auch nicht vermisst.«

»Sie wurden am Samstagmittag gesehen, wie Sie ihn in einem gestohlenen Lieferwagen weggebracht haben.«

Da ging plötzlich ein Ruck durch den Körper des Mannes. Er fuhr hoch und Day und der Guard, der neben der Tür saß, sprangen auf und stürzten auf ihn zu.

Kelly machte eine abwehrende Geste.

»Schon gut, schon gut.«

Er setzte sich wieder.

»Bevor Sie sich hier weiter bemühen, Ma'am … Ich lasse mir weder eine Entführung noch einen Mord von Ihnen anhängen.«

»Wie kommen Sie auf Mord?«

»Was sonst sollte Ihr ›weggebracht‹ bedeuten? Der Typ muss um die hundert sein und sitzt sicher im Rollstuhl. Ich wollte nur weg, okay? Es war sicher nicht die charmante Art, Sie niederzuschlagen, und ich bitte aufrichtig um Entschuldigung – aber ich wollte definitiv weg aus dem verdammten Irland. Da binde ich mir doch keinen Greis ans Bein!«

Er hatte zuletzt eher belustigt geklungen als aufgebracht. Aber damit hatte er genau den Punkt erwischt, über den sie selbst schon gestolpert waren.

»Wohin sind Sie geflohen, nachdem Sie mich niedergeschlagen hatten? Erzählen Sie es uns.«

Graces Miene war unbeweglich, während sie sich Notizen auf ihrem Pad machte.

Kelly fuhr sich mit der Hand über die Augen. Er wirkte ehrlich erschöpft.

»Ich bin runter nach Wexford. Dort habe ich einen Kumpel, der eine kleine Jacht besitzt. Den habe ich überredet, mich rüber nach Wales zu bringen. Er schuldete mir noch was. Wir sind spät am Samstag raus. Am Sonntagmorgen setzte er mich in der Nähe von Goodwick in Pembrokeshire heimlich ab. Von dort bin ich auf der A40 nach London getrampt. Hat aber ziemlich gedauert.«

»Gibt es Zeugen, die das bestätigen können?«

Er nannte seufzend den Namen seines Freundes in Wexford. »Aber den ziehen Sie nicht in die Sache mit rein, oder?«

Grace musterte ihn kühl. »Wir sind im Moment nur daran interessiert, Ihre Aussage zu verifizieren. Wie kamen Sie auf die Marbel-Arch-Höhlen?«

Kelly starrte sie entgeistert an.

»Ich bin in London zu meinem Cousin, aber der wohnt natürlich nicht im feinen Zentrum am Marbel Arch, sondern im verschissenen Lewisham. Das wissen Sie doch.«

Grace warf Kevin einen überraschten Blick zu. Sie stand auf und begann im Raum auf und ab zu laufen.

»Kommen wir zu Ihrer Auswanderung in die Staaten.«

Sofort registrierte sie eine feine, kaum wahrnehmbare Veränderung in Kellys Ausstrahlung. Hatte er eben noch selbstsicher und fest von dem überzeugt gewirkt, was er aussagte, so verflog dieser Eindruck nun, noch bevor er überhaupt etwas von sich gab.

»Wann lernten Sie Fintan O'Flaherty kennen?«

»Das war 1996 in New York, meine ich.«

»Tatsächlich? Wir meinen, dass es hier in Cashel war, und zwar etwas weniger romantisch, nämlich beim Reparieren seines alten Vauxhalls in Paul Higgins' Werkstatt.«

»Wer sagt das?«

»Normalerweise beantwortet Gardai keine Fragen, aber es wird Sie sicher freuen zu hören, dass wir das von Mr Higgins selbst erfahren haben. Nach dem Selbstmord von Higgins' Bruder Peter sind Sie bei ihm eingesprungen und irgendwann stand Fintans Oldtimer in der Werkstatt.«

Kelly war nun rot angelaufen.

»Ja, das stimmt. Das hatte ich ganz vergessen. Aber wir kannten uns nur flüchtig. Später in New York haben wir uns dann richtig kennengelernt.«

»Dem wiederum widersprechen die Aussagen der gesamten Familie Kerrigan. Und Beth Kerrigan hat ihr Wissen von Anfang an mit ihren Geschwistern geteilt.«

Michael Kelly funkelte sie zornig an.

»Das ist eine Lüge! Beth konnte ihre Schwester nicht leiden. Der hat sie garantiert nichts erzählt.«

Grace hatte sich ihm gegenüber hingestellt und die Arme verschränkt und beobachtete ihn genau.

»Sie haben den Spieß damals umgedreht und den skrupellosen Father Dunne erpresst, damit er Ihnen den Start in den USA großzügig finanziert. Den Start in ein gemeinsames Leben mit Fintan O'Flaherty.«

Bevor Kelly antworten konnte, klopfte es. Kurz darauf wurde die Tür geöffnet und Rory betrat den Raum. Er nickte Grace kurz zu. Dann richtete er sofort das Wort an Kelly.

»In dem von Ihnen ausgehobenen frischen Grab, wo wir uns zum ersten Mal begegnet sind, wurden übrigens verschiedene Kleidungsstücke und Werkzeug gefunden, die momentan untersucht werden. Das nur zu Ihrer Information.«

Kelly hämmerte mit den Händen wild auf den Tisch.

»Ich habe nichts getan!«

Rory war zu ihm getreten und legte ihm beruhigend die Hand auf die Schulter. »An Ihrer Stelle würde ich mich um einen guten Anwalt kümmern, der noch nicht in Weihnachtslaune ist. Aber zunächst möchten wir Ihnen jemanden vorstellen – vielleicht kennen Sie ihn ja schon …«

Wieder klopfte es kurz und die Tür flog auf. Zwei Guards

führten Liam O'Flaherty zwischen sich in den Verhörraum.

Rory und Grace standen nun beide hinter Kelly, mit Blick auf den Buchhändler. Kevin Day saß etwas abseits in der Ecke und beobachtete aufmerksam das Geschehen.

Als Liam Michael Kelly erkannte, wurde er weiß wie eine Wand. Er stand fassungslos da und zitterte am ganzen Körper.

»Wieso ist er …?«

Liam brach ab. Es war ihm unmöglich, weiterzureden. Sein Körper spannte sich.

»Wieso er hier in Irland ist, wollten Sie wissen? Fragen Sie ihn lieber, was er am Samstag vor dem ersten Advent gemacht hat.«

Ein paar Sekunden herrschte absolute Stille im Raum, dann riss sich der kleine Buchhändler los und stürzte sich auf Kelly, der damit nicht gerechnet hatte. Niemand im Raum hatte damit gerechnet.

Liam versuchte ihn zu würgen und schrie und tobte. Seine Finger drückten Kelly mit aller Kraft die Kehle zu und er war offenbar entschlossen, ihn bis zum Tod nicht mehr loszulassen.

»Mörder! Mörder! Du hast Fintan ermordet!«

Alle anwesenden Guards schritten nach einer Schrecksekunde ein und versuchten den tobsüchtigen Mann von seinem Opfer zu trennen. Mit vereinten Kräften gelang es ihnen schließlich.

Grace war es übel. Sie hatte zwar auf eine starke Reaktion von O'Flaherty gehofft und ihn als unkontrollierbaren Choleriker eingeschätzt, aber das war fast danebengegangen und sie wäre dafür verantwortlich gewesen.

Nervös beobachtete sie, wie man O'Flaherty in Handschellen abführte. Sie hatten bereits einen Arzt rufen lassen, der Kelly untersuchen und behandeln sollte. Als der kurz darauf erschien, verließen Grace und Rory den Schauplatz ihrer Ermittlung, die so unverantwortlich und unvorhersehbar gewesen war, dass Grace sich schwere Vorwürfe machte.

Rory spürte es. Doch nach außen hin wirkte ihr Gesicht wie eine Maske. Als sie in ihrem Büro waren, schwieg Grace.

Rory ließ sie in Ruhe, hatte ihr seine große Hand aber sanft auf die Schulter gelegt. Schließlich fasste sie sich.

»Wir hatten recht mit unserer Skepsis, was Kellys Entführung von Dunne betraf. Das war völliger Unsinn«, stellte sie fest.

Ihr Kollege nickte zustimmend. »Sag ich doch. Nur, wer hat ihn aus dem Kloster geholt? Und warum hat der Mönch behauptet, er habe einen Typen wie Kelly in diesem Lieferwagen gesehen?«

Grace stöhnte. »Ich will nicht noch einen Mörder haben!«

»Das haben wir auch nicht. Dunne ist ja nicht ermordet worden. Aber hier scheint jemand irgendjemanden zu decken, genau wie früher, als die Kirche in Irland noch die Kirche und die Welt noch in Ordnung war. Als man bereit war, alles zu verstecken und ansonsten zu schweigen.«

»Rory, du bist schon wieder grandios!«

Der Kommissar schaute Grace zweifelnd an.

»Es ist genau so wie früher. Das ist es! Das ist die Lösung unseres letzten Rätsels.«

Rory blickte immer noch leicht verstört. »Was genau meinst du, Grace?«

Die Kommissarin holte ihren roten Mantel vom Haken, zog ihn über und begann ihn zuzuknöpfen.

»Schnapp dir deinen Anorak, wir müssen den Fall ein für alle Mal aufklären. Ich erzähle dir auf dem Weg von dem merkwürdigen Telefonanruf aus Belfast, den Peter gestern bekommen hat – und noch zwei, drei Anrufe, dann ist die Sache geklärt. Wir müssen zu Frida Pearse, solange sie noch lebt.«

61

Nach einem Gespräch mit dem behandelnden Arzt erlaubte man Grace, die Patientin für wenige Minuten in ihrem Krankenzimmer aufzusuchen.

Als die Kommissarin den abgedunkelten Raum betrat, fiel ihr Blick zuerst auf den Monitor neben dem Bett, der Atmung und Herzfrequenz überwachte und wenig Ausschlag zeigte. Die alte Frau schien zu schlafen. Als Grace jedoch ans Bett trat, öffnete sie matt die Augen und blinzelte leicht.

»Erinnern Sie sich an mich, Frida?«

Grace sprach leise, aber eindringlich.

Fridas dünnes graues Haar hing ihr zerzaust bis auf die Schultern. Der berühmte Dutt war verschwunden. Frida schaute die Kommissarin an, erwiderte aber nichts.

»Wenn es Ihnen schwerfällt zu reden, nicken Sie einfach oder verneinen Sie mit dem Kopf. Ist das möglich?«

Frida schaute sie weiter unverwandt an und bewegte sich nicht.

Grace zog den Stuhl, der an der Wand stand, zu sich und setzte sich.

»Wir wissen, es geht Ihnen nicht gut. Trotzdem sollten Sie die Gelegenheit wahrnehmen, Garda zu helfen. Es wird Sie erleichtern. Möchten Sie das?«

Nach ein paar Sekunden nickte die Frau kaum merklich, sie hielt ihren Blick weiterhin starr auf Grace gerichtet.

»Haben Sie in Ihrer Zeit als Gemeindesekretärin Informationen über die Priester gesammelt, für die Sie arbeiteten?«

Frida nickte.

»Auch über Father Dunne?«

Frida nickte.

»Haben Sie seine Lügen gedeckt und die falschen Anschuldigungen, die er über seine Beziehung zu Peter Higgins verbreitete?«

Frida nickte wieder.

»Wussten Sie, dass Michael Kelly Dunne ein paar Jahre später erpresst hat, um Geld für seinen Start in den USA von ihm zu erhalten, und dass Beth Kerrigan davon erfuhr?«

Frida schüttelte den Kopf.

Grace hörte Stimmen vor der Tür des Krankenzimmers. Sie musste sich beeilen.

»Wussten Sie etwas über die Vorfälle in Belfast um Father Duffy im Jahr 1995?«

Frida nickte. Sie hielt immer noch den Blick auf die Kommissarin gerichtet, doch schien es Grace, als hätte sich die alte Dame bereits auf den Weg gemacht, entschlossen, sich jeden Moment zu verabschieden.

Grace sammelte sich. Nun durfte sie keinen Fehler machen. Sie hatte nicht mehr viel Zeit.

Frida Pearse schloss wieder die Augen.

Sie darf mir jetzt nicht wegdämmern, schoss es Grace durch den Kopf. Ich muss ihre Antworten haben! Die Kommissarin hob ihre Stimme und beugte sich tiefer über sie, um zu ihr durchzudringen.

»Haben Sie Ihr Archiv mit all diesen Informationen an Ihre Nichte Mary O'Shea weitergegeben?«

Frida rührte sich nicht. Grace wiederholte ihre Frage eindringlicher.

Schließlich nickte Frida mit geschlossenen Augen.

»Hat Mary auch begonnen, Father Duffy zu erpressen?«

Frida nickte, schüttelte dann aber sofort den Kopf.

Grace war einen Moment verunsichert und versuchte diese Antwort zu interpretieren.

»Wollte sie ihn erpressen und es gelang ihr nicht?«
Frida nickte.
»Führte Mary Ihr Erpressungssystem weiter?«
Wieder nickte Frida und schüttelte dann den Kopf.
»Hat sie es zuerst versucht und dann damit aufgehört?«
Frida nickte erneut. Diesmal, so schien es Grace, fiel ihr Nicken eine Spur vehementer aus. Ihre Lippen begannen zu zittern.
»Es kam deshalb zwischen Ihnen zum Streit?«
Frida hielt die Augen weiterhin geschlossen und kniff die Lippen zusammen.
Grace wusste, dass sie jetzt die entscheidende Frage stellen, dass sie es wagen musste.
»Wollte Mary nach dem Mord an Beth Kerrigan und Marilyn Madden endgültig aussteigen, weil sie Angst hatte, selbst Opfer zu werden? Und hat sie gedroht, mit allem an die Öffentlichkeit zu gehen?«
Grace hielt die Luft an und starrte auf die Frau, die in ihrem rosa Nachthemd mit Schleife wie eine alte Puppe wirkte, die man weggelegt und vergessen hatte.
Frida nickte schwach.
Nun fühlte sich Grace ermutigt.
»Aber Sie hatten schon einen Nachfolger für Mary gefunden. Hat der Ihnen geraten, Mary auszuschalten?«
Es entstand eine Pause. Frida atmete schwer. Grace hörte sie zum ersten Mal atmen. Sie wiederholte ihre Frage.
Frida nickte.
»Haben Sie Mary im Schlaf mit einem Kissen erstickt und dann in ihrem Namen die SMS an mich geschickt?«
In diesem Moment wurde die Tür aufgerissen und eine dunkle Silhouette erschien im Türrahmen. Das Gesicht der düsteren Gestalt lag im Schatten. Grace schauderte, als sie den Priester erkannte, der dort stand.
»Bitte verlassen Sie das Zimmer.«

Sie wusste, es war ihre letzte Chance.

»Bitte, Frida. Wie lautet Ihre Antwort?«, drängte Grace.

Die alte Frau hielt die Augen fest geschlossen und nickte. Sie nickte nicht ein Mal, sondern mindestens drei Mal, als wollte sie ihre Antwort dadurch bekräftigen.

»Ich bin hier, um ihr die Beichte abzunehmen.«

Der Priester kam näher und blieb neben Grace am Bett stehen. Seine Körperhaltung wirkte selbstsicher und fordernd.

Frida hielt die Augen geschlossen. Sie zeigte keine Reaktion auf seine Anwesenheit.

Grace stand auf und wandte sich an den Priester.

»Sie sind bedauerlicherweise zu spät gekommen, Father McLeish. Aber es gibt sicher noch genug für Sie zu tun. Danach werden wir uns unterhalten. Ich warte vor der Tür auf Sie.«

62

Es hatte in der Garda-Zentrale heftige Diskussionen um die Frage gegeben, ob die Weihnachtsfeier, normalerweise die Party des Jahres, wie geplant abgehalten oder wegen des Mordes an der Kollegin Sheridan abgesagt werden sollte. Ursprünglich hatte man für den Abend des 18. Dezember eine Band und einen Raum im Spaniard's Head angemietet, doch dieses Datum lag, wie alle fanden, zu nah am gewaltsamen Tod des Sergeants und man nahm daher Abstand davon.

Fitz hatte dann noch den 24. Dezember vorgeschlagen, der in Irland gern abends für feuchtfröhliche Partys im Freundeskreis genutzt wurde. Auf der Grünen Insel fand die eigentliche Weihnachtsfeier mit Geschenken und großem Familienessen nämlich traditionell erst am frühen Nachmittag des 25. Dezember statt. Auch wenn die Kinder ihre Geschenke meist schon ungeduldig im kuscheligen düsteren Morgengrauen auspackten, solange ihre Eltern noch verkatert oder erschöpft in den Betten lagen.

Schließlich hatten sich die Garda-Kollegen auf einen Kompromiss geeinigt: Man würde sich ohne Musik, Luftballons, Cracker und Flitter am 24. nachmittags auf ein Glas zusammensetzen und Robin Byrne würde eine kurze Ansprache zum Gedenken an Sergeant Sheridan halten.

Grace, Rory und Kevin Day hielten zuvor noch eine Pressekonferenz ab, um die Aufklärung aller Mordfälle bekanntzugeben. Aber das unmittelbar bevorstehende Weihnachtsfest hatte den Morden offenbar zum Schluss doch den Rang abgelaufen, denn nur ein knappes Dutzend Medienvertreter war anwesend und sie stellten keine Fragen, die die Konferenz unnötig in die Länge zogen. Alle wollten wohl möglichst schnell nach Hause verschwinden, um dort, von einem stärkenden Whiskey begleitet, eifrig Päckchen zu schnüren.

Fitz hatte sich zu Grace und Rory an den Tisch gesellt und trank ihnen mit frischem Orangensaft zu.

»Da habt ihr doch noch vor den Feiertagen alles gelöst, gratuliere!«

Der Wirt lächelte ihnen zu und auch Rory hob sein Glas. Er wirkte zufrieden. »Das war diesmal aber auch wirklich knifflig. Ich ziehe es altmodisch vor, sag ich doch.«

Grace zog die Augenbrauen hoch. »Was meinst du mit ›altmodisch‹?«

Rory tupfte sich mit seinem bunten Taschentuch den Schaum seines Biers von den Lippen.

»Nun, ich meine einen altmodischen Mord mit einem altmodischen Mörder«, erwiderte er gut gelaunt.

Fitz wiegte seinen Kopf.

»Und was genau ist ein altmodischer Mörder?«

Rory musste einen Moment nachdenken, bevor er antwortete.

»Einer, der aus bestimmten Gründen einen Mord plant und ihn dann knallhart ausführt. Und zwar allein, ohne von einem Dritten angeschubst zu werden.«

Fitz fing an, laut zu lachen, sodass Robin Byrne und Kevin Day, die am Nebentisch saßen, kurz zu ihnen herüberschauten.

»Bei unseren Morden handelte es sich ja um eine Kettenreaktion, könnte man sagen. Oder?«

Grace wiegte den Kopf mit den langen Locken, die ihr über die Schultern fielen. »Wobei der erste Mord, der an Beth Kerrigan, durchaus als ein altmodischer Mord, so wie du ihn eben definiert hast, gezählt werden könnte.«

Rory nickte. »Stimmt. Der altmodische Mörder war Michael Kelly. Er wurde von Beth erpresst, da sie sich an ihm rächen wollte. Über zwanzig Jahre nach der Demütigung von damals bekam sie unverhofft diese Chance und nutzte sie eiskalt. Er sah seine geplante Zukunft im Ausland gefährdet und wusste, dass sie am Samstag in der Kirche helfen würde.«

»Und was war mit dem zweiten Mord, dem an Marilyn Madden?«, fragte Fitz.

»Das war ein unabsichtlicher Mord und den beging Paul Higgins, einer der beiden ›furchtbaren Brüder‹, wie wir sie genannt haben«, erläuterte Rory. »Higgins und Liam O'Flaherty waren seit Jahrzehnten in Freundschaft geeint durch den Hass, den sie auf Schwule hegten – und Higgins besonders auf schwule Priester –, und durch den Hass auf die in ihren Augen willfährigen Marionetten, die die Lügen der Priester deckten: auf die zahllosen kirchlichen Helferinnen. Ihrer Meinung nach waren sie alle für den Tod ihrer beiden jüngeren Brüder verantwortlich. Davon waren sie fest überzeugt. Liam wartete nur auf eine günstige Gelegenheit, seine Rache auszuleben, und die kam dann tatsächlich.«

»Aber Fintan O'Flaherty war doch in den Staaten an AIDS gestorben und nicht von einem Priester verführt und hinterher stigmatisiert worden wie Peter Higgins.«

Fitz hatte das eingeworfen.

»Das ist richtig, doch Liam machte Homosexuelle als ganze Bevölkerungsgruppe dafür verantwortlich und ganz konkret Kelly, der in seinen Augen den Bruder vom rechten Weg abgebracht hatte. Er glaubte, wenn man so will, an eine schwule Kollektivschuld am Tod des Bruders. Eine Haltung, die gar nicht so selten anzutreffen ist.« Rory nahm einen weiteren Schluck Bier.

»Als Beth Kerrigan ermordet wurde, waren beide sofort

der Meinung, dass sie offenbar einen unbekannten ›Komplizen‹ hätten, dem man die Sache in die Schuhe schieben konnte, und das setzte diese Art von Kettenreaktion in Gang«, ergänzte Grace und nippte an ihrem Weißweinglas.

»Durch seine Einteilung als Organist wusste Liam auch über Details des ersten Mordes Bescheid, die sonst niemand kannte.«

Sie stellte ihr Glas zurück auf den Tisch.

»Wir haben ja nun von beiden ein Geständnis vorliegen. Und ganz andere wichtige Informationen besaß Mary O'Shea mit dem Archiv, das sie von ihrer Tante Frida geerbt hatte. Ein fein gesponnenes Netz von gegenseitigen Abhängigkeiten, Druckmitteln und Verbindlichkeiten, die den internen kirchlichen Alltag jahrzehntelang geprägt haben. Und von Mary erfuhr Liam, dass Father Duffy auch schwul sei. Ob das wirklich stimmte, war dabei nicht wichtig. Liam und Higgins waren überzeugt, dass sich alles wie damals bei Dunne wiederholen würde, und so nahmen sie die Rache selbst in die Hand und versuchten den Verdacht auf Duffy zu lenken. Die Gelegenheit dazu bot sich, wie gesagt, nach dem Mord an Beth. Sie gaben sich gegenseitig dichte Alibis und begingen den Mord für den jeweils anderen.«

Nun mischte sich Rory wieder ein.

»Eine Kettenreaktion, sag ich doch. Mary war es nämlich nach dem Mord an Beth mulmig geworden und es gab einen großen Streit zwischen Tante Frida und ihrer Nichte. Mary drohte nicht nur auszusteigen, sondern gleichzeitig die ganze Erpressungs- und Lügenscharade ihrer Tante während der letzten Jahrzehnte Garda zu erzählen.«

»Ich suchte Mary damals auf und fand stattdessen Frida vor«, ergänzte die Kommissarin. »Mary hatte das Treffen mit der Tante aus Wut platzen lassen, nur habe ich das damals nicht durchschaut.«

Rory trank den letzten Schluck seines schwarzen Bieres.

Er warf einen Blick zum Nebentisch. Robin Byrne hielt in bester Laune ein Glas Whiskey hoch, er hatte drei volle vor sich stehen.

Da wurde die Tür, an der heute Abend ein handgeschriebener Zettel mit dem Hinweis »Geschlossene Gesellschaft« hing, plötzlich geöffnet und Hilary schlurfte herein. In der einen Hand hielt er ein Glas dunkles Bier, in der anderen ein Glas Wein, das offenbar für Grace gedacht war. Er stellte es mit einem Grinsen und einer kleinen Verbeugung vor sie auf den Tisch.

»Herzlichen Glückwunsch, Gnädigste. Das Weihnachtsrätsel ist gelöst. Tut mir nur leid um die ganzen Toten. Besonders um eure lustige Kollegin, die so gern sang und immer was Süßes kaute.«

Der Alte hatte mit seiner schnarrenden lauten Stimme die Gespräche an den Tischen im Schankraum übertönt, die mit einem Mal verstummten. Betreten schauten alle zu Boden. Sergeant Sheridan war äußerst beliebt gewesen und die Garda-Kollegen wussten, dass es sicher lange dauern würde, bis der Schock über ihren Verlust verarbeitet wäre.

Hilary merkte, dass sein Einwurf die Stimmung gedrückt hatte. Er suchte nach einem Ausweg.

»Wie geht es der alten Frida mit dem gnadenlosen Dutt, die vor nichts zurückschreckt?«

Alle mussten unwillkürlich lachen.

Grace drehte sich zu ihm.

»Sie ist vorgestern Abend verstorben«, sagte sie zu dem Alten, während es an den anderen Tischen wieder lauter zuging. »Wie die Ärzte sagen, an den Folgen der Rauchvergiftung, die sie in Marys Büro erlitten hat. Ihr Herz war schon geschwächt und so kam eins zum anderen.«

Fitz beugte sich zur Kommissarin.

»Aber ich dachte, dass es Selbstmord war«, murmelte er.

»Frida hat sich eingeschlossen und dann den Brand gelegt, oder?«

Hilary lachte sein dreckiges Lachen, das Grace früher auf die Palme gebracht hätte.

»Nein, das kann nicht sein. Frida Pearse war eine Katholikin der alten Schule, eine gnadenlose Katholikin, wie ihr Dutt. Für die war Selbstmord ein Tabu und sie hätte niemals gegen ihren unverrückbaren Glauben gehandelt. Auch ganz zum Schluss nicht.«

Hilary hörte sich absolut sicher an.

»Ja und? Was bedeutet das jetzt für eure Ermittlung?«

Fitz blieb hartnäckig und Grace verfluchte ihn insgeheim.

Rory beobachtete seine Chefin aufmerksam. Offenbar überlegte er fieberhaft, wie er ihr helfen könnte. Plötzlich begann er theatralisch in seiner Jackentasche zu wühlen und zog ein kleines Päckchen hervor, das in tomatenrotes Papier gewickelt war. Er streckte es Grace hin.

»Was ist das?« Sie lächelte erleichtert.

»Ein kleines Weihnachtsgeschenk für dich. Von allen Coynes. Aber erst morgen aufmachen.«

Grace strahlte.

»Versprochen. Danke. Aber ich habe gar nichts für dich, Rory.«

Der Kommissar seufzte laut. »Das stimmt so nicht.«

Grace zog erstaunt ihre Augenbrauen hoch.

»Seit du unser Dezernat hier leitest, bin ich so zufrieden mit meiner Arbeit wie schon lange nicht mehr. Das ist auch eine Art von Geschenk, sag ich doch.«

Alle an ihrem Tisch feixten und Grace musste lachen.

Rory schaute sich scheinbar empört um. »Das ist tatsächlich so! Und jetzt frohe Weihnachten, Grace! Merry Christmas euch allen!«

63

Grace und Peter waren am Weihnachtstag sehr früh aufgestanden, um rechtzeitig loszukommen. Sie hatten kleine Geschenke ausgetauscht und sich dann vor der Haustür umarmt.

Es war noch ziemlich dunkel und für irische Verhältnisse klirrend kalt. Langsam lösten sie sich voneinander. Grace hielt ihre Nase in die frische Luft und sog sie ein.

»Wie lange bleibst du auf Achill?«

Er half ihr, die Reisetasche und alle Geschenke im Kofferraum zu verstauen.

»Jetzt, wo wir alle Ermittlungen abgeschlossen haben, vielleicht sogar bis Neujahr. Ich möchte etwas Zeit mit meiner Tochter und meiner Mutter verbringen. Und du?«

Peter knöpfte sich seinen dunkelblauen Parka zu und zog sich die Kapuze über den Kopf.

»Mal sehen. Auf jeden Fall bis zum St. Stephen's Day. Ich ruf dich an, ja?«

Schließlich drehten sich beide um, stiegen in ihre Autos und winkten sich zum Abschied. Es war ein Gruß, der etwas traurig ausfiel.

»Merry Christmas!«

Sie fuhren gleichzeitig los und in die Dämmerung hinein.

Als Grace ein paar Minuten später auf die N59 einbog, wurde es schon etwas heller, und bis Oughterard war sie fast allein auf der Straße. Außer den Kindern, die schon mit geröteten Wangen mit ihren neuen Geschenken spielten, lag wohl ganz Irland noch in den Federn.

Doch ein paar Häuser, an denen sie vorbeifuhr, waren bereits hell erleuchtet. Dort wuselten tatkräftige Köchinnen oder Köche herum, die die Füllung – Brot, Zwiebeln, Thymian – für den riesigen Truthahn zubereiteten. Grace wusste, dass ihr älterer Bruder Dara sich nicht auf einen Truthahn einlassen würde, den die meisten Iren als traditionelles Weihnachtsessen von den ehemaligen Kolonialherren übernommen hatten. Auf dem Weihnachtstisch gab es eben keine Unabhängigkeit.

Dara war ein begnadeter Koch, der den irischen Gänsebraten zum Fest bevorzugte, und natürlich den selbstgebackenen Schinken, der schon am Vorabend gekocht wurde und dessen Kruste er dekorativ mit Nelken bestücken und dann glasieren würde. Dara war kein Truthahnkonvertit.

Daras Weihnachtsschinken war ein Gedicht: mild, aromatisch, nicht allzu salzig, doch raffiniert gewürzt.

Grace lief schon fast das Wasser im Mund zusammen. Was er wohl für die vegane Roisin vorgesehen hatte?

Die Kommissarin hatte Oughterard hinter sich gelassen und vor ihr am Horizont tauchten nun die Maam Turk Mountains im Wintermorgendunst auf. Sie war immer noch völlig allein auf der schönsten Straße Connemaras und ihre Gedanken begannen beim Anblick der atemberaubenden Landschaft zu wandern.

Warum musste sie jetzt plötzlich an den Begriff »Konvertit« denken? Sie zögerte und entschloss sich dann, sich das aufgezeichnete Gespräch noch einmal anzuhören. Sie musste es tun.

Mit der linken Hand nestelte sie in ihrer Handtasche, die auf dem Beifahrersitz lag, und schließlich zog sie ihr Aufnahmegerät heraus. Sie hatte das Verhör vorgestern aufgezeichnet und sie wusste, was es wert war.

Grace ging vom Gas herunter, während sie den richtigen Knopf suchte. Als sie ihn ertastet hatte, drückte sie auf Start.

»Wir haben den Handwerkern im Kloster ein Foto von Ihnen vorgelegt und man hat Sie eindeutig darauf erkannt, Father McLeish. Sie waren an dem Samstagmittag, als Father Dunne verschwand, im Kloster.«

»Selbstverständlich war ich das. Bruder Malachy ist ein guter Freund von mir. Ich habe ihn dort besucht.«

»Hatte er Sie um Hilfe gebeten wegen Father Dunne?«

»Weshalb sollte er das getan haben? Ich kenne den alten Priester kaum und weiß nichts über ihn.«

»Nach dem Mord an Beth Kerrigan hatte Dunne sich bei Frida Pearse gemeldet. Er wollte mit Ihnen sprechen. Deshalb waren Sie dort.«

Es entstand eine Pause. Der Priester schwieg.

»Wir haben nicht vor, Ihnen einen Mord zu unterstellen. Wir wissen, dass Father Dunne an dem Tag, als Sie im Kloster waren, eines natürlichen Todes gestorben ist. Vermutlich haben Sie sich gestritten und er hat sich aufgeregt. Er erlitt einen Herzinfarkt.«

»Wenn Sie es sagen.«

»Sie betreuten, bevor Sie nach Galway versetzt wurden, eine Gemeinde im County Fermanagh in Nordirland.«

»Ja, das war meine erste Station, nachdem ich die Church of Scotland verlassen hatte. Es war als Eingewöhnung gedacht. Eine Übergangslösung.«

»In Florencecourt. Ist das korrekt?«

»Ja.«

»Dort haben Sie ein spezielles Schülerprojekt geleitet. Können Sie uns davon berichten?«

Wieder entstand eine Pause in dem Gespräch.

»Father, bitte erzählen Sie uns von dem Projekt mit der fünften Klasse der St. Martin's Schule.«

Der Priester hustete.

»Wir bereiteten eine besondere Messe für Kinder und Jugendliche vor.«

»Was war besonders daran?«

»Sie fand in Booten auf dem Wasser statt.«

»Interessant. Ganz in der Nähe liegt der große Lough Erne. Sollte diese Messe dort stattfinden, das läge ja nahe?«

Wieder schwieg der Priester.

»Father McLeish?«

»Nein, die Messe fand in den Marble-Arch-Höhlen statt. Die kann man mit Booten befahren.«

»Das heißt, Sie kennen diese Höhlen bei Florencecourt sehr gut.«

»Ich habe sie damals im Zuge der Vorbereitungen für die Messe kennenlernen dürfen.«

Grace drückte die Stopp-Taste.

Sie war in Maam Cross angelangt und bog rechts nach Leenane ab. Die Sonne hatte sich durch zahlreiche Wolkenungetüme gekämpft und unbegreiflicherweise in diesem kalten Dezember gewonnen. Sie schickte ihre Strahlen nun durch ein tiefblaues Guckloch, in das sie sich geschoben hatte – wie hellgoldene Weihnachtsgrüße.

Die Spitzen des Maam-Turk-Gebirgszugs waren wie mit Puderzucker bestreut. Dort oben hatte es offenbar in der Weihnachtsnacht etwas Niederschlag gegeben, der als Schneestreusel liegen geblieben war und dem Zimtbraun, das im Winter die Hänge und Gipfel überzog, eine gepunktete Kruste verlieh.

Als Grace nach einer Viertelstunde das Maam Valley erreicht hatte, das sie in gut zehn Kilometern an den Killary Harbour bringen würde, schaltete sie das Gerät wieder ein.

»Seit wann kannten Sie Frida Pearse?«

»Ich lernte sie kurz nach meiner Ankunft in Galway kennen. Das ist jetzt über ein Jahr her.«

»Nach unseren Informationen sind Sie ihr bereits zwei Jahre zuvor an der Pilgerstätte der heiligen Jungfrau in Knock

zum ersten Mal begegnet. Bruder Malachy hat sie Ihnen vorgestellt. Es war Frida Pearse, die Sie mit der Vereinigung The Holy Faith of Knock vertraut machte.«

»Ich hatte schon vorher davon gehört. Dazu brauchte ich keine Frida Pearse.«

»Sie tragen das Abzeichen dieser Vereinigung, die kleine Flamme, genau wie Frida Pearse. Und wie Bruder Malachy.«

»Wir sind kein Geheimbund.«

»Aber The Holy Faith ist nicht jedem zugänglich. Es ist eine Vereinigung, die im Verborgenen wirkt und es sich zur Aufgabe gemacht hat, die Position der katholischen Kirche wiederherzustellen, wie sie vor dem Sündenfall 1992, vor dem Fall Casey in Irland existierte.«

»Das hat sie sich auf die Fahne geschrieben. Und ich möchte betonen, dass ich das als sehr löblich erachte.«

»Was finden Sie löblich daran?«

Es entstand wieder eine Pause.

Father McLeish räusperte sich schließlich.

»Nun, die Kirche hat durch das Fehlverhalten Einzelner – und ich betone Einzelner – bedauerlicherweise an Glaubwürdigkeit verloren. Und durch das Fehlverhalten vieler – und ich betone vieler – Priester heutzutage, die bereit sind, Homosexualität und andere unnatürliche Verfehlungen in ihrer Mitte zu dulden und nicht konsequent auszumerzen, wie Scheidung oder das sogenannte Recht auf Abtreibung, hat sie noch viel mehr an Boden verloren, was den Glauben und die Glaubwürdigkeit der einzigen Kirche Gottes und seines Sohnes betrifft. Es musste etwas geschehen.«

»Was musste Ihrer Meinung nach denn geschehen?«

»Man muss endlich wieder die Kontrolle erlangen.«

»Welche Kontrolle?«

»Jedem Gläubigen muss so wie früher klar sein, was richtig und was falsch ist. Was Gott will und was nicht. Und im Zusammenleben von Menschen muss dem auch endlich wie-

der Rechnung getragen werden. Die Menschen warten darauf. Sie sind hilflos, wenn sie keine Orientierung bekommen. Es ist unsere Aufgabe, ihnen Orientierung zu geben.«

»Meinen Sie, dass Strukturen, wie wir sie von früher kennen, innerhalb der Kirche wieder zum Leben erweckt werden sollten? Strikte Hierarchien, die in einer anderen Gesellschaft einst funktioniert haben?«

»Genau dieser Meinung bin ich. In meiner früheren Kirche, der Church of Scotland zum Beispiel, einem Teil der anglikanischen Kirche, gibt es beispielsweise weibliche Priester und zahllose andere Aufweichungen gottgegebener Strukturen, die dem Menschen in seinem Glauben Halt gaben. Da müssen Schritte unternommen werden. Nur ist diese religiöse Glaubensrichtung schon zu korrumpiert, als dass man darin noch etwas ausrichten könnte. Deshalb bin ich zum wahren Glauben konvertiert.«

»Sie meinen, dass man in der römisch-katholischen Kirche das Rad wieder zurückdrehen kann? Glauben Sie das wirklich?«

»Das glaube ich nicht, ich weiß es.«

»Aber es gibt jetzt einen Papst, der etwas anderes will als eine Kirche, die Macht und Angst als ihr Fundament betrachtet.«

»Was glauben Sie, warum der so unbeliebt in höheren kirchlichen Kreisen ist?«

Diesmal war es die Kommissarin, die schwieg. Doch dann fuhr sie fort.

»Wenn ich Sie richtig verstehe, bilden diese alten Strukturen Ihrer Meinung nach die Grundlage für eine funktionierende christliche Gemeinde.«

»Korrekt.«

»Deshalb haben Sie auch Frida Pearse geraten, etwas zu unternehmen, als ihre Nichte Mary nach dem Mord an Marilyn Madden voller Angst und Panik damit drohte, mit ihrem

Wissen über die jahrzehntelangen Machenschaften ihrer Tante zu Garda zu gehen.«

Der Priester schwieg.

»Father McLeish. Wir haben Fridas Geständnis. Wann genau haben Sie Frida geraten, Mary unschädlich zu machen?«

»Frida Pearse war eine sehr tatkräftige und kluge Frau. Gott sei ihrer Seele gnädig. Die brauchte keinen Rat, glauben Sie mir.«

Grace hatte sich so auf die Aufnahme konzentriert, dass sie auf halber Strecke nach Westport in einer weiten Linkskurve leicht ins Schleudern kam. Sie versuchte gegenzusteuern und hatte das Auto bald wieder unter Kontrolle.

Sie lenkte den Wagen auf der menschenleeren Straße nach Norden. Kurz hinter dem Pub zwischen Leenane und Westport kam ihr ein silberner SUV entgegen, der erste Wagen seit fast zwanzig Kilometern. Vor ihr auf der linken Seite tauchte am Horizont die kegelförmige Silhouette des heiligen Bergs von Irland auf, des Croagh Patrick.

Im Dörfchen Murrisk zu seinen Füßen sollte der Legende nach ihre berühmte Vorfahrin und Namensvetterin, die Piratenkönigin Graínne Ni Mháille, ihre letzte Ruhestätte gefunden haben.

Die winzige weiße Kapelle auf dem Gipfel des heiligen Bergs, zu der das ganze Jahr über Menschen, Pilger, Gläubige, aber auch mehr und mehr Naturbewunderer aufstiegen, war, was selten vorkam, heute am Weihnachtstag klar auszumachen.

Als Kind war Grace mit Dara und ihrem Vater Shaun am letzten Sonntag im Juli, dem »Girlandensonntag«, wie man ihn hier nannte, mit fast 15 000 anderen im Andenken an den irischen Schutzheiligen Patrick zur Kapelle auf dem Gipfel hinaufgepilgert. Grace musste lächeln, als sie sich an diesen regnerischen Sonntag erinnerte. Ihre Füße hatten geschmerzt, obwohl sie feste Wanderschuhe trug. Im Gegensatz zu vielen der Pilger, die barfuß auf dem Pfad wandelten und ihre Füße an dem groben Schotter aufrissen.

Oben an der Kapelle hatten sie den berauschenden Ausblick auf den Atlantik genossen. Der heilige Patrick hatte sich schon etwas dabei gedacht, als er sich der Legende nach im 5. Jahrhundert für vierzig Tage hier oben zur Einkehr zurückgezogen hatte. Grace tauchte in ihre Erinnerung ein.

Grace, Dara und ihr Vater Shaun hatten sich neben der weißen Kapelle niedergelassen und ihr Picknick ausgepackt.

Überall kauerten die erschöpften Pilger mit den langen Holzstäben, die sie zum Aufstieg benutzten, und zeigten sich gegenseitig stolz ihre aufgeschrammten blutigen Füße. Erleichtertes Lachen wehte zu ihnen herüber. Grace hatte das nicht verstanden und ihren Vater gefragt, warum sich die Menschen so darüber freuten, dass sie bluteten und Schmerzen hatten. Shaun hatte lange darüber nachgedacht, bevor er schließlich geantwortet hatte. Sie hatte die Antwort nie vergessen und dachte jetzt darüber nach. Woran glauben wir? Und warum tun wir es überhaupt? Doch sie fand keine Antwort.

Als sie wenig später durch Westport fuhr, strömten die Menschen unten am Fluss zur vormittäglichen Weihnachtsmesse in die Kirche. Sie waren in der Nacht zuvor wohl zu müde gewesen, um die Mitternachtsmette zu besuchen.

Grace ließ die kleine Stadt hinter sich und fuhr auf der Hauptstraße in Richtung Achill Island weiter. Sie schaute auf die Uhr. Es war kurz vor elf. Noch eineinhalb Stunden und sie würde bei ihrer Familie sein.

Durch Newport fuhr sie langsam. Der Ort wirkte heute wie ausgestorben. Selbst die Pubs blieben am Weihnachtstag geschlossen. An einer Straßenecke am Ortsausgang standen einige junge Mädchen zusammen, die für die winterlichen Temperaturen sehr leicht bekleidet waren, und rauchten gierig, als könnte sie das warm halten. Die Mädchen trugen kurze Röcke und hatten über ihre knappen, glitzernden Tops magere Strickjacken gezogen, die sie nicht geschlossen hielten. Grace bildete sich ein, das Zähneklappern und Bibbern bis ins Auto hören zu können. Die nackten Füße steckten in silbrigen Sandalen, bemerkte sie im Vorbeifahren.

Die Kommissarin beschleunigte und drückte wieder den Knopf an dem Gerät neben sich auf dem Beifahrersitz.

»Wann genau waren Sie in Belfast?«

»Wie kommen Sie auf Belfast?«

Sie wiederholte die Frage.

»Ich weiß nicht, warum das für Garda interessant sein soll, aber es war vor etwas über drei Jahren, kurz nachdem ich aus Schottland kam. Ich war auf dem Weg nach Enniskillen, um mich bei der Gemeinde in Florencecourt vorzustellen, und blieb zwei Tage in Belfast bei Bekannten.«

»Waren Sie nicht auch letzte Woche in Belfast, um Informationen über Father Duffy zu sammeln?«

»Nein.«

»Kommen wir zum 22. Dezember. Wo waren Sie zwischen sieben und acht Uhr abends?«

»Wieso fragen Sie? Ist das der Zeitraum, in dem sich Frida in diesem brennenden Zimmer im Haus ihrer Nichte aufhielt?«

»Ich bitte Sie, nur die Frage zu beantworten.«

»Ich war zu Hause und habe gearbeitet.«

»Haben Sie dafür Zeugen?«

Es entstand eine Pause.

»Sicher. Meine Haushälterin Judy. Sie können sie fragen. Sie wird es gern bestätigen.«

»Wann haben Sie Mrs Pearse davor zum letzten Mal gesehen?«

»Das war am selben Tag. Sie kam am Nachmittag so gegen vier in das Büro der Diözese.«

»Und warum?«

»Sie sagte mir, sie habe noch etwas im Haus der Nichte zu erledigen, und wollte außerdem wissen, ob sich die Haltung der Kirche in letzter Zeit verändert habe, was die Beurteilung von Selbstmord betrifft. Es ändere sich ja ständig etwas.«

»Wie kam sie Ihrer Meinung nach darauf?«

»Ich versicherte ihr, dass sich nichts geändert habe. Selbstmord ist ein schwerwiegender Verstoß gegen die göttlichen Prinzipien von Gerechtigkeit, Hoffnung und Liebe und wird durch das fünfte Gebot ausdrücklich untersagt.«

»Und was entgegnete sie darauf?«

»Sie sagte, das sei beruhigend. Dann ging sie.«

»Nachdem Sie Ihnen einen zweiten Schlüssel für das Büro gegeben hatte, den sie besaß, und nachdem sie Sie gebeten hatte, den Raum zu einem ganz bestimmten Zeitpunkt abzuschließen und dann das Haus zu verlassen. Oder haben Sie das selbst so entschieden, da Sie wussten, dass Frida nie Selbstmord begehen würde?«

Wieder gab es eine längere Pause, in der keiner von ihnen etwas sagte.

»Das mag in Ihrer Vorstellung wünschenswert erscheinen, weil Sie dann einen Verantwortlichen für Fridas Tod hätten, doch es entbehrt jeglicher Grundlage, wie ich sicher nicht weiter ausführen muss.«

»Das heißt, Sie glauben, dass Frida Pearse Selbstmord begangen hat?«

»Ich glaube gar nichts.«

»Wie bemerkenswert für einen Priester.«

Grace stoppte die Aufzeichnung. Sie überquerte die Michael-Davitt-Brücke und war nun auf Achill Island, der größten irischen Insel, die zu neunzig Prozent aus Moor bestand. Grace fuhr auf der Straße nach Keel weiter und hatte die Ortschaft schon fast erreicht, als sie sich entschloss, abzubiegen und hoch zu den Klippen zu fahren.

Sie kannte den Weg aus ihrer Kindheit. Von hier oben hatte man an klaren Tagen wie heute einen fantastischen Ausblick auf die Clew Bay und zum Croagh Patrick hinüber, ja sogar bis hinüber zu Clare Island. Von hier auf Achill und von Clare Island soll ihre illustre Vorfahrin einst mit ihrer Piratenflotte in See gestochen sein.

Obwohl sie sich als Kind manchmal für ihren Namen geschämt hatte, weil sie oft damit aufgezogen wurde, hatte es dennoch Momente gegeben, wo sie stolz darauf war, ihn zu tragen, und wenn niemand in der Nähe war, wirklich niemand, vor allem nicht ihr älterer Bruder Dara, hatte sie hier gestanden und eine imaginäre Flotte kommandiert.

Grace O'Malley stand am Rand der Klippe und schaute auf das Meer tief unter ihr. Der eisige Wind blies ihr durchs Haar, und statt sich klein zu machen, um weniger Angriffsfläche zu bieten, hatte sie das Gefühl zu wachsen.

Sie dachte an Sergeant Sheridan, die immer eine Melodie auf den Lippen oder ein Bonbon im Mund gehabt hatte – zumindest würde sie sich so an sie erinnern.

Bitterkeit durchströmte sie.

Grace holte das kleine Aufnahmegerät aus ihrer Jackentasche und wog es in der Hand. Sie musste an Peter Higgins denken. Wie er wegen aller Lügen und Demütigungen keinen Ausweg mehr gesehen hatte, als sich dort drüben auf der anderen Seite der Bay von den Klippen ins Meer zu stürzen.

Sie fühlte sich hilflos. Sie wusste, dass man keinen Müll ins Meer werfen sollte, aber sie musste es loswerden. Sie ertrug es nicht, das Gerät bei sich zu haben und nichts ändern zu können.

Sie holte aus und warf.

Glossar

1922 – Geburtsstunde des Freistaats Irland, dessen Entstehung nach dem Ende des Bürgerkriegs 1921 durch den Anglo-Irischen Vertrag besiegelt wurde. Nordirland erhielt darin die Möglichkeit, Teil des Vereinigten Königreichs zu bleiben, und die Teilung Irlands wurde vollzogen.

An Garda Síochána na hÉireann, Hüter des Friedens von Irland, heißt die irische Polizei. Kurz **Garda** oder **Gardai** (gesprochen: Gardi)

Bishop Eamon Casey – Der Skandal um den Bischof von Galway im Jahre 1992 gilt als der »Sündenfall«, was den Vertrauensverlust der katholischen Kirche Irlands betrifft. Casey verheimlichte seine Beziehung zu einer Frau namens Annie Murphy und die Existenz seines Sohnes. Annie Murphy ging selbst damit an die Öffentlichkeit.

IRA, Irisch Republikanische Armee (Irish Republican Army), schloss sich aus Vorläufergruppierungen nach dem Osteraufstand von 1916 zusammen und führte den Kampf um die irische Unabhängigkeit seit 1919 fort. Auch »Old IRA« genannt. Im Nordirlandkonflikt der siebziger Jahre wurde die IRA zur militanten pro-irischen Splittergruppe, die mit dem Ziel einer Wiedervereinigung Irlands und der Durchsetzung von Bürgerrechten gegen protestantische Gruppierungen kämpfte. Die IRA verübte auch terroristische Anschläge außerhalb Nordirlands, wie zum Beispiel Bombenattentate in London.

Osteraufstand – Die Rebellion einer Handvoll militanter irischer Patrioten gegen die britische Kolonialmacht im Dubliner Hauptpostamt Ostern 1916 war der Beginn des bewaffneten Kampfs für die irische Unabhängigkeit, die mit der Teilung Irlands im Jahre 1922 vollzogen wurde. Die Proklamation der Unabhängigkeit auf den Treppen des Postamts von Dublin gilt als die Geburtsstunde der IRA.

RUC, Royal Ulster Constabulary, nordirische Polizei, gegründet nach der Teilung Irlands im Jahre 1922. Ihre Mitglieder waren bewaffnet, im Gegensatz zur restlichen Polizei in Großbritannien und Irland. Die RUC geriet während der Unruhen ins Zwielicht und wurde von der katholischen Bevölkerung Nordirlands sehr gefürchtet. Sie wurde 2001 aufgelöst und vom Police Service of Northern Ireland abgelöst.

Shamrock, das dreiblättrige Kleeblatt, ist inoffizielles Nationalsymbol für Irland, die Grüne Insel. An ihrem Nationalfeiertag, am St. Patrick's Day, dem 17. März, heften sich viele Iren ein Sträußchen dreiblättrigen Klee an ihre Kleidung.

St. Stephen's Day, der 26. Dezember, zweiter Weihnachtstag in Irland. In Großbritannien heißt er **Boxing Day**.

Stormont, der Sitz der Northern Irish Assembly in Belfast, des nordirischen Regionalparlaments

Templemore, die Ausbildungsstätte für Angehörige der **An Garda Síochána** im County Tipperary im Süden.

UDA, Ulster Defence Association, protestantische paramilitärische Untergrundbewegung, die aus militanten britischen Loyalisten bestand. Die UDA wurde 1991 verboten und wird von der EU auf ihrer Liste der Terrororganisationen geführt. Verantwortlich für den Mord an zahlreichen katholischen Zivilisten in Nordirland.

Ulster, die nördlichste der vier historischen irischen Provinzen. Wird manchmal gleichbedeutend mit Nordirland gesetzt, was nicht ganz richtig ist, da es einige Grafschaften gibt, die zwar zu Ulster gehören, aber in der Republik Irland liegen, wie zum Beispiel Monaghan.

Die drei anderen Provinzen sind **Leinster, Munster** und **Connacht**.

Éamon **de Valera**, 1882–1975, mehrfacher Premierminister des unabhängigen Irlands, dritter irischer Präsident (1959–1973), nahm am Osteraufstand teil. De Valera war der Einzige der Rebellen, der nicht von den Briten exekutiert wurde, da er amerikanischer Staatsbürger war. Er prägte Irland über viele Jahrzehnte. Im Volksmund wird er bis heute »Dev« genannt.

Personen

Das Ermittler-Team:

Grace O'Malley – Leiterin des Morddezernats in Galway
Rory Coyne – ihr Kollege und Vertrauter
Peter Burke – Privatdetektiv für Wirtschaftsdelikte

Weitere Personen:

Sergeant Donovan – Polizistin aus Spiddal, hilft dem Team von Grace bei diesem Fall
Father Duffy – katholischer Priester in Westgalway
Father Dunne – katholischer Priester aus Westgalway, im Ruhestand
Paul Higgins – Automechaniker im Ruhestand
Michael Kelly – Exverlobter von Beth Kerrigan
Tom Kelly – Vater von Michael
Derek Kerrigan – Farmer, Bruder des Opfers Beth Kerrigan
Kiera Kerrigan – Schwester von Beth Kerrigan
Anne Madden – Journalistin und Tochter des Opfers Marilyn Madden
Robert Madden – Ehemann von Marilyn Madden
Bruder Malachy – Mönch im Kloster Holy Heart and Cross in der Nähe von Knock
Carmel McGuire – Nachbarin von Tom Kelly
Father McLeish – katholischer Priester, ursprünglich aus Schottland

Mary O'Shea – Gemeindesekretärin in Westgalway
Liam O'Flaherty – Buchhändler aus Roundstone und Laienorganist
Frida Pearse – Tante von Mary O'Shea und Gemeindesekretärin im Ruhestand
Sergeant Sheridan – Polizistin im Team von Grace O'Malley, stammt ursprünglich aus Roscommon
Ib Siversen – Zahnarzt in Galway
Roisin O'Malley – Graces Tochter, lebt in Dänemark bei der Großmutter
Liv O'Malley – Graces dänische Mutter

In Nordirland:
Eddie Dawson – Polizist in Enniskillen
Tony Doherty – ehemaliger IRA-Kämpfer
Philomena (Phil) McLaughlin – Exfrau von Peter Burke, arbeitet in einem Kulturzentrum
George Wilson – Freund von Rory Coynes Tochter Molly, Polizist in der Ausbildung
Charlie Wilson – sein Vater, Taxifahrer
Elizabeth Wilson – seine Mutter, Köchin

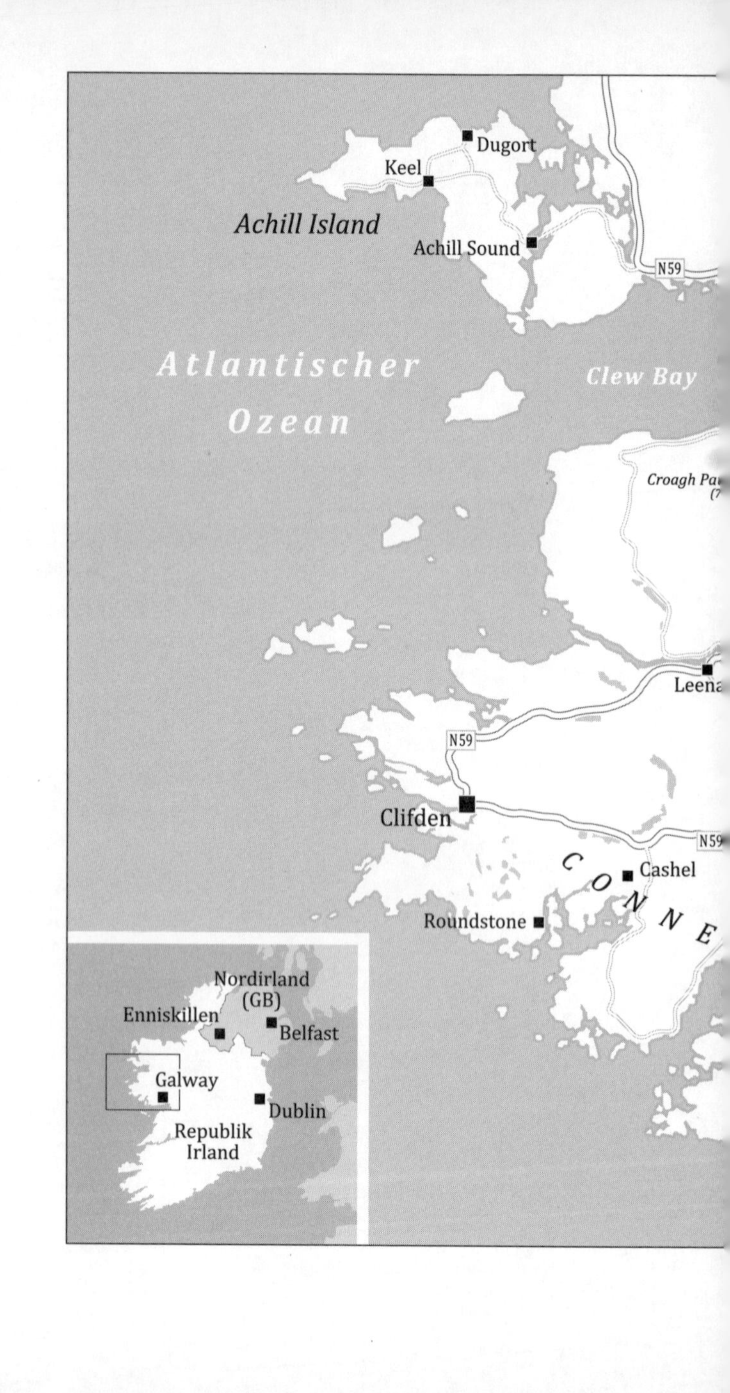
Dugort
Keel
Achill Island
Achill Sound
N59
Atlantischer Ozean
Clew Bay
N59
Clifden
N59
Cashel
Roundstone
Nordirland (GB)
Enniskillen
Belfast
Galway
Dublin
Republik Irland

10 km
© landkarten-erstellung.de
N5
Castlebar
Westport
Knock
Claremorris
M A Y O
REPUBLIK IRLAND
Lough Mask
Lough Corrib
Tuam
M17
A R A
Moycullen
N59
Galway
Rossaveel
Spiddal
M6
M18
Galway Bay

Danksagung

Ich bedanke mich bei meiner Familie und meinen engsten Freunden, die mich während meiner Arbeit am »Irischen Erbe« wie immer sehr unterstützt haben.

Judith von Rauchhaupt hat den Kontakt nach Belfast hergestellt, wo mir besonders Charlie in seinem Taxi mit viel Belfaster Humor weitergeholfen hat. Die Kenntnis seiner Heimatstadt war für mich eine immens nützliche Quelle, und obwohl es nicht mein erster Besuch dort war, brachte er mich immer wieder zum Staunen.

Das Team der Marble Arch Caves in Florencecourt in Nordirland zeigte mir die imposanten Höhlen und war mir nicht böse, als ich ihnen gestand, dass ich eine Leiche bei ihnen versteckt hatte.

Bei Karoline Adler vom Verlag möchte ich mich bedanken sowie bei Michael Gaeb, meinem Agenten. Und nicht zuletzt bei Ulrike Schuldes, meiner geduldigen und aufmerksamen Lektorin.